UN CORPS TROPICAL

L'auteur a bénéficié pour ce livre du soutien de la Fédération Wallonie-Bruxelles.

UN CORPS TROPICAL

PHILIPPE MARCZEWSKI

éditions inculte

À Catherine, Lou et Cléo

Je me sais assis, les mains sur les genoux, à cause de la pression contre mes fesses, contre les plantes de mes pieds, contre mes mains, contre mes genoux. Contre les mains ce sont les genoux qui pressent, contre les genoux les mains, mais qu'est-ce qui presse contre les fesses, contre les plantes des pieds ? Je ne sais pas. Mon dos n'est pas soutenu. Je rapporte ces détails, pour m'assurer que je ne suis pas sur le dos, les jambes pliées et en l'air, les yeux fermés. Il est bon de s'assurer de sa position corporelle dès le début, avant de passer à des choses plus importantes.

Samuel BECKETT, *L'Innommable*

1. LA PEAU

Moi qui ne quittais jamais les plaines tempérées, j'aimais prendre la voiture et faire l'heure et demie de route qui menait à la piscine à vagues du parc tropical, construit en bordure d'une petite ville déliquescente, sur les terrains désaffectés des anciens laminoirs. Il fallait remonter la longue rue qui tenait lieu de centre, où s'alignaient parmi les commerces faillis quelques épiceries de nuit, des salons spécialisés dans la pose de faux ongles et des revendeurs de coques protectrices pour téléphones portables, avant d'apercevoir le dôme translucide flanqué de toboggans rouges et jaunes, et tout autour, des parterres bordés de buis taillé en boules irrégulières. Comme elle touchait au but, la rue bifurquait à angle droit et contournait une ancienne friche industrielle où des immeubles en construction paraissaient déjà vieillis, avec leurs murs de béton blanc inachevés couverts de poussière et de rouille. Le ruban de tarmac serpentait ensuite dans un quartier de maisons ouvrières étroites, accolées les unes aux autres sans jardin ni cour, et pour certaines si vétustes qu'on avait muré les fenêtres et placardé des avis d'insalubrité sur les portes. Enfin j'atteignais l'entrée du parking, à l'arrière de la piscine du parc tropical, avec son revêtement lisse et ses places tracées à la peinture blanche. La voiture semblait glisser comme sur une piste de danse, glisser déjà vers le confort et la volupté, entre les parterres bordés de buis, pour arrêter sa course face à de grandes baies vitrées. De l'autre côté, tout semblait différent, une île dans la ville et ses vestiges, sans poussière ni rouille, un jardin d'éden pour des corps en maillot de bain plongés dans une chaleur humide qu'il me tardait d'éprouver, moi aussi.

Lorsque j'allais passer du temps dans la piscine à vagues du parc tropical, c'était toujours seul, et je n'en disais jamais rien à personne, pas même à la femme chez qui je vivais. Je me contentais souvent de l'informer de mon absence, au prétexte d'une réunion imprévue de la plus haute importance qui me tiendrait loin de chez elle. Je rentrerai chez toi plus tard, disais-je. Je ne lui disais jamais *chez nous*, et rarement *à la maison*, car il était bien établi que je vivais *chez elle*. Lorsque nous avions décidé de vivre ensemble parce qu'elle attendait un enfant, la maison qu'elle avait achetée nous avait paru plus adaptée que le petit appartement que je louais. J'avais alors contracté un emprunt pour effectuer quelques aménagements, et de la même manière que cet emprunt m'incombait à moi seul, la maison était restée sa propriété exclusive. Ne m'attendez pas pour le repas, disais-je, et sitôt le téléphone raccroché, je quittais en avance le bureau et prenais la voiture pour faire l'heure et demie de route qui me séparait de la piscine à vagues du parc tropical, où je passais un long moment.

Je dis le parc tropical, mais le projet était loin d'être achevé. Il y avait la piscine, certes, et sans doute était-ce le clou de ce que serait le parc, mais les huttes en bois qui, d'après les plans, devaient accueillir les vacanciers n'étaient pas encore construites, et aucune plantation n'avait été faite qui donnât au terrain nu des anciens laminoirs un semblant d'allure tropicale : aucun bananier, pas plus d'acajou ni de fromager, pas de flamboyant, nul ara volant en liberté dans l'enceinte d'une volière – seulement le sol tout juste assaini de ses métaux lourds et couvert de gravier, et quelques parterres ceinturés de buis sous un grand panneau qui annonçait l'ouverture prochaine d'un parc de vacances tropical comprenant des plaines de jeux, un minigolf, un restaurant-brasserie d'inspiration locale et créole à la fois, un bassin ornemental extérieur avec des poissons, et quelques dizaines de huttes à louer pour un prix modéré, demi-pension ou complète, accès illimité à la piscine inclus.

J'avais découvert l'existence de la piscine à vagues du parc tropical un jour que j'étais venu voir une cliente dans cette petite ville. J'avais fait l'heure et demie de route pour la première fois mais la réunion n'avait pas duré plus d'une vingtaine de minutes. D'ailleurs ce n'était pas une réunion puisque mon rôle s'était limité à remettre à la cliente des documents dont j'ignorais le contenu, à recueillir ensuite une signature au bas d'un bordereau, ce qui, pour être exact, n'avait pris qu'un court moment. Le reste du temps j'avais attendu la cliente dans une sorte de salle d'attente dont la fenêtre donnait sur la piscine du parc tropical, avec ses toboggans rouges et jaunes qui attiraient mon attention, seules taches de couleur vive dans le paysage, et après avoir réclamé la signature de la cliente au bas du bordereau je lui avais demandé ce qu'était ce dôme translucide flanqué de toboggans. C'est le parc tropical, m'avait-elle répondu après un instant de silence, sans lever les yeux vers moi, tandis qu'elle continuait à parcourir du regard le bordereau qu'elle venait de signer. Ça se voit, non ? avait-elle ajouté avec une pointe de mépris pour ma question, ce qui m'avait fait sentir la différence fondamentale entre nous – elle qui ne se déplaçait pas pour prendre livraison de documents, et moi qui avais fait une heure et demie de route pour les lui remettre en mains propres et recueillir sa signature, et avais dû patienter dans une salle d'attente – et cette différence de statut professionnel et social venait de s'illustrer par mon intérêt pour la piscine du parc tropical, un détail de la réalité sans doute indigne de son attention, peut-être même une intrusion puérile dans l'environnement visuel de son espace de travail. Elle-même avait dû ressentir à quel point la différence sociale se fixait entre nous à travers cette seule question de ma part, comme une mauvaise haleine dans la conversation, et à quel point je n'étais qu'un simple coursier aux préoccupations pathétiques et à qui on pouvait bien faire faire une heure et demie de route et autant de retour pour lui remettre en mains propres un document quelconque, car mon temps était, de manière évidente, suffisamment vide de pensée, de matière et de densité pour que je trouve le moyen de m'intéresser à la piscine du parc tropical, et de m'y intéresser avec assez d'intensité pour imaginer lui demander, à elle, ce qu'était ce dôme translucide flanqué de toboggans rouges et jaunes, dont la seule présence aurait dû suffire à indiquer qu'il s'agissait d'une piscine.

En sortant du bureau de la cliente muni du bordereau signé j'avais d'abord pensé reprendre la route sans attendre mais je m'étais rappelé que ma mission avait été inscrite à l'agenda pour tout l'après-midi, et puisque cela n'avait pris qu'une vingtaine de minutes, je m'étais dit que j'avais le temps d'aller jeter un œil sur cette piscine du parc tropical, par curiosité plus que par goût, je dois dire, car à l'époque, aussi étonnant que cela soit, je n'avais jamais mis les pieds dans une piscine reproduisant une atmosphère tropicale, et je ne savais d'ailleurs pas vraiment ce qu'était un parc tropical, attendu que le climat de la région ne prêtait pas du tout à la moindre tropicalité. J'avais donc rangé le bordereau signé dans ma serviette et trouvé le chemin de la piscine, quelque peu troublé au demeurant de ne voir autour du dôme que du gravier et quelques parterres ceinturés de buis, et j'avais fait deux fois le tour de l'immeuble vitré, regardant à l'intérieur l'univers artificiel de jungle et de plage où des dizaines de corps presque nus se déplaçaient avec langueur d'un bassin à un autre, en partie dissimulés par les plantes à larges feuilles dont j'étais prêt à croire qu'elles étaient tropicales car elles dessinaient avec efficacité l'esquisse d'une forêt vierge.

J'avais fini par passer les doubles portes battantes qui donnaient dans le hall d'entrée de la piscine et j'avais été un peu déçu car il ne présentait aucun caractère tropical :

il ressemblait au hall d'entrée de toutes les piscines que j'avais pu fréquenter au cours des dernières années ; y régnait la même odeur chlorée de bassin municipal, qui m'évoquait toujours les matins gris de l'enfance où j'étais tenu de suivre les élèves de mon âge pour plonger dans les eaux froides et tristes de la natation scolaire, tout en longueurs dépourvues de sens, enchaînées par dizaines jusqu'à ce que le souffle manque et que les membres s'agitent en mouvements désordonnés, en jappements de chiot trop gras et apeuré qui luttait pour garder la tête à la surface, les narines assaillies, et pris de panique quand il coulait sous les cris. J'étais resté un moment à regarder le tableau renseignant les prix qui variaient selon qu'on voulait accéder à l'espace aventure « Caraïbes » (toboggans, piscine à vagues, rivière sauvage, jacuzzi, pataugeoire), à l'espace sport et fitness « Amazonia » (pourvu d'un bassin de natation de vingt-cinq mètres), à l'espace bien-être « Pataya » (sauna, hammam, massages, lampes bronzantes), ou à une combinaison de plusieurs espaces, étant entendu que tous étaient de nature tropicale comme en témoignaient leurs noms, puis j'avais décidé de monter prendre un café dans la cafétéria qui dominait les bassins, la rivière sauvage et la piscine à vagues, par curiosité pour cette promesse exotique.

Des tropiques je ne connaissais rien, je dois dire, puisque jamais ou presque je ne quittais les plaines tempérées. La limite australe de mon aire de migration se situait un peu au sud de Milan, où j'avais séjourné quelques années auparavant dans une maison bâtie tout en haut d'un promontoire rocheux offert à tous les vents, en outre affligé d'un microclimat pluvieux, et duquel, même juché sur un escabeau au dernier étage de la maison, on ne pouvait en aucun cas apercevoir les tropiques, en connaître de vue aucune plante à larges feuilles ni observer des corps presque nus déambuler dans la chaleur humide. Ainsi, je n'avais des tropiques qu'une impression théorique reposant tout entière sur des images floues de palmiers ou de forêts vierges aperçues dans des films, ou sur des noms de végétaux et d'animaux assez exotiques pour m'être restés à l'esprit longtemps après les avoir lus dans quelque magazine. J'avais aussi la conviction d'une certaine moiteur.

Il faisait pourtant très froid dans la cafétéria, et j'avais contemplé depuis cet aplomb le monde tropical en contrebas, derrière une longue baie vitrée, ayant gardé sur le dos ma veste d'hiver et mon écharpe, mes mains froides serrées sur la tasse de café chaud. Je m'étais senti éloigné des tropiques comme je ne l'avais encore jamais été, bien plus éloigné même qu'avant de connaître l'existence du parc tropical, car alors qu'une simple vitre me séparait des corps presque nus qui évoluaient entre les plantes à larges feuilles avec désinvolture et langueur, j'étais, moi, couvert comme un chasseur polaire, simple spectateur de leur bien-être. À deux doigts des tropiques – je pouvais presque les toucher – mais encore tenu à distance. C'était intolérable.

J'étais redescendu dans le hall d'entrée où j'avais avisé un distributeur automatique permettant d'acquérir, pour une somme très exagérée, un maillot de bain bleu marine pourvu de deux bandes blanches verticales. J'avais inséré la monnaie requise dans la fente de l'appareil et reçu en échange une petite boîte cartonnée contenant un maillot de taille M, aucunement bleu marine, et sans bandes latérales blanches, mais vert pomme et décoré de motifs floraux rouges, jaunes et orange, des fleurs vives à longs pistils et manifestement exotiques. Je m'étais dirigé vers le comptoir d'accueil avec l'intention d'acheter un ticket pour l'espace aventure « Caraïbes » où je voulais passer une heure et demie. Il m'était soudain venu à l'esprit que je n'avais pas de serviette de bain et le distributeur n'en proposait pas à la vente, et comme je m'en étais ouvert à l'employé du comptoir d'accueil, il m'avait dit pourquoi ne pas profiter de l'offre super-combo et prendre un billet combiné pour l'espace bien-être « Pataya » et pour l'espace aventure « Caraïbes » ? car, avait-il ajouté, une serviette est prêtée aux clients à l'entrée du sauna et du hammam, ainsi que des chaussons en éponge, et en plus, précision importante, le super-combo est moins cher que les deux billets séparés.

Le sauna et le hammam, c'est formidable, avait-il ajouté, on se sent propre et revigoré, mais j'avais eu peur d'abuser, j'étais tout de même supposé retourner au travail et ne me sentais pas le droit de nettoyer de fond en comble les pores de mon épiderme grands ouverts par la vapeur en faisant mine d'ignorer que le monde, pendant ce temps, poursuivait sa course et s'enfonçait, lui, dans la crasse. Au moins, m'étais-je dit, l'espace « Caraïbes » comporterait peut-être une part de risque, les descentes de rapides et les vagues artificielles promettaient l'aventure, il conviendrait davantage à la situation – pour ainsi dire, au caractère frauduleux de ma présence en ces lieux. Mais dépourvu de serviette je m'étais imaginé sortir encore dégoulinant de l'espace « Caraïbes » et devoir ainsi renfiler mes vêtements ; par avance je m'étais senti ridicule et très peu professionnel et j'avais soudain fui sans un mot, comme possédé d'une urgence impérieuse, quittant le hall d'entrée d'un pas rapide puis courant jusqu'à ma voiture pour prendre, pied au plancher, le chemin du retour.

Tu manques décidément de nerf, m'étais-je répété tout au long du trajet.

* *
*

Je n'avais parlé à personne de la piscine du parc tropical et dans un premier temps, je dois dire, je n'y pensais pas vraiment, la vie avait repris son cours et ma brève immixtion dans cet univers semblait n'avoir produit aucun effet sur mon humeur, sur mon existence et la direction qu'il convenait de lui donner dorénavant, et quand la femme chez qui je vivais avait trouvé dans la voiture la boîte contenant le maillot vert à motifs fleuris et s'en était étonnée, j'avais noyé le poisson avec habileté, bredouillant quelques explications à propos d'un cadeau d'entreprise dont je comptais bien me défaire car jamais, disais-je, – elle me connaissait – jamais je n'aurais acheté un maillot de cette sorte, en plus, avais-je fait remarquer, c'est une taille M et vois mon embonpoint, et j'avais feint l'indifférence quand elle avait proposé de le donner à qui pourrait en avoir besoin plutôt que de le jeter ou de l'abandonner au bureau. Bien sûr, avais-je dit, ça n'a aucune importance, et j'avais eu un rire bref et sec auquel j'avais voulu donner la sonorité du dédain.

Un maillot comme cadeau d'entreprise, avait-elle dit, laissant en suspens sa phrase dans un soupir où voletait tout le mépris que lui inspiraient mon emploi et le peu d'ambition dont il était le signe.

Au cours d'un repas j'avais pourtant dit, comme ça, sur un ton détaché, que ça ne me déplairait pas que nos prochaines vacances aient lieu dans un endroit dépaysant, quelque chose de chaud et humide, avais-je dit, avec de l'eau tiède, une sorte de dolce vita, avec des fruits, du vin, ou peut-être du rhum. Pourquoi pas quelque chose de tropical ? avais-je précisé après un court silence, mais j'avais vu dans son regard de l'incompréhension, quel rapport avec la question que je t'ai posée ? avait-elle répondu, et je n'en savais rien, je n'avais pas écouté sa question. Mais à l'exception de cette irruption tropicale dans le quotidien je n'y avais pas vraiment repensé, pas le moindre début d'obsession, tout juste un souvenir diffus d'avoir frôlé des îles lointaines à travers la vitre de la cafétéria.

Deux semaines plus tard on m'avait de nouveau enjoint de faire de toute urgence l'heure et demie de route pour remettre en mains propres à la cliente une lourde enveloppe scellée – c'était, je m'en souviens, un mardi matin au milieu de l'automne. J'avais été informé de ma mission dès mon arrivée au bureau, tu la connais, m'avait dit mon collègue, tu y es déjà allé, et j'avais donc emporté le pli chargé de mystère vers ma voiture en m'interrogeant sur les raisons qui m'avaient fait désigner une fois encore pour une tâche qui semblait destinée à quelque récurrence, car enfin il n'avait jamais été question de ce type de mission depuis que j'avais été engagé ; ma carrière professionnelle était depuis le premier jour de nature stagnante comme l'eau d'une flaque et n'était pas supposée m'éloigner du petit bureau où j'officiais d'ordinaire comme correcteur de documents officiels, mais aussi comme assembleur de dossiers et responsable de la relecture et de la distribution des rapports en prévision des nombreuses réunions qui rythmaient la vie de l'entreprise. En aucun cas je n'étais en charge du courrier, domaine réservé du secrétariat auquel je n'émargeais pas, or ces livraisons en mains propres de plis scellés s'apparentaient selon moi à l'expédition du courrier, et je tentais de comprendre cette étrange mutation de ma fonction professionnelle tandis que je conduisais la voiture vers l'entrée de l'autoroute, mais comme je m'apprêtais à m'y engager j'avais soudain changé de direction pour passer par la maison et emporter la boîte en carton contenant le maillot vert à motifs floraux et une serviette de bain, sur un coup de tête, comme ça, car au milieu des questionnements sur le rôle qu'on voulait désormais me faire jouer était apparue comme un flash l'image de la piscine à vagues du parc tropical ; avait alors surgi l'idée qu'une nouvelle occasion se présentait d'y faire l'expérience d'un peu de chaleur et d'humidité. Quand j'avais enfin remonté la longue rue au bout de laquelle je pouvais apercevoir, flanqué de toboggans, le dôme translucide de la piscine du parc tropical, j'avais ressenti, je l'avoue, une sorte d'excitation dont me semblaient témoigner le martèlement du sang dans mes tempes et une accélération de mon rythme cardiaque, et j'en avais presque oublié la tâche à accomplir qui m'avait mené là.

Comme lors de ma première visite j'avais patienté dans la salle d'attente. C'était la fin de la matinée et je voyais par la fenêtre le dôme de la piscine tropicale comme une promesse de territoires magiques, de dépaysement et de forêts vierges. Comme si une simple fenêtre ouvrait les murs épais de mon existence sur un paysage insoupçonné où tout était possible – la vie, l'inconnu, la fièvre aventureuse des tropiques qui pourtant ne m'avait depuis l'enfance jamais attiré (je n'avais pas rêvé de piraterie ou de marine au long cours, j'avais toujours préféré les climats tempérés et le calme d'une campagne sans relief ni surprise, ayant un certain goût pour la monotonie de mes activités). Cependant le dôme de la piscine exerçait sur moi son emprise à travers la fenêtre de la salle d'attente, et sans cesse happé, mon regard y revenait. Les murs de la salle d'attente étaient nus, d'un blanc glacial qui ne m'aidait pas à détourner mon attention des toboggans rouges et jaunes, et sur la table basse aucune revue, aucun objet, rien, la laque blanche du meuble reflétait la fenêtre et à travers elle le dôme de la piscine du parc tropical : j'étais envoûté. L'attente avait été brève, la cliente était entrée sans un mot dans la salle et je lui avais donné l'épaisse enveloppe en mains propres ainsi que le bordereau à signer, mais elle avait pris le temps d'ouvrir le pli et de consulter un à un les documents qu'il renfermait, je me tenais debout face à elle avec à la main un sac de toile microperforée très peu opaque qui contenait ma serviette de bain et le maillot vert à motifs floraux rouges, jaunes et orange, et je la regardais qui feuilletait les documents. Quel âge pouvait-elle avoir ? m'étais-je dit, son attitude ferme et hautaine avait quelque chose de la fin de trentaine, une sorte d'arrogance de l'âge triomphant, mais rien n'était moins sûr, elle avait les cheveux courts et pouvait aussi bien frôler la cinquantaine. J'attendais qu'elle en finisse de ses vérifications et le temps me semblait très long, elle était restée silencieuse puis, soudain, avait signé le bordereau sans relever la tête et me l'avait tendu, et enfin m'avait regardé, sans un mot, et avait regardé mon sac. Elle m'avait ensuite dévisagé comme on le fait d'un fou et s'était détournée, et en quittant la salle avait dit au revoir Monsieur, à la prochaine fois, et j'en avais déduit que d'autres documents me seraient à nouveau confiés à son intention.

* *
*

J'avais pris un billet pour l'espace aventure « Caraïbes » qui donnait un accès illimité aux toboggans, à la rivière sauvage, au jacuzzi et à la piscine à vagues, ainsi qu'aux transats disposés dans les aires de repos. Je m'étais mis en tenue dans une cabine étroite et j'avais aperçu mon reflet dans un miroir, le maillot vert à motifs floraux ne m'allait pas si mal, quoiqu'un peu tape-à-l'œil et serré, m'étais-je dit en voyant que les élastiques creusaient des sillons dans la peau de mes cuisses ou disparaissaient à la vue sous le ventre un peu bas, mais peu m'importait, l'inélégance resterait mon secret puisque personne ici ne pouvait me connaître. Passé le pédiluve, le vacarme assourdissant de l'eau tombant par hectolitres à la sortie d'un toboggan m'avait projeté dans un monde sauvage, plein de la fureur des éléments et de la puissance d'une nature débridée, et j'avais entrepris d'explorer ce territoire armé de ma serviette que je portais autour du cou. J'avais suivi d'un pas lent de sinueux sentiers de carrelage entre des massifs de bananiers et de palmiers nains, l'air était chaud, des bruits de cascade se mélangeaient à l'écho des voix humaines, les indigènes étaient nombreux malgré l'heure et le jour mais sans le moindre enfant et sans cri. Dissimulées parmi les plantes, de petites enceintes diffusaient des chants d'oiseaux dont je supposais qu'ils étaient tropicaux – je n'y connaissais rien, peut-être après tout n'y avait-il là que trilles du merle ou martèlements du pic épeiche, mon ignorance des tropiques était totale en matière d'ornithologie – et je déambulais entre les bassins avec la curiosité du naufragé pour son île, me laissant lentement gagner par la volupté et la langueur que j'avais tant désirées. J'étais encore de tropicalité trop récente pour m'aventurer sans plus d'acclimatation dans les toboggans ou même la rivière sauvage, d'apparence moins vertigineuse mais dont le parcours visible de tous secouait les corps, les tournait et retournait dans tous les sens, têtes soudain plongées sous l'écume explosive dans les détours des rapides, ne réapparaissant que pour cracher l'eau infiltrée dans les voies respiratoires et aussitôt heurtées par des pieds ou des coudes.

J'étais descendu par une pente douce dans un bassin d'eau chaude et m'étais immergé, un léger courant m'avait entraîné telle une tanche dans un ruisseau au long d'un couloir en spirale ; une sensation d'abandon m'avait envahi, je nageais sans mouvements, j'avançais sans nager et fondais dans l'eau chaude. À l'autre bout du couloir s'ouvrait un deuxième bassin d'eau calme, et en son centre un jacuzzi s'élevait où je m'étais installé, assis sur un banc carrelé, de l'eau jusqu'aux épaules qui bouillonnait et dans le bas du dos un jet massant, et j'avais balayé du regard les vastes étendues de la piscine du parc tropical, partout je voyais des plantes dont j'ignorais le nom et l'ignorance décuplait mon émerveillement ; quelques humains flottaient et se laissaient porter par l'ondée jusqu'au bassin d'eau calme ; mes pieds se soulevaient parfois du sol sous l'effet des bulles du jacuzzi et le maillot vert à motifs floraux se gonflait d'air, si bien que mon corps tout entier se soulevait à son tour du banc carrelé et je flottais entre deux eaux, assis non nageant, les pores de la peau ouverts par la chaleur de l'eau, eurêka, m'étais-je dit : j'étais bien.

Chose inattendue, en me soulevant les bulles du jacuzzi venaient à coups répétés frapper mon entrejambe, enfin je dis frapper mais c'était plutôt une sorte de massage par des mains abstraites et caressantes, et m'extrayant soudain de mes pensées j'avais pris conscience que je bandais ; alors même que mon attention vagabondait, mon corps réagissait de lui-même, et l'érection se faisait plus puissante, évidente et irréfutable, et j'avais craint qu'elle n'aille à son terme, aussi je m'étais vu devoir fuir prestement si j'avais été repéré, cerné peut-être dans ma nage par les preuves de ma joie, mais passé cette courte angoisse j'avais compris que les bulles expertes me maintenaient dans un état de demi-plaisir, une plénitude délicieuse et longue et à elle-même suffisante, comme le parfum d'un ragoût en cuisson est souvent bien supérieur à son goût.

J'avais repensé à la cliente.

Je ne connaissais rien d'elle, juste un nom : Rovelli. Fallait-il qu'elle soit importante pour que le bureau ait à dépêcher un agent à l'autre bout d'une longue route dans le seul but de lui remettre des documents en mains propres ? Bien sûr, je savais que le bureau traitait avec des gens occupant des positions importantes – je voyais leurs noms et qualités circuler dans les rapports que je relisais. Le bureau avait été aménagé avec des matériaux nobles et j'en déduisais des rentrées financières conséquentes ; la cliente Rovelli devait comme les autres payer d'onéreux honoraires, et j'avais la conviction qu'elle-même disposait de gros moyens, bien que la salle d'attente blanche et vierge n'en laissât rien paraître, au contraire de son attitude hautaine envers moi, mais quant à savoir ce qu'elle faisait et pourquoi ces documents devaient lui être remis en mains propres plutôt que par les œuvres postales du secrétariat, ça, je l'ignorais.

Tout de même, m'étais-je dit, c'est étrange ce soudain changement de ma vie professionnelle. De sédentaire elle devenait mobile. Je n'allais pas jusqu'à penser qu'elle devenait nomade mais la couleur monotone du bureau que j'occupais se troublait d'une touche d'itinérance, et si j'en croyais la cliente Rovelli, ces mouvements étaient appelés à se renouveler. De soubresauts allaient-ils devenir balanciers ? je ne pouvais encore le dire, je flottais pour l'heure dans l'eau chaude du jacuzzi, légèrement soulevé de mon siège par les bulles, mû par une force que je n'avais pas initiée, dans un état de langueur et de volupté que je devais, d'une certaine façon, à cette cliente dont j'ignorais tout, en outre jeté par elle dans la dissimulation et le mensonge car j'avais résolu de ne rien dire au bureau de mon escapade tropicale, et pas davantage à la femme chez qui je vivais.

J'étais resté longtemps dans le jacuzzi, malaxé par les bulles et bientôt gagné par une indifférence au monde dont j'apercevais la grisaille au travers des grandes baies vitrées, les maisons ouvrières accolées comme des tombes, étroites pièces aux plafonds bas, et le gravier par tonnes étalé partout pour que ne pousse pas l'herbe, et le ciel laiteux baignant la ville d'une pâle lumière bleutée, et les restes volatils de la rouille centenaire qui recouvrait les murs, et l'autoroute droite avec au bout le bureau, l'emploi, le corps assis sur une chaise habillée de toile qui grattait la peau à travers le pantalon, et la maison et ses travaux et l'emprunt à rembourser, pour ne rien dire, évidemment, de la pollution, et des guerres, et des maladies – ce monde, comment pouvait-on lui trouver le moindre intérêt au regard de ce que les tropiques avaient à offrir, la chaleur et les plantes à larges feuilles, la volupté et la langueur des corps, et les bulles du jacuzzi qui me faisaient bander ?

Un instant j'avais imaginé que le parc tropical pourrait déclarer son indépendance et quitter le monde, faire sécession, crac ! il faudrait alors pour toujours vivre sous le dôme translucide qui pouvait, pourquoi pas ? devenir un micro-État tropical, après tout il y avait, en Europe, bien des précédents, Saint-Marin, Andorre ou Monaco et même le Vatican, alors pourquoi pas le Parc Tropical ? Ce ne serait pas plus bête, la nationalité serait offerte contre un prix d'entrée modique dans la limite des places disponibles, il ne faudrait pour vivre qu'un maillot, un peu d'eau fraîche et quelques fruits, les besoins seraient réduits dans cette plénitude, et les corps plongés dans le jacuzzi vite rassasiés. J'imaginais très bien ne plus jamais quitter cette terre promise, y vivre sous un faux nom, une nouvelle identité tropicale, Général Pedro de la Vega Hernández y Jamón, ou quelque chose comme ça, et lentement vieillir sous les bananiers en pot, la peau flétrie par les bains incessants, ne plus répondre enfin qu'au nom de Don Pepe, le Señor des transats, padre des jacuzzi.

En contrebas du bassin d'eau chaude s'ouvrait la piscine à vagues. J'y étais entré par une plage en carrelage lisse, une pente légère menait le baigneur vers une zone profonde où j'avais perdu pied ; j'étais à peu près seul dans le bassin et de vagues il n'y avait point, rien qu'une eau étale à peine troublée par les mouvements de grenouille que je faisais avec les jambes pour me maintenir à la surface, et je m'étais demandé où étaient les sensations promises. J'avais ressenti un peu de déception, d'autant plus que l'eau était bien moins chaude que dans le jacuzzi, alors que j'espérais des tropiques un bien-être constant, une chaleur jamais interrompue, et comme je m'apprêtais à sortir du bassin une sonnerie avait retenti et lentement l'eau s'était mise à remuer, puis de plus en plus, et mon corps bercé d'un faible va-et-vient montait et descendait au rythme des vaguelettes qui apparaissaient comme par magie au bord du bassin, et grossissaient à vue d'œil au point de devenir de vraies vagues qui me soulevaient, me poussaient vers l'arrière et me ramenaient vers l'avant, jouet de flots impétueux, et je m'étais senti bois flotté, goémon et sargasse, je ne sentais plus la tiédeur relative de l'eau, descendu dans les creux je regagnais sans délai les crêtes au bon vouloir des vagues artificielles, en ballottant nonchalamment. Il m'était venu à l'esprit que jamais encore je n'avais senti mon corps libre de toute pression, et que précisément, à la merci des vagues de la piscine du parc tropical, je ne sentais plus aucune pression sur aucune partie de mon corps, mes mains baignaient librement dans l'eau et aucune force ne s'exerçait sur les paumes, pas plus d'ailleurs que sur les plantes des pieds ou les cuisses, ou les bras, je ne faisais aucun effort pour me maintenir à flot, l'énergie des vagues suffisait à me porter sans aucune violence : rien n'allait contre ma volonté alors même que je ne l'exerçais pas, et cette sensation m'avait troublé, le sentiment de flottaison et d'apesanteur tropicale avait vidé mon esprit comme le jacuzzi les pores de ma peau, alors pendant une fraction infime de temps j'ai eu le sentiment fugace de faire l'expérience de la liberté.

Aussitôt après, les vagues avaient commencé à décroître, la marée était redescendue et il m'avait fallu à nouveau battre des jambes, l'impression de liberté s'était éloignée aussi soudainement qu'elle avait fait mine d'apparaître, et je n'avais même plus été très sûr de l'avoir ressentie. J'avais reculé vers la partie du bassin où mes pieds touchaient le sol. La pression s'exerçait à nouveau sur mon corps pour qu'il tienne debout, les vagues avaient cessé et l'eau peu à peu avait retrouvé un calme morne, et déjà je regrettais la douce agitation tropicale qui m'avait saisi.

* *
*

Moins d'une semaine plus tard on m'avait de nouveau dépêché chez la cliente Rovelli, chargé d'un épais fourreau qui devait contenir au moins cent pages. Entre-temps je n'avais cessé de penser aux tropiques et à la piscine à vagues, je m'endormais le soir pour m'y plonger en rêve et au matin quittais le sommeil comme on sort de l'eau, tirant comme une ancre le regret de devoir m'arracher à la chaleur et au flottement. Je n'avais rien dit à la femme chez qui je vivais de l'empire qu'exerçait sur moi le souvenir de la piscine à vagues du parc tropical. J'avais réussi à lui cacher l'usage que j'avais fait du maillot vert à motifs floraux rouges, jaunes et orange que j'avais mis à sécher dans un coin du garage après l'avoir suspendu devant la soufflerie d'air chaud de la voiture pendant tout le trajet du retour, et j'avais fait de mon mieux pour ne rien laisser paraître du bouillonnement tropical qui couvait sous ma peau. Je m'étais attendu à ce qu'elle me reproche d'être taiseux ou lunatique, de m'enfermer dans une rêverie dont elle ne savait rien et qui l'excluait, de manquer peut-être de conversation ou de sembler absent, mais elle n'avait rien dit, peut-être même n'avait-elle rien remarqué, soit parce que j'avais été habile dans l'art de la dissimulation, soit parce que notre relation n'allait pas sans un certain désintérêt l'un pour l'autre. Quant à l'enfant, il menait sa vie, à peu près indifférent à celle des adultes et d'ailleurs, m'étais-je dit, que pourrait-il comprendre de l'attrait de son père pour une piscine tropicale pourvue de toboggans ? Il n'était qu'un enfant.

Vous devrez patienter pendant que je vérifie ces documents, m'avait dit Rovelli après avoir décacheté le fourreau de papier, puis elle avait jeté un œil vers moi. Mon sac de bain en toile microperforée me pendait au bout du bras, ses yeux s'y étaient posés puis elle avait imposé son regard au mien, sans autre expression que la sévérité, et en quittant la salle d'attente avait dit, sans se retourner, qu'elle en aurait pour une heure au moins.

Allez donc à la piscine, avait-elle ajouté, et revenez plus tard.

J'avais pris place dans le jacuzzi et tandis que s'ouvraient les pores de ma peau et qu'à nouveau les bulles stimulaient mécaniquement ma virilité, j'avais décidé que je ne pouvais pas fuir plus longtemps et qu'il me fallait essayer les toboggans et la rivière sauvage, c'est-à-dire soumettre mon corps à une descente rapide et incontrôlée, sans quoi mon expérience tropicale aurait manqué de nerf, trop portée sur le flottement et le soulèvement modéré des vagues, pas assez sur la secousse et l'essorage ; or les tropiques, m'avait-il semblé, ne pouvaient être seulement affaire de bien-être et de langueur, mais aussi de violence et même de brutalité, car les mers tropicales ne me semblaient pas exemptes de tourbillons ni de tempêtes. Cependant, les toboggans m'avaient assez rapidement lassé : trop unidirectionnels, trop prévisibles dans leurs effets ; une courte sensation d'accélération suivie d'un long ennui, avant d'en tomber comme l'œuf de la poule. La rivière sauvage avait quant à elle bien failli me noyer dans ses remous, tourné et retourné sens dessus dessous, le nez gorgé d'écume, tu veux de l'aventure tropicale en voilà, m'étais-je dit tandis que je sortais en toussant de la descente, la peau du dos éraflée d'avoir frotté les bords granuleux de la rivière, et boitant, le genou fracassé contre le mur sous l'effet d'un ressac.

J'étais alors entré dans la piscine à vagues comme un cap-hornier dans son havre, libérant mon corps de tous les coups et de toutes les griffures, et même de son propre poids. Je m'étais à nouveau laissé porter par le rythme des vagues artificielles qui surgissaient des parois du bassin, grossissaient en quelques mètres et me soulevaient, tandis que dans ma boîte crânienne le cerveau baigné de liquide céphalorachidien suivait un mouvement semblable, qui montait et descendait, montait et descendait, provoquant chez moi une transe de basse intensité, apaisant mon esprit purgé de ses encombrements, où des sensations élémentaires pouvaient alors se déplier, s'étendre toutes entières et pénétrer les nerfs, la lymphe, le sang, la salive, au rythme des vagues et des battements lents du cœur se propager, à travers la nuque de moins en moins raide, vers les membres et vers les tripes, puis remonter par la gorge et envahir la bouche pour déposer sur la langue le goût acidulé d'un bien-être dérobé à la banalité de l'existence.

* *
*

Dans les mois qui ont suivi, j'allais environ une fois par semaine livrer des documents à la cliente Rovelli, quelquefois une simple enveloppe, parfois des plis épais que je lui remettais en mains propres en échange d'un bordereau signé, et pas une seule fois je n'étais allé au-delà de la salle d'attente blanche dont une fenêtre donnait sur la piscine du parc tropical. Toujours je devais être là avant la fin de la matinée, et quand elle signait immédiatement le bordereau, ayant rapidement lu le document unique que contenait l'enveloppe, j'allais ensuite à la piscine où je pouvais passer deux heures car j'avais laissé entendre au bureau que c'était à peu près le temps qu'il me fallait pour m'acquitter de ma tâche et prendre mon heure de table. Mais si le pli que je lui remettais était plus épais, alors le temps que je passais à la piscine était proportionnel à cette épaisseur avant de récupérer le bordereau signé. En outre le bureau m'octroyait de temps à autre un jour de récupération pour compenser le temps perdu sur la route, et de ces jours-là je n'avais rien dit à la femme chez qui je vivais, et tandis qu'elle me croyait au travail j'en profitais pour faire l'heure et demie de route et passer du temps dans la piscine du parc tropical.

Bien souvent, assis dans le jacuzzi j'avais le loisir de regarder les corps qui venaient comme moi chercher leur dose de tropicalité. Parce que je venais toujours en semaine et dans la matinée je croisais peu d'enfants et d'adolescents, sauf une ou deux fois, les jours de congé scolaire, et le vacarme de leurs cris était insupportable, comme si des dizaines de perroquets s'étaient mis à hurler ensemble pour occuper tout le volume de la jungle, chaque cri se démultipliant en écho, et l'écho lui-même se mêlant à de nouveaux cris, et le dôme du parc tropical m'avait alors paru inquiétant, j'imaginais la panique des oiseaux à l'arrivée du prédateur, les tropiques se teintaient de sauvagerie et j'en ressentais de l'inquiétude et de l'inconfort. Ce n'était pas de ma part une détestation des enfants en eux-mêmes, après tout j'en avais un moi aussi – encore que le lien entre nous n'avait jamais été évident, je n'avais jamais été capable de communiquer avec lui sinon par l'exercice maladroit d'une autorité défaillante et souvent utilisée mal à propos, il semblait toujours, aux miens, préférer les bras de sa mère, recherchait ses baisers quand il se détournait des miens et ne souhaitait jamais ma présence à l'heure du coucher, mais je n'en avais jamais conçu de regrets et je l'aimais en conséquence, avec distance et incompréhension, et cette attitude envers lui s'appliquait à tous les humains de son âge. Ainsi je ne comprenais pas leurs cris et la manière dont ils troublaient le calme langoureux des tropiques ; comme par réflexe j'aurais pu les sermonner et exiger le silence, mais en réalité je ne les regardais que comme des animaux étranges, spécimens d'une espèce à laquelle j'avais moi-même appartenu mais dont j'avais oublié les chants et les usages, et que je ne comprenais plus désormais, coincés qu'ils étaient dans la vie morne des écoliers tandis que je larguais les amarres et découvrais la liberté caraïbe.

Dans les premiers temps, tout entier fasciné par la découverte des bienfaits de l'eau chaude et des vagues, j'avais prêté peu d'attention aux êtres qui fréquentaient la piscine, ne détectant leur présence que du coin de l'œil, éléments du décor semblables à des automates dans un parc d'attractions. Puis, comme j'étais devenu de plus en plus familier de l'île intérieure, comme j'avais exploré et délimité mon territoire, sachant les régions hostiles, les courants d'air ou les passages glissants, les sources chaudes et les plages accueillantes, et trouvant désormais mon chemin sans plus y réfléchir, j'avais commencé à observer celles et ceux qui venaient chercher leur dû de bien-être en ces lieux. Peaux laiteuses que l'âge fissurait, posées à même l'os et se gonflant à l'abdomen, peaux distendues et rouges sur des masses sans vigueur, épaules larges et puissantes sur des ventres proéminents, seins tenant à peine dans leur gangue synthétique, cheveux colorés de rose ou rasés figurant des motifs à prétention maorie, boucs tracés au cordeau comme à l'encre de Chine, nez percés d'anneaux, mains larges et épaisses frappant l'eau telles des palmes, hommes et femmes souvent loin déjà de la jeunesse dont les chairs accusaient autant la dureté du temps que la molle sédentarité, et qui luttaient contre le désarroi en se couvrant de tatouages… Un type en particulier me fascinait : comme moi il avait une prédilection pour le jacuzzi et la piscine à vagues, et souvent je le croisais qui faisait l'aller-retour ; il devait avoir la cinquantaine et sa peau était si fine et claire qu'elle paraissait bleutée par endroits, là où par transparence on devinait les veines et veinules, quand d'autres parties de son corps sec étaient entièrement envahies de dessins incohérents : une tête de femme aux longs cheveux dénoués, un Christ en croix, un oiseau de proie juché sur la branche d'un arbre mort et qui déployait une seule aile où étaient écrits les mots *Sympathy for the Devil*, le visage d'une Vierge pleurant du sang, des idéogrammes chinois, un couteau dont la pointe s'enfonçait dans le *s* de *Justice*. Les tatouages qui viraient au bleu et le bleu des veinules sous sa pâleur diaphane lui donnaient une allure spectrale ; ses jambes maigres, son bassin osseux semblaient fragiles, au bord de la brisure ; dans le jacuzzi sa peau semblait devoir éclater, bulle parmi les bulles. Il ne parlait à personne mais un jour je l'avais vu sourire à une femme qui lui avait fait un signe de la main : il manquait deux dents à sa mâchoire inférieure.

Ainsi les corps dans leur ensemble n'avaient rien de tropical, pour tout dire ils dépareillaient. Pourtant je ne savais pas grand-chose de ce qu'étaient de véritables corps tropicaux, je visualisais certes des teints hâlés et des chevelures sombres, une forme de beauté solaire idéalisée, de la moiteur perlée aux épidermes, mais la matière même des corps, leur masse, leur structure, leur dynamique, je n'en savais rien, je savais seulement que les corps tropicaux ne pouvaient en aucun cas être ces agencements d'albâtre cassant et maquillé d'encre, ces tissus usés par l'air vicié des zones industrielles en reconversion, ces corps chancelant même dans l'eau étale, et j'éprouvais une forme de dégoût à leur contact, pas pour ce qu'ils étaient, mais parce que leur vision interrompait mon immersion tropicale et me ramenait à la froideur du monde en dehors du dôme, et je m'efforçais le plus souvent d'en faire abstraction. Mon corps lui-même me posait question, car le pédiluve qui faisait frontière entre les vestiaires et l'espace « Caraïbes » était muni d'un grand miroir et je m'y voyais en pied à chaque traversée, ma peau aussi était trop blanche, portant les premiers points de rouille infligés par le temps, sans aucun muscle saillant pour en atténuer la monotonie, terreau à peine fertile pour un champ de poils inélégants poussés là sans densité, davantage savane que forêt, et jungle moins encore, et ces relâchements replets sous les bras, ces poches gonflées de graisse sous l'aréole figurant presque des seins de jeune fille, ces épaules rentrées qui affranchissaient le ventre de toute cohérence avec le buste, lequel semblait alors tomber comme un sac lourd de sable mouillé, et le cou empâté, strié de plis, et la raideur des membres sous l'embonpoint : toute cette machinerie organique m'apparaissait grippée. Ce corps, en rien aidé par le maillot vert à fleurs rouges, jaunes et orange légèrement trop petit, je me demandais souvent s'il avait quelque disposition pour l'aventure tropicale, et j'en doutais, j'en doutais douloureusement tant il semblait sans solidité, mal entretenu, incongru dans l'aventure comme dans la tropicalité. Je le regardais planté là, dans le pédiluve, dans l'entre-deux du monde et au mitan de sa vie, je l'imaginais destiné à se flétrir lentement dans son emploi, assis au bureau puis au volant puis à la table familiale, et je supposais que ces livraisons récurrentes à la cliente Rovelli, qui lui avaient ouvert les portes de la piscine à vagues du parc tropical, étaient tout ce qu'il pouvait attendre en termes de grand chambardement, de nouvelle direction pour l'avenir. Voilà, c'était cela, ce ne serait que cela. Certains corps sont précipités dans l'inconnu, deviennent bergers quand ils étaient notaires, acrobates quand ils étaient boulangers, j'ai même vu à la télévision une mathématicienne devenir astronaute, mais tous les corps ne peuvent en espérer autant, et pour celui que je regardais dans le miroir du pédiluve, il faudrait se contenter de ce faible déplacement, d'une secousse infrasismique en guise de tremblement de terre. Après tout la découverte des tropiques était comme un bonus auquel je ne m'attendais pas, et le sentiment éprouvé dans la piscine à vagues, le corps soulevé par les mouvements de l'eau, toute pression sur lui annulée, valait bien tous les bords virés de l'existence, ou du moins il faudrait m'en satisfaire.

Très vite cependant, j'avais senti, sous l'excitation de passer du temps dans la piscine à vagues du parc tropical, poindre déjà le confort de la routine. Mes livraisons hebdomadaires à la cliente Rovelli n'avaient plus rien de surprenant, et même si j'en étais informé à la dernière minute, je les attendais. Je m'étais débrouillé pour que mon maillot et ma serviette discrètement séchés soient toujours dans la voiture ; j'avais en effet constaté que le compartiment où étaient rangés la trousse de secours et le cric réglementaires, dissimulé sous un rehaut du tapis de coffre, était assez grand pour contenir mes effets de bain et les cacher à la vue de la femme chez qui je vivais, et donc, chaque jour, je m'en allais au travail en sachant que l'aventure ne me prendrait pas au dépourvu, que je pourrais sans hésitation ni détour faire l'heure et demie de route qui me séparait de la cliente Rovelli et de la chaleur humide des tropiques, et si ces quelques heures que je volais à mes employeurs autant qu'à ma famille conservaient le goût pimenté du mensonge et de la dissimulation, la facilité avec laquelle je pouvais rejoindre ce chemin de traverse sans conséquence en émoussait, chaque fois un peu plus, le tranchant.

J'étais devenu un habitué de la piscine du parc tropical, quand j'entrais les employés de l'accueil me reconnaissaient et ne me demandaient plus ce que je désirais, ils me souriaient et sans attendre me vendaient un bracelet pour accéder à l'espace « Caraïbes », parfois précédé d'un simple comme d'habitude, je suppose ? auquel j'acquiesçais en souriant moi aussi, puis j'allais me changer, passais le pédiluve et enchaînais une ou deux descentes de la rivière sauvage et quelques allers-retours entre la piscine à vagues et le jacuzzi où je rêvassais en érection, les yeux fermés, avant de repasser le pédiluve vers le monde extérieur. Et quand je quittais le dôme il arrivait qu'un employé de l'accueil me dise à la semaine prochaine, à quoi je répondais oui, sans doute, et je souriais, et je retournais au bureau de la cliente Rovelli pour récupérer le bordereau signé, ou bien reprenais la route pour retrouver le cours principal de mon existence, le travail, la vie familiale.

Mes expéditions au parc tropical étaient comme un bras secondaire du fleuve dont l'entrée cachée sous les branches basses était connue de moi seul ; de temps en temps je m'y aventurais, j'en connaissais les méandres et ne risquais rien.

La seule inconnue véritable était l'attitude de Rovelli. Serait-elle indifférente et expéditive, ou indifférente et exigeant du temps ? M'adresserait-elle une ou deux phrases, un regard ironique ou méprisant ? Je dois avouer que je ressentais une légère appréhension avant chaque rencontre, d'une certaine façon elle m'impressionnait, même si je ne savais rien d'elle, rien de ses activités ni des raisons pour lesquelles il était nécessaire de lui remettre des documents en mains propres au mépris des excellents services de livraison professionnelle, mais je me sentais face à elle comme un garçonnet intimidé quand bien même elle était plus jeune que moi, et cette appréhension, qui me tenait le ventre dès que je m'installais dans sa salle d'attente blanche, ne s'estompait qu'au contact de l'eau chaude du jacuzzi. J'avais fini par me dire que l'aventure tropicale n'allait pas sans une forme de tension, un danger latent, menaçant l'aventurier sous les traits d'un personnage inquiétant, et Rovelli l'était pour moi : l'inquiétude qu'elle suscitait chez moi charpentait l'expérience de la tropicalité, lui conférait son grain, la teneur en alcool de son rhum, rendait capiteux le parfum de ses fleurs. Je la sentais tapie dans l'ombre, prête à frapper, et pourtant jamais rien ne se produisait que cet étrange ballet entre nous, chorégraphié comme un rite vaudou où je lui remettais en offrande une enveloppe de documents que, mystérieuse prêtresse, elle acceptait en me remplissant de crainte.

Une nuit j'avais été visité par un rêve effrayant, ligoté seul dans une pirogue j'étais mené par le courant au cœur de la forêt, sous la garde de deux alligators qui escortaient mon frêle esquif et paraissaient chanter par leurs naseaux affleurant la surface des chants dans une langue inconnue, dont les sonorités provoquaient en moi un profond malaise, une nausée irrépressible ; je tentais de me défaire de mes liens mais ils étaient faits de peau de serpent et plus je m'agitais plus le reptile semblait prendre vie, son corps gonfler et enserrer de plus belle mes poignets et mes chevilles, et j'avais ainsi navigué de longues heures au plus noir de la nuit, aucun cri ne montait de la forêt et soudain la pirogue avait buté sur un rocher qui s'élevait au milieu du fleuve, et grossissait encore et encore tel un volcan qui émerge de l'océan, et au sommet j'avais distingué un corps aux multiples bras portant un masque de bois peint et de cuir rouge surmonté de longues cornes qui se changeaient en plumes, de longues feuilles séchées lui pendaient autour en collerette et il tenait dans la main un crâne humain qui avait conservé ses yeux, brillants comme les braises d'un feu où s'entassent des corps, alors le serpent qui me liait les chevilles avait fait rouler son corps sur lui-même, me menant vers ce masque effroyable sans que je puisse lutter. En m'approchant la terreur s'était emparée de moi, je sentais le sang prêt à jaillir en bouillon du fond de ma gorge, et quand j'avais été assez près je n'avais plus vu le masque mais à la place le visage dur de Rovelli qui me toisait sans un mot, me regardait de haut, et j'avais alors réalisé que j'étais face à elle en maillot, dans ce maillot vert à motifs floraux d'une taille trop petite et qui faisait saillir des bourrelets au ventre et aux cuisses, et j'avais balbutié pardon, pardon, désolé, j'ai oublié de m'habiller en quittant la piscine – et je m'étais réveillé.

Au matin j'avais conté dans les grandes lignes ce rêve à la femme chez qui je vivais, omettant toute référence à Rovelli, à la piscine du parc tropical et au maillot de bain vert à motifs floraux, et elle avait haussé les épaules sans me regarder, pas étonnant, avait-elle dit, avec ta nouvelle lubie d'écouter cette musique en boucle, tu ennuies tout le monde avec ça, avait-elle ajouté, ce n'est que justice mon pauvre.

En effet j'avais depuis quelque temps pris goût aux rythmes tropicaux, ayant fait l'acquisition d'une compilation de musique cubaine j'avais découvert les noms de Celia Cruz, Ibrahim Ferrer, Eliades Ochoa, Benny Moré, Machito et Compay Segundo, j'aimais surtout une chanson portant le titre de *Macusa* et j'avais pris l'habitude de jouer encore et encore cette compilation, et cette chanson surtout, encore et encore. J'y retrouvais la langueur et les eaux chaudes du parc tropical, l'écouter faisait remonter à mon esprit le peu de langue espagnole apprise à l'école et j'essayais de chanter en suivant la voix de Compay Segundo sans jamais y parvenir mais le rythme, lui, me traversait, me soulevait comme les vagues artificielles de la piscine et m'entraînait dans son balancement, et du rythme j'en avais voulu davantage, j'avais fini par acheter un disque de Tumba Francesa et j'avais rencontré les rythmes du mamier, du maruga et du tambora, les mains du bulayé frappaient la peau du bulá et c'était comme ma propre peau tendue qu'il frappait, tout mon corps résonnait et projetait le son de ces vibrations sourdes dans la maison, et la femme chez qui je vivais me hurlait de baisser le volume, c'est quoi cette musique bon sang ! criait-elle, alors je baissais mais bien vite, repris par le rythme, tenaillé par lui, je changeais de disque ; j'avais trouvé un enregistrement de tambours de la santería et les batás déchaînés hachaient le temps à chaque percussion, les paumes s'abattaient comme des milliers de machettes sur les pieds de canne à sucre, et mon corps de même tailladé était pris de secousses, tremblait sous les coups, je montais à nouveau le volume et peu à peu venait la transe, les yeux fermés je visualisais le parcours de la rivière sauvage, je pouvais me sentir tourné et retourné par le courant, concassé par les rythmes et la force des flots, la musique du rite me possédait et j'étais sous l'emprise rouge et blanche de Changó, mon crâne dans sa main comme un simple grelot, je perdais pied, la mer des Caraïbes m'avalait tout entier.

Alors la femme chez qui je vivais venait elle-même baisser le volume et je m'échouais sur le sable comme au sortir de l'ivresse.

Ah non, pas encore ce truc inécoutable, avait-elle dit un jour que j'avais oublié de retirer le disque de l'autoradio.

De la cumbia colombienne ! avais-je répondu.

Depuis lors je prenais soin de cacher avec mes effets de bain quelques disques dans la voiture, et je les jouais à pleine force pendant tout le trajet qui me conduisait vers la cliente Rovelli et la piscine du parc tropical. La musique emplissait l'habitacle et modelait peu à peu mes sens comme s'ils n'avaient été que glaise sous les mains agiles des joueurs de congas, elle s'insinuait tant et si bien que cet homme qui sortait de la voiture garée sur le parking de la piscine du parc tropical n'était plus moi, je veux dire plus celui que j'étais en y montant, son corps semblait plus souple, ses mouvements déliés n'avaient plus la raideur du quotidien, sa démarche se faisait coulée et bondissante tandis qu'elle était naturellement lourde et saccadée. Oh bien sûr, je l'ai dit, mon corps tel qu'il m'apparaissait dans le miroir du pédiluve n'en était nullement métamorphosé, les muscles restaient sournoisement dissimulés derrière divers amas graisseux, mais il tendait, dans l'infinie subtilité de ses terminaisons nerveuses, dans les flux électrochimiques dont il était le pantin, à s'orienter vers le sud, vers la fièvre de l'équateur, à n'être plus que ces rythmes galopants qui lui emballaient le cœur et provoquaient des sueurs démoniaques. Il fallait souvent quelques minutes pour me reprendre avant d'entrer chez la cliente Rovelli car j'aurais tout aussi bien pu danser devant elle, emporté à demi conscient par la musique qui continuait à m'obséder bien après l'arrêt du moteur, mais je n'ai jamais perdu mon professionnalisme et je maîtrisais en moi l'adepte du vaudou – au moins le temps qu'il fallait pour accomplir ma tâche et gagner la piscine et le jacuzzi du parc tropical, devenu le refuge où je donnais libre cours à mon esprit pour cingler vers les îles.

* *
*

Les yeux fermés, la tête penchée en arrière, appuyée sur le rebord carrelé du jacuzzi, je me rejouais mentalement *Cumbia sobre el mar* par le Trío Serenata, un morceau que j'avais écouté tout au long de l'heure et demie de route, le remettant plusieurs fois, jamais lassé de son soleil. Le son de la clarinette me faisait l'effet d'un vent chaud au sortir de l'eau, et les tambours roulaient comme les battements du sang dans mes tempes, tchacatchac tchacatchac tchacatchacatchacatchac, entraînaient un flux bouillonnant qui ouvrait en moi des voies inconnues, un torrent élargissait les artères, les veines et les veinules, irriguait des champs intimes que je croyais en jachère, et mon cortex redevenait fertile. Y poussaient comme une jungle les images dictées par la chanson dont je me répétais les paroles, *una vez me quedé, ahí dormido en la playa, y así yo soñé*, et je sentais presque le sable chaud sous ma nuque, des milliers d'étoiles s'allumaient sous mes paupières, *carrusel de colores*, et je me sentais tel un chamane quittant son enveloppe corporelle pour s'élever par-dessus lui-même, ou un esprit délaissant sa gangue de chair pour d'autres climats plus cléments, *y de pronto surgió, una reina esperada*, la clarinette prolongeait son souffle doux et lentement séchait mes cheveux. *Y de pronto surgió, una reina esperada, era Marta la reina, que mi mente soñaba*, et ainsi je m'endormais, ou plutôt je somnolais, ou même, plus exactement, je me détachais de l'éveil. J'étais là, dans le jacuzzi, les bulles massaient mon corps et me faisaient bander, mais dans la nuit qu'ouvraient mes yeux clos je voyais surgir une femme, un corps tropical non identifié dont je ne percevais pas même les formes ni les contours, et moins encore les traits du visage, au loin seulement les tambours rythmaient ses pas comme elle s'avançait vers moi, *a sus pies vi la luna, las estrellas, las aguas*, de ses pieds elle soulevait les eaux sombres et projetait sur moi des éclaboussures tièdes qui me faisaient sombrer davantage dans un songe apaisant, la lumière des étoiles se reflétait sur sa peau luisante, et plus elle s'approchait moins je parvenais à cerner son corps, ébloui par la clarté stellaire dont il était nimbé et par celle qui semblait jaillir des pierres précieuses enserrant son cou, et le rythme des tambours se faisait plus lourd, chaque coup porté sur la peau m'enfonçait sans douleur dans le sable chaud d'une plage déserte, je voyais ses lèvres bouger mais ne s'en échappaient que des sons informes, et comme elle continuait à s'approcher je réussissais à percevoir quelques mots, isolés d'abord et couverts du bruit lancinant des vagues sur la plage, puis des bribes de phrases, et soudain une voix grave et sévère s'était fait entendre, si ferme qu'une bouffée d'angoisse m'avait extrait d'un seul coup du rêve.

Bonjour, je ne vous dérange pas ?

Les épaules nues de la cliente Rovelli émergeaient devant moi des bulles du jacuzzi, ses cheveux noirs relevés, tenus par un élastique. Dans la sidération qui suit le réveil brutal il m'avait fallu quelques instants pour identifier son visage dont la présence en ces lieux, si proche, à quelques centimètres au-dessus de la surface bouillonnante de l'eau, était une hypothèse que je n'avais jamais envisagée. D'ailleurs peut-être n'étais-je pas éveillé. Peut-être la fièvre des tropiques m'avait-elle bel et bien pris, altérant mes sens et semant la confusion dans mon esprit amolli par les vapeurs d'eau chaude. Peut-être étais-je sous l'emprise de quelque mauvais œil, payant les libertés que je prenais avec le Code du travail d'une forme de démence par laquelle la figure de Rovelli se rendrait maîtresse de mon sommeil jusqu'à en occuper la moindre parcelle, devenant divinité sombre, Mami Wata la déesse des eaux couverte de pierreries venue pour m'emporter dans un monde inconnu, y faire de moi son esclave, mieux encore son adorateur, sa beauté fascinante comme celle d'un ouragan prêt à me dévaster. Ou bien était-ce seulement que mes fréquentes visites dans la salle d'attente des bureaux de Rovelli avaient lentement instillé en moi une forme de curiosité pour le mystère de cette cliente.

Or j'étais bien éveillé et Rovelli déjà, sans attendre que je reprenne mes esprits et moins encore que je réponde, s'était assise à côté de moi, sans que nos peaux ne se touchent, et elle regardait droit devant elle tandis que le jacuzzi continuait à produire des milliers de bulles à travers lesquelles je devinais son maillot de bain noir une pièce, déformé mais très visible, et m'inquiétais aussitôt qu'elle puisse voir avec assez de précision mon maillot vert à motifs floraux, trop petit, et surtout qu'elle puisse deviner, malgré les remous, l'érection persistante qu'ils provoquaient, et pire encore qu'elle l'attribue à sa présence, si bien que la surprise autant que l'anxiété me rendaient aphasique, en rien aidé d'ailleurs par l'impression de puissance qu'elle continuait de m'inspirer, même en dehors de sa salle d'attente, sur ce que j'étais fondé à considérer comme mon territoire, mon île tropicale dont je maîtrisais la géographie, et au sein de ce bassin, dans mon propre refuge, cette coquille liquide qu'était pour moi le jacuzzi – et cela même si sa tenue de bain lui dégageait les épaules et la rendait d'une certaine façon vulnérable car la peau à nu, offerte aux morsures des caïmans et des requins, des piranhas et des pythons réticulés, si toutefois une quelconque de ces bêtes sauvages avait fréquenté l'espace « Caraïbes » du parc tropical.

C'est la première fois que je viens, vous m'avez intriguée avec votre sac de bain, avait-elle dit.

J'avais pris l'habitude du silence, de ne rien dire aux corps qui fréquentaient la piscine (je n'avais pas cherché mon Vendredi et les mots d'ordinaire se diluaient dans les vagues artificielles). Quand enfin j'étais parvenu à articuler quelques sons, ce n'avait été que pour bafouiller que je prenais seulement mon heure de midi et qu'elle pouvait être certaine que je filerais ensuite pour remettre à qui de droit le bordereau qu'elle avait précédemment signé.

Ne vous justifiez pas, avait-elle coupé sèchement, gardant toujours le regard droit devant elle. C'est très agréable, ce jacuzzi. Je ne m'explique pas mon manque de curiosité, avait-elle ajouté. Je n'aurais jamais connu cet endroit si je n'avais pas observé votre empressement à vous y rendre dès que vous quittez mon bureau.

Les bulles du jacuzzi continuaient de masser nos corps mais je me sentais tendu, et la cliente Rovelli elle-même gardait le dos droit, les mains posées sur ses genoux serrés. Sans doute n'était-elle pas encore familière du monde tropical, de sa langueur, et cela déteignait sur moi, sa présence ici était à la fois incongrue et inquiétante. Je me sentais comme traqué en mon éden et j'attendais le tir de mousquet qui percerait mon flanc ; rien ne venait pourtant, et je ne prononçais aucun cri de défense, j'étais tétanisé comme le gibier dans les phares du chasseur, j'avais l'impression que tout allait s'écrouler, les bords carrelés du jacuzzi, les toboggans et la rivière sauvage, ainsi que les parois translucides du dôme tropical, et que l'île sombrerait dans les profondeurs du sol de l'ancien laminoir – ce monde idéal s'effondrant sur lui-même au moindre mouvement de Rovelli.

Détendez-vous, vous n'avez rien à craindre ! Vous ne croyez tout de même pas que je viendrais jusqu'ici pour vous nuire ?

Non, avais-je répondu, en effet, et j'avais repris mes esprits et expliqué que j'étais avant tout surpris de la voir là. C'est que, avais-je dit, c'est très troublant de passer en si peu de temps d'une distance professionnelle réglementaire à une proximité relativement dénudée dans un jacuzzi, et j'avais comme ri, enfin j'avais produit quelque chose qui s'apparentait à un rire ou à un toussotement, comme si j'avais avalé de travers en essayant en même temps de rire, mais elle, non, elle n'avait pas ri, ni répondu, alors moi-même je n'avais plus rien dit, j'étais resté là en attendant la suite, tandis que lentement les bulles du jacuzzi diminuaient en intensité, annonçant le moment où l'eau redeviendrait calme, comme en repos, les remous disparus, et avec eux mon érection.

Vous ne faites que le jacuzzi ? avait-elle fini par demander. Non, je ne faisais pas que le jacuzzi, j'allais aussi dans la piscine à vagues. Et les toboggans, vous allez dans les toboggans ? Je préfère la rivière sauvage, avais-je répondu, j'aime bien être secoué, les émotions sont plus fortes, et c'est aussi plus sportif. Parce que vous êtes sportif ? avait-elle dit aussi sec, sans que je puisse percevoir s'il y avait de l'ironie dans sa question, alors j'avais dit pas vraiment, mais assez pour préférer la rivière sauvage à la raide simplicité des toboggans.

Puis je m'étais tu, m'attendant à la voir se lever et quitter le jacuzzi maintenant que le bouillon avait tout à fait cessé, mais elle restait là, silencieuse, et nous étions seuls désormais dans le jacuzzi rendu à la platitude d'un banal bassin d'eau chaude, les autres amateurs de remous s'en étaient allés, et je ne savais pas très bien ce que je devais faire, s'il fallait que je m'en aille, au risque en me levant de paraître grossier – tout de même, Rovelli était une cliente importante, et quand bien même j'étais en maillot de bain vert à motifs floraux, d'une taille trop petite, je me devais de maintenir une certaine continuité du service, alors j'étais resté assis dans le jacuzzi au repos, même si j'avais envie de fuir et de m'enfoncer dans les grands fonds de la piscine à vagues, où peut-être d'ailleurs Rovelli me suivrait, et ce serait aimable de ma part de l'y inviter, mais il faudrait alors sortir de l'eau et me trouver devant elle en maillot, avec ce léger embonpoint qui m'apparaissait dans le miroir du pédiluve, une perspective qui ne me réjouissait guère, non que j'envisageasse le moins du monde un quelconque jeu de séduction entre Rovelli et moi, mais enfin j'avais ma fierté, déjà mise à mal de bien des manières dans la relation qui s'était installée entre nous sans que j'eusse besoin d'y ajouter l'étroitesse de mon maillot et ses motifs floraux.

Êtes-vous quelqu'un de confiance ? avait-elle dit.

Rovelli avait tourné vers moi son visage, et ses yeux sévères fixés dans les miens qui cherchaient à fuir avaient provoqué en moi un frisson inattendu dans l'ambiance tropicale. Une fois encore je n'avais su que répondre et c'est elle qui avait repris.

Vous êtes une sorte de livreur, non? Un livreur de documents confidentiels à remettre en mains propres, n'est-ce pas? Donc je vous demande si vous êtes quelqu'un de confiance. L'êtes-vous?

Et tandis que je balbutiais avec peine une réponse positive, Rovelli s'était éloignée en nageant. À aucun moment je ne vis d'elle autre chose que ses épaules fendant les eaux qu'elle brassait, et sans se retourner, de la même manière qu'elle quittait la salle d'attente, elle avait ajouté alors il faudra que nous parlions, la prochaine fois, et sans un mot de plus elle avait disparu, enfin plus exactement elle avait plongé la tête dans l'eau, avait nagé sous la surface et je l'avais perdue de vue, ne la voyant nulle part remonter ni quitter le bassin, comme un monstre marin regagnant soudain les profondeurs du lac, Mami Wata devenue l'eau elle-même.

* *
*

La semaine avait passé et au long des jours me revenait à l'esprit cette question comme la marée: étais-je digne de confiance? et la réponse qui semblait si simple apparaissait moins évidente. J'avais pourtant toujours honoré mes engagements, au bureau par exemple, jamais je n'avais failli à ma tâche, j'étais de ces fourmis sans conscience, assidues et dévouées aux devoirs de leur espèce, ne réclamant rien d'autre que ce qui m'était donné, mais c'est aussi pour cette raison que la femme chez qui je vivais se défiait de moi, tu n'as pas d'ambition, disait-elle, ta loyauté devrait n'être que pour nous, pour ta famille, au lieu de quoi tu te complais dans des besognes sans envergure, tu n'exiges rien de plus, moi je me démène et toi tu n'es qu'un épi de blé dans le vent, domestiqué à donner son grain, et elle avait raison, sans doute, depuis que nous vivions ensemble elle avait travaillé dur, elle avait chassé tandis que je cueillais, et le chevreuil véloce est plus difficile à saisir et bien plus nourrissant que la framboise ou la mûre ; sur elle l'enfant pourrait compter alors qu'engager sur moi quelque mise que ce soit serait un pari risqué.

Trouves-tu que je sois digne de confiance ? lui avais-je demandé un soir de cette semaine étrange, et elle n'avait pas répondu, elle avait haussé les épaules et augmenté le volume du journal télévisé ; je n'avais pas insisté.

Le lendemain matin j'avais déposé à sa secrétaire les documents à remettre en mains propres à la cliente Rovelli, et j'en avais été ennuyé car la procédure était inhabituelle, *stricto sensu* je dérogeais aux consignes, mais je craignais de me trouver dans la salle d'attente face à cette femme dont j'avais deviné le maillot de bain noir une pièce à travers les remous du jacuzzi ; je craignais de croiser son regard sévère et de l'entendre me dire il faut que nous parlions, êtes-vous digne de confiance ? et de ne pouvoir répondre avec fermeté. Chaque jour passé je m'étais reposé la question et chaque jour j'étais resté sans réponse autre qu'un inconfort et la sensation que ma peau tirait et se tendait et craquait par endroits, et la nuit j'avais rêvé de Rovelli, ne me rappelant rien du rêve, mais au matin, dans la semi-réalité qui s'impose au réveil, j'avais ressenti une forme indéfinie de désir. J'avais repensé au corps de Rovelli déformé par l'eau bouillonnante, à son maillot de bain noir une pièce : il y avait eu quelque chose de troublant à l'avoir aperçu, mais ne l'avoir aperçu qu'à travers un filtre, et cela, ajouté à la bizarrerie de cette rencontre dans le jacuzzi du parc tropical, avait accru son mystère et l'inquiétude qu'il provoquait en moi.

J'avais plus tard passé le pédiluve comme un poste-frontière ; je me sentais en fuite, cherchant à me cacher dans un pays lointain, où j'aurais de mes secrets la possibilité de ne rien dire et de ne rien montrer, un pays étranger cerné d'un océan aux fosses sombres et aux tempêtes infranchissables, et dans ce pays isolé je voulais me dissimuler au cœur d'une jungle si dense que seule y pénétrait la chaleur humide, et j'avais eu besoin de me remettre les idées en place, de décoller cette couche d'angoisse muette qui m'encombrait la poitrine. J'avais pour une fois soumis mon corps à quelques descentes de toboggan, insistant sur celui qui me précipitait à toute vitesse, à travers un boyau fortement pentu et droit, dans un gigantesque siphon dont on faisait trois ou quatre fois le tour sous l'impulsion de la vitesse acquise, avant de perdre tout sens et tout repère dans ces circonvolutions, à moitié noyé par les bouillons qui parfois submergeaient le visage, et de glisser alors au centre du siphon comme dans la bonde d'une baignoire dont l'eau s'écoule, jeté deux mètres plus bas dans une piscine profonde. Je me disais que peut-être ce toboggan symbolisait un trou noir, là où le corps, au-delà de l'horizon des événements, s'approchant dangereusement du centre, ne peut plus résister à la force gravitationnelle et s'y disloque, chacun de ses atomes étiré jusqu'à l'absurde en un fil infini de matière et débouchant peut-être dans un autre univers, à la fois semblable et différent, mais chaque fois pourtant je tombais dans la même piscine profonde où je manquais de suffoquer, et l'univers où je reprenais pied était toujours celui-ci, où je n'avais pas de réponse à la question que m'avait posée Rovelli.

Quand j'en avais eu assez de la force centripète j'avais enchaîné quelques descentes de la rivière sauvage et j'y avais pris de plus en plus de plaisir. La vitesse et la difficulté à garder la tête hors de l'eau requéraient une concentration totale. Aucune pensée, nulle rumination ne pouvaient interférer, c'était, littéralement, se vider l'esprit et atteindre un état de conscience tel que, j'imagine, yogis ou autres méditants mettent des années à entrevoir – et pour parvenir à cet état de transcendance absolue, quelques descentes enchaînées de la rivière sauvage suffisaient. Une méditation sauvage, voilà ce dont il s'agissait, une façon de sortir de son corps en lâchant prise, cheval fou galopant dans l'écume, je devenais un bonze à l'épreuve des rapides, l'éveil à ma portée, Bouddha lévitant par-dessus les chutes. Grisé par l'illumination je m'étais lancé dans une descente à l'aveugle, les yeux fermés pour perdre le peu de contrôle que j'avais sur mon corps et ses mouvements, mais de cette manière j'étais parfois projeté brutalement contre les parois de la rivière sans rien pouvoir esquiver et j'avais heurté un mur de plein fouet avec mes côtes droites, j'en avais eu le souffle coupé un instant, j'avais tenté de me redresser mais le courant m'avait emporté et j'avais bu la tasse; au sortir de la rivière je toussais, crachais l'eau infiltrée dans mes poumons et la douleur dans mon flanc en était insoutenable, elle avait le loisir d'occuper toute la place dans un esprit au préalable vidé, et il m'avait semblé sage d'aller parfaire mon éveil dans le jacuzzi.

Rovelli était assise sur le petit banc carrelé, ses épaules nues se devinaient à travers les bulles. Quand je l'ai vue il était trop tard, j'étais déjà debout sur la première marche de l'escalier menant au bassin, l'eau chaude arrivait juste au-dessus de mes chevilles et elle me regardait, j'ai vu ses yeux se fixer un instant sur mon maillot vert à motifs floraux rouges, jaunes et orange, trop étroit, mais elle n'a pas souri, son visage est resté comme toujours impassible, comme si aucun muscle ne s'y contractait jamais pour en modeler la forme, et sa peau ruisselait de gouttelettes qui suivaient l'arc de ses sourcils vers ses pommettes, et de là roulaient vers le menton et chutaient. Aucune ne semblait perturber son regard, elle n'avait pas à passer la main sur les yeux pour s'en débarrasser, elle me scrutait sans même cligner des paupières. Je me suis approché en nageant ; je brassais, la tête hors de l'eau, mais le coup encaissé au flanc me faisait grimacer. J'essayais de ne pas la regarder mais comme j'allais atteindre l'entrée du jacuzzi elle a dit je vous attendais, venez vous asseoir, et tant bien que mal je me suis glissé sur le banc à côté d'elle avec quelque distance, en me contorsionnant pour ne pas avoir à me relever et lui donner l'occasion de voir de près les détails floraux de mon maillot, mais à peine assis les bulles du jacuzzi se sont mises à frapper délicatement mon entrejambe et j'ai commencé de nouveau à bander.

Vous voyez, vous m'avez convertie. Je ne peux plus me passer de cet endroit, a-t-elle dit.

Malgré les remous qui le déformaient j'avais le regard attiré par le maillot de bain noir de Rovelli, tendu sur sa peau, et j'ai fait un effort pour regarder au loin, devant, vers un bosquet de plantes à larges feuilles d'où montait un chant d'oiseau enregistré, et je cherchais encore une réponse quand elle m'a dit je dois vous parler, il faut que nous parlions, j'ai besoin de quelqu'un digne de confiance. J'ai répondu que je ne savais pas, finalement, si j'étais digne de confiance, enfin que je ne voyais pas bien ce qu'elle entendait par là, et que je ne faisais que mon travail, et puisque mon travail avait été, entre autres choses, de lui livrer des documents en mains propres, eh bien je l'avais fait, consciencieusement, ça je pouvais l'affirmer, mais de là à savoir si j'étais digne de confiance, eh bien c'était un peu compliqué, et...

Je suis très satisfaite de vos services, m'a-t-elle interrompu, très satisfaite, et c'est de ce genre de services que je voudrais vous parler.

J'avais du mal à me concentrer sur ce qu'elle disait, je ne comprenais pas ce qu'elle me voulait et me suis demandé si le corps de Rovelli était un corps tropical, si son maillot de bain noir tendu soulignait des formes tropicales et si oui, de quelles formes il s'agissait. Étaient-ce les larges courbes des rivières de l'Amazonie ou les ondulations serrées et rapides du serpent des mangroves – et ce serpent cherchait-il à m'entraîner vers où me dévorer, devais-je craindre les crocs et le venin, de quelles aiguilles mon corps allait-il être transpercé, étais-je le sujet de quelque maléfice, et le vaudou faisait-il planer par-dessus ma tête la malédiction des esclaves de Mami Wata, asservis à ses charmes empoisonnés ?

Plus exactement je voudrais vous parler de livraison, a repris Rovelli. Vous faire une proposition.

Car vous êtes bien livreur, en quelque sorte, a-t-elle ajouté. Mais un livreur de confiance, une caractéristique très rare, et un homme discret, secret même, a-t-elle précisé, par exemple ce jardin secret du dôme du parc tropical, ce luxuriant jardin secret, ce n'est pas commun.

Cette façon que j'avais de déposer les documents avec diligence et discrétion puis de venir descendre les rapides et méditer dans un jacuzzi, voilà qui l'intriguait.

Ce que je sais de vous me convainc que je peux vous faire confiance, a-t-elle encore dit. Que vous êtes digne de confiance. Qu'en pensez-vous ?

Rien, ai-je dit, rien, je n'en pense rien, je ne comprends pas ce que je peux faire pour vous.

Je parlais vite désormais, la situation vraiment était très inquiétante, Rovelli avait fait entrer au cœur même du jacuzzi des angoisses qui frétillaient comme un banc d'anguilles dont je sentais le courant électrique pénétrer le noyau de chacune de mes cellules pour en déstabiliser la structure. Non, décidément, je n'en pensais rien, je m'étais vidé l'esprit dans le toboggan puis dans la rivière sauvage, l'avais ensuite empli de douleur, et maintenant une anxiété sourde y faisait son nid. Penser, je ne pouvais plus : j'étais mûr pour les crocs du serpent.

Je voudrais que vous fassiez une livraison pour moi, m'a-t-elle dit sans même paraître m'avoir entendu, et elle s'est d'un seul coup tournée vers moi, ses yeux fixés dans les miens comme si nous avions une conversation intime. Des documents, et un petit colis. En mains propres. Exactement comme ce que vous faites chaque semaine. Puis elle avait laissé s'installer le silence de mon étonnement avant de répéter qu'elle avait besoin de quelqu'un digne de confiance.

Pourquoi n'envoyez-vous pas tout ça par courrier, ou par une société agréée ? ai-je dit, je ne suis pas vraiment livreur vous savez, avant tout je m'occupe de préparer des réunions et des documents. Elle s'est lentement penchée vers moi, les bulles du jacuzzi commençaient à retomber mais je bandais encore, et j'ai eu peur qu'elle le remarque, moi-même je voyais plus nettement ses jambes et son maillot de bain noir une pièce tendu à la perfection sur son corps.

Je vous l'ai dit, a-t-elle repris, j'ai besoin de quelqu'un en qui je puisse avoir confiance. Ce sont des documents et un colis à remettre en mains propres, je ne peux prendre le risque qu'ils se perdent.

Je lui ai dit que je ne savais pas si c'était possible, que j'étais bien sûr prêt à lui rendre service, dans la mesure de mes moyens, par exemple si elle voulait que je poste pour elle un courrier, mais enfin, j'avais un emploi et je n'étais pas certain que mon employeur m'autoriserait à effectuer une livraison personnelle pour une de ses clientes, d'autant plus, encore une fois, ai-je ajouté avec une pointe d'orgueil impossible à dissimuler, que je n'étais pas vraiment livreur mais, pour être exact, préparateur de réunions.

Vous pourriez simplement prendre deux ou trois jours de congé, a-t-elle dit, vous faites ce que vous voulez de votre temps libre, n'est-ce pas ? eh bien voilà, vous pourriez prendre un congé et bien sûr je vous paierai pour faire cette livraison, ce n'est pas un service que je vous demande gracieusement mais bien de me louer vos compétences.

Son ton se faisait de plus en plus familier mais il restait ferme et direct, toute son autorité s'y exprimait et ne trouvait en face que le ventre mou de mon corps non tropical, et elle a ajouté que, bien entendu, elle ne remettait pas en question mes qualités de préparateur de réunions, mais qu'elle avait pu observer que je m'acquittais de cette tâche de livraison en mains propres avec beaucoup d'efficacité et de sérieux, et que les documents et le colis qu'elle avait à faire livrer étaient de la plus haute importance, raison pour laquelle elle faisait appel à moi.

Aussitôt elle a ajouté que, ce jour-là, j'avais tout de même un peu failli à ma mission en ne lui remettant pas les documents en mains propres mais en les abandonnant à sa secrétaire, mais qu'elle ne m'en tenait pas rigueur, qu'elle ne s'en plaindrait bien sûr pas à mon employeur, et qu'elle espérait que je ferais preuve de la même confiance vis-à-vis d'elle, car oui, a-t-elle dit, il s'agissait de lui accorder ma confiance autant qu'elle m'accordait la sienne, c'était une proposition amicale autant que professionnelle, et si j'acceptais, nous étions bien d'accord que cela devrait rester entre nous, jamais elle n'en toucherait mot à mon employeur, de même qu'elle ne lui dirait rien de mon incartade de ce matin, ni même de mes fréquents séjours sous le dôme du parc tropical ; cela, tout cela resterait entre nous, elle voulait que je le comprenne bien, elle me faisait confiance, je lui faisais confiance, c'était un bon deal, et elle était certaine que j'accepterais sa proposition, enfin plutôt sa requête, ce n'était pas grand-chose après tout, deux ou trois jours de congé et une livraison rémunérée pour que toute cette confiance s'épanouisse entre nous et ne flotte pas en vain dans l'eau chaude d'un jacuzzi éteint, et elle m'a demandé de nouveau ce que j'en pensais.

D'un seul coup j'ai réalisé ce qu'elle venait de dire et je lui ai dit que je ne voyais pas pourquoi je devrais prendre deux ou trois jours de congé pour faire une livraison, que je pouvais bien sûr, étant donné tout ce qu'elle m'avait dit, effectuer pour elle une remise en mains propres, mais que prendre pour cela deux ou trois jours de congé me semblait exagéré, et j'ai pensé un instant qu'elle imaginait que pour une livraison je passerais deux jours entiers à barboter dans la piscine du parc tropical, j'en ai été un peu vexé et la vexation s'est subtilement mêlée à l'anxiété qui m'avait saisi, autour de moi nageaient déjà les anguilles de l'angoisse, et désormais aussi les vipères d'eau de la vexation, et je m'apprêtais à lui dire que j'allais la faire, sa livraison, et en vitesse, et sans prendre de congé, car pour qui à la fin me prenait-elle ? J'allais faire sa livraison par sens du service à la clientèle, oui, parfaitement, et j'allais lui dire, à Rovelli, que je n'avais pas besoin de congés pour la cause, mais comme j'allais parler, d'un coup elle a détaché son regard de moi et l'a comme auparavant porté loin devant, et d'une voix blanche et tranchante a dit j'espère que vous n'avez pas peur de conduire dans Madrid.

* *
*

Dans la piscine à vagues du parc tropical, je m'abandonnais à la merci du courant artificiel, maintenu en place par quelques lents mouvements de brasse, et les yeux fermés me laissais porter par l'ondée. J'alternais les crêtes et les creux, sur les crêtes le vertige et dans les creux le doute, et des unes aux autres je glissais, plus aucune pression ne s'exerçait sur mes pieds, mes jambes, mes bras. Mon ventre rebondi semblait léger, toute cette mécanique en veille assurant le service minimum de flottaison. Voilà ce que j'aimais, je crois, sous le dôme du parc tropical, cela très précisément : le service minimum de flottaison. Il me semblait que j'aurais pu me satisfaire de vivre une vie ainsi faite, une vie où flotter suffirait, réduite à son expression la plus naturelle, une vie presque nue et dépourvue de volonté, de choix, de décision. Où gagner les crêtes et les creux serait affaire de courants et de marées. J'aurais voulu une vie à température constante, tendant à la chaleur et à la langueur, une vie tropicale qui ne serait rien qu'un long moment d'indolence entre deux néants. La femme chez qui je vivais me reprochait souvent de me complaire dans l'immobilité et l'ennui, nous faisons toujours les mêmes choses, disait-elle, nous allons toujours aux mêmes endroits avec les mêmes gens, nous ne rencontrons jamais personne de neuf, et souvent elle m'avait dit s'ennuyer, elle espérait autre chose, davantage de, moins de, ou autrement, elle se plaignait de l'inertie de notre quotidien, de la longue ligne droite sans tremblements qui avait suivi l'impulsion des débuts, et qu'on sentait peu à peu ralentir, et qui sans doute finirait par s'éteindre. Elle n'y trouvait rien de confortable, dans cette plaine, me disait-elle, mais il faut dire qu'elle ne savait rien de la piscine à vagues du parc tropical, elle en ignorait les envoûtements et la douceur de n'être qu'un morceau de bois flotté, l'aisance à se dissoudre dans les bulles du jacuzzi, le grand nettoyage intérieur d'un enchaînement de descentes de la rivière sauvage ; elle ne se doutait pas que lorsqu'un corps à trente-six degrés est plongé dans une eau à peine moins chaude, c'est comme un retour à l'équilibre ; elle ne sentait pas dans le mouvement des vagues artificielles le rythme de la cumbia, tchacatchac tchacatchac tchacatchacatchacatchac, ni le son mat des peaux sous les mains des joueurs d'alegre, cette pulsion lente qui convient au cœur et jamais n'essouffle. Le feu qu'ils allument ne consume pas les chairs.

Les chants d'oiseaux enregistrés montaient des massifs de plantes à larges feuilles. L'eau tombait en cascade à la sortie des toboggans. Je glissais des crêtes aux creux, du vertige au doute, une torpeur m'envahissait et bientôt une transe. Les vagues artificielles gonflaient doucement. Les crêtes étaient plus hautes, les creux plus profonds, le vertige se faisait exaltation et le doute angoisse. Les montées et les descentes se succédaient pourtant sans brutalité ni à-coups, et je me suis dit que c'était sans aucun doute ça, cette sensation-là, les tropiques, cette sensation de glissement sans heurt, et que la tropicalité était une question de fluidité, voilà, de fluidité, me suis-je dit. Il ne s'agissait nullement de supprimer le vertige et le doute, l'indolence n'est pas l'immobilité, tout ce qui importe c'est la fluidité, et j'ai eu l'impression que l'épiderme se décollait délicatement de mon corps et qu'un peu d'air frais se glissait dessous, venait le gonfler. Il m'a semblé que je flottais mieux, que je pourrais flotter ainsi sans fin, sans jamais couler ni devenir épave ou toucher terre sur la plage carrelée, sans qu'à aucun moment l'eau tiède me pénètre pour noyer mes poumons. Il m'a semblé qu'il ne pouvait exister meilleur endroit pour vivre que cette pente douce entre les crêtes et les creux des vagues artificielles, et qu'un jour il suffirait que lentement je me dissolve dans l'eau pour que tout se termine, ce serait fluide et sans douleur, il n'y avait donc aucune raison de jamais sortir de la piscine à vagues du parc tropical.

2. LA GORGE

En fin d'après-midi, je me suis assis à la terrasse d'un bar de la Plaza del Dos de Mayo et j'ai commandé un verre de vin blanc, plutôt doux, un vin dont j'ignorais le nom ou s'il était espagnol, ou de quel cépage il provenait, alors même que le serveur m'avait donné le choix entre plusieurs en me citant très vite leurs noms, du moins c'est ce que j'avais cru comprendre car il m'avait semblé entendre le mot *Rioja* qui, seul, m'avait évoqué quelque chose, un genre de vin peut-être, dont j'étais bien incapable de me rappeler le goût ni même s'il me plaisait d'habitude, à supposer qu'il m'eût été donné d'en boire auparavant, et au nom suivant j'avais opiné au hasard.

Au-dessus des toits des immeubles qui ceinturaient la place, le bleu sans nuages du ciel de janvier semblait par endroits virer au jaune et s'assombrir en même temps, et comme je faisais tourner dans mon verre le vin pour me donner l'air de m'y connaître, le ciel mutant s'y reflétait, et les toits des immeubles, et je fixais du regard le ciel qui tournoyait et ses couleurs se mêlaient au vin, le vin me montait à la tête et un semblant de début d'ivresse s'installait, le ciel de plus en plus sombre et de plus en plus jaune paraissait si exotique, et pourtant j'ai pensé que ce n'était pas le plus étrange de ma situation, et que si le ciel de Madrid devenait à la fois plus clair et plus sombre, c'était une bizarrerie bien moindre que d'être assis au plein cœur de l'hiver sur une terrasse de la Plaza del Dos de Mayo à boire du vin blanc par petites gorgées, loin de ma vie où il faisait très certainement froid et brumeux, avec peut-être même de la neige prête à tout recouvrir. Le vin faisait mine de me monter à la tête et comme je le faisais tourner dans le verre j'y ai plongé le nez pour en humer les parfums, comme un connaisseur, feignant d'être suffisamment intime du monde viticole pour pencher la tête à droite puis à gauche, narine droite puis narine gauche ouvertes aux arômes, et je me suis demandé ce qu'il pouvait bien y avoir à sentir d'autre que le parfum d'un vin plutôt doux. Pourtant je me suis pris au jeu, parce que déguster ce vin en connaisseur amplifiait le bien-être et le sentiment de léger bouillonnement, de douce excitation qui s'était emparé de moi, ce semblant de début d'ivresse que je ressentais du simple fait de boire un verre de vin blanc en terrasse à la fin du mois de janvier, quand bien même il faisait froid et quand bien même l'idée de pouvoir être assis en terrasse à cette heure du jour et à cette période de l'année était de loin plus précieuse que le fait de l'être réellement.

J'en ai pour quatre jours par la route, avais-je dit à la femme chez qui je vivais, deux jours à l'aller et deux jours au retour. Il s'agit d'une livraison en mains propres de la plus haute importance, et qui demande de la discrétion, avais-je ajouté sans me laisser décourager par sa moue incrédule. Elle ne comprenait pas, quelle stupide manière de faire, avait-elle dit, pourquoi diable m'envoyait-on, en dépit du bon sens, traverser l'Europe pour une vulgaire livraison, pourquoi n'en chargeait-on pas une société de transport ? Quel gaspillage de temps et quelle pollution inutile ! Et d'ailleurs pourquoi fallait-il que ce soit moi, quel larbin étais-je pour me prêter à cette mascarade ? J'acceptais vraiment tout et n'importe quoi, avait-elle dit dans un soupir de mépris, avant d'ajouter qu'elle avait besoin de la voiture et qu'il n'était pas question que je la monopolise pour un usage à ce point imbécile.

Peu importe, avais-je menti, le bureau me fournit une voiture – car en effet j'avais menti : à elle j'avais dit que j'allais à Rome pour le compte du bureau, je n'avais pas parlé de Madrid ni de Rovelli, j'avais dit le bureau m'envoie faire une livraison en mains propres de la plus haute importance à Rome, tandis qu'au bureau j'avais dit que je prenais quatre jours de récupération sur mes heures supplémentaires pour me rendre aux obsèques d'une cousine en Allemagne, où je n'avais en réalité pas de famille. Rovelli avait insisté pour que j'utilise ma voiture personnelle pour effectuer la livraison et que je sois le plus discret possible, sans m'arrêter en chemin afin de ne prendre aucun risque avec le colis à remettre, et je lui avais dit bien sûr, je prendrai ma voiture et ferai le trajet d'une seule traite. Quelle voiture avez-vous ? avait-elle demandé, et je lui avais répondu une voiture familiale, un peu bruyante sur autoroute parce que l'habitacle n'est pas bien isolé, et donc pas taillée pour les longues distances mais enfin ça ira, ce qui fait que j'avais dû chercher un loueur de voitures proposant une voiture familiale pas taillée pour les longues distances et pas trop chère non plus car je ne pouvais pas faire de dépense importante ni arriver chez Rovelli au volant d'un coupé sport.

Je trouvais que cette toile habilement tissée de mensonges véniels constituait la condition de base de l'aventure que je m'apprêtais à vivre, car cette simple livraison à Madrid d'un colis mystérieux pour le compte d'une cliente mystérieuse m'était apparue comme une aventure, cap au large, un petit jeu pour moi seul et dont moi seul connaîtrais les termes réels.

J'avais quitté la maison dans l'indifférence et en fermant la porte sur ce foyer mal ajusté, en lui tournant le dos pour monter dans une voiture de location dont je ne connaissais pas l'odeur, j'avais pensé que peut-être derrière moi tout s'écroulait déjà, comme dans un film américain, que le cadre de l'image où j'avancerais face caméra serait déjà envahi par la poussière s'élevant des décombres. Ainsi l'aventurier s'engage-t-il sur la piste de son destin, m'étais-je dit, le grand ailleurs et les embruns, les coups de fusil et les contrebandiers, les corps tropicaux indolents sous les palmes, et j'avais ouvert la portière du monospace familial gris loué pour quatre jours, option kilométrage illimité, roulant au diesel et disposant d'un ordinateur de bord permettant de changer la musique d'une simple injonction vocale. Après m'être installé j'avais regardé par la vitre conducteur : la maison de la femme chez qui je vivais était toujours là, et l'air tout autour n'était pas chargé de poussière, rien n'était tombé. Je ne pars que quatre jours, m'étais-je dit, tout sera là à mon retour, et j'avais mis le contact.

Vous passerez par la rue parallèle qui longe les arrière-cours, m'avait dit Rovelli, et vous arrêterez la voiture devant la porte coulissante bleue, la sonnette est à droite, trois coups brefs et je saurai que c'est vous.

Quand le moteur électrique a lentement hissé le hayon j'ai vu apparaître ses jambes, le rideau métallique se levait sur elles dont je n'avais pas remarqué qu'elles étaient aussi longues et maigres, des bas noirs opaques les couvraient et tandis que le hayon montait, dévoilant les tibias à peine débordés par les mollets puis les genoux puis les cuisses, je me suis demandé où cela s'arrêterait, si son corps tout entier se révélerait vêtu de nylon, mais alors une jupe courte est apparue puis la veste du tailleur et enfin le visage de Rovelli qui était fermé, dur comme celui qu'elle me présentait toujours quand je lui livrais des documents en mains propres. Elle était seule et tenait la poignée télescopique d'une valise montée sur roulettes, en plastique noir, de petit gabarit comme celles qu'il n'est pas nécessaire de mettre en soute lors des voyages en avion, et j'ai cru un instant qu'elle avait décidé de m'accompagner pour ce périple. Je chutais en grade, de commis devenais-je chauffeur ; l'espace d'un instant je me suis demandé si elle allait s'asseoir à l'arrière comme dans une limousine – ce qu'à l'évidence le monospace familial gris n'était pas – ou si elle prendrait la place du passager avant, à moins qu'elle ne souhaite conduire, auquel cas mon rôle serait à redéfinir, de même que ma place dans la voiture, à l'avant ou à l'arrière, mais comme le volet était assez relevé pour qu'elle puisse passer sans baisser la tête elle s'est avancée vers moi en poussant la valisette devant elle et m'a dit tenez.

Sans un bonjour, pas même un sourire ni un signe de tête elle m'a dit vous irez Calle San Vicente Ferrer au numéro quarante-cinq ; au troisième étage se trouve un appartement de location touristique pour les courts séjours, un homme vous y attendra qui s'appelle Ernesto, il vous remettra un code à six chiffres qui vous permettra d'ouvrir les deux cadenas de cette valisette, à l'intérieur vous trouverez un colis emballé de papier kraft et trois enveloppes dont une porte votre nom, vous remettrez le colis à Ernesto ainsi que les deux enveloppes anonymes et vous conserverez celle qui vous est adressée et qui contient un quart de votre rémunération en espèces, tandis qu'un autre quart vous sera remis par Ernesto immédiatement, puis, selon des conditions qui vous seront données en temps et en heure, vous recevrez le reste de ce qui vous est dû. À aucun moment, a-t-elle ajouté, vous ne me téléphonerez ni ne chercherez à entrer en contact avec moi, et vous ne poserez pas de questions à Ernesto qui d'ailleurs ne vous répondra pas, et lorsque vous aurez reçu votre salaire, lorsque tout sera en ordre, alors votre mission sera terminée. Oui mais la valise, ai-je dit, je dois vous la ramener ou bien la laisser à Ernesto ? mais Rovelli semblait ne pas m'avoir entendu et elle a repris en disant surtout faites attention, ne vous arrêtez pas en chemin sinon pour faire le plein et n'abandonnez pas la valise sans surveillance, à quoi j'ai répondu dites donc, c'est des diamants que vous me faites livrer ou quoi ? et j'ai souri de ma blague mais Rovelli, elle, n'a pas trouvé ça drôle. Faites attention, c'est tout, a-t-elle répété, et elle a ajouté ah j'oubliais, voici de quoi payer vos frais à l'aller, et elle m'a tendu une enveloppe en disant bon voyage, soyez prudent. Et comme elle s'éloignait pendant que le volet s'interposait entre elle et moi, je lui ai encore demandé si elle voulait que je lui rapporte les tickets de caisse de l'essence ou si elle préférait que je demande des factures et j'ai dit que je ferais mon possible pour lui rendre le reste en billets et pas en pièces, puis j'ai encore demandé et la valise alors ? mais déjà le volet était descendu si bas que sa jupe courte avait presque disparu, la valise, ai-je dit, je vous la ramène ?

Abandonnez-la sur une aire d'autoroute au retour, a-t-elle seulement répondu.

* *
*

Le bruit du moteur du monospace familial gris était amplifié par l'habitacle vide comme l'était le bruit des pneus roulant sur le tarmac de l'autoroute, ce qui m'a obligé à monter le volume de la musique jusqu'à ce que la cumbia couvre le vacarme de cette machinerie, et les percussions de la cumbia se répercutaient elles aussi sur les parois de l'habitacle vide et dans leurs rebonds s'entremêlaient aux cuivres et aux voix. J'avais la sensation de voyager dans une bulle tropicale qui fendait l'air froid du nord et filait vers le sud à la vitesse du son.

Après avoir chargé la valise noire dans le coffre et quitté la rue qui longeait les arrière-cours, je suis passé tout à côté de la piscine du parc tropical et j'ai eu le regret de ne pouvoir m'y baigner avant de prendre la route, j'y aurais fait une sorte d'ablution ou d'immersion purificatrice, comme l'Hindou plonge dans le Gange et va le pécheur au Jourdain, j'aurais lavé dans les vagues artificielles la poussière de mon existence afin d'entrer immaculé dans l'aventure, mais il était trop tôt, la piscine n'avait pas encore ouvert ses portes et j'étais pressé, et puis j'étais chargé de cette valise noire qu'il me fallait tenir à l'œil, et je doutais qu'elle pût flotter dans l'eau du jacuzzi.

J'ai roulé vite en repassant en boucle la compilation de cumbia, l'autoroute traversait les banlieues de villes que je ne connaissais pas et des campagnes éteintes par l'hiver, peu à peu les paysages changeaient, la terre était moins noire et virait au brun et à l'ocre, les roches grises blanchissaient et le ciel semblait plus lumineux. Les paysages changeaient mais c'était le même rythme, les mêmes tambours qui me roulaient en tête pendant que je roulais. Quelque chose des tropiques voyageait avec moi vers le sud dans un mouvement naturel, comme si j'avais arraché les plantes exotiques de la piscine du parc tropical pour les rendre à leur territoire originel. Oh ! je n'étais pas dupe, je savais qu'il ne s'agissait de rien d'autre qu'une livraison, que je pouvais bien passer en boucle cette compilation de cumbia, encore et encore, qu'il me suffisait de dire à haute voix dans un anglais approximatif *repeat all* pour que le rythme reprenne, je ne faisais malgré tout que livrer une valise en mains propres dans une capitale européenne avant de faire le trajet retour sans avoir rien vu des tropiques. Je savais que la bulle tropicale qui avançait avec moi vers le sud éclaterait sous le froid piquant en reprenant le chemin du nord mais il me plaisait de tirer de cette livraison en mains propres tout son potentiel dépaysant.

Le rythme de la cumbia avait le mérite de me maintenir éveillé et je n'ai pas ressenti le besoin de m'arrêter avant longtemps, pour faire le plein du réservoir du monospace et l'achat de diverses sucreries que je prenais plaisir à grignoter sans cesse tout en conduisant, et j'ai emporté la valise à roulettes pour me rendre aux toilettes, puis dans les rayons du magasin de la station-service où j'ai choisi des biscuits et des cacahuètes grillées et sucrées, puis devant la machine à café où j'ai pris un double expresso après avoir supprimé l'ajout de sucre par défaut, sans d'ailleurs que ce geste ait paru avoir un quelconque effet sur la quantité de sucre se trouvant effectivement dans le double expresso servi par la machine, puis à une table haute sous laquelle j'ai coincé la valise à roulettes contre le pied central, et j'ai bu mon café en grignotant des cacahuètes grillées et sucrées tout en jetant à la ronde des regards suspicieux vers toute personne s'approchant de la table, et donc de la valise à roulettes qui s'y trouvait coincée.

J'ai pris soin d'écarter un peu les jambes pour que mes pieds soient posés de part et d'autre de la valise, chacun empêchant tout mouvement latéral des roulettes, adoptant ainsi une position inconfortable et peu élégante, les jambes tendues et ouvertes selon un angle à trente-cinq degrés, tandis que j'essayais de compenser la raideur de la base par une désinvolture du buste, légèrement penché en avant, le coude droit appuyé sur la table et tenant de cette main mon café, l'autre en poche, et j'ai pris conscience que j'étais le seul, dans l'espace cafétéria de la station-service, à m'être encombré d'une valise. Qui se promène avec sa valise sur une aire d'autoroute ? me suis-je dit, rien n'est plus incongru qu'une valise à roulettes dans l'espace cafétéria d'une station-service, et j'ai eu l'impression que le simple fait d'avoir avec moi cette valise allait attirer l'attention sur elle, comme le ferait d'ailleurs cette position inconfortable et peu élégante qui ne pouvait avoir d'autre but que d'assurer la sécurité de la valise, et donc de son contenu, lequel apparaîtrait comme mystérieusement désirable, ou pire ferait l'objet de fantasmes d'explosifs et de bombes, dans tous les cas attirerait sur moi les regards soupçonneux, et cela d'autant plus que je regardais moi-même avec suspicion quiconque s'approchait de la table et de la valise, et j'ai senti que cela me rendait quelque peu nerveux, comme si tout le monde désormais pouvait me voir, voir à travers le plastique noir de la valise, à travers l'enveloppe contenant un quart de mon salaire, à travers le papier kraft qui emballait le colis à remettre au dénommé Ernesto, et j'ai terminé mon café en vitesse avant de rejoindre le monospace d'un pas rapide et d'y charger la valise en vérifiant que personne ne m'avait suivi.

* *
*

J'ai repris un verre de vin alors que le soir tombait lentement sur la Plaza del Dos de Mayo, le même vin blanc plutôt doux qui me montait à la tête et semblait la rendre légère, comme la flamme du brûleur emplit d'air chaud la toile de la montgolfière jusqu'à sustentation, ma tête ainsi paraissait moins pesante, le cou s'étirait et se détachait presque des épaules, et je me sentais moins enchaîné à la tourbe épaisse, le vin montait et m'entraînait vers l'altitude, je pouvais voir la Plaza del Dos de Mayo depuis les hauteurs, la contempler tel un ramier. En m'élevant j'ai d'abord vu le petit marché de fin de journée qui faisait face à la terrasse, trois étals à peine couverts de lots de chaussettes neuves et de brocante, assiettes peintes à l'effigie de la Vierge Marie, bracelets brésiliens, bandes dessinées défraîchies, quelques bacs remplis de vieux 45 tours et plusieurs lampes de chevet en bois tourné chapeautées d'abat-jour à scènes de chasse, et au-delà du marché, poursuivant mon ascension, j'ai vu que la Plaza del Dos de Mayo couvait en son sein deux plaines de jeux pour les enfants du quartier: certains grimpaient sur des échelles de corde, se suspendaient à des barres parallèles, escaladaient une paroi plantée de prises puis s'abandonnaient à l'attraction terrestre en glissant le long d'un toboggan, tandis que d'autres plus âgés tentaient de remonter le long de la même pente, provoquant cris et disputes, puis pleurs et hurlements, puis éloignement des enfants plus âgés par une autorité adulte.

J'ai bu deux petites gorgées de ce vin blanc capiteux possiblement espagnol, chacune se déployant aussitôt dans ma boîte crânienne qui poursuivait sa route vers l'éther, et j'ai vu au cœur de la Plaza del Dos de Mayo un étrange arc de triomphe cerné de hautes grilles avec, dessous, deux hommes de marbre enfermés dans une cage et je me suis dit que c'était bien étonnant et paradoxal, cet arc de triomphe dans une prison, comme une métaphore des succès humains, toute victoire enferme le vainqueur, la gloire est une geôle, *et cætera*, et j'ai regardé ces deux hommes de marbre qui s'entraînaient l'un l'autre en se donnant la main, partant à la bataille ou à la révolte, emportés par un élan qui se briserait immanquablement sur les grilles, et je suis revenu au sol d'un seul coup, je me suis vu derrière ces grilles, mon propre élan dans l'enclos, j'ai repris deux ou trois gorgées du vin blanc plutôt doux et j'ai regardé la Plaza del Dos de Mayo tout autour. J'ai fermement décidé que mon élan ne se briserait pas sur les murs qui la ceignaient ; j'ai regardé au-delà de l'arc de triomphe, au-delà des hommes de marbre, et j'ai vu la place s'ouvrir, et derrière elle des champs d'asphalte, le bitume fumant sous mon élan, je me suis vu laissant tout derrière moi, et j'ai presque eu l'envie de me lever, de quitter cette terrasse, d'ôter un à un les vêtements que je portais comme la peau morte d'un serpent et de traverser cette place parturiente pour en sortir comme expulsé, projeté au monde, tête en avant, nu.

J'ai fait tourner le vin dans le verre, il n'en restait plus beaucoup et je me suis dit que je pourrais peut-être en reprendre un autre avant que le dénommé Ernesto n'arrive, puisqu'il m'avait dit de l'attendre et qu'il me rejoindrait. Dans l'appartement de location touristique de la Calle San Vicente Ferrer il m'avait donné le code et j'avais ouvert la valise, comme la cliente Rovelli l'avait dit elle contenait trois enveloppes et un colis emballé de papier kraft, mais Ernesto ne m'avait pas laissé le temps de voir de quoi il s'agissait, il avait ouvert la fermeture-éclair d'un grand sac de voyage en cuir et y avait déposé le colis avec soin et rapidité, sans le déballer, puis il avait refermé le sac et glissé les enveloppes dans la poche-revolver gauche de sa veste, sauf celle portant mon nom qu'il m'avait remise avec une autre enveloppe sortie de la poche-revolver droite de sa veste. Il y avait une certaine tension dans l'appartement de location dont le décor était absolument neutre, prêt à tous les usages touristiques élémentaires, et pour détendre l'atmosphère j'avais voulu faire une blague sur le fait que c'était à son tour de me remettre quelque chose en mains propres, mais je ne connaissais pas l'expression en mains propres en espagnol, et j'avais dit machinalement *in mani pulite* avant de réaliser que c'était de l'italien, langue que par ailleurs je ne parlais pas, mais je m'étais souvenu qu'une célèbre opération anti-mafia en Sicile s'appelait « Mains propres », les Italiens disaient *Mani pulite* et j'avais dû en déduire que *mani pulite* signifiait mains propres, cependant j'ignorais si l'expression « en mains propres » se disait de la même manière, mais cela avait peu d'importance puisque c'était de l'italien et que j'étais à Madrid, et j'avais pensé que ma blague était tombée à plat d'autant plus que le visage d'Ernesto s'était figé d'un seul coup et que sa main tenant les enveloppes s'était aussi figée un instant dans l'espace qui nous séparait, alors j'avais souri pour détendre l'atmosphère et Ernesto m'avait donné les enveloppes, et pendant que je refermais la valise, vide désormais, et m'apprêtais à partir il m'avait dit, en français mais avec un fort accent espagnol, d'aller prendre un verre sur la Plaza del Dos de Mayo et de l'y attendre, qu'il allait me rejoindre pour me remettre la dernière partie de mon salaire.

Le reste de vin qui tournait dans mon verre a fait comme une sorte de petit tourbillon, et par mimétisme il m'a semblé que ma tête tournait aussi, ce vin blanc est décidément capiteux, me suis-je dit, et je me suis demandé si mon élan pourrait me mener quelque part, je veux dire partout ailleurs que chez moi, un élan qui m'enverrait à Madrid et me ramènerait au point de départ serait de nature boomerang, ai-je pensé, il doit bien y avoir d'autres espèces d'élans qui puissent m'entraîner, et j'ai repris deux ou trois courtes gorgées de vin et il m'a semblé que cela dépliait le monde comme s'il s'était agi d'un mouchoir chiffonné au fond de ma poche. Je n'avais pas d'idée précise mais j'ai vu des choses, oui, j'ai vu comme voit une cartomancienne, j'ai passé de mémoire mes mains sur une carte du monde et j'ai eu des visions. Du sable, j'ai vu du sable. J'ai vu une forêt tropicale. J'ai vu un océan, peut-être Indien, à moins que je ne l'aie confondu avec une mer, peut-être Méditerranée, mais pas d'Iroise, ni Baltique. J'ai vu du ciel bleu, avec un peu de jaune dedans. J'ai vu de l'inactivité, des jambes étendues sous des tables de café, sur des places ensoleillées. J'ai vu quelque chose qui ressemblait à un café de Buenos Aires, quoique je n'avais jamais vu Buenos Aires et ne savais donc rien de ce qu'il convenait d'imaginer, mais il m'a semblé que décidément c'était Buenos Aires ; ces hommes sombres et durs, moustachus, devaient à n'en pas douter être buenos-airiens, et ces femmes charnues, outrageusement aguicheuses dans leurs bas résille, il était indéniable qu'elles étaient buenos-airiennes, danseuses de tango et hautaines, mais aussitôt j'ai douté et envisagé que ces visions avaient quelque chose de maghrébin, les bas résille se sont estompés, certes, encore que, peut-être dans un quartier interlope de Marrakech y avait-il une sorte de bar où se danse le tango, et cela ne m'était pas difficile à imaginer puisque des quartiers de Marrakech je n'en connaissais aucun, n'y ayant jamais mis les pieds, et je me suis vu manger quelque chose qui ressemblait, malgré le flou qui nimbait ces visions, à de la cuisine libanaise, que je connaissais un peu car j'avais eu quelques fois l'occasion de dîner dans des restaurants libanais tenus par des Libanais exilés, oui, peut-être tout cela était-il libanais après tout, et j'ai reconnu assez clairement du houmous et des feuilles de vigne farcies, et pourquoi pas ? cela doit être possible, ai-je pensé, de prendre un verre en terrasse et d'étendre les jambes sous une table quelque part dans Beyrouth, qui est la seule ville libanaise dont je connaissais le nom, mais aussitôt j'ai pensé que j'avais besoin d'une sorte de calme, et sans vraiment chercher de retraite monacale, ni même l'évitement de mes semblables, je ne me suis pas vraiment senti prêt à étendre les jambes sous une table installée dans une région du monde relativement sujette aux troubles du siècle, décidément cela devait bien être Buenos Aires, ou Montevideo, ou Rio de Janeiro, allez savoir, ou bien Grenade ou Cordoue, ou Nauplie ou Héraklion ou bien encore Castiglione della Pescaia, dont j'avais reçu un jour une carte postale qui ne m'était pas destinée, expédiée par des gens inconnus mais qu'un facteur distrait avait erronément déposée dans ma boîte aux lettres, et j'avais conservé cette carte, moi qui n'en recevais jamais et n'en envoyais pas davantage, car la vue était jolie et ces inconnus semblaient y passer d'agréables vacances puisqu'ils avaient pris le matin même, disaient-ils, un bain de mer très doux dans une eau presque chaude, déjeuné d'un excellent risotto aux fruits de mer et s'apprêtaient, si je les en croyais, à partir explorer la Maremme et déguster du vin blanc glacé, ayant profité d'un moment d'inoccupation après le ristretto commandé pour embrasser postalement un certain Monsieur Deschuyttener et famille, alors oui, pourquoi pas ? ces visions pouvaient très bien correspondre à Castiglione della Pescaia.

J'ai observé que mon verre se vidait, que je pouvais désormais dire à l'estime combien de gorgées il me restait à boire, deux ou trois, selon que je les ferais longues et impatientes ou courtes et maîtrisées, et je me suis dit que j'avais peut-être le temps de reprendre un autre verre avant qu'arrive Ernesto. Je disposais de deux enveloppes contenant chacune un quart de mon salaire et il me restait encore de l'argent sur la somme que la cliente Rovelli m'avait remise pour couvrir les frais du voyage; j'étais loin d'avoir tout dépensé et je n'avais même pas ouvert les enveloppes qui m'étaient destinées. Je n'avais aucun souvenir d'une somme annoncée par Rovelli, à vrai dire je n'y avais pas pensé, ou plus exactement, quand elle m'avait dit que je serais payé pour effectuer cette livraison, j'avais supposé qu'il s'agirait d'une sorte de dédommagement pour les quelques jours de congé que j'avais dû prendre, et je n'avais pas eu l'idée d'en demander le montant. J'ai sorti une enveloppe de ma poche et tout en faisant signe au serveur que je voulais un autre verre de ce vin blanc capiteux, plutôt doux et peut-être espagnol, j'ai détaché doucement le rabat encollé qui la scellait. J'ai été surpris d'y trouver dix billets de cinquante euros, c'était une somme à laquelle je ne m'attendais pas, et je me suis dit que j'avais dû emporter une enveloppe qui ne m'était pas destinée, je l'ai regardée plus attentivement, mon nom y était inscrit et elle contenait bien dix billets de cinquante euros. Or puisqu'il devait s'agir d'un quart de ma rémunération, ainsi que me l'avait expliqué Rovelli, j'ai réalisé que si l'autre enveloppe que m'avait remise en mains propres Ernesto à la livraison contenait elle aussi un quart de ma rémunération, j'étais, sur cette terrasse de la Plaza del Dos de Mayo, dans le soir tombant, détenteur d'une somme de mille euros en espèces, laquelle ne constituait que la moitié de ma rémunération, laquelle s'élèverait donc, selon toute vraisemblance, à deux mille euros en espèces, puisque le dénommé Ernesto était supposé me remettre le solde, et je me suis demandé si Rovelli avait l'intention de me fournir une sorte de fiche de paie afin que je sache quelle part de cette somme je pouvais considérer comme du net, et quelle part il me faudrait provisionner en cas de prélèvement des impôts.

* *
*

Ernesto s'est assis à ma table et m'a demandé en français ce que j'étais en train de boire, un vin blanc plutôt doux, ai-je répondu, peut-être espagnol, et il a fait signe au serveur de lui en apporter un verre puis il a sorti une enveloppe de sa poche-revolver droite et me l'a tendue, tenez, a-t-il dit, voici le reste de ce qui était convenu, la livraison a bien été effectuée. Le troisième verre de vin avait recommencé à distendre les parois de mon crâne et j'avais la sensation de lutter pour empêcher ma tête de s'élever à nouveau, mais j'ai empoché l'enveloppe rapidement, sans l'ouvrir, le visage fermé parce que j'ai pensé que cela me donnerait une contenance, une sorte de rigueur dans les affaires qui détournerait l'attention d'Ernesto de ce début d'ivresse qui me gagnait, et j'ai dit à vrai dire, rien n'avait été convenu, mais savez-vous si un document officiel me sera remis, une fiche de paie, ou un quelconque bordereau ? et j'ai vu qu'Ernesto ne comprenait pas ce que je lui disais, parce qu'il me regardait sans rien dire, le visage fermé comme le mien, alors nous sommes restés silencieux quelques instants tandis que le serveur déposait sur la table un verre de vin blanc devant Ernesto. C'est pour moi, ai-je dit, évidemment, et j'ai levé mon verre pour trinquer avec Ernesto, puis nous avons bu une ou deux gorgées. La Plaza del Dos de Mayo devenait lentement bleu marine, avec quelques taches blanchâtres sous les lampadaires qui s'étaient allumés. Les enfants avaient déserté les plaines de jeux et les marchands commençaient à remballer leurs stands. J'ai regardé autour de moi sur la terrasse et j'ai remarqué que nous étions seuls. J'ai senti d'un coup que l'extrémité de mon nez était froide, presque glacée, et j'ai vu Ernesto remonter le col de son manteau. C'est vrai que nous sommes en janvier, ai-je dit à haute voix, il faisait si beau tout à l'heure que je n'y ai plus pensé, et Ernesto a répondu que c'était bien naturel, qu'il comprenait, c'est souvent comme ça ici, a-t-il dit, on se laisse séduire par le soleil et le ciel lumineux et on en oublie qu'il fait froid, et il a proposé que nous buvions ce verre sans tarder, et puis il m'en offrirait un autre à l'intérieur, si le cœur m'en disait.

Vous parlez bien français, ai-je dit en faisant tourner le vin dans mon verre. Merci, a-t-il répondu, j'ai été en poste à Genève, au Consulat général, et j'ai dit que j'ignorais qu'il y avait un Consulat espagnol à Genève, et d'ailleurs je ne savais pas très bien ce qu'était un Consulat général ni ce qui s'y faisait, et il a répondu non, le Consulat général du Pérou, je suis péruvien, a-t-il précisé, j'étais attaché culturel à Genève mais j'ai appris le français au Pérou, à l'Alliance française d'Arequipa, et maintenant je suis ici, toujours attaché culturel, et j'ai dit, après avoir humé le vin dans mon verre, après l'avoir de nouveau fait tourner et bu une gorgée un peu longue, c'est où, Arequipa ? et il a dit dans le sud, je viens d'un village pas très loin de la frontière avec le Chili, j'ai étudié à Arequipa et j'y ai appris le français, puis de fil en aiguille j'ai obtenu ce poste d'attaché culturel à Genève. Et maintenant, a-t-il répété, je suis ici, à Madrid, comme attaché culturel.

Ernesto a bu une gorgée de vin puis a reposé son verre et m'a fixé du regard, le visage toujours fermé. Il ne disait plus rien, j'ai cru qu'il attendait que je relance la conversation alors j'ai dit tout de même, c'est vraiment étrange, cette livraison, j'ai eu l'impression d'être une sorte d'agent secret ou bien de trafiquant, et j'ai ri mais Ernesto continuait à me fixer avec intensité, il n'a pas ri, et m'en rendant compte j'ai ajouté je plaisante, et j'ai tapoté la poche dans laquelle j'avais glissé les enveloppes chargées de billets, non je disais ça par rapport aux enveloppes contenant l'argent et au colis mystérieux et secret, ai-je dit, et puis le code de la valise, mais Ernesto m'a fait un signe de la main me demandant de me taire, un geste en rien agressif ou autoritaire, ferme pourtant, et il a seulement dit vous ne devriez pas plaisanter avec ça, vous ne savez pas qui peut vous entendre ; vous avez seulement fait une livraison, ne vous imaginez rien d'autre, il n'y a rien à imaginer, et il a pris son verre, qu'il a vidé d'un trait, avant d'ajouter il était vraiment dégoûtant, ce vin, venez, on va ailleurs boire quelque chose de meilleur.

Il faisait sombre désormais et j'ai suivi Ernesto dans Madrid dont je ne connaissais rien, ni les détours ni les angles des rues, j'étais un peu ivre et j'ai eu peur de ne pas retrouver mon chemin au retour, il faudra que je regagne ma voiture, ai-je dit, c'est un monospace familial gris, j'y ai laissé le sac contenant mes affaires pour la nuit, mon pyjama et ma trousse de toilette, j'ai réservé un hôtel près de la Plaza del Dos de Mayo, et je suis déjà un peu perdu, mais Ernesto n'a rien répondu, il a continué à marcher en souriant puis, au moment où j'allais répéter qu'il fallait vraiment que je retrouve ma voiture, il m'a dit de ne pas m'en faire, que nous n'allions pas loin et que je ne risquais rien, en tout cas moins qu'en continuant à boire ce vin blanc australien trafiqué, a-t-il ajouté. J'ai trouvé que la soirée prenait un tour surprenant, et je me suis demandé si elle serait le point culminant de l'aventure tropicale qui agitait ma vie depuis que j'avais, pour la première fois, effectué une livraison en mains propres à la cliente Rovelli. J'avais résolu de passer la journée du lendemain à Madrid, de faire un peu de tourisme, je pensais visiter le Prado, par exemple. Je n'avais pas de goût particulier pour les musées mais il m'avait semblé que c'était la bonne chose à faire, visiter le Prado, quand on est une journée seul à Madrid, et il me fallait aussi collecter quelques informations sur Rome et ce que je prétendrais y avoir vu en rentrant chez la femme chez qui je vivais. Il fallait aussi que je trouve un petit cadeau à offrir à l'enfant que nous avions ensemble, comme un Colisée miniature ou des figurines de soldats romains, mission dont je ne doutais pas qu'elle serait complexe à Madrid mais dont l'ivresse provoquée par ce mauvais vin australien très capiteux émoussait la difficulté. Je pensais reprendre ensuite la route dans la nuit et conduire sans autre halte que pour faire le plein du réservoir, avec l'espoir de passer par la piscine du parc tropical pour y clore cette échappée dans les vagues artificielles et les bulles du jacuzzi (j'avais emporté mon maillot vert à motifs floraux).

Ernesto marchait deux pas devant moi et je le suivais dans les rues de Madrid, fixant tant bien que mal mon regard sur lui, sur son dos et sa nuque, mais titubant comme un skieur nautique maladroit qui, agrippé à son câble, peine à rester debout, car la marche depuis la terrasse de la Plaza del Dos de Mayo avait agité tout le vin, dont la digestion semblait devoir s'accompagner d'une ivresse croissante : ses effluves avaient gonflé ma tête qui ne tenait aux épaules que par de molles amarres, menaçait de se détacher et de s'en retourner vers l'éther, tandis que mon corps se débattait pour l'astreindre à sa place tout en suivant tant bien que mal le chemin ouvert par mon guide, et pour l'y aider je fixais du regard le dos et la nuque d'Ernesto, un dos large et court, une nuque en trois plis, une démarche ronde, et plus je regardais Ernesto plus je ressentais pour lui une ébauche de sympathie, une curiosité grandissante pour l'homme d'Arequipa et du sud péruvien, et je me suis demandé si Arequipa était située sous les tropiques, si le corps d'Ernesto, petit et rond et plusieurs fois plié au niveau de la nuque, était un corps tropical, auquel cas faire accéder mon propre corps à ce statut ne me semblait pas impossible.

Ernesto s'est arrêté devant un bar d'où s'échappait une cumbia d'un style qui m'était encore inconnu, au rythme très rapide et aux sonorités aiguës, presque criardes et pourtant irrésistibles, un tchacatchac tchacatchac tchacatchacatchacatchac répété encore et encore jusqu'à s'insinuer dans les muscles des jambes, les secouer de spasmes. Il faisait très froid maintenant, un froid piquant et sec, Ernesto a salué un type sur le pas de la porte et lui a dit quelque chose en espagnol que je n'ai pas compris, j'étais déjà tout entier gagné par le rythme de la cumbia inconnue et Ernesto et le type ont ri en me regardant, le type m'a tapé dans le dos et Ernesto m'a dit que c'était un bar péruvien, qu'on allait boire quelque chose de bon, vous n'êtes pas malade ? a-t-il demandé, et j'ai répondu non, j'adore cette musique, j'adore la cumbia, et Ernesto a souri, c'est de la cumbia péruvienne, a-t-il dit, mais on l'appelle *chicha*, c'est plus rapide que la cumbia, viens, entre, et pour toute réponse j'ai balancé les hanches avec les yeux mi-clos par le début d'ivresse, et j'ai répété j'adore la cumbia, j'adore la musique tropicale, Ernesto, et j'ai dit on se tutoie alors, Ernesto ? et il m'a dit oui, les gens qui vont boire du rhum ensemble finissent toujours par se tutoyer.

* *
*

Ernesto a dit chez moi, on prétend que le premier verre de rhum ouvre la bouche pour qu'elle appelle le deuxième verre de rhum, et que le deuxième verre de rhum ouvre les oreilles pour qu'elles entendent le troisième verre de rhum appeler du fond de la bouteille, et que le troisième verre de rhum ouvre les yeux pour qu'ils voient le quatrième verre de rhum attendre sur le bar. Et après le quatrième verre, ai-je demandé, que reste-t-il à ouvrir ? Ernesto a ri, d'un rire puissant libéré par l'ivresse naissante, et il a dit après le quatrième, on compte en bouteilles, et il a rempli nos verres avec la bouteille de Millonario qu'il avait commandée puis, comme à chaque verre bu, il a du bout des doigts jeté au sol quelques gouttes de rhum en disant A la Pachamama ! et nous avons levé nos verres dont le rhum affleurait le bord et les avons vidés d'un trait. Le vin blanc plutôt doux peut-être espagnol mais plutôt australien était loin désormais, tombé au plus profond de l'oubli du corps, enseveli sous le rythme de la chicha et quelques centilitres de rhum péruvien, vaincu par le jus de la canne, et l'ivresse qu'il avait amorcée n'avait plus aucun argument à opposer à celle que le rhum déployait, massive et large comme le dos d'Ernesto. Toute rivalité devenait illusoire, l'ivresse du vin était reléguée au rang de ruine, au mieux de fondation, comme les restes déchus des murs antiques sur lesquels on bâtit les palais. Nous bâtissions une ivresse monumentale, sa forme s'élevait rapidement, on la verrait de loin, une ivresse dont on fait les légendes et dont le souvenir se raconte comme une épopée, longtemps après, et qui se recrée à chaque récit et ensemence mille ivresses nouvelles, et j'étais heureux de la bâtir avec Ernesto comme on délimite le territoire commun d'une jeune amitié. Plus le rhum jetait bas ma réserve naturelle, plus Ernesto me semblait aimable, j'espère que voilà l'homme tropical, me suis-je dit, si les tropiques doivent s'incarner, alors ce ne peut être que sous ces traits, car Ernesto avait créé en moi une sensation de flottement sans aucune pression sur le corps, comme m'en avaient prodigué les vagues de la piscine du parc tropical. Je dérivais lentement, plus rien autour ne semblait fixe et rien ne me pesait. Ernesto, ai-je dit, Arequipa est-elle une ville tropicale, y a-t-il des palmes tombant sur une mer chaude, et des vagues et des plantes à larges feuilles ? et Ernesto m'a regardé en souriant, sans répondre, flottant dans l'eau-de-vie tiède de notre ivresse commune, et il a empoigné la bouteille de Millonario pour remplir nos verres. Tout le pays est sous les tropiques, a dit Ernesto après avoir vidé son verre d'un trait, mais je viens des régions d'altitude, le pays des volcans et de la pierre de lave blanchâtre que nous nommons *sillar*, et nous avons des lacs couleur turquoise et ceinturés de glaciers, et comme Ernesto parlait, le rhum creusait en moi d'autres galeries et aussitôt les submergeait, et la mer, il n'y a pas la mer ? ai-je demandé après avoir moi aussi vidé d'un trait un autre verre de rhum, et Ernesto a mis sa main sur mon épaule en penchant un peu vers moi, à deux heures de route il y a l'océan, a-t-il dit, les plages sont une poussière fine descendue des volcans, ce sont de longues bandes grises qui tombent des montagnes et l'eau du Pacifique est froide, il n'y a pas de palmes ni de mer chaude là-bas. Sous les tropiques, a-t-il ajouté, tout n'est pas tropical.

Derrière le bar, au-dessus des bouteilles, un néon vert clignotait et son rythme semblait suivre celui de la chicha qui se répétait encore et encore, tchacatchac tchacatchac tchacatchacatchacatchac, tchacatchac tchacatchac tchacatchacatchacatchac, qui parfois accélérait puis ralentissait à peine, et toujours le clignotement du néon vert semblait le rejoindre, subrepticement m'entraînait dans leurs pulsations communes, le rhum et le rythme m'hypnotisaient et Ernesto empoignait la bouteille de Millonario et remplissait les verres. Ernesto, lui ai-je dit, il faudra que je retrouve ma voiture et je crois que je suis un peu soûl, je devrais peut-être ralentir, mais il ne m'a pas écouté et a laissé le rhum couler de la bouteille jusqu'à ce que le verre n'en puisse plus contenir une goutte de plus, puis il a trempé le bout de ses doigts dans son verre plein et a jeté au sol quelques gouttes d'alcool en criant A la Pachamama ! et a vidé son verre d'un trait.

Comment en es-tu arrivé à livrer cette valise à Madrid ? m'a demandé Ernesto en me regardant droit dans les yeux tandis que j'essayais de les garder ouverts après avoir déposé mon verre vide sur le comptoir, et j'ai remarqué soudain que rien sur son visage ne trahissait le rhum bu, pas de sueur sur le front, les yeux fixes et droits, les pupilles nettes, il ne vacillait pas et il a répété pourquoi est-ce toi qui as livré cette valise ? et j'ai ri, j'ai dit parce que je suis un agent secret international, et Ernesto a souri, il continuait à me regarder en silence, il a laissé passer quelques secondes au rythme du néon vert qui clignotait et de la chicha rapide, tchacatchac tchacatchac tchacatchacatchacatchac, tchacatchac tchacatchac tchacatchacatchacatchac, puis il a répété pourquoi toi ? tu es livreur ? c'est ton métier ? pourquoi est-ce toi qu'on a envoyé ? Je me suis dit que son visage n'exprimait rien, il semblait imperturbable, aucun pli sur la peau, presque pas de pattes-d'oie, tout juste les sillons parallèles de la ride du lion apparaissaient-ils par instants pour disparaître aussitôt, on n'aurait pu déduire ni joie ni colère, et les muscles sous l'épiderme étaient quiets comme l'ombre d'une pierre, et si quelque turbulence souterraine l'agitait, rien ne s'en voyait. Pour rien, ai-je dit, ça s'est fait comme ça, j'ai suivi le mouvement des vagues, et Ernesto a répété le mouvement des vagues ? quelles vagues ? et en cherchant à contenir l'ivresse qui débordait de moi j'ai dit les vagues artificielles du parc tropical, Ernesto, tout ça c'est à cause de la piscine à vagues du parc tropical, et je lui ai expliqué que je faisais depuis peu des livraisons en mains propres pour une cliente dont je tairai le nom, ai-je dit, parce qu'elle me l'a demandé, et j'ai raconté la frontière traversée du pédiluve et les bulles du jacuzzi, et les coups encaissés dans les remous de la rivière sauvage, j'ai dit les plantes à larges feuilles et les chants d'oiseaux enregistrés, la piscine à vagues et comment j'avais découvert la sensation de ne ressentir aucune pression sur le corps, l'aisance à se laisser flotter en maintenant par quelques mouvements lents des jambes la tête hors de l'eau, et j'ai parlé de la musique, des tambours et des flûtes, du rythme de la cumbia, et j'ai dit lorsque la cliente dont je tairai le nom m'a proposé de faire cette livraison en mains propres, ça s'est fait comme ça, pour changer d'air quelques jours et tracer la route en écoutant très fort de la cumbia tout au long du voyage, voilà, c'est ça, une escapade opportune, et puis j'aime conduire et rouler sur l'autoroute, ça me vide l'esprit, et je grignote des cacahuètes, parfois je me dis que j'aurais été heureux dans un camion à l'international, filer du nord au sud et retour en grignotant des cacahuètes, la musique emplissant la cabine, et puis dormir sur des aires d'autoroute, le voyage et la routine l'un à l'autre mêlés. Voilà, ai-je dit, rien de sorcier, ça s'est fait comme ça.

J'ai hésité un instant, laissant traîner une voyelle comme une longe détendue pour tenir en laisse mon récit comme on le fait d'un jeune chien fougueux, Ernesto restait impassible, il me fixait du regard, alors j'ai dit je ne m'attendais pas à être aussi bien payé, et j'avoue,

Ernesto, j'ai pensé un instant que c'était suspect, une telle somme pour livrer en mains propres une valise et un colis emballé de papier kraft pour finalement repartir avec la valise vide et l'abandonner sur une aire d'autoroute, mais au fond, ai-je dit, c'est une bonne chose, cet argent, je le prends comme un coup de pouce de Dame Chance car il y a quelques menus travaux à faire dans la maison de la femme chez qui je vis et cette somme va me permettre de les entreprendre sans qu'elle en paie un centime. Et puis, Ernesto, ai-je ajouté, c'est formidable cette soirée, je ne m'y attendais pas, je n'attendais rien et voilà que je te rencontre et que nous partageons du rhum dans un bar péruvien, tu comprends, c'est inattendu, je n'avais jamais rencontré de Péruvien, je n'avais aucune idée de ce qu'était un corps péruvien car je ne connais du Pérou que *Tintin et le Temple du Soleil*, et Hergé étant belge, que pouvait-il savoir des corps péruviens ? Et tu es aussi mon premier corps tropical, ai-je dit, et nous remplissons nos corps de rhum péruvien et tu me parles d'Arequipa qui est sous les tropiques et nous sommes ici à Madrid dans un bar péruvien qui joue de la chicha et j'adore la chicha, Ernesto, et vois-tu, ai-je dit, c'est tout ce que je voulais, en fin de compte, un peu de tropicalité.

Les ivrognes savent qu'ils tiennent des propos d'ivrognes et l'ivresse jusque dans ses états profonds est consciente d'elle-même, et j'ai su, à peine refermé la bouche, que je tenais des propos de soûlerie avec une diction idoine et que mon corps en oscillant au sommet du tabouret témoignait de l'empire grandissant du rhum, pourtant je me sentais alerte, je me sentais fort et maître de mon destin, libre comme un marin au beau milieu du Pacifique, et j'ai repensé aux statues de la Plaza del Dos de Mayo dont l'élan se fracassait sur les grilles, nous pourrions parfaitement faire sauter cette geôle, ai-je pensé, et il m'est apparu soudain très possible de déboulonner ces grilles ou de les desceller de leur socle de pierre, et pourquoi pas ? de les scier au cœur de la nuit, et je me suis dit c'est ça, c'est exactement ça : il faut libérer l'élan de sa cage. Ernesto, ai-je dit, il faut libérer l'élan de sa cage, il faut desceller les grilles de leur socle de pierre, tu comprends ? et Ernesto a pris sur le bar la bouteille de Millonario et a rempli son verre puis le mien, et pendant quelques secondes il a gardé les yeux baissés vers le rhum qui affleurait le bord des verres, le visage toujours inexpressif, ses gestes s'étaient ralentis, comme s'il avait traversé un nuage d'idées confuses à travers lesquelles il peinait à se frayer un chemin, pesant soudain le double de son poids, quelque chose en lui paraissait hésitant, en attente de résolution, et moi j'étais désormais fin bourré, luttant pour ne pas choir du tabouret qui me semblait une haute tour, moi girouette sous le vent dévalant en rafales depuis le contrefort des Andes jusqu'au mal nommé Pacifique, tchacatchac tchacatchac tchacatchacatchacatchac, trempant le bout de mes doigts dans le verre plein de rhum et jetant quelques gouttes au sol, A la Pachamama ! ai-je dit, A la Pachamama ! et j'ai vidé sans attendre Ernesto mon verre d'un trait, Ernesto a levé les yeux vers moi et lui aussi a vidé son verre d'un trait, ses mouvements ont paru reprendre leur délié, les muscles de son visage s'assouplir et il a ri très bruyamment. Je me suis dit que cette fois le point culminant était atteint, que cet instant précis n'aurait pas d'égal, mon hapax existentiel, l'instant de la lucidité absolue sur soi comme une trouée fugace dans l'épaisse couche nuageuse fait entrevoir le soleil, comme le temps d'un souffle on croit comprendre les mystères de la vie et de l'univers, les lois du Ciel et de la Terre, comme le temps d'une nanoseconde on réalise que l'on est Dieu et que tout a été créé par Soi, et je me suis dit qu'il ne restait plus désormais qu'à redescendre, qu'alors commençait le chemin du retour sur lequel je m'engageais changé, transfiguré peut-être comme Moïse descendant du Sinaï, mais déjà Ernesto vidait dans nos verres les dernières gouttes de la bouteille de Millonario et en appelait une autre, et levant vers moi son verre, il a dit amigo, compañero, j'ai quelque chose à te proposer.

Le morceau de chicha s'est achevé et dans le silence relatif Ernesto a dit ça te dirait d'aller au Pérou, demain ?

* *
*

Tout était très simple selon Ernesto : il me fournirait des papiers diplomatiques via le Consulat, me confierait un attaché-case, me ferait amener à l'aéroport ; là, je prendrais un avion pour Lima, un chauffeur m'y attendrait, il me conduirait dans une petite ville sur la côte sud, j'y remettrais l'attaché-case à son destinataire, lui ferais signer un bordereau de dépôt, je recevrais en échange un paiement (en dollars) puis le chauffeur me ramènerait à Lima. Si je le souhaitais, je pouvais passer quelques jours au Pérou, prendre un vol intérieur pour Cuzco, l'ancienne capitale inca, visiter le Machu Picchu, descendre vers Arequipa où il serait heureux de me renseigner quelques bonnes adresses ; ou bien rentrer par le premier avion. Je pourrais plier ça en trois jours si je voulais, ou rester une semaine ou deux, ce serait selon ; à moi de voir. Bien sûr le Consulat couvrirait les frais. Et en plus, je serais payé à mon retour, en échange du bordereau signé.

J'ai dit oui, bien sûr Ernesto, c'est dans mes cordes, c'est parti, je file au Pérou, je serai de retour avant que n'expire mon ticket de parcmètre, et j'ai ri, j'ai dit qu'ensuite je devais livrer un sac de sport dans l'arrière-pays de Vladivostok et de là, c'est à prévoir, faire un saut du côté de Port Moresby où les Papous impatients attendent des colis ; dès lors il ne faudrait pas que ça traîne, cette histoire de Pérou. J'ai dit je fais quoi de l'attaché-case après, quelle est la procédure, dois-je aussi l'abandonner sur une aire d'autoroute ou bien sera-t-il rempli de rhum de contrebande à faire entrer discrètement sur le sol de l'Europe en passant rapidos par Abidjan et Guernesey ? rendez-vous dans ce bar, quel sera le mot de passe ? mais Ernesto a posé sa main à plat sur mon avant-bras et a dit qu'il était sérieux, qu'il s'agissait d'une véritable proposition.

Il devait s'en charger lui-même mais il ne pouvait pas. Enfin, ça l'arrangerait de ne pas le faire. Il avait rencontré quelqu'un. Une femme. Une Espagnole de la délégation du commerce extérieur. Elle lui avait proposé de l'accompagner chez elle, dans le sud. Ensuite elle partait pour trois semaines à Bruxelles, à la Commission européenne. Et à son retour, c'est lui qui devait partir en mission pour deux semaines. S'il s'en allait livrer cet attaché-case au Pérou, il ne la verrait plus avant un mois et demi. Qui sait ce qui peut se passer en un mois et demi ? a dit Ernesto. Elle peut rencontrer quelqu'un d'autre. C'est tout frais, trop fragile pour supporter cinq ou six semaines de séparation, il faut consolider. Placer dès maintenant la poutre maîtresse afin que le frêle édifice ne s'effondre pas. Il a dit qu'il ne pouvait pas partir maintenant au Pérou, mais que si cette livraison n'était pas effectuée, il aurait de gros ennuis. Il perdrait peut-être son travail. Très probablement, même. Et alors il serait renvoyé au pays. Ce qui signifiait perdre cette femme. Sofia, elle s'appelait. Il ne voulait pas perdre Sofia, et la situation était comme il me la décrivait. S'il partait au Pérou, il la perdrait sans doute. S'il ne partait pas, il serait renvoyé au Pérou et la perdrait aussi. Le Pérou était pour lui signe d'échec dans cette histoire. Il avait beau honorer la Pachamama de quelques gouttes de rhum à chaque verre, il n'avait pas trouvé la solution. La Pachamama semblait vouloir rappeler à elle son enfant au prix de son bonheur naissant avec Sofia. Tu devrais la voir, a-t-il dit, elle est extraordinaire. Les femmes espagnoles ne s'intéressent pas aux Péruviens. Surtout les Andins, comme lui. Surtout petits et massifs, comme lui. Mais elle, si. Enfin, ça ne semblait pas la déranger. Ce n'est pas facile pour les Andins, par ici. C'est en vidant ces bouteilles de rhum avec moi qu'il avait eu l'idée de me proposer de faire le voyage à sa place. Il savait que ça pouvait sembler étrange, comme proposition. Extravagant, même. Mais c'était seulement une livraison, en réalité, comme celle que je venais de faire. En avion plutôt qu'en voiture, c'est tout, a-t-il dit. Pour le Consulat, faire des papiers diplomatiques n'était pas compliqué. Enfin, il faudrait tout de même être discret, ne pas ébruiter la combine, ce ne serait pas très officiel mais pas illégal non plus, peut-être borderline, bien entendu, mais rien d'exceptionnel. Ça ne devait pas m'inquiéter. Et puis voyager avec des papiers diplomatiques, c'était très facile. Personne ne m'importunerait. De toute manière il n'y avait rien à cacher. C'était seulement un attaché-case à remettre en mains propres. Je ne devais pas imaginer que tout cela cachait des affaires louches, pas du tout. Juste une procédure normale dans les affaires internationales. Il y a des choses qu'on ne confie pas aux services postaux, c'est seulement une mesure de prudence, a-t-il précisé. Enfin voilà, il me proposait une escapade au Pérou, tous frais payés. Un élan, en quelque sorte. Il comprendrait que je refuse, mais vraiment ça lui rendrait service. Je lui étais sympathique. Ça arrive, parfois, de rencontrer des gens qui nous sont immédiatement sympathiques, a-t-il dit. Et moi, je lui étais sympathique. On voyait que j'étais un chouette gars. Un compañero. Un compadre. Sinon il ne m'en aurait pas parlé. Il aurait pris son avion pour le Pérou et aurait essayé d'oublier Sofia, la mort dans l'âme. Mais là, voilà, à moi, il avait l'intuition qu'il pouvait me demander ce service. Que j'étais capable d'accepter. Il fallait simplement que je me décide vite. Il s'agissait de partir le lendemain soir, et le temps de faire les papiers, il ne fallait pas traîner. Si ça marchait avec Sofia, il m'en serait grandement reconnaissant. Il ne serait pas ingrat.

Tu en penses quoi ? a-t-il dit.

Penser, je ne savais que penser, je ne pensais plus, on ne pense pas quand le rhum rend la pensée liquide et insaisissable. Les mots d'Ernesto flottaient comme des papiers découpés à la surface de la conscience que les courants éloignent les uns des autres. Ernesto avait de nouveau rempli mon verre et le rhum était agité comme une mer sous le cyclone, tout se dispersait, le rhum en tempête me ballottait, fétu de conscience jouet de la houle, fragment parmi les fragments. Luttant pour ne pas sombrer j'ai aperçu ma photo sur la feuille déchirée d'un passeport inconnu, un nom qui n'était pas le mien, et plus loin flottait une valise ouverte où s'était réfugié Ernesto comme dans un canot de sauvetage, j'ai plongé mes doigts sous la surface et lancé au sol, du haut du tabouret, quelques gouttes à la Pachamama, puis j'ai vidé d'un trait mon verre et aussitôt les vagues se sont déchaînées, je tournoyais en accélérant à la merci d'un tourbillon, je m'approchais du centre comme dans le toboggan de la piscine du parc tropical qui ressemblait à la bonde d'un lavabo, comme un corps mené au trou noir par une attraction si forte que même son nom est aspiré par le vide, et alors que tout semblait n'être que giration, sans branches auxquelles s'accrocher, sans perche tendue par quelque maître-nageur, à deux doigts de me noyer j'ai chuté dans l'œil de la tornade, un courant d'air chaud m'a soudain redressé et propulsé à la verticale et tout est redevenu calme, je me suis tenu droit et il m'a semblé que l'ivresse avait cessé d'un coup comme une averse en été, une lucidité neuve m'a envahi, une lucidité nette, aiguë, propre à trancher les cordes et les chaînes, à abattre les grilles et affranchir les yeux de leurs paupières tombantes. J'ai regardé Ernesto, empoigné la bouteille de Millonario et j'ai rempli nos deux verres en les faisant déborder, renversant assez de rhum sur le bar pour qu'il dégoutte au sol son plus grandiose hommage à la Pachamama, le rythme de la chicha, métronome tropical, avait pris le pouvoir sur les battements de mon cœur, tchacatchac tchacatchac tchacatchacatchacatchac, tchacatchac tchacatchac tchacatchacatchacatchac, et j'ai dit Ernesto, mon ami, mon frère, Ernesto, je t'annonce avec fierté et joie que j'accepte ta proposition.

* *
*

La chambre d'hôtel au réveil sentait l'eau de javel parfumée au lilas de synthèse. J'avais le souvenir d'y être entré seul et de m'être allongé sur le lit et de m'en être aussitôt relevé pour vider dans la cuvette des W.-C. tout l'enthousiasme tropical qui m'était monté à la tête et l'avait fait tourner comme une toupie, puis j'avais sombré dans le sommeil avant d'avoir pleinement conçu l'absurdité de ce que j'avais accepté, dans cette mélasse contre-nature d'irréalité somnolente que seule confère la grande soûlerie, et quatre heures seulement avaient passé avant que la lumière du jour ne me rappelle à la vie.

Dans l'éveil imparfait du petit matin troublé encore de quelques restes d'alcool, j'ai repensé à un épisode de ma jeunesse, assez peu glorieux et dont je m'étonne avoir conservé la trace – où se niche l'inconscient, tout de même, et quel terreau nourrit le retour du refoulé. J'avais vingt-trois ou vingt-quatre ans et une collègue de bureau que je trouvais séduisante, à peine plus jeune que moi mais menant déjà une vie bourgeoise. Elle conduisait une longue Mercedes de couleur beige, intérieur cuir de couleur crème, tandis que je n'avais même pas mon permis de conduire, par paresse et par habitude. Je vivais seul à l'époque, cultivant un sentiment d'indépendance et de liberté qui longtemps me duperait quant à ma nature routinière véritable. Elle vivait en couple, avec un type qu'elle connaissait depuis l'adolescence ; lui était assez beau, il avait achevé brillamment des études de génie civil et s'apprêtait à passer quatre dizaines d'années à construire des ponts et des échangeurs autoroutiers avec constance et passion froide, et tous les deux emboîtaient patiemment les nombreuses pièces d'un puzzle figurant une existence confortable, de facture classique, dans une ancienne fermette en pierres grises arrivée entre leurs mains par héritage, mais qui avait besoin de quelques travaux de rénovation, ce qui serait toute une aventure. Nous partagions elle et moi un bureau et nous entendions bien, parfois nous allions prendre un verre après le travail et par bribes j'ai commencé à comprendre qu'elle s'ennuyait un peu, que quelque chose en elle appelait une vie moins rangée, et pour des raisons qui aujourd'hui m'échappent elle me voyait ainsi, moins rangé, d'un avenir moins probable et restant à inventer. L'ambiguïté qui est l'arme des timides est apparue, et comme elle me plaisait beaucoup et que j'étais timide et bluffeur j'ai joué cette carte. Je lui disais que l'ailleurs nous attendait, qu'il nous suffisait de le décider, et que nous pouvions partir, tout abandonner derrière nous, adieu la fermette et la Mercedes de couleur beige, adieu mon petit appartement, adieu les vies de facture classique et la naissance des ponts et des échangeurs autoroutiers ; devant nous l'étendue du Sahara et la steppe mongole, sur les sentiers herbeux à bride abattue. Au début ce fut un jeu de séduction d'un bord à l'autre du bureau, puis j'ai fixé une date, je lui ai dit si tu veux on s'en va, on part dans dix jours, elle d'abord refusait, me rappelait qu'elle n'était pas seule, à quoi je répondais je m'en fiche, allez viens, on y va, partons la semaine prochaine, et puis ça retombait, mais à chaque fois entre nous se nouait une maille du désir, l'idée d'une fuite était tissée à la beauté de son corps, j'usais sans vergogne de tous les clichés du départ et petit à petit les choses ont mûri et se sont précisées, le trouble et l'ambiguïté entre nous sont devenus capiteux comme un vin blanc plutôt doux, comme un mauvais roman, nous étions ivres de notre jeu et un jour j'ai dit ce soir, nous partons ce soir, nous n'avons besoin de rien, il y a un train de nuit pour le sud à 23 h 30, elle était seule cette semaine-là, il était en déplacement professionnel, et je l'ai invitée au restaurant, et pendant tout le repas je lui ai dit qu'ensuite nous irions à la gare, que c'était ce soir le départ, allez, on le fait, on s'échappe sans un mot, et elle renchérissait, d'accord, on y va, on s'échappe, et le repas terminé nous avons pris le chemin de la gare, il était 23 heures, nous avions juste le temps d'arriver et de prendre un billet, de monter dans le train et, à peine installés dans le compartiment, de nous embrasser enfin. Nous sommes entrés dans le hall défraîchi de la vieille gare, il était presque vide et le tableau d'affichage annonçait que le train vers le sud aurait dix minutes de retard; je l'ai prise par la main et je me suis dirigé vers le guichet de nuit, j'ai senti qu'elle me serrait fort et en me tournant vers elle, fanfaron souriant, j'ai vu que ses joues étaient empourprées. À cet instant précis nous nous sommes postés devant le guichet, l'agent m'a demandé ce qu'il pouvait pour nous et je l'ai regardée, sa main serrant la mienne, je souriais d'un air de défi mais ce sourire n'était qu'un masque dissimulant ma lâcheté, ma nature routinière, et j'ai seulement dit que peut-être ce serait inélégant pour les gens autour de nous, tu ne crois pas ? J'ai dit tu hésites, non ? je vois bien que tu n'oses pas, et la pression de sa main sur la mienne s'est doucement relâchée, elle a juste dit oui, ce serait inélégant, elle a baissé les yeux et mon sourire est devenu rictus, plus faux encore qu'il ne l'avait été ; j'ai regardé le préposé au guichet et je lui ai dit que nous reviendrions en sachant que je mentais. Nous sommes sortis de la gare et nous sommes allés chez moi, dans mon petit appartement, où nous nous sommes embrassés et avons fait l'amour, d'une étreinte poisseuse d'embarras où se mêlaient l'inconfort et le mépris, de l'autre et de soi-même, puis nous avons continué d'autres fois encore en cachette de sa vie, et quelques semaines plus tard, j'ai rompu.

* *
*

J'ai marché lentement vers le Consulat du Pérou à travers les rues froides de Madrid, bien décidé à remercier Ernesto pour cette excellente soirée et pour son offre de départ, mais la tornade de jus de canne s'était éloignée et la mer redevenue calme, les rythmes de la chicha avaient fait place au tambour des lendemains d'alcool, cette percussion lourde qui obscurcit la pensée en l'enfonçant dans des profondeurs informes, et je voulais qu'il sache que, bien sûr, je ne prenais pas au sérieux les excès de la nuit. La grande griserie est une machine à fantasmes, elle abolit les limites humaines et fait de nous les proies de l'illusion – bien sûr, bien sûr ! – et mes limites avaient aujourd'hui la forme d'un monospace familial gris qu'il me fallait ramener au pays, où d'autres limites m'attendaient. La veille, sous l'effet capiteux du vin blanc, j'avais espéré un élan et sans doute, allais-je dire à Ernesto, sa proposition avait-elle tout d'une vive poussée dans le dos, mais il me semblait que j'étais taillé pour des élans de plus faible amplitude et qui ne m'enverraient pas d'un seul lancer inattendu à l'autre bout du monde. À vrai dire je pensais que la proposition d'Ernesto n'était rien d'autre que le produit de sa propre ivresse, laquelle avait exacerbé un trouble amoureux démesuré, et je me suis dit qu'Ernesto savait cela aussi bien que moi, nos retrouvailles scelleraient à la fois notre retour commun à la raison et une amitié naissante, car après avoir accepté son offre nous avions encore bu quelques verres en parlant de nos vies, en remplissant les verres nous renversions maladroitement de plus en plus de rhum sur le bar et au sol, Ernesto m'avait questionné sur la femme chez qui je vivais et il avait encore parlé de Sofia, et de l'exil et de la fugue, et d'autres choses encore jusqu'à ce que les mots semblent s'égarer dans nos propres phrases, puis les syllabes dans nos mots, et que la conversation soit suspendue entre deux idées informes. La chicha occupait alors l'espace laissé vacant jusqu'à ce que des bribes articulées tentent de reprendre pied – Ernesto s'était mis à parler en espagnol d'une voix basse et rentrée, je n'y comprenais plus rien et m'étais mis aussi à me murmurer des choses à moi-même, et quand il n'avait plus été possible de tenir, quand l'étourdissement avait confiné au malaise et que la conversation n'avait plus été que la superposition de deux monologues, j'avais serré la main d'Ernesto comme si nous étions liés par un serment, amigos, frères de sang à la vie à la muerte, et il m'avait remis sur le chemin du retour.

Ernesto m'avait fixé rendez-vous dans une crêperie à l'angle de la Calle de Quintana et du Paseo del Pintor Rosales en face du Consulat, mais quand je suis arrivé il n'était pas là et la crêperie était fermée. Ma première idée était qu'il avait oublié, que la cuite de la veille était une sorte d'univers parallèle qui ne se visite qu'au risque de l'oubli, et que ma présence en ce lieu ne s'expliquait que par une naïveté et une sensiblerie excessives. Ernesto devait dormir à l'heure qu'il était ou déjà se préparer au départ, et sans doute n'avait-il aucun souvenir de cette conversation vaporeuse, voire de moi-même, compagnon occasionnel et sans importance, spectre aux contours rendus flous par le rhum, chose bien naturelle qui ne me troublait guère, encore que je me disais que ce premier contact avec un corps tropical méritait, à mon sens, une résolution moins abrupte. Je me suis dit qu'après tout, j'avais acquis grâce à lui beaucoup de nouvelles connaissances sur les tropiques, sur les nuances montagneuses et froides à apporter à la tropicalité, mais aussi sur la musique tropicale dont le champ s'était considérablement élargi en mon esprit par la découverte des territoires de la chicha, et tout cela n'était pas vain, je me suis dit que mon prochain séjour dans les eaux chaudes du jacuzzi du parc tropical aurait une tout autre densité, que les vagues artificielles de la piscine m'apparaîtraient elles-mêmes sous un jour neuf, qu'il me faudrait sans doute les dépouiller de leur nature caribéenne pour les envisager sous le vent du Pacifique, davantage houleuses et promesses de fracas, venant buter sur les pentes de la cordillère, et que ce faisant, m'y plonger serait une tout autre aventure, qui élargirait encore la portée tropicale de mes visites, et cela m'excitait au plus haut point.

Il était un peu plus de 9 h 30 quand j'ai allumé mon téléphone portable pour composer le numéro de la femme chez qui je vivais, j'ai laissé sonner longtemps mais elle n'a pas répondu, puis le répondeur s'est enclenché et en entendant sa voix enregistrée j'ai raccroché.

Le ciel était dégagé et le froid mordait ; de l'autre côté du Paseo del Pintor Rosales s'étendait le Parque del Oeste et je me suis dit que j'allais y faire une petite promenade pour achever de décrasser mon corps des abus de la nuit, et qu'ensuite j'irais au Prado comme je l'avais imaginé, peut-être même m'offrirais-je un bon repas – après tout j'avais dans la poche intérieure de ma veste des enveloppes chargées de billets, et je pouvais bien m'offrir des tapas ou une paella, ce n'était pas original mais ma connaissance de la cuisine espagnole se limitait à ces deux plats –, et j'ai traversé la rue vers l'entrée du parc. Comme j'allais m'y aventurer j'ai eu d'abord l'envie de me réchauffer avec un café et puis, me suis-je dit, peut-être n'était-il pas utile de conserver les trois enveloppes chargées de billets, peut-être suffirait-il de tout mettre dans une seule enveloppe, mais je n'allais tout de même pas faire ces manipulations en plein Paseo del

Pintor Rosales et moins encore dans le parc, il me fallait donc trouver un bar et me rendre aux toilettes pour rassembler discrètement mon pactole et ensuite commander un café. En marchant le long du Paseo del Pintor Rosales, j'ai aperçu un bar qui semblait ouvert et j'ai traversé à nouveau le Paseo, dans l'autre sens, en direction du bar. En entrant j'ai demandé par quelques mots approximatifs où étaient les toilettes mais le serveur m'a fait comprendre qu'elles n'étaient accessibles que si je prenais une consommation, et comme j'étais incapable d'expliquer en espagnol que je comptais bien commander un café dès que j'aurais terminé ce qui m'amenait ici, je me suis senti tenu de commander immédiatement un café et de le boire au comptoir avant de rejoindre les toilettes. En buvant mon café je me suis dit que peut-être ce n'était pas prudent de mettre tout l'argent dans la même enveloppe, *a fortiori* si je comptais me promener dans le parc, car j'ignorais s'il s'y trouvait des coins propices aux embuscades et je me savais incapable d'opposer la moindre résistance en cas d'attaque, mes agresseurs n'auraient aucun mal à me dépouiller de l'enveloppe unique contenant toute ma paie, dès lors il valait mieux conserver les trois enveloppes mais les répartir à différents endroits de mon corps, me suis-je dit, disons une dans la poche intérieure de ma veste – celle-ci, faiblement garnie, serait le leurre sur lequel fondrait la rapacité de voleurs éventuels – tandis que les deux autres pourraient être cachées dans une chaussette remontée autant que possible et peut-être dans la poche de ma chemise dissimulée par mon pull-over (pour des raisons de confort un emplacement plus intime ne m'a pas paru idéal). J'ai bu mon café calmement, dans la tranquillité résolue de qui vient de prendre une décision rassurante, puis je suis allé aux toilettes où j'ai mis à exécution mon plan de répartition-dissimulation des enveloppes. En sortant du bar, absolument serein à l'idée que les conditions étaient réunies pour une balade dans le Parque del Oeste, j'ai traversé à nouveau le Paseo del Pintor Rosales en direction de l'entrée du parc, il était près de 10 heures désormais et le ciel toujours vide de nuages, et le froid toujours mordant, et comme j'atteignais l'autre rive du Paseo j'ai entendu une voix crier amigo ! amigo ! et en me retournant j'ai vu Ernesto qui se faufilait entre les voitures en me faisant de grands signes.

* *
*

Il s'agissait de nous dépêcher, a dit Ernesto, tout était prêt mais il fallait passer au Consulat pour faire les papiers, l'avion décollait en début de soirée, nous avions certes le temps, mais il était plus prudent d'être large, et puis il avait deux ou trois détails à m'expliquer sur la façon dont les choses se passeraient à mon arrivée à Lima. Il avait eu peur que je ne vienne pas, ou de m'avoir manqué quand il avait vu que la crêperie était fermée et que je n'étais pas là, alors il avait décidé de se diriger vers mon hôtel en espérant me croiser, ou peut-être m'y trouver si je dormais encore, et c'est en partant qu'il m'avait vu traverser le Paseo vers le parc, tu as été bien avisé de prendre un café, a-t-il dit, j'aurais dû penser que, voyant la crêperie fermée, tu serais allé dans le bar le plus proche.

Ernesto était en chemise avec une simple veste légère malgré le froid, et malgré cela il était en nage, comme s'il s'était vivement agité ou comme si son corps continuait d'exsuder tout le rhum ingurgité la veille, et avant même toute réaction de ma part il a mis sa main sur mon bras, a serré les doigts autour comme s'il avait empoigné un fuyard et m'a entraîné vers le Consulat.

Ne te préoccupe pas de la voiture, m'a-t-il dit, je vais me charger de la remettre à une agence locale et je prendrai en charge le supplément s'ils en réclament un, et j'ai dit Ernesto, tu plaisantes, n'est-ce pas ? ce n'est pas sérieux cette histoire, nous étions soûls et c'était une plaisanterie, tu sais bien que je ne vais pas partir au Pérou, voyons, c'est absolument impossible, mais Ernesto ne me lâchait pas le bras, il a seulement dit viens, viens avec moi, on va en parler, et j'ai dit où va-t-on, Ernesto, et de quoi va-t-on parler ? je te dis que c'est absurde, je n'irai pas au Pérou. Ernesto m'a montré un bâtiment qui ressemblait à n'importe quel immeuble moderne, béton gris et garde-corps noir, sur la façade duquel flottait un drapeau rouge et blanc portant un blason entouré de verdure, viens au Consulat, a-t-il dit, laisse-moi te réexpliquer les choses, tu verras, ce n'est pas difficile, et tu décideras ensuite.

Nous avons contourné le bâtiment par une rue perpendiculaire et Ernesto a ouvert une petite porte donnant sur un couloir éclairé au néon, c'est l'entrée des artistes, a-t-il dit en souriant, et comme il me tenait toujours le bras il m'a entraîné à l'intérieur et très calmement je lui ai dit écoute, Ernesto, tu n'es pas sérieux, vraiment, je voudrais bien te rendre service, mais c'est absurde cette histoire, je ne peux pas partir au Pérou comme ça, sur un coup de tête. Je lui ai expliqué que je n'avais pris que quelques jours de congé et que j'étais attendu au bureau, j'avais de plus un enfant avec la femme chez qui je vivais, relativement indifférent à ma vie, je le concédais, néanmoins certaines obligations contrevenaient à l'appel de l'aventure, et puis je n'avais même pas de passeport, seulement une carte d'identité, et puis surtout, ai-je dit en haussant un peu la voix, je n'avais aucune envie de faire un aller-retour transatlantique pour livrer un attaché-case en mains propres, ce serait du plus haut ridicule. Oh ! bien sûr il avait su éveiller en moi le désir de découvrir le Pérou et surtout cette région d'Arequipa, si peu typiquement tropicale, et j'aimerais vraiment, d'ailleurs, qu'il m'aide à préparer un voyage prochain, nous pourrions même envisager de nous y retrouver si je calquais mes dates sur celles de sa présence au pays, il me montrerait les beautés du sud péruvien, la blancheur du *sillar* et les roulements furieux de l'océan Pacifique, je m'en réjouissais et nous ne manquerions pas de vider une ou deux autres bouteilles de rhum pour l'occasion, mais le Pérou dès ce soir, non ça, c'était exclu, l'idée de m'y rendre comme ça, en quatrième vitesse, pif-pouf-paf, déposer des documents et faire signer un bordereau puis retour illico, non, vraiment, ce n'était pas ma conception d'un premier contact avec les richesses de sa terre natale, ce n'était pas ce que j'avais prévu ; j'avais accepté de faire une livraison en mains propres à Madrid et j'avais l'intention aujourd'hui de visiter le Prado et de m'offrir un bon restaurant de tapas ou de paella, et de voir un peu la ville avant de reprendre la route.

Ernesto n'a rien répondu, il a seulement ri et fait un clin d'œil, et je me suis senti rassuré, manifestement tout cela n'était qu'une plaisanterie, je me disais bien que cette histoire était invraisemblable, il a failli m'avoir l'animal, ai-je pensé, j'ai marché à plein régime, décidément, quel naïf il m'arrive d'être ! et moi-même j'ai ri, sans rien dire, et j'ai suivi le chemin qu'il m'a indiqué dans les couloirs jusqu'à un étroit bureau sans fenêtre où était installée une petite cabine photographique garnie de deux spots et d'un tabouret à vis devant un écran blanc.

Assieds-toi, m'a dit Ernesto, on fait seulement une photo pour le passeport diplomatique, dans dix minutes les papiers seront faits, et en attendant je t'explique à nouveau ce dont il s'agit, et si tu ne veux vraiment pas partir, si tu ne veux pas faire ça pour moi, si tu ne veux même pas gagner un peu d'argent facile, eh bien tant pis, tu feras comme tu voudras, tu n'auras qu'à t'en aller et je détruirai les papiers. Ce sont des choses qui arrivent, a-t-il ajouté tout en plaçant un appareil photo sur un trépied. J'ai protesté que j'aurais bien aimé lui rendre service, bien sûr, mais tout de même le Pérou, ce n'était pas sérieux, pas sérieux du tout, et tandis que je lui disais que jamais la femme chez qui je vivais ne comprendrait cette histoire, tandis que je disais Ernesto, je lui ai déjà menti en venant ici, tu sais bien, il m'a conduit vers le tabouret en me tirant par le bras puis a posé ses mains sur mes épaules pour me faire asseoir, et comme j'expliquais que j'étais supposé être à Rome plutôt qu'à Madrid et qu'alors me retrouver au Pérou serait difficile à justifier, Ernesto m'a dit de tourner légèrement la tête vers la droite et de relever le menton, il y a des vols directs pour Rome au départ de Lima, a-t-il ajouté, attention ne souris pas, il ne faut surtout pas sourire sur les passeports désormais, baisse un peu le regard, stop, pas plus, et puis l'aller-retour ne prendrait que deux jours si tu le souhaites, tu ne serais même pas obligé de lui en parler, puis il a tiré le papier photographique imprimé qui s'échappait de l'appareil par une fente, ça ne prendra qu'un instant, a-t-il dit, et je me suis demandé s'il parlait de la photo et des documents diplomatiques ou du voyage, ou peut-être des deux, peut-être tout cela était-il pour lui semblable, juste une particule de temps qui peut contenir l'apparition d'un visage sur du papier photosensible et un voyage transatlantique. Je me suis demandé s'il était possible d'avoir une telle perception distordue de l'écoulement du temps, et si cela était dû à ce métier d'attaché culturel, toujours à courir le monde, le matin à

Londres, à Moscou pour le déjeuner, et la nuit sur la route de Shanghai à Wenzhou, et Ernesto, tout en secouant la photo qui se révélait lentement, s'est approché de moi en me demandant ma carte d'identité, ce n'est rien, a-t-il dit, je te la rends juste après, il faut seulement noter dans le registre que tu es passé par ici, faire une copie, c'est la procédure pour la sécurité, et il a ajouté tu sais ce que c'est, avec tout ce qu'il se passe.

La situation me semblait de plus en plus dénuée de sens et j'ai douté un instant de la raison d'Ernesto. Il était possible que l'alcool et l'ivresse de la veille aient masqué sa folie, je n'étais moi-même pas en état de me montrer perspicace. Tout en cherchant mes papiers dans ma poche je lui ai répété que j'étais désolé et que je comprenais son problème, l'amour est rare, ai-je dit, et j'aimerais pouvoir t'aider, mais enfin tu réalises toute l'absurdité de ce que tu me demandes, après tout nous nous connaissons à peine, je suis là presque par hasard et je parle espagnol autant que l'inuktitut, jamais personne ne me croira membre du corps diplomatique d'un quelconque pays et surtout pas le Pérou, mon corps lui-même n'a rien de tropical et encore moins de péruvien.

Le visage d'Ernesto est resté impassible quand il s'est saisi de la petite pochette en cuir que je lui tendais, munie d'une fermeture-éclair, qui contenait mes papiers d'identité et où je fourrais aussi mon permis de conduire et l'un ou l'autre ticket de caisse. Tout juste transpirait-il un peu, la sueur perlait sur son front, et ses yeux n'ont pas croisé les miens, et quand j'ai ajouté que je préférais m'en tenir à mes plans – visiter le Prado et faire un bon petit restaurant de tapas ou de paella avant de prendre le chemin du retour –, il a semblé ne pas entendre et n'a rien répondu après que j'ai dit qu'il devait bien y avoir parmi ses collègues ou amis quelqu'un qui pourrait l'aider et qui serait heureux de rentrer au pays de manière impromptue pour saluer la famille ou retrouver l'air tropical. Il a seulement laissé passer quelques secondes d'un silence ténu, encombré de quelques bruits venus des autres bureaux et de la salle d'accueil du Consulat, puis il a dit en s'éloignant bien sûr, je comprends, attends-moi je reviens, je règle cette histoire de registre et je reviens.

Ernesto est sorti en fermant la porte derrière lui et j'ai regardé la pièce autour de moi. J'ai pensé qu'elle ressemblait un peu à mon propre bureau, celui où d'ordinaire je préparais des réunions et des ordres du jour et dont j'avais été heureux de m'échapper ces derniers temps pour livrer en mains propres des documents à la cliente Rovelli. Un bureau sans fenêtre, mal éclairé d'une lumière blafarde, et sombre en conséquence. Il y régnait une odeur âcre de vieux papiers et d'ennui administratif, l'odeur des classeurs et des registres, et des restes de café froid au fond de tasses oubliées. Au mur, près d'une table en acier vert, on avait punaisé quelques cartes postales et je me suis approché pour les regarder ; on y voyait une plage bondée et par-dessus, en lettres blanches, le mot *Miraflores* ; sur une autre, des montagnes herbeuses où s'ébattaient des alpagas ; sur une autre encore, des fesses de femme, énormes et parfaitement lisses, tendues vers l'objectif et que recouvraient les mots *¡Te saludan los culos peruanos!*

J'ai pris mon téléphone et j'ai rappelé le numéro de la femme chez qui je vivais mais ça ne répondait toujours pas. J'ai fait sonner longtemps jusqu'à ce que s'enclenche le répondeur, puis j'ai raccroché sans laisser de message et aussitôt j'ai réessayé, fait sonner à nouveau, écouté sa voix sur le répondeur et j'ai seulement dit c'est moi, tout va bien, puis une voix m'a demandé d'un ton neutre si je voulais réécouter le message, le modifier ou l'effacer, et je l'ai réécouté avant de l'effacer, puis j'ai raccroché.

Les fesses girondes qu'un corps invisible propulsait vers moi depuis l'autre côté du monde ont de nouveau capté mon regard, et dans le même mouvement j'ai repensé au corps trapu et monolithe d'Ernesto. Le spectre des corps tropicaux est bien vaste, me suis-je dit, et je n'étais plus très sûr, finalement, de savoir ce qu'étaient en réalité les tropiques. La piscine du parc tropical m'avait induit en erreur, ou plutôt je n'avais aperçu à travers elle qu'une part infime d'un monde lointain, complexe et contradictoire. Sur le bureau, un calendrier photographique affichait une date dépassée depuis six jours associée à l'image d'un ara multicolore. Les chants d'oiseaux diffusés sous le dôme de la piscine du parc tropical pouvaient-ils être ceux d'un ara comme celui-là ? Je devais reconnaître que je n'en savais rien, et d'ailleurs je ne savais rien des aras, et ce nom même serait sans doute resté dans les limbes de mon esprit s'il n'était apparu en légende de la photographie. J'avais vu des aras quelques années auparavant, ayant emmené l'enfant encore jeune dans un parc animalier où quelques pauvres bestioles devaient se contenter d'être, à défaut de vivre, et un couple d'aras était attaché par une longue chaîne à un perchoir que les perroquets ne cessaient de gratter de leurs serres, et quand nous nous étions approchés d'eux, le plus gros avait déployé ses ailes et ouvert un bec menaçant vers l'enfant qui avait pris peur et s'était réfugié en pleurant entre les jambes de sa mère. J'avais essayé de le rassurer en lui disant qu'il ne risquait rien, mais après tout je n'en savais rien, ne connaissant rien des aras ni de leur comportement, et le volatile aurait tout aussi bien pu planter son bec dans les yeux de l'enfant alors même que je m'efforçais de le rassurer, et lui continuait à pleurer, il s'était mis à pousser des cris de terreur parce que je lui avais pris le poignet et tentais de l'attirer à nouveau vers l'oiseau. Sa mère avait épousé sa cause et l'avait éloigné, me reprochant ensuite violemment d'avoir mis notre enfant en danger au mépris de ses pleurs, et si je m'étais senti légèrement coupable, je n'en avais dit mot, au contraire j'avais tenu ferme face à sa colère, affirmant que jamais l'ara ne l'aurait attaqué, alors même que je savais bien que de l'ara, je ne connaissais rien, ni son cri ni sa hargne, moins encore son risque, comme je ne savais rien d'aucun oiseau tropical avant d'entendre les enregistrements de leurs chants sous le dôme de la piscine du parc tropical, comme je ne savais rien des vents froids qui dévalent les flancs des volcans du sud péruvien pour venir agiter l'océan Pacifique, et comme j'ignorais tout des corps tropicaux, de leur variété et de leur large spectre.

Qu'est-ce qu'un ara ? me suis-je dit. Est-ce un oiseau tropical ou seulement l'image que je m'en fais ?

J'ai pensé aux rythmes de la cumbia et de la chicha, semblables et pourtant différents, présentant des nuances si subtiles que je ne parvenais qu'à les entendre intérieurement et qu'il m'aurait été impossible de reproduire. Le spectre des corps et des rythmes tropicaux, voilà de quoi m'interroger longtemps. Quel gâchis ce serait de m'en aller, ignorant et naïf, courir les pistes péruviennes avant d'avoir étudié et peut-être compris quelque chose des tropiques, me suis-je dit.

Ernesto est entré comme un boulet de canon dans le bureau. C'est allé vite, tu vois, a-t-il dit, désolé de t'avoir fait attendre, mais voilà, tout est en ordre, les papiers sont prêts. Ernesto, j'ai dit, vraiment, j'espère que tu comprends, mais je ne peux pas partir, c'est impossible, je voudrais t'aider mais ça, vraiment, c'est impossible. Ernesto a hoché la tête en faisant la moue, il soufflait bruyamment par le nez, ce n'étaient pas des soupirs, leur puissance et leur pulsation ne semblaient en rien marquer l'irritation, mais on aurait dit qu'il devait expulser ses espoirs sous forme de vapeur, comme une machine dégaze pour faire retomber la pression. Il ne me regardait pas, ses yeux baissés vers le sol étaient mobiles comme s'ils cherchaient une solution dissimulée sous forme de code dans les motifs du carrelage puis, après un long silence, il a seulement levé la tête vers moi, ses yeux pouvaient sembler tristes, mais plus tard je me suis dit qu'ils semblaient aussi très calmes et sereins, et il a dit je te comprends, ne t'inquiète pas, je t'ai demandé quelque chose d'impossible, je m'en rends compte maintenant. Il m'a tendu la pochette en cuir contenant mes papiers d'identité en disant tiens, range vite ça, je garde les documents diplomatiques, je vais les détruire, tu n'as rien à craindre, les choses pour toi s'arrêtent ici. Je lui ai demandé ce qu'il allait faire, s'il avait une autre option, mais il a seulement haussé les épaules avec un sourire et il a répondu ne t'en fais pas, il arrivera ce qui doit arriver, j'ai sans doute exagéré en pensant que tout allait se jouer pendant ce week-end en Andalousie, désolé de t'avoir mêlé à ça. Il m'a tapé sur le bras, j'ai regardé ses mains en détail et j'ai vu qu'elles étaient épaisses, rondes presque, comme ses épaules et sa nuque, et son corps m'a semblé encore plus massif, lesté, rocailleux, mais comme un gros rocher poli, lustré par les éléments, sans arêtes ni angles. Je me suis dit qu'un bloc granitique comme celui-là pouvait résister à tous les mouvements du sol, aux fluctuations tectoniques et aux éboulements. Il a encore donné quelques petites tapes amicales sur mon bras et m'a dit qu'il me raccompagnait, et quand il m'a laissé sur le seuil de la porte arrière du Consulat il a seulement dit je te souhaite un bon séjour, j'espère que le Prado te plaira, prends la ligne 3 à Ventura Rodríguez, tout droit jusqu'à la Calle de la Princesa puis à droite, et c'est direct jusqu'à la Puerta del Sol, et de là tu seras vite au musée.

Il m'a serré la main et m'a dit c'était un plaisir, désolé encore d'avoir insisté, hasta luego, compañero. J'ai dit bonne chance Ernesto, bonne chance à toi, et je suis parti vers la station de métro en suivant ses indications.

* *
*

J'ai déambulé dans le Prado sans but, n'ayant aucune idée préconçue des œuvres que je pouvais y voir, tout juste ai-je pensé aux *Ménines* parce qu'une reproduction délavée ornait le hall d'entrée de l'hôtel où j'avais passé la nuit et que le poster portait le logo du musée, mais quand je suis arrivé dans la salle où le chef-d'œuvre était exposé, il y avait tant de monde devant que je n'en ai d'abord presque rien vu. Je me suis approché discrètement d'un groupe qui suivait une visite guidée en français juste au moment où la guide expliquait que, de partout où l'on pouvait se placer dans la salle pour regarder la toile, on pouvait avoir l'impression que la petite fille au centre de la scène – l'Infante Marguerite-Thérèse d'Autriche, à ce que j'ai compris – nous fixait du regard, et que c'était un effet d'optique extraordinaire et difficile à décrire, qui montrait tout le génie de Vélasquez, ce regard qui se plantait dans nos yeux sans qu'il soit possible d'y échapper, et ce faisant, le regard de l'Infante transformait son public en partie du tableau, l'intégrait à la scène, être vu par l'Infante nous transformait en personnage, puis la guide a disserté sur l'art qui nous regarde et je me suis éloigné.

Je me suis posté à gauche du tableau et j'ai essayé d'accrocher le regard de l'Infante, mais des visiteurs s'interposaient sans cesse. Je me suis déplacé vers le fond de la salle puis vers la droite mais la foule, toujours, faisait barrière, si bien que je n'étais pas certain que l'Infante me regardait moi ou un quelconque visiteur, ni si son regard intense, que je n'apercevais qu'entre des têtes mouvantes, se fixait sur moi ou sur le groupe de retraités qui faisait écran entre elle et moi. Pire encore, les rares fois où je suis parvenu à regarder ses yeux assez longtemps, j'ai eu l'impression qu'elle ne me regardait pas en retour, que son regard se fixait juste derrière ou à côté de moi, et que j'étais pour elle transparent ou flou. Sans doute ne suis-je qu'une sardine dans le banc, me suis-je dit, elle ne peut tout de même pas fixer chacun de ses spectateurs, et j'ai repensé à la cliente Rovelli : elle non plus, lors de mes premières visites, ne semblait pas me voir et quittait la pièce sans même tourner la tête vers moi. Je n'accroche pas la lumière dirait-on, ou bien ne suis-je pas couvert des bonnes aspérités pour la lumière d'Europe. Il est assez étrange, ai-je pensé, que dès notre rencontre Ernesto m'ait offert de devenir un émissaire vers les tropiques, qui sait si son œil formé sous la Croix du Sud n'a pas décelé dans les ridules de mon visage ou les os saillants de mes épaules une matière propre à capter le grand soleil entre Capricorne et Cancer ? J'ai eu l'impression fugace que j'aurais dû accepter la proposition d'Ernesto et me charger de cette livraison transatlantique, seulement pour voir si la lumière me réservait un meilleur sort sous ces latitudes, mais j'ai balayé cette idée en secouant doucement la tête.

Dans le mouvement de balancier que j'effectuais face au tableau, cherchant le bon angle, je me suis trouvé de nouveau à côté de deux Françaises qui suivaient la guide. Chacune disait à l'autre qu'elle avait la sensation, en effet, que l'Infante la fixait du regard, chacune côte à côte et pourtant échangeant un regard exclusif avec l'enfant royale, stupéfaites toutes deux par ce mystère, et moi, debout à quelques centimètres d'elles, il m'apparaissait que les yeux de l'Infante ne me voyaient pas, tout occupée à dévisager mes voisines, et qu'à aucun moment son regard ne m'incluait dans le tableau, jamais je n'en devenais un personnage, on ne voulait pas de moi ici. Je n'appartiens pas à la scène, me suis-je dit, et si je m'échappe personne ne s'en apercevra.

Les salles de marbre et de plâtre du musée se succédaient et je passais devant les œuvres comme le passager d'un train traverse un paysage. Bosch, Goya, Dürer, Brueghel, Le Caravage, El Greco, Rubens ou Raphaël, l'histoire de l'art m'était étrangère mais les noms enchaînés me semblaient écrasants. J'étais un transalpin cherchant son chemin en contrebas des sommets, et j'allais ainsi sans voir leur indicible beauté, insensible à la pureté des cimes. Mon chemin était celui des fonds de vallée et des tunnels, guidé par des rails et incapable d'atteindre les hauteurs, le nez collé à la roche, et du Jardin des délices je n'entrevoyais que la terre sombre.

Je me suis arrêté devant une toile portant le titre de *Viejo desnudo al sol*, de Mariano Fortuny, qui figurait un vieillard à demi nu dans la lumière du soleil, et je me suis demandé si ce corps usé dont la peau se repliait peu à peu sur elle-même pourrait être le mien, et si cette barbe blanchie sur des joues maigres, si ce nez osseux et ces yeux mi-clos pourraient être les miens, baignés d'un grand soleil aveuglant et chauffant la carne, presque morte déjà mais vivante encore, rageusement vivante dans la lumière chaude de l'astre à son zénith. Le vieillard semblait me regarder de son œil gauche à peine entrouvert ; il semblait me donner ce regard que m'avait refusé l'Infante. Ce regard n'était qu'une étroite fente obscure filtrant la lumière mais il perçait l'espace qui nous séparait et pénétrait au plus profond de moi pour me dire j'ai vécu, mon corps s'est abîmé et les chairs se flétrissent mais le soleil, le grand soleil me chauffe encore. Le vieillard me lançait un regard de défi, m'a-t-il semblé, la tête légèrement relevée il me toisait par en dessous, quelque peu hautain et sûr de lui, et j'ai repensé à mon corps trop gras dans le miroir du pédiluve à l'entrée de la piscine du parc tropical. Je me suis demandé ce qu'il faudrait à mon corps pour qu'il devienne ce vestige de puissance, émacié désormais et baigné de soleil, quelle vie de labeur il devrait assumer pour s'assécher et se flétrir avec grâce, pour apparaître usé et rageusement vivant, et défier de sa morgue les siècles venus après lui. Le corps de ce vieil homme n'était pas un corps tropical, bien sûr, mais espagnol certainement, peut-être même andalou, un corps du sud à coup sûr, et ce qu'il me disait, en vérité, c'était que je n'avais rien à faire là, que je n'avais rien à attendre du soleil et du sud, que j'étais et resterais ce corps engraissé dans un maillot vert à motifs floraux, trop étroit sur une peau blanche, et que jamais je ne pourrais espérer gagner quelque tropicalité. Que Madrid pour moi était déjà trop loin, territoire trop austral tendant à l'équateur, et que des tropiques, il me faudrait me contenter d'un simulacre. Alors j'ai eu, soudain, la nostalgie de la piscine à vagues du parc tropical et des eaux chaudes du jacuzzi.

J'ai pressé le pas pour me diriger vers la sortie. J'ai senti que j'étais entraîné sur une pente irrésistible et glissais vers le nord, laissant dans mon dos le soleil illuminant le vieillard de Fortuny. Le Prado m'expulsait comme un corps étranger, comédon incongru sur sa beauté parfaite. Je me suis demandé ce qui m'avait pris d'accepter la proposition de Rovelli ; cela m'avait induit en erreur sur la poussière de la route : peut-être y étais-je allergique. Il m'a semblé évident que j'avais surestimé mon destin et que tout ceci – je veux dire la succession insensée de promesses d'une vie moins septentrionale et tempérée – dessinait en réalité une frontière géographique à mon exploration tropicale : Ernesto m'avait offert l'expérience transatlantique, la découverte du Pérou, la voie des confins, et l'ivresse m'en avait fait entrevoir les possibles, mais ce n'était qu'une illusion aux formes modelées par le vin doux, peut-être espagnol mais plus probablement australien, capiteux aussi bien, puis surtout par le rhum et le rythme séduisant de la chicha. J'avais un bref instant imaginé qu'un élan ample me projetterait loin, mais le Prado s'était chargé de m'assigner à résidence dans le territoire étriqué qui avait toujours été le mien. Ah! ce que le grand art nous fait ! ai-je pensé.

J'ai accompli ma mission, me suis-je dit, je me suis aventuré vers le midi et j'en reviens chargé d'argent prudemment rangé dans des enveloppes, Tonton Cristobal de kermesse, voilà sans doute l'exotisme auquel il est raisonnable que je prétende : je suis un conquistador de proximité.

J'ai cherché mon chemin vers la sortie et comme j'avançais je ne jetais plus qu'un œil distrait aux œuvres autour de moi, puis une petite foule a attiré mon attention, et par curiosité je me suis approché. Le public défilait devant une toile intitulée *Matrimonios de Martín de Loyola con Beatriz Ñusta y de Juan de Borja con Lorenza Ñusta de Loyola*, qu'un cartel explicatif décrivait comme un tableau péruvien du XIXe siècle, d'habitude exposé à Lima et première œuvre péruvienne de l'époque coloniale recevant les honneurs du Prado pour quelques mois à peine. La toile venait tout juste d'être accrochée et représentait deux scènes de mariage, l'une au premier plan et l'autre en arrière-plan, rassemblant des religieux et des nobles espagnols devant une assemblée de notables incas souriants et assis, parés d'or et de plumes. J'ai lu que le mariage au premier plan était celui d'un soldat, Martín de Loyola, avec Beatriz Ñusta, nièce de l'Inca Túpac Amaru, dernier empereur rebelle converti de force au christianisme avant d'être exécuté, lequel assistait aux noces, serein et inconscient peut-être de son funeste sort, tandis que le mariage au second plan était celui de leur fille quelque vingt ans plus tard, en Espagne. J'ai pensé qu'une étonnante coïncidence m'avait placé face à ce tableau péruvien alors même qu'il avait été question, le temps d'une nuit, que j'y poursuive mon office de livreur, et cette pure coïncidence m'a incité à me frayer un passage à travers les visiteurs pour examiner de plus près cette représentation tropicale de première main. Tout semblait faux dans cette scène, tout n'était que mensonge et impossibilité, me suis-je dit devant cette image de paix et de bonheur simple, depuis le procédé étrange de figurer vingt années de distance par un effet de perspective jusqu'au visage heureux et tranquille de la princesse mariée de force, en passant par l'air patelin du conquérant et le sourire des Incas méconnaissant leur mort. Une femme de l'assemblée tenait dans son poing dressé les pattes d'un oiseau aux plumes écarlates et aux ailes bleutées, un ara peut-être, me suis-je dit, qui ajoutait à l'invraisemblance de la scène, comme si l'oiseau concentrait en lui toute la forêt tropicale, toutes les plantes à larges feuilles, tous les pumas et les dauphins roses, les eaux vives et les cascades. Au loin derrière on distinguait quelques montagnes semblables à celles que m'avait décrites Ernesto, distantes comme une terre inaccessible, comme un souvenir confus sous une lumière d'altitude, trop blanche. L'oiseau m'a rappelé les chants et les cris enregistrés diffusés sous le dôme de la piscine tropicale, je me suis dit que j'étais comme ces Incas, assez peu à ma place dans le décor, comme eux je m'accrochais à l'image d'un perroquet, et cela m'a conforté dans l'idée que toute cette histoire était irréelle, que je n'en percevais qu'une image déformée et reconstruite, qu'un récit tissé d'illusions et de mensonges, et il m'a semblé que j'avais quelque part perdu le contrôle des choses, de mes gestes peut-être, lesquels n'avaient jamais été aussi déliés et souples que plongés dans la piscine à vagues du parc tropical, les membres soumis à des courants rassurants et artificiels, sans pression sur les cuisses ou la plante des pieds, et j'ai décidé qu'il me fallait partir sans plus tarder. J'ai fait demi-tour, fendu à nouveau la foule pour m'échapper, bousculant les badauds et les retraités et les groupes scolaires sous les protestations que je ne comprenais pas mais dont je saisissais le ton, et toutes et tous de tout âge et de tout sexe et les tableaux des maîtres anciens et le vieux baigné de soleil et les Incas, les prêtres, les conquistadors et les princesses me hurlaient de m'en aller et de m'en retourner dans les bulles du jacuzzi, et de ne plus désormais chercher le reflet d'un moi tropical ailleurs que dans le miroir du pédiluve.

* *
*

Sur le parvis le temps s'était couvert et le froid m'a paru plus intense que le matin près du Consulat. Décidément le soleil de l'hiver espagnol est trompeur, me suis-je dit, de belles promesses et puis pfuit ! Vraiment, cela valait la peine de m'éloigner du nord.

J'ai tiré de la poche-revolver de ma veste mon téléphone et composé de nouveau le numéro de la femme chez qui je vivais, mais une fois de plus elle n'a pas décroché et j'ai mis fin à la communication dès que le répondeur s'est enclenché. C'est irritant, cette habitude de ne jamais répondre au téléphone, me suis-je dit, soit qu'elle oublie de l'emporter, soit qu'elle coupe le son, ou plus souvent parce qu'elle ne veut pas répondre. Il était déjà pas loin de 14 heures et j'ai eu envie de m'offrir ce bon restaurant auquel je songeais depuis le matin, que j'avais imaginé d'abord spécialisé en tapas ou en paella mais dont, l'appétit m'ayant gagné, j'étais prêt à envisager d'autres propositions. J'ai un moment pensé retourner dans le bar péruvien de la veille, comme s'agissant d'une manière honorable et à ma portée de découvrir le Pérou par sa cuisine à défaut d'y mettre le pied, mais je n'étais pas certain qu'on y servait de la nourriture, et puis c'était assez loin et l'appétit se changeait rapidement en faim. Une pizza aurait fait l'affaire, mais j'étais en Espagne et comme j'avais prétendu à la femme chez qui je vivais que j'étais à Rome, j'ai eu peur que cela ne crée en moi quelque confusion. L'option tapas m'est revenue à l'esprit, elle prenait l'ascendant sur l'idée d'une paella, trop chronophage si j'en jugeais par la longue attente qui précédait le service les rares fois où j'en avais mangé une au restaurant, dans le nord, et je sentais résolument qu'il fallait que je reprenne la route sans trop traîner. J'avais envie de retrouver le bien-être de la piscine du parc tropical ; l'expérience madrilène était destinée à tourner court.

Je me suis alors mis en quête d'un restaurant où trouver des tapas et tout en marchant j'ai pris de nouveau le téléphone pour rappeler le dernier numéro composé, la sonnerie s'est répétée huit ou dix fois avant qu'une voix atone et pourtant suave ne prétende être dans l'incapacité de répondre, et j'ai laissé un message annonçant que je serais rentré d'ici deux ou trois jours, le temps de réceptionner un colis qu'il me fallait apporter au bureau, mensonge fumeux mais nécessaire auquel j'ai ajouté, pour faire bonne mesure, que Rome et moi l'embrassions ainsi que l'enfant et qu'il me tardait de les retrouver tous les deux. En rangeant le téléphone j'ai vérifié mentalement la faisabilité de mon plan : j'allais manger des tapas puis repasser par l'hôtel récupérer mes bagages, dont la valise qu'il me faudrait plus tard abandonner sur une aire d'autoroute, puis je reprendrais la route pour filer vers le nord, ne dormant peut-être que deux ou trois heures si la fatigue se faisait trop invalidante, couché sur la banquette arrière du monospace familial gris, et j'arriverais dans la matinée à proximité de la piscine du parc tropical. Je prendrais une chambre dans un petit hôtel de la ville et sans prévenir personne de mon retour au pays m'offrirais une ou peut-être deux journées consacrées tout entières à me contenter d'être sans pression dans les vagues artificielles de la piscine du parc tropical et les bulles du jacuzzi. De temps en temps j'irais descendre la rivière sauvage en quête de secousses et de chamboulement puis, rassasié et tranquille, retrouverais le foyer, avec assez d'argent pour regarder fièrement sa propriétaire et lui annoncer la mise en route prochaine de quelques travaux de confort, rénovation des sanitaires et étanchéité du sol de la cave secondaire, à ma charge exclusive.

Je n'étais pas fier de mon mensonge cependant, et j'ai eu la tentation de composer une nouvelle fois le numéro de téléphone de la femme chez qui je vivais afin de laisser un autre message, honnête et sincère cette fois, annulant en quelques mots les travestissements de la vérité auxquels je m'étais adonné. Pourquoi avais-je inventé cette histoire romaine, pour commencer ? Je n'avais jamais mis les pieds à Rome et ne m'en faisais aucune représentation. Il me faudrait me documenter avant de rentrer au bercail, ai-je pensé, je ne peux tout de même pas prétendre n'avoir rien vu de la Ville éternelle, ne pas même réussir à situer les uns par rapport aux autres quelques lieux typiques, le Colisée et la fontaine de Trevi, le Forum antique et la trattoria où il me faudrait raconter avoir mangé de succulentes tagliatelles au persil et aux palourdes pour une somme modique, surtout si l'on considère la qualité du vin et l'excellence du café dont le goût perdure en moi, un arabica peut-être, c'est possible, je ne suis pas connaisseur. Le mensonge, me suis-je dit, avait une fonction que je lui avais ignorée dans un premier temps, car j'avais imaginé qu'il cacherait mon escapade et la part d'aventure nichée en son cœur, qu'il offrirait un peu de temps et d'espace à l'inconnu et à l'élan, quand en réalité il ne dissimulait rien d'autre que mon désir secret de retrouver le bien-être de la piscine à vagues du parc tropical, une envie de retraite tranquille près des allées de carrelage vert, en lieu et place des sentiers inexplorés.

Je n'ai pas dû chercher longtemps. À l'entrée de la Calle de las Huertas un restaurant affichait sur sa devanture des photos de plats divers, albóndigas et tortillas, croquetas et jamón, et comme l'enseigne mentionnait *vinos y tapas*, je n'ai pas hésité : j'avais très faim désormais. J'ai commandé un plateau de six tapas et de l'eau, pour commencer, me suis-je dit, car je voulais reprendre la route dès que possible, le ventre plein et l'esprit clair. En attendant les plats, j'ai laissé mes pensées vagabonder. Quelques plans des travaux à réaliser ont d'abord surgi, puis l'image d'un échafaudage bancal, quelques souvenirs du Prado étonnamment nostalgiques malgré le malaise ressenti et j'ai fini par repenser à la soirée de la veille et à Ernesto, et à toute cette histoire absurde. J'ai glissé la main dans la poche de ma veste et j'ai senti la petite pochette de cuir qui contenait mes papiers d'identité et que j'avais rangée là sans y prêter attention quand

Ernesto me l'avait rendue, un peu plus tôt au Consulat. Je l'ai sortie, posée sur la table devant moi et fait machinalement glisser la fermeture-éclair pour en vérifier le contenu, jusqu'à tout étaler, tickets de caisse divers et autres traces de paiement, parce que ma carte d'identité ne s'y trouvait plus. J'ai cherché sous chaque morceau de papier, fouillé chacune de mes poches, examiné le sol sous la table et la banquette sous moi : rien à faire, la carte n'était plus là, à la place je n'avais en ma possession qu'un petit livret bordeaux dont la couverture semi-rigide marquée de lettres dorées disait *Comunidad andina República del Perú*, et sous un écusson où je reconnaissais un lama et ce qui semblait être un coquillage le mot *Pasaporte*, et sur la première page se trouvaient une photo de mon visage et plusieurs informations usuelles, dont un nom qui n'était pas le mien : Ernest Floresse.

* *
*

Dans sa précipitation Ernesto avait vraiment fait n'importe quoi, ai-je pensé, que pouvait-il avoir fait de ma carte d'identité ? Oubliée sur un bureau peut-être, et puis ce passeport péruvien pas même à mon nom, comment espérait-il que je passe la frontière avec ça ? C'est du travail d'amateur, me suis-je dit, fait par un type aux abois, la tête encombrée d'amour et de désir, désespéré peut-être et sorti du réel, et il fallait maintenant que je le retrouve d'une manière ou d'une autre pour récupérer ma carte d'identité. Il était déjà près de 15 heures, et je me suis rappelé qu'Ernesto avait parlé d'un départ pour la fin de journée, j'ai compris que je n'avais pas de temps à perdre. Les albóndigas posées sur la table semblaient appartenir à une autre réalité, recouverte d'une sorte de papier calque translucide, ou dupliquée, et dont j'étais éjecté soudain comme un train déraille. Pour autant, ce passeport que j'avais en main ne m'apparaissait pas plus réel. C'était bien mon visage que je reconnaissais mais ce nom, Ernest Floresse, qui y était associé le rendait étranger et presque inconnu, comme si sur mes propres traits un autre calque avait été posé, et j'étais là désormais, suspendu dans le vide entre deux réalités, flottant plutôt, sans prise, en transit dans le *no man's land* des univers parallèles.

J'ai payé le serveur qui a regardé avec effarement les boulettes intactes sur la table, le pain pas même entamé et l'assiette immaculée, il a marmonné quelque chose en espagnol que je n'ai pas compris et je suis sorti précipitamment. J'ai inspecté le passeport à la recherche d'un numéro de téléphone, de quoi que ce soit me permettant de contacter Ernesto mais il n'y avait rien, puis en tournant les pages j'ai vu que plusieurs d'entre elles portaient des cachets d'entrée et de sortie du territoire péruvien, avec des dates remontant pour certaines à deux ans, et des paraphes griffonnés par-dessus les cachets comme si le passeport avait servi, comme s'il avait voyagé déjà et qu'on avait seulement remplacé la photo de son propriétaire par la mienne, et pourtant tout semblait neuf, à peine sorti de l'imprimerie. J'ai tout remballé et une fois dans la rue j'ai tiré de ma poche mon téléphone et l'ai rallumé, il a émis plusieurs petits sons aigus et vibré et j'ai cherché sur Internet le numéro du Consulat du Pérou, mais quand je l'ai composé je suis tombé sur une musique d'attente puis sur un menu proposant en espagnol plusieurs choix auxquels je n'ai rien compris, et le répondeur les a répétés et comme je ne réagissais pas, la communication s'est coupée. J'ai fait une autre recherche – les bureaux de la cliente Rovelli, mais son nom n'apparaissait nulle part. J'ai eu l'idée de chercher l'adresse des bureaux où j'avais effectué les livraisons de documents en mains propres sur un site qui faisait office de répertoire d'entreprises. Plusieurs sociétés étaient enregistrées à cette adresse mais aucune ne portait le nom de Rovelli, et le nom de Rovelli n'apparaissait dans l'organigramme d'aucune. J'ai composé le numéro de la première société, un homme a décroché qui ne connaissait pas de Rovelli, et j'ai appelé deux autres numéros sans plus de succès. J'ai appelé le quatrième numéro, le dernier, ça a sonné longtemps et personne ne décrochait, et j'ai commencé à me sentir mal, quelque chose comme de l'inquiétude s'installait et tandis que ça continuait à sonner j'essayais de m'éclaircir les idées, me demandant ce qu'il fallait que je fasse, quelle action entreprendre pour retrouver ma carte d'identité, et soudain un répondeur téléphonique s'est enclenché et une voix de femme a seulement dit, très vite, de laisser un message. J'ai coupé la communication sans rien dire, le répondeur m'avait surpris et je n'étais pas certain d'avoir reconnu la voix de Rovelli, même si elle lui ressemblait. Elle pouvait bien être la sienne, me suis-je dit, oui c'était sans doute sa voix mais je n'en étais pas absolument sûr, c'était allé si vite, ce message, cette simple injonction : « laissez un message ». Oui, décidément, ai-je pensé, ce pouvait bien être elle, c'était bien son style, cette rudesse, cette autorité froide et sèche pour ne pas dire brutale, c'était peut-être bien sa voix, à Rovelli, ce ton glaçant, et j'ai rappelé le dernier numéro. À nouveau le téléphone a sonné longtemps et le répondeur s'est enclenché, et à l'ordre de laisser un message j'ai répondu bonjour Madame Rovelli, je suis à Madrid, votre contact Monsieur Ernesto a emporté par mégarde mes papiers d'identité, c'est toute une histoire, je vous raconterai à l'occasion, mais il me faut d'urgence le contacter, et j'espérais que vous auriez son numéro de téléphone, pouvez-vous me rappeler ? et j'ai raccroché.

L'inquiétude avait gonflé, son volume désormais me compressait la gorge par l'intérieur de la cage thoracique. J'avais le souffle court et l'air froid m'était douloureux, de plus en plus froid, me suis-je dit, et bizarrement j'ai pensé qu'aujourd'hui il ne me viendrait pas à l'esprit de m'asseoir en terrasse pour boire un verre de vin blanc frais, et l'idée incongrue n'a fait qu'ajouter un peu de volume à l'inquiétude, puis j'ai regardé l'heure et j'ai réalisé que je paniquais presque, ou plutôt que j'étais immobile et tremblant comme un rat affamé dans une boîte d'expérimentation, dans un labyrinthe dont le sol grillagé est électrifié, un labyrinthe au bout duquel se trouve sa nourriture, et j'étais ce rat tétanisé qui se laisse mourir de faim de peur de prendre une décharge.

Soudain je me suis dit que ce n'était peut-être pas si grave, cette histoire, que je pouvais sans doute rentrer à la maison et déclarer à la police la perte de mes papiers, ces choses-là arrivent tous les jours, et le temps de quelques secondes je me suis senti soulagé, mais aussitôt j'ai pensé à mon permis de conduire, il était lui aussi rangé dans la pochette en cuir et comme j'avais été obnubilé par l'absence de ma carte d'identité, je n'y avais pas prêté attention et je n'étais pas certain qu'il s'y trouvait, j'ai sorti la pochette en cuir de ma poche avec fébrilité et j'ai fouillé à l'intérieur : mon permis de conduire avait aussi disparu.

L'inquiétude est revenue encore plus violemment, me prenant à la gorge comme des doigts longs et fins à la manière de l'anxiété, et mon téléphone a sonné. L'écran affichait les mots *Numéro privé*, et j'ai pensé que c'était peut-être Ernesto qui avait pris conscience de sa maladresse. J'ai décroché, dit allô, et aussitôt une voix féminine a parlé d'un ton sec, elle a dit vous avez fait erreur, je ne vous connais pas et ne connais pas la personne dont vous parlez, n'appelez plus ici, et comme j'allais répondre, comme j'allais dire c'est vous Madame Rovelli ? la communication s'est coupée net.

C'était Rovelli, me suis-je dit, je suis certain que c'était Rovelli, sa voix, son intonation, elle a dû mal comprendre, elle sait quand même qui je suis, alors j'ai rappelé le numéro de la quatrième et dernière société, celui où j'avais laissé un message, mais cela sonnait maintenant en dérangement.

Une bourrasque de vent froid s'est engouffrée dans la rue et j'ai frissonné, je me sentais démuni, toute forme d'énergie siphonnée et vide aussi de toute idée, incapable de réfléchir, de penser calmement à la situation, je tremblais de froid et je me suis mis à marcher. Je ne savais pas exactement où se trouvait la station de métro la plus proche, alors sans réfléchir j'ai fait le chemin en sens inverse vers le Prado. Le visage défiant et hautain du vieillard qui plissait les yeux face au soleil m'est revenu à l'esprit, j'ai eu l'impression qu'il riait, je l'entendais presque murmurer tu vois, je te l'avais dit, tu n'as rien à faire là, tu n'as pas les nerfs.

Comme s'il m'avait poussé dans le dos pour se débarrasser de moi j'ai accéléré le pas. Du Prado j'ai continué à marcher jusqu'à la station de métro de la Puerta del Sol, et arrivé là j'avais assez recouvré mes esprits pour décider de retourner au Consulat afin d'y trouver de l'aide, à défaut d'Ernesto et de mes papiers.

* *
*

Ernesto no está aquí, m'a répété la dame installée derrière le guichet d'accueil du Consulat, puis quand elle a vu que j'insistais, sans rien comprendre de ce que j'essayais d'expliquer en mélangeant quelques mots d'espagnol et un peu d'anglais, elle s'est levée, m'a dit espera, espera, ensuite a disparu derrière une porte, assez longtemps pour que j'entende plusieurs personnes qui me suivaient dans la file s'impatienter en soupirant. Les murs de la salle étaient couverts d'affiches photographiques qui vantaient les beautés du pays, il y avait une longue plage de sable blanc, une vue du Machu Picchu, des images aériennes de figures stylisées tracées sur le sol par des lignes droites et courbes, serpents et oiseaux, d'autres de pierres taillées en gros plan jointes les unes aux autres sans le moindre écart, un paysage de montagne où des femmes en tenue colorée à dominante rouge, un chapeau melon sur la tête, faisaient paître des lamas, et toutes ces images résumaient le Pérou à quelques symboles, tout le territoire concentré en quelques centimètres carrés de posters punaisés aux murs d'une salle d'attente. Sur une affiche un cône volcanique parfait à la cime enneigée se découpait sur un ciel bleu, on aurait pu croire au Fujiyama s'il n'y avait eu au premier plan une cathédrale de pierre presque blanche avec deux énormes clochers, et surimprimé le mot *Arequipa*. Sur l'affiche voisine, des lettres dorées disaient en anglais *Tropical forest of peruvian Amazonia* par-dessus la photographie d'une forêt vierge au bord d'un fleuve d'eaux brunes. M'a traversé l'esprit l'idée qu'aucune de ces photographies ne semblait montrer les tropiques tels que je les imaginais (une extrapolation de l'ambiance de la piscine à vagues, du jacuzzi et de la rivière sauvage) : la forêt et le fleuve inquiétant autant que la pierre blanche et le volcan paraissaient tout à fait différents, étrangers même à mon habitude tropicale.

La responsable de l'accueil est revenue accompagnée d'un homme vêtu comme un garde du corps, ou un vigile de supermarché, me suis-je dit, qui m'a fait signe de m'écarter du guichet tandis que la femme appelait la personne suivante sans un mot ni aucun regard pour moi. L'homme a entrouvert une porte, à peine assez pour que je voie la moitié de son visage, et il m'a interpellé, il parlait en anglais avec un accent que j'ai supposé espagnol, ou péruvien, très fort et qui rendait ce qu'il disait difficile à comprendre. Ernesto est à l'aéroport, a-t-il dit, et il m'a demandé si j'étais bien l'homme des papiers, il répétait identity, identity, et j'ai dit oui, oui, il a mes papiers, je dois les récupérer, je veux les récupérer, il ne faut pas qu'il parte au Pérou avec mes papiers, et j'avais commencé à élever la voix, involontairement, sous l'effet du stress plutôt que de l'énervement mais l'homme a froncé les sourcils, il a cru sans doute que je m'énervais et il a dit calm down sir, calm down, en haussant lui aussi la voix, ce qui m'a stressé davantage. Par l'entrebâillement de la porte il m'a tendu une enveloppe, il a dit Ernesto a laissé ça pour vous, et il a refermé la porte sans rien dire de plus. Je me suis senti rassuré d'un seul coup, soulagé, cette enveloppe contenait sans doute mes papiers, il n'y avait pas de quoi s'inquiéter, finalement, tout est bien qui finit bien, me suis-je dit, et j'ai déchiré le rabat de l'enveloppe avec impatience pour vite en sortir ma carte d'identité et mon permis de conduire et les empocher, ou mieux, les ranger sans attendre dans la pochette en cuir qui était leur place attitrée, mais dans l'enveloppe il n'y avait qu'un billet de cinquante euros glissé dans une feuille pliée en deux sur laquelle j'ai lu : rejoins-moi à l'aéroport, enregistrement Iberia pour Lima, Ernesto.

3. L’OS

Par la vitre passager à l'arrière de la voiture je regardais défiler les palissades de béton le long de la Carretera Panamericana Sur, les hangars sans âge et les panneaux publicitaires qui semblaient ne jamais cesser de s'étendre, comme une traînée de déchets citadins sur des dizaines de kilomètres. De temps en temps je posais les yeux sur la nuque du chauffeur, sur son cou replié plusieurs fois sur lui-même comme le soufflet d'un accordéon, qui s'étirait puis se tassait, expulsant l'air bruyamment par les narines, puis de nouveau je posais les yeux sur les bords de route envahis de sable, de ciment et de métal. Le jour était à peine levé et je n'avais pas beaucoup dormi, j'avais passé la nuit à regarder des films et à suivre le trajet de l'avion sur la carte, emporté de temps à autre par des bouffées de somnolence vite interrompues par l'inconfort, alors je remettais un film, puis regardais la carte, puis un film, et je laissais ainsi le temps passer tandis qu'au-dehors la nuit ne semblait pas devoir finir, l'avion volait dans la nuit, avançait en elle, dans le corps de la nuit qui l'enveloppait, et je me suis demandé si tout cela n'était pas une ruse pour me déposer sur le sol péruvien au point du jour, pour que les tropiques m'apparaissent comme la naissance de la lumière, pour dissiper mon malaise et me faire oublier que j'étais, envers et contre toute raison, assis dans un avion sous un faux nom et muni d'un attaché-case diplomatique au contenu inconnu. Maintenant que le jour était levé et que la fatigue de la longue nuit cinématographique me tombait sur les épaules, je regardais défiler les bords de la route dans un état de veille absente, pas certain d'être bel et bien assis à l'arrière de cette voiture plutôt que dans une illusion. À gauche le ciel de l'aube ressemblait à celui du soir tombant sur Madrid, un mélange de rose et de jaune et de bleu, et j'aurais pu tout aussi bien m'être endormi sur la terrasse du bar de la Plaza del Dos de Mayo, enivré par le vin capiteux, et j'aurais pu tout autant rêver ces événements, n'être jamais allé à l'aéroport de Madrid, ne pas être monté dans cet avion, ne pas m'être assis à l'arrière de cette voiture roulant vers le sud sur la Carretera Panamericana, j'aurais pu alors me réveiller, jeter un œil aux statues de la place avant de reprendre la route vers le nord et la piscine à vagues du parc tropical, mais j'étais pourtant là, à l'arrière d'une voiture dont le chauffeur était silencieux, tandis qu'un autre type, à côté de lui sur le siège avant passager, ne s'était tourné vers moi que pour me dire, en pointant un doigt vers la droite, el Pacífico es por alla, muy proximo, or je ne le voyais pas, le Pacifique, il était caché par les palissades de béton et les hangars sans âge, il n'y avait à voir que du sable mêlé de ciment et de métal, et ces hangars sans âge, et ces longues palissades couvertes de publicités.

Le type sur le siège avant passager m'avait abordé à l'aéroport de Lima comme me l'avait annoncé Ernesto, il tenait un papier où on avait écrit ERNEST FLORESSE au feutre noir et quand je me suis dirigé vers lui, comme convenu, il m'a montré une photographie aérienne de la figure du colibri de Nazca, à laquelle il m'avait été dit de répondre en présentant mon faux passeport diplomatique. C'était un jeune type, du moins il me semblait jeune, plutôt maigrichon et plus grand que moi, carrément maigre même, et la première chose qui m'avait sauté aux yeux en le voyant, c'était que son corps était à l'opposé de celui d'Ernesto, qui était rond et massif quand celui-ci était long et grêle et j'en avais été déstabilisé car j'étais persuadé de découvrir en arrivant des corps semblables à celui d'Ernesto, je m'étais fait à l'idée que le corps d'Ernesto était un modèle de corps tropical, à tout le moins péruvien, et cela m'aurait rassuré, cela m'aurait donné l'impression de ne pas être complètement en territoire inconnu, de ne pas m'être embarqué dans une odyssée saugrenue et aveugle. Cela m'aurait donné la sensation d'une régularité élémentaire, voire d'une certaine prévisibilité des événements, au lieu de quoi j'avais suivi le type maigrichon avec inquiétude, la main crispée sur l'attaché-case et un petit sac en bandoulière contenant quelques effets préparés à mon intention par Ernesto lui-même et qu'il m'avait remis à l'aéroport de Madrid après m'avoir dit je savais que tu viendrais, j'ai tout préparé.

J'ai essayé de me raisonner en mettant sur le compte de la fatigue ce sentiment d'appréhension, il était bien normal que je me sente fébrile, me suis-je dit, qui ne le serait pas en pareille occasion ? et je me suis dit qu'il fallait m'en tenir à ce qui était prévu : faire cette livraison diplomatique puis revenir sans délai prendre l'avion pour Madrid, récupérer mes papiers d'identité au Consulat puis reprendre la route du nord, et pour cela commencer par suivre ce corps grêle et long sans m'interroger davantage sur sa tropicalité – et baste.

En quittant le parking de l'aéroport, le chauffeur avait mis la radio. Le soleil était en train de se lever et le passage de la nuit au jour était rapide, presque précipité à dire vrai, et semblable au glissement artificiel de la nuit au jour sur une scène de théâtre. L'obscurité n'était qu'un voile de fumée bleue, et j'ai eu l'impression qu'il me suffirait de souffler dessus pour l'éloigner à jamais. Tandis que la lumière menait sa guerre éclair et envahissait le ciel sans quartier, le chauffeur a inséré la voiture dans le trafic dense d'une autoroute. La radio diffusait une musique que je n'ai pas reconnue comme de la chicha, car dépourvue de son tchacatchac tchacatchac tchacatchacatchacatchac, ni même comme une cumbia extrapéruvienne, car le rythme était plus soutenu, TCHAC-tchoucoutchoucoutchoucouTCHAC-tchoucoutchoucoutchoucouTCHAC, plus rapide aussi, survolté, couvert en permanence par des cuivres criards condamnés au paroxysme, rivalisant avec des voix frénétiques qui dynamitaient les aigus pour se faire entendre. Le chauffeur battait le rythme de sa main droite sur le volant et parfois mêlait une voix de fausset au son de la radio, le soufflet de son cou s'étendait et se compressait à contretemps et son timbre atteignait des hauteurs anoxiques, se cassait et retombait en notes fausses et grinçantes. Très souvent une autre voix se surimposait à la musique, dont je supposais qu'elle était celle, enregistrée, d'un animateur ne s'exprimant que par slogans, *RRRRRadio La Calle noventa seis punta y uno !*, une voix criée, elle aussi survoltée mais plus basse et sur laquelle on avait ajouté un écho, *Laaa Calle-e-e-e !* puis je me suis dit que ce n'était pas une voix enregistrée mais celle d'un animateur en direct car toutes les deux minutes elle annonçait l'heure sur le même ton, *Seis treinta-a-a- ! Seis treinta y dos-s-s-s ! Seis treinta y cinco-o-o-o !* et toujours la musique reprenait sur le même rythme, TCHAC-tchoucoutchoucoutchoucouTCHAC-tchoucoutchoucoutchoucouTCHAC, et toujours les cuivres et un piano martelé et répétitif, *RRRadio La Calle-e-e-e ! Poco a poco el Perú se reactivaaa !*, et le chauffeur avait monté le son suraigu de l'autoradio, les cuivres hurlaient la fin du morceau comme pour crever un million de tympans, *RRRadio La Calle ! Aquí se toca buena salsaaa !* surenchérissait la voix plus grave et le rythme encore reprenait, TCHAC-tchoucoutchoucoutchoucou-TCHAC-tchoucoutchoucoutchoucouTCHAC, *La Calle, La Calle ! LA CALLE-E-E !*, sans aucune pause, comme une course en altitude sans qu'il soit jamais possible de reprendre son souffle, et assis à l'arrière de la voiture, dans un état halluciné d'épuisement, la salsa me griffait les tympans comme des ongles sur un tableau noir.

Ce n'était pas un manque de goût pour la salsa, bien au contraire : depuis que je m'intéressais à la musique tropicale j'avais bien sûr entrevu les immenses qualités de la salsa, chez Celia Cruz par exemple, sa capacité à susciter la danse, à maintenir à cet effet le corps sous tension, à utiliser les aigus comme la pointe d'une seringue chargée de psychostimulant plantée à répétition dans l'épiderme, et je n'ignorais pas en conséquence ses sortilèges, et moins encore son potentiel érotique, chez Celia Cruz notamment, mais dans mon esprit la salsa n'appartenait pas au lever du jour, pour l'apprécier il ne pouvait être question de petit matin, il fallait le soir, il fallait la nuit peut-être, et alors elle envoûtait, alors elle faisait perdre la raison et ne semblait que volupté, mais ce n'était pas sans fin, et le lever du jour estompait son pouvoir ensorcelant, son nez crochu de sorcière apparaissait, les aigus incessants des cuivres n'étaient plus que dents jaunes et douloureuses, et l'exubérance de son rythme, son TCHAC-tchoucoutchoucoutchoucouTCHAC-tchoucoutchoucoutchoucouTCHAC, se dégradait à outrance.

En montant dans la voiture j'avais demandé au chauffeur, dans un baragouin maladroit, si la route était longue jusqu'au lieu où je devais remettre en mains propres l'attaché-case diplomatique, car on m'avait annoncé un village au sud de Lima, et le chauffeur avait seulement fait non de la tête, no es lejo, no es lejo, not far Señor, alors je prenais mon mal en patience et supportais la salsa et ses cuivres exaltés en me disant que ça ne durerait pas longtemps, et je regardais le trafic, les files de camions et de voitures, et les toits des maisons qui étaient tout ce que j'apercevais de la ville. Sommes-nous en train de traverser Lima ? m'étais-je demandé, ou bien la contournons-nous ? et rien que de me poser cette question m'avait plongé dans un sentiment d'irréalité tant il me semblait impossible d'être à Lima, d'y être venu de cette manière et de filer vers le sud péruvien en la traversant autant qu'en la contournant.

Tout en conduisant, le chauffeur m'avait dit la catedral, mira ! La catedral !, mais en tournant la tête je n'avais vu que deux pointes de clochers dépassant à peine du haut mur de béton qui endiguait l'autoroute. J'avais repensé à Ernesto, à notre conversation à l'aéroport de Madrid, à ce qu'il m'avait dit quand il avait été clair pour moi que j'avais été piégé et qu'il ne me restait qu'à prendre cet avion pour livrer l'attaché-case en mains propres à qui de droit si je voulais mettre un terme à cette histoire. Ce n'est qu'un trajet comme un autre, avait-il dit, tu seras assis dans un avion et puis dans une voiture et à nouveau dans un avion, tu vas seulement passer du temps assis, tu n'auras rien d'autre à faire que transporter un attaché-case en restant assis presque tout le temps, et il avait ajouté en riant si ça se trouve, tu ne te rendras même pas compte que tu es au Pérou, tu vas seulement voler dans un avion de ligne et puis suivre une autoroute et voler à nouveau, tu ne te rendras même pas compte que tu es à Lima. Je n'avais rien répondu mais, étrangement, je m'étais senti un peu déçu, dès lors que les dés avaient été jetés et que j'allais partir au Pérou, j'espérais en retirer l'une ou l'autre sensation de dépaysement, un je-ne-sais-quoi qui viendrait enrichir mon imaginaire, un frôlement de vie aventureuse peut-être, que je conserverais ensuite dans mes souvenirs – pour moi seul bien sûr, étant entendu que je ne pourrais rien en dire à quiconque, ni à la femme chez qui je vivais, ni à mes collègues du bureau : on ne se vante pas d'avoir effectué une livraison secrète en mains propres à l'autre bout du monde muni d'un faux passeport, on doit au contraire en refouler le récit, et d'abord qui croirait cela, qui croirait en me voyant que j'étais de cette race d'hommes que l'aventure vient chercher jusque dans le jacuzzi où leur banalité barbote ? Mais enfin j'aurais su, moi, de quoi j'avais été capable, j'aurais pu déceler sous le corps défraîchi reflété par le miroir du pédiluve la carne aventureuse, et cela m'aurait plu. Je m'étais donc surpris à désirer autre chose qu'un long voyage passé à regarder des films à bord d'un avion suivi d'un trajet autoroutier assis à l'arrière d'une voiture au son d'une salsa tapageuse, et quand j'avais vu la pointe des deux clochers de la cathédrale ne dépasser qu'à peine du mur de béton, tandis que la voiture se faufilait entre les camions, j'avais compris que l'ironie d'Ernesto était cruellement juste.

* *
*

La voiture roulait vers le sud depuis plus d'une heure déjà et je regardais le sable de part et d'autre de la Carretera Panamericana Sur. La radio crachait la salsa sans discontinuer et la voix basse continuait d'annoncer l'heure toutes les deux ou trois minutes. Le chauffeur et le jeune type maigrichon assis à l'avant sur le siège passager ne se parlaient pas et aucun des deux ne me prêtait attention. De loin en loin on traversait des zones habitées, agglomérats de béton qui venaient se frotter à la Carretera. Rarement j'y apercevais quelqu'un et s'il n'y avait eu des voitures parquées çà et là dans les rues on aurait pu croire à des villes fantômes, ou au chantier éternel d'une cité future dont seul le gros œuvre aurait été réalisé. Par quelques trouées entre les immeubles j'entrevoyais parfois des triangles brillants, le Pacifique, me disais-je, n'en verrai-je que de petits bouts fugaces ? Faudra-t-il que je les assemble morceau par morceau en fermant les yeux pour m'en faire une idée ? J'ai demandé comme je pouvais si ce serait encore long, s'il faudrait rouler encore longtemps vers le sud pour arriver au point de livraison, no es lejo mon œil, ai-je dit, et le chauffeur, sans se tourner vers moi, sans quitter la route des yeux, a seulement dit tres o cuatro horas mas o menos, tres o cuatro horas ?! ai-je répété, surpris, no es lejo, avait-il dit, à moi cela me semblait loin, trois ou quatre heures de route saturées de salsa, à n'apercevoir le Pacifique que par miettes. J'ai vu passer un panneau fixant la limitation de vitesse à 90 kilomètres à l'heure puis un autre à 100 kilomètres à l'heure, puis quelques minutes plus tard à nouveau à 90, puis à 100 encore une fois, et j'ai regardé le compteur kilométrique de la voiture : l'aiguille oscillait sans cesse entre 80 et 100, et j'ai remarqué que le chauffeur calquait la pression de son pied sur l'accélérateur au rythme relatif de la salsa, les morceaux légèrement plus lents nous faisaient descendre à 80, et même parfois moins si nous approchions d'un gros camion, alors étrangement le chauffeur freinait et suivait le poids lourd de très près pendant quelques minutes en donnant des coups de klaxon puis soudain déboîtait pour dépasser le semi-remorque, et la voiture alors s'attachait à nouveau au rythme de la salsa. Les morceaux plus lents étaient souvent chantés par des voix plus suaves, souvent les textes répétaient le mot *corazón*, les cuivres montaient un peu moins dans les aigus et des cordes venaient prendre le relais. Je trouvais ces morceaux plus difficiles à supporter, trop évidemment sucrés et romantiques, et le ralentissement associé de la voiture donnait l'impression de prolonger leur durée ; j'en suis venu assez vite à préférer les morceaux plus rapides, certes plus agaçants en raison d'un survoltage permanent, mais plus conformes à la nature de cette route monotone, si peu enrichissante pour un imaginaire tropical en construction qu'on éprouvait le désir d'y rouler à vive allure, de l'avaler à grandes gorgées comme une potion aigre pour que les roues la projettent en arrière et dans l'oubli.

Se puede aller al Pacífico ? ai-je demandé, mais ni le chauffeur ni le jeune type ne m'ont entendu, je me suis alors penché en avant, j'ai toussé, perdón, ai-je dit, et j'ai répété mon envie d'aller voir le Pacifique, j'ai demandé si l'on pouvait quitter la Carretera Panamericana Sur et faire un crochet par la plage, nos es lejo ? ai-je demandé, seulement quelques minutes, j'aimerais voir le Pacifique puisque je suis là, je n'ai jamais vu le Pacifique par aucun de ses bords, el Pacífico, ver el Pacífico, ai-je dit. Le chauffeur et le jeune type se sont regardés et le chauffeur m'a dit sí, sí, el Pacífico es por allá, en pointant du doigt vers la droite. J'ai dit oui, je sais, et j'ai précisé qu'il n'avait pas compris, j'ai demandé de nouveau si nous pouvions quitter la route pour aller voir le Pacifique et j'ai pointé mes yeux avec deux doigts et puis mimé avec les mains la conduite de la voiture en tournant à droite, ver el Pacífico, ai-je répété, et cette fois le jeune type a compris et il a, je pense, expliqué ma demande au chauffeur qui a fait ah ! en hochant la tête, puis il a dit no, no hay tiempo, no hay tiempo. Puis, pensant peut-être que je n'avais pas compris son refus il a dit, avec un fort accent, we are late, no time, no time, long road. Où est-on ? ai-je demandé, donde estamos ? et le chauffeur a dit Lima, long road again, et je suis resté comme ça quelques instants, penché en avant la tête entre leurs sièges, silencieux comme eux, hésitant à insister, et j'ai regardé par le pare-brise la longue perspective de l'autopista qui s'étirait vers le sud et notre destination mystérieuse. De part et d'autre de la route tout ne semblait que sable et béton.

Je n'imaginais pas trouver ici tant de désert, me suis-je dit.

Tout de même, quelle histoire pour un attaché-case ! ai-je pensé, et un doute s'est immiscé dans mon esprit, enfin pas vraiment un doute, juste une molécule d'idée, furtive, le point de lumière éphémère d'une luciole dans une nuit noire, et j'ai songé à la cliente Rovelli. Se peut-il, me suis-je dit, que je ne fasse que transporter au sud de Lima ce que j'ai déjà transporté à Madrid ? Ai-je la moindre certitude qu'Ernesto ne s'est pas contenté de glisser dans l'attaché-case ce que j'avais transporté dans la valise, et donc, me suis-je dit, est-il possible que Rovelli ait quelque chose à voir avec cette expédition subreptice ? Ceci expliquerait beaucoup de choses, me suis-je encore dit, et il m'a semblé soudain que je tenais la clé d'un code secret incroyablement complexe, tout se mettait en place et j'avais l'intuition du sens de cette histoire, mais la sensation s'est dissipée comme elle était apparue et aussitôt il m'a semblé que non, en réalité, cela n'expliquerait rien, je veux dire si tant est qu'il y ait quelque chose d'autre à expliquer que ce que les faits paraissaient affirmer, ce qu'Ernesto m'avait lui-même expliqué, et qu'en réalité je ne faisais que lui rendre service pour qu'il puisse vivre son amour naissant, service vaguement forcé par cet Arequipin sournois, lui-même forcé à me forcer par le désir impérieux de consolider une relation amoureuse en bourgeon mais prometteuse.

Conoces Ernesto ? ai-je demandé, et face au silence j'ai répété, plus fort, perdón, conoces Ernesto ? et le jeune type s'est tourné vers moi, il m'a regardé un instant sans rien dire, ses yeux paraissaient durs, absolument noirs, incohérents avec ses traits adolescents et le léger duvet brun affleurant à proximité immédiate de la commissure des lèvres, j'ai répété Ernesto, no conoces ? et il a dit no, no lo conozco, puis il s'est retourné vers l'avant en poussant un soupir sonore, et je suis encore resté penché entre leurs sièges, l'attaché-case à plat sur les genoux, puis après quelques secondes c'est devenu très inconfortable, je me suis senti comme un enfant et me suis rassis au fond de la banquette. J'ai sorti mon téléphone de ma poche et je l'ai allumé, il s'est immédiatement branché sur un réseau de téléphonie mobile local et j'ai regardé si j'avais un message de la femme chez qui je vivais, mais il n'y avait rien. J'ai commencé à lui écrire un texto qui voulait dire tout va bien ici à Rome, les choses avancent, je rentre dans quelques jours, mais j'ai eu peur que d'une manière ou d'une autre elle soit informée que le message était envoyé du Pérou et je me suis ravisé. Un e-mail serait la solution, me suis-je dit, mais n'allait-elle pas trouver étrange que je lui envoie un e-mail ? Ne serait-ce pas trop formel et si peu dans nos habitudes que cela éveillerait sa méfiance ? Et puis j'ai pensé aux autres messageries disponibles, ce serait une option, un message instantané, mais alors, me suis-je dit, si, recevant le message, il lui prenait l'envie de m'appeler en visio, je n'allais tout de même pas décrocher et risquer qu'elle me voie assis à l'arrière de cette voiture, ou qu'elle aperçoive dans mon dos la poussière de la Carretera soulevée par notre course, ou pire encore qu'elle me demande de lui montrer le décor autour de moi et qu'elle aperçoive à gauche la ligne des basses montagnes se découpant dans la lumière du petit matin, ou les publicités peintes sur les palissades de béton – le slogan *Un buen futuro por el Perú*, par exemple, ne manquerait pas de susciter un questionnement de sa part, aussi me trouverais-je dans l'obligation de lui expliquer que j'étais au sud de Lima plutôt qu'à Rome, et comme je n'avais pas envie de m'engager dans une longue conversation difficile, j'ai éteint le téléphone et l'ai remis dans ma poche. Un problème que n'avaient pas les aventuriers du passé, me suis-je dit, et j'ai ri en silence puis, je ne sais pas pourquoi, l'image m'est venue d'un conquistador en armure cherchant du réseau en agitant son téléphone autour de lui, puis le même essayant d'écrire un message avec ses doigts gantés d'acier et n'y parvenant pas, et j'ai dû rire à voix haute parce que le jeune type s'est tourné vers moi et m'a regardé sans un mot jusqu'à ce que je cesse et dise seulement nada, nada, et replonge dans le silence.

Le chauffeur a soudain déporté la voiture sur la droite de la Carretera et s'est rangé le long d'un garde-fou à quelques mètres d'une passerelle jaune qui enjambait la route. Il n'y avait pas de bande d'arrêt d'urgence et camions et voitures nous dépassaient en klaxonnant. De chaque côté de l'autoroute s'étendait une petite ville, un ensemble anarchique d'immeubles survolés en tous sens par des lignes électriques et parmi lesquels poussaient de hauts lampadaires. Quelques façades étaient peintes dans des couleurs vives mais la plupart semblaient décrépies, béton ou briques à nu. Çà et là des arbres rachitiques émergeaient des trottoirs ; autour d'une bâtisse plus imposante, de gigantesques palmiers faisaient barrière à la vue. Partout des bâtiments semblaient inachevés, toit manquant, barres à mine sortant des murs à la verticale, et partout des volets fermés et des grilles aux fenêtres. Une arche de béton surplombant une longue rue vide disait *Bienvenido a la playa*, et depuis la banquette arrière de la voiture je pouvais voir la longue rue mener droit vers la plage et un bout d'océan. J'ai demandé pourquoi on s'était arrêtés mais ni le chauffeur ni le jeune type ne m'ont répondu, et le jeune type a ouvert la portière et il est sorti de la voiture au moment où j'ai vu une jeune femme traverser la passerelle en courant depuis l'autre côté de la Carretera et descendre les escaliers, elle tenait à bout de bras un sac multicolore en plastique tressé et elle et le jeune type ont crié l'un vers l'autre, puis le jeune type a ouvert le coffre de la voiture pour y charger le sac, et la jeune femme est venue s'asseoir à côté de moi à l'arrière et nous avons redémarré.

La jeune femme et le jeune type ont continué à se parler et j'ai eu l'impression qu'ils se disputaient, puis le chauffeur s'est mêlé à l'échange et le ton est monté, je ne comprenais pas ce qui se disait et je me suis demandé si c'était bien de l'espagnol, ça n'y ressemblait pas, ou plutôt je n'entendais aucun mot qui ressemblât à quoi que ce soit d'espagnol, et je me suis dit que c'était sans doute une autre langue, et ils ont poursuivi leur dispute, car c'était clair désormais qu'ils se disputaient, la jeune femme s'est penchée en avant et a fait de grands gestes de la main entre les sièges, comme si elle invectivait les deux hommes, puis sur un dernier haussement de voix elle s'est rejetée en arrière et s'est calée au fond de son siège, mais comme la radio diffusait à cet instant précis un morceau très rapide de salsa, TCHAC-tchoucoutchoucoutchoucouTCHAC-tchoucoutchoucoutchoucouTCHAC, avec des cuivres très aigus qui maintenaient une tension permanente, j'ai eu l'impression que la dispute se poursuivait malgré tout. À aucun moment, ai-je réalisé, elle ne m'a regardé ni même n'a tourné la tête vers moi, l'attaché-case était toujours posé à plat sur mes genoux et machinalement je m'y suis agrippé, et la jeune femme a dû sentir que je la regardais parce qu'elle a tourné les yeux vers moi puis a regardé l'attaché-case puis moi de nouveau et elle m'a dit quelque chose que je n'ai pas compris, sur un ton qui m'a semblé ironique et agressif, ou peut-être méprisant, et comme je n'ai rien répondu elle a dit quelque chose d'autre en haussant un peu la voix mais le jeune type à l'avant lui a coupé la parole assez sèchement sans que je comprenne davantage ce qu'il avait dit, et tous les deux se sont tus.

La radio s'est mise à crachoter et des interférences se sont mêlées aux cuivres, de plus en plus, jusqu'à ce que ça devienne un boucan insupportable, au point que par effet de contraste la musicalité exaltée de la salsa m'est soudain apparue préférable. Le jeune type a cherché une autre station sur l'autoradio et pendant qu'il cherchait j'ai demandé no hay cumbia ? chicha, cumbia, no hay ? mais il a dit quelque chose qu'à nouveau je n'ai pas compris et qui devait être destiné au chauffeur parce qu'il lui a répondu et cette fois, sans rien comprendre une fois de plus de sa réponse, j'ai cru entendre le mot *reggaeton* que je connaissais de réputation depuis que j'avais commencé à m'intéresser à la musique tropicale. Le jeune type a cherché encore un peu jusqu'à trouver une station qui diffusait une musique très rythmée aux sonorités métalliques, comme si elle avait été enregistrée à travers une boîte de conserve vide, il devait y avoir une sorte de boîte à rythme qui sonnait un peu bon marché mais le son était indéniablement tropical, l'ensemble moins survolté que la salsa et plus industriel que la cumbia, moins chaud, moins rond, plus anguleux et pourtant, je me le suis répété, indéniablement tropical, tout à fait répétitif et uniforme, propre à susciter le désir de se mouvoir, tandis qu'une voix masculine prenait des accents jamaïcains pour chanter en espagnol, et le jeune type, la jeune femme et le chauffeur ont de nouveau échangé quelques mots, plus doucement cette fois, le ton n'était plus à la dispute, et tout ce que j'en ai compris est le mot *reggaeton* prononcé plusieurs fois, puis ils ont ri et quelque chose d'un coup s'est relâché – la disparition des cuivres aigus de la salsa sans perte de tropicalité du rythme avait peut-être désamorcé la tension, une fluidité nouvelle nous a emportés, la voiture filait vers le sud à allure constante, l'aiguille du compteur restait fixée à 100 kilomètres à l'heure, le soleil montait à l'est dans le ciel devenu très bleu, et par la vitre j'ai regardé quelques palmiers défiler le long de la Panamericana Sur.

J'ai laissé la fatigue faire son œuvre et je me suis endormi.

* *
*

C'est la chaleur de l'habitacle qui m'a réveillé, un léger filet de salive s'échappait du coin de mes lèvres et coulait sur ma joue, j'étais engourdi et gêné par une sensation d'inconfort, ma nuque était douloureuse et tout mon corps avachi, l'attaché-case toujours posé à plat sur les genoux, mon pantalon était trempé de sueur et l'espace d'un instant je me suis demandé où j'étais. La radio diffusait toujours du reggaeton, en alternance avec de vieux succès anglo-saxons des années 80, mais le volume était plus faible, c'était plutôt un fond sonore qui augmentait soudain quand des publicités agressives ou la voix de l'animateur, surjouée et doublée d'un écho, couvraient la musique. Sans changer de position j'ai regardé par la vitre, le paysage le long de la Carretera Panamericana Sur avait un peu varié, il n'y avait plus vraiment de sable mais des champs de cultures de chaque côté de la route, c'était vert et ras, au loin à l'est on devinait quelques reliefs, et entre la route et la ligne ondulée qu'ils dessinaient, c'était une plaine monotone dont je ne distinguais presque rien, qui se prolongeait à l'ouest, de l'autre côté de l'autopista, une plaine si plate que je n'ai pas immédiatement compris qu'elle venait se confondre avec l'océan que longeait la route. Il n'était qu'à une centaine de mètres, il n'y avait plus de barrières ni aucun obstacle et je pouvais voir des rouleaux se jeter sur le littoral dont je ne savais pas s'il était de roche ou de sable, je pouvais voir des vagues et leur écume s'écraser sur le rivage, si proches, et je suivais des yeux loin vers le sud la ligne d'horizon. Enfin l'océan, ai-je pensé, enfin le Pacifique, et un étrange sentiment de vacances m'a envahi, un sentiment balnéaire pour ainsi dire, avec le soleil qui faisait scintiller la surface de l'eau et la chaleur et un fond de reggaeton. Je suis en voyage, ai-je pensé, je suis en voyage et ce n'est pas désagréable, je n'ai rien d'autre à faire pour le moment que de regarder défiler l'océan Pacifique, et je me suis senti plutôt bien.

Même à cette distance j'avais l'impression de pouvoir deviner l'ondulation des vagues, leur va-et-vient, et j'ai repensé aux vagues artificielles de la piscine du parc tropical, aux mouvements ascendants et descendants auxquels elles avaient soumis mon corps – soumis, d'ailleurs, le mot n'est pas exact, disons que mon corps s'était dissous dans le roulis des vagues artificielles, il n'avait plus subi aucune pression d'aucune sorte – et comme je regardais les vagues et leur écume s'abattre sur le littoral, avec quelle violence visible même à cette distance elles se fracassaient, avec quelle puissance elles semblaient s'extraire de l'océan pour assaillir la côte, je me suis demandé si en l'y plongeant mon corps se fondrait aux mouvements ascendants et descendants du Pacifique, ou bien plutôt serait lancé avec fracas, lui aussi projeté vers l'avant, jeté bas du rouleau et craché sur le rivage sans ménagement, arraché de force à l'océan et rendu à la pression terrestre.

De temps en temps, limitant la vue que j'avais sur l'infini, un village s'interposait entre l'océan et moi, village de maisons basses, aux façades percées d'une porte centrale flanquée de deux ouvertures carrées, façades aussi simples que sur un dessin d'enfant – une porte et deux fenêtres sur un rectangle. Des barres à béton dressées jaillissaient des murs à nu, en attente d'un étage qui serait construit plus tard mais ne viendrait sans doute jamais, car malgré ces armatures aucune maison dans ces villages, jamais, n'était dotée d'un étage. Il y avait parfois un terrain de football en guise de place publique, d'autres fois des baraquements de bois et des clôtures autour d'un pré où paissaient quelques vaches, des routes cimentées et lézardées de fissures, très souvent seulement des chemins de terre creusés de rigoles humides : une impression de dénuement se dégageait. Et pourtant de l'autre côté, par-dessus les maisons, à travers les barres d'acier, les pylônes électriques et les lampadaires, on devinait encore le Pacifique, et je me suis demandé comment on pouvait demeurer là, coincé entre la route et l'océan, ce qu'il fallait d'envie ou de besoin de rester, ou bien de quel poids le dénuement immobilisait les jambes pour ne pas s'enfuir par l'un ou l'autre bord, vers un ailleurs promis par la mer ou le tarmac, et ce qu'il fallait de certitude qu'on ne partirait jamais pour planter sur les murs de sa maison le projet d'un étage, son squelette narquois et déjà son fantôme.

Cuando arribamos ? ai-je demandé en me redressant sur mon siège, et le chauffeur a répondu todavía una hora, et après un instant, one hour more, Señor, et en me regardant dans le rétroviseur, il a ajouté it's close now, no far, Señor, no far. Le jeune type sur le siège avant passager s'est tourné vers moi et a pointé son doigt vers la droite, aquí puedes ver el Pacífico, a-t-il dit, et il a répété plus fort, el Pacífico ! J'ai dit oui, je sais, j'ai vu, et j'ai ajouté Arequipa es lejo ? Le jeune type a ri. Sí, very far, a-t-il dit, very far, et il s'est retourné vers l'avant.

Une discussion a commencé entre le jeune type et le chauffeur, puis la fille s'en est mêlée, encore une fois je n'y comprenais rien, la langue qu'ils parlaient m'était tout à fait étrangère, je n'y reconnaissais aucun mot, et j'ai pensé que ce devait être une langue des peuples indigènes, d'avant la conquête des Européens, une langue qui subsistait tapie sous l'espagnol, et aussitôt j'ai eu un doute : j'ai eu l'idée qu'ils l'utilisaient peut-être à dessein, afin que je n'y comprenne rien, et je me suis senti plus démuni que jamais. La conversation s'est échauffée et comme auparavant le ton est monté, surtout entre le jeune type et la fille, c'était comme si sa voix escaladait celle du jeune type à chaque phrase ; le chauffeur me lançait des regards dans le rétroviseur et il est intervenu plusieurs fois, j'ai pensé qu'il leur disait quelque chose me concernant, son regard sur moi paraissait inquiet, ou suspicieux, je ne suis pas parvenu à trancher, mais les deux autres poursuivaient leur dispute, et soudain, entre tous les mots qui m'échappaient, dont les sons n'évoquaient rien pour moi, il m'a semblé que la fille a prononcé le nom de Rovelli.

J'ai tendu l'oreille, je n'étais pas certain qu'elle ait bien dit Rovelli, d'autant plus que je n'étais pas certain qu'il s'agissait bien d'un mot en soi et non des sons venant de plusieurs mots, et j'ai essayé de repérer à nouveau le nom Rovelli dans ce que la fille ou le jeune type disaient mais je n'ai plus rien identifié de semblable, et le chauffeur, après m'avoir regardé une fois encore dans le rétroviseur, a dit quelque chose d'un ton sec et autoritaire qui a mis fin à la dispute et la fille et le jeune type se sont tus, puis le chauffeur a tourné le bouton du volume de l'autoradio et le reggaeton a envahi l'habitacle de la voiture.

Je me suis demandé si j'avais bien entendu la fille prononcer le nom de Rovelli, si cela n'avait pas été une illusion, une projection de mon esprit sur quelques sons abstraits appartenant à une langue inconnue. Après tout, ce phénomène m'était déjà arrivé, je veux dire la sensation d'entendre quelque chose de familier là où ce n'était pas le cas, et j'ai repensé à une chanson de Paul Simon, *Me and Julio down by the schoolyard* : à un moment précis de la chanson, au deuxième refrain, pendant un instant très bref – moins d'une seconde peut-être – les chœurs et les instruments sonnent exactement comme la voix de ma mère m'appelant par mon prénom, et depuis toujours à cet instant précis je percevais sa voix, lointaine, m'appelant comme à travers une forêt épaisse et pourtant très claire pour moi, mais moi seul l'entendais, à chaque fois je sursautais et j'avais la sensation que je devais interrompre mes jeux et rentrer pour dîner. Souvent j'avais fait écouter ce passage à la femme chez qui je vivais car elle connaissait la voix de ma mère mais elle n'entendait rien de tel, il n'y a que les chœurs, disait-elle, elle ne voyait vraiment pas de quoi je parlais, mais j'insistais, pour moi c'était évident, à cet instant précis de la chanson la voix de ma mère m'appelait, l'illusion était parfaite, c'était sans doute une hallucination, alors après tout, peut-être s'était-il produit la même chose, me suis-je dit, peut-être ai-je entendu le nom de Rovelli prononcé par la fille là où n'étaient évoqués que des sujets sans lien dans une langue inconnue. Pouvais-je pour autant écarter l'hypothèse que le nom de Rovelli avait bien été prononcé par la fille ? Pouvais-je avec certitude affirmer qu'il n'avait jamais été question de Rovelli dans cette voiture, que le nom de Rovelli n'avait été que le fruit de mon imagination ? Non, je pouvais répondre avec force : non. Rien ne me prouvait que Rovelli ne tirait pas, depuis le début, les ficelles de toute cette expédition. Rien ne me prouvait qu'elle n'avait pas planifié le rôle qu'il me fallait jouer depuis notre première rencontre, et que dans sa proposition d'effectuer pour elle une livraison en mains propres à Madrid ne se trouvait pas déjà la manigance de l'échange de mes papiers – je devrais dire le vol – par Ernesto, ou ce trajet en voiture sur la Carretera Panamericana Sur en compagnie du chauffeur, du jeune type et de la fille, bien évidemment dans le coup. Je me suis rappelé que j'avais essayé de l'appeler la veille et que je pensais bien avoir reconnu sa voix au téléphone qui m'affirmait que personne du nom de Rovelli ne se trouvait à ce numéro, et je me suis aussi souvenu de ces consignes étranges, abandonner la valise sur une aire d'autoroute par exemple, de ces enveloppes remplies de billets qui m'avaient été remises en guise de salaire et que j'avais toujours en poche, et je me suis dit qu'il était bien possible que Rovelli se soit jouée de moi sur toute la ligne, et qu'il y avait donc une probabilité que son nom ait été prononcé dans cette voiture par la fille, dans une langue inconnue, me suis-je encore dit, assurément pour que je n'en comprenne rien.

Ces gens étaient prêts à tout, au mensonge comme à la violence, et au chantage par-dessus tout, je l'avais compris en rejoignant Ernesto à l'aéroport.

Quand j'étais arrivé, il m'attendait près des guichets d'enregistrement et je m'étais précipité vers lui en souriant. J'étais soulagé de pouvoir récupérer ma carte d'identité et mon permis de conduire. Ernesto, lui avais-je dit, tu m'as fait peur, j'ai bien cru que tu allais partir avec mes papiers, mais lui ne souriait pas, il m'avait laissé approcher et quand j'avais été face à lui il avait seulement dit désolé mais je n'ai pas tes papiers avec moi, et comme, sonné par l'uppercut, j'accusais le coup et ne réagissais pas d'autre manière que par le silence, il m'avait pris par le bras pour me montrer, derrière moi, le poste de police de l'aéroport, puis il avait dit il ne serait pas très difficile pour moi de demander à ces agents de vérifier tes papiers, de leur suggérer que tu as sur toi un faux passeport et une grosse somme d'argent, que tu t'apprêtes à voyager vers l'Amérique du Sud sous une fausse identité, et je pourrais aussi, avait-il ajouté, égarer tes véritables papiers une fois pour toutes, faire disparaître ta véritable identité dans une poubelle quelconque et les jours prochains, voire les semaines à venir, se passeront pour toi dans une cellule. Et comme je restais sans voix et qu'il me tenait toujours le bras, il m'avait montré le guichet d'enregistrement et avait dit ou alors, tu prends comme convenu cet attaché-case et ce vol pour Lima et tu fais un petit tour sous les tropiques, c'est le plein été là-bas, tu profiteras du soleil et du grand vent du Pacifique avant de revenir en moins de quelques jours avec tout l'argent gagné et même davantage, et tu récupéreras tes papiers et rentreras chez toi plus riche d'un voyage.

Et je ne suis pas chien, avait-il dit en me tendant une enveloppe, tiens, toute peine mérite salaire, mille euros, tu vois, ce n'est pas si mal.

Le visage d'Ernesto ne montrait aucune émotion, pas la moindre hésitation, rien qui puisse trahir une bribe de remords ou de mauvaise conscience. J'avais voulu protester, me débattre et me révolter, mais j'avais compris aussitôt que je n'avais pas le choix, que j'avais été dupé et que tous les atouts étaient désormais dans son jeu. Il me regardait fixement, sans agressivité, avec l'assurance de qui se sait maître du jeu. Ne le prends pas mal, avait-il dit, je n'ai rien contre toi et ne te veux aucun mal, mais je n'ai pas le choix et tu comprendras vite que ce n'est pas un grand sacrifice pour toi, que le monde aujourd'hui est de taille réduite, prendre un avion pour un autre continent n'a rien d'extraordinaire, et là-bas il ne s'agira que de faire un trajet en voiture avant de prendre un vol pour rentrer, et il avait ajouté, cette fois en souriant, dis-toi que ce n'est rien d'autre qu'un déplacement professionnel sans risque et bien payé où tout est organisé, ou, si tu préfères, une petite aventure imprévue.

Une aventure d'agrément, avait-il ajouté.

Une aventure d'agrément, j'avais tourné et retourné cette expression dans mon esprit pendant que je passais les contrôles et les portiques, présentant mes faux papiers diplomatiques sans qu'ils provoquent la moindre remarque, et arrivé au duty-free j'en étais déjà à me dire que je comprenais Ernesto, que c'était de bonne guerre, et qu'après tout une petite aventure d'agrément ne me ferait pas de mal. Les tropiques s'offraient à moi sans avoir rien eu à demander, et le peu qui m'attendait ailleurs pourrait m'attendre encore, je pouvais bien accueillir un peu d'imprévu.

Mais assis dans la voiture avec l'attaché-case sur les genoux j'ai reconsidéré cette conversation avec Ernesto et je me suis demandé si, quand il avait dit qu'il n'avait pas le choix, il ne disait pas, en réalité, que tout ceci le dépassait, nous dépassait l'un et l'autre, et que nous n'étions que des variables dans un plan plus vaste et mystérieux mis au point par Rovelli, dont le nom venait d'être prononcé – enfin, c'était une hypothèse, et dans ce cas, si vraiment aucun choix n'était possible, j'étais une brindille lancée sur les flots torrentiels d'une machination dont Rovelli était la source.

J'ai repensé à mon corps secoué et mis sens dessus dessous par les remous de la rivière sauvage du parc tropical, comme j'y avais bu la tasse, comme je m'étais écorché aux parois. Je ne suis pas fait pour de telles secousses, ai-je pensé, et machinalement j'ai massé mon épaule comme si elle était endolorie.

Le paysage a changé de nouveau le long de la Carretera Panamericana Sur. Le sable a réapparu, à perte de vue. Parfois la route s'élevait et de hautes murailles ocre l'encaissaient, la compressaient en goulot, la pressaient comme on serre le poing sur un tube de dentifrice, et alors elle jaillissait de l'autre côté, crachée par la pression, et le ruban gris déroulé devant nous semblait infini. À d'autres moments, elle se rapprochait de l'océan qui reflétait la lumière derrière une seule rangée de dunes, et nous dépassions des baraques posées tout contre les barrières empêchant le sable de recouvrir l'asphalte, sans qu'il soit possible de dire si elles étaient habitées ou à l'abandon.

Rovelli, vous la connaissez ? ai-je demandé à la fille, Rovelli conoces ? et elle a seulement répété no entiendo, no entiendo, alors j'ai demandé de nouveau conoces Rovelli ? Señora Rovelli ? et elle a continué à dire no entiendo, no entiendo, elle l'a redit trois ou quatre fois jusqu'à ce que le jeune type se tourne vers moi et me dise she not speak good spanish. Je lui ai demandé si lui, peut-être, connaissait Rovelli, lui ou le chauffeur, enfin si quelqu'un dans cette voiture connaissait une femme du nom de Rovelli et qui m'aurait envoyé ici par l'entremise d'Ernesto, et le jeune type m'a seulement dit no, no conozco Rovelli, et le chauffeur a dit avec un fort accent, en me regardant dans le rétroviseur, we only drive, Señor, et après une pause pendant laquelle il a échangé un regard avec le jeune type, il a ajouté not far now, not far.

J'ai essayé de me concentrer sur l'océan et sur la ligne d'horizon. Le sable, le paysage, un sentiment de plage immense, de désert sans relief, de longue méharée, et moi Lawrence d'Arabie égaré comme en rêve sur le dos d'un dromadaire à moteur... Plus nous roulions vers le sud, plus la réalité au-dehors était sujette à l'effritement, elle se désagrégeait et tombait en poussière, et tout ce sable c'était elle, la réalité érodée et ses millions de coquillages réduits en poudre par le temps. Était-ce cela, filer vers le sud ? Était-ce s'enfoncer dans le sable en longeant l'océan ? J'avais cru qu'il y avait un but. J'avais cru qu'il y avait quelque chose à atteindre, qu'une aventure, même d'agrément, me mènerait quelque part, entre les murs d'une cité mystérieuse, sous des palmes bercées par un vent tiède, ou bien entre deux eaux, à flotter sans pression, au lieu de quoi je ne savais pas où j'allais, et moins encore pourquoi. Un village au sud de Lima, avait dit Ernesto, mais a-t-il un bout, le sud de Lima ? S'y trouve-t-il un point sur une carte qui se puisse rejoindre ? Où conduit-il sinon au sable et à la poussière, le long d'un océan inaccessible qui n'est donc rien de plus qu'un décor ? Un village au sud de Lima pour y livrer un attaché-case en mains propres, je me suis répété ces mots intérieurement et me suis dit je tombe dans un trou sans fond, l'aventure va toujours quelque part et mène toujours à quelque chose, et moi, je livre un attaché-case dans un village sans nom au sud de Lima, je suis des yeux une ligne d'horizon qui scintille, l'océan est comme le bord de tout avec rien au-delà, et je tombe dans un trou sans fond, dans le sud qui n'est nulle part, les tropiques sont un leurre, une illusion peinte sur une brume se dissipant sous la chaleur du soleil pour ne révéler qu'un infini de sable, glissant grain à grain et de plus en plus vite vers le goulot d'un sablier. Je me suis répété que je livrais un attaché-case dans un village au sud de Lima, et c'était comme si répéter ces mots faisait s'effriter ma lucidité, les phrases intérieures alors s'enchaînaient, abandonnant peu à peu leur sens. Les phrases se réduisaient en mots, les mots en sable, et le sable glissait et m'entraînait à travers un goulot, de plus en plus vite, sans rien à quoi m'agripper sinon la ligne d'horizon scintillante.

Tchacac tchactcho, tchacac tchactcho, tchacac tchactcho, tchacac tchactcho, dans le défilement hypnotique du paysage et la chaleur, et peut-être aussi à cause du rythme lancinant du reggaeton, le visage de Rovelli m'a envahi l'esprit. J'ai vu Rovelli m'attendre au bout de ce trajet. Je l'ai vue debout dans l'encadrement d'une porte découpée dans la façade d'une maison sans étage, les mains sur les hanches, campée comme la statue d'une déesse vaudoue. Je l'ai vue m'arracher l'attaché-case des mains puis éclater de rire et ordonner qu'on me jette, les mains liées, dans une barque frêle et abandonnée au Pacifique. Je l'ai vue pointer sur moi un revolver, Ernesto dans son ombre avec deux policiers, elle disait qu'elle avait su en me voyant pour la première fois que je lui serais utile, puis éclater de rire et dire à Ernesto il est à vous maintenant, faites-en ce que vous voulez. Je l'ai vue ouvrir l'attaché-case et en sortir une liasse de documents, et sans un regard pour moi les brûler tandis que le chauffeur et le jeune type et la fille brûlaient mes papiers d'identité en riant. Je l'ai vue dans une pièce sombre m'attendre derrière un bureau et dire je veux l'attaché-case en mains propres, et comme un homme de main venait me le prendre elle décrochait un téléphone et disait allô, la police ? venez vite, j'ai ici un trafiquant muni de faux papiers. Je me suis vu entrer dans une grande demeure coloniale et suivre des hommes en costume sombre à travers des couloirs infinis pour déboucher dans une pièce sans fenêtre, et derrière un bureau j'ai vu le dossier d'un fauteuil de cuir noir qui soudain pivotait et j'ai vu Rovelli me menacer d'une arme et me dire vous prendrez bien un peu de rhum ? j'ai une mission pour vous que vous ne pourrez pas refuser, et je l'ai vue me mener vers un bateau à l'ancre dans une anse discrète sur la côte et me donner une valise en me disant vous la remettrez en mains propres au consul du Bengale qui vous attend dans un village au sud de Kharagpur, la traversée est un peu longue mais c'est un bon moyen pour découvrir les tropiques. J'ai vu la fille de la voiture retirer sa perruque, arracher un faux nez et c'était Rovelli qui me disait pardonnez-moi, il fallait que je vous joue cette comédie, je suis pourchassée, ma vie est en danger et désormais la vôtre, il faut rester ensemble et remettre ces documents en mains propres à qui de droit dans un village au cœur de la cordillère et puis rentrer par l'Argentine, un porte-conteneurs nous attend dans la rade de Buenos Aires, il faudra se méfier des Buenos-Airiens, certains sont à mes trousses mais maintenant tout est clair et grâce à vous nous nous en sortirons. J'ai vu la voiture me déposer sur la plage au bord du Pacifique et Rovelli sortir de l'eau avec un masque de plongée remonté sur le front et à la main un fusil de chasse sous-marine armé d'un harpon et me dire vous allez remettre l'attaché-case à mes assistants et quand ils en auront vérifié le contenu vous viendrez avec moi, nous allons chasser des poissons pour faire un ceviche puis nous partirons pour Arequipa, Ernesto nous y attend, ensuite vous reprendrez l'avion et vous irez à la piscine du parc tropical, je vous y attendrai et vous me remettrez des documents en mains propres, et j'ai vu Rovelli me guetter derrière la porte coulissante d'un garage caché dans un village péruvien et dire à Ernesto de m'empêcher de fuir et de parler, et j'ai vu Ernesto m'attacher sur une chaise et fourrer dans ma bouche le col d'un entonnoir et y verser du rhum encore et encore et encore en s'écriant à chaque bouteille A la Pachamama ! tandis que Rovelli riait et hurlait et hurlait et hurlait pauvre imbécile ! mais que croyez-vous donc ? les tropiques ne mènent à rien et vous n'irez nulle part pour n'arriver qu'ailleurs.

Le jeune type s'est soudain tourné vers moi et m'a dit arribamos, Señor, ça m'a tiré de la torpeur et de la somnolence. Nous avions quitté la Carretera Panamericana Sur, j'ai demandé où nous étions et il m'a répondu Pisco, puis il a dit quelque chose que je n'ai pas compris et il a ajouté al entrada de Pisco, arribamos. Eh bien, il était temps qu'on arribamos, ai-je pensé, vite qu'on en finisse, qu'on me décharge du fardeau de l'attaché-case et vite que j'apprenne enfin de quoi il retourne, de quelle manière Rovelli se rit de moi, et j'ai pensé tout de go s'ils avaient voulu me tuer sans doute l'auraient-ils déjà fait, et je me suis demandé aussitôt d'où je pouvais bien sortir une telle idée, comme elle était ridicule, aussi ridicule qu'une réplique stéréotypée dans un mauvais film d'espionnage, or je n'étais pas un espion, je n'étais qu'un pigeon portant un message en mains propres, bagué de force et par ruse, un pigeon en voyage, me suis-je dit, un foutu ramier de fête foraine.

J'ai demandé au jeune type de répéter où nous étions et il m'a montré une adresse griffonnée sur un papier, Urb 17 de Abril, et en pointant du doigt Urb 17 de Abril il a dit aquí, here, here, arribamos, et j'ai regardé par la vitre : nous roulions dans des rues étroites et tout autour il n'y avait rien, je veux dire rien de notable, il y avait des maisons basses comme celles que j'avais aperçues le long de la Carretera, avec des barres à béton qui sortaient des murs et pointaient vers le ciel, quelques arbres disparates, jeunes encore, quelques buissons sauvages. Rien ne semblait achevé, les trottoirs n'étaient que monticules de poussière, de sable et de caillasse, parfois des gravats entassés débordaient sur la route et il fallait faire un écart pour les contourner. Il y avait des clôtures en canisses, d'autres faites de bâches de plastique bleu et rose, et d'autres bâches encore, tendues par des piquets en bois tordus, servaient de toits de fortune et donnaient de l'ombre à des patios déserts. Au coin d'une rue une façade blanche, aveuglante sous le soleil, annonçait en lettres bleues à moitié écaillées : *Pollería*. Autour d'une table de jardin quelques hommes étaient assis avec rien devant eux mais une odeur de poulet grillé a envahi l'habitacle quand nous sommes passés devant ; de temps en temps des grappes de femmes ou de jeunes gens marchaient au milieu de la rue et leurs pas suffisaient à soulever des nuages de poussière, le chauffeur donnait un coup de klaxon à leur approche et sans nous regarder ils s'écartaient pour nous laisser passer.

À un croisement la rue s'est transformée en piste : plus de macadam, seulement de la terre, de la poussière et du sable, mais le passage de l'un à l'autre était presque imperceptible, et ce n'est qu'au moment où le crissement du gravier sous les roues s'est fait permanent qu'il fut évident qu'il n'y avait plus de route. Nous avons encore roulé quelques centaines de mètres avant que la voiture ne s'arrête près d'un haut mur de brique, plus haut que les maisons tout autour. À côté se trouvaient des carcasses de voitures et de la ferraille éparse, des lambeaux de bâches et d'autres déchets jonchaient le sol, à moitié recouverts de poussière ; un camion désossé reposait sur des blocs de béton. Il n'y avait personne. Le chauffeur a coupé le moteur et le jeune type et lui ont échangé quelques mots, puis le jeune type a pris un téléphone et composé un numéro, et presque sans me quitter des yeux il a de nouveau parlé dans une langue que je ne comprenais pas, son regard ne s'écartait que pour jeter un œil autour de nous puis revenait chaque fois vers moi. Après quelques minutes la conversation a semblé se terminer et il a raccroché. You wait here, a-t-il dit, puis il est descendu de la voiture et a ouvert ma portière et il a dit salga del coche, come out, please, you wait here. J'ai regardé la fille mais elle a seulement fait un mouvement de la main dans ma direction pour m'ordonner de sortir comme on chasse un importun. Le chauffeur m'observait dans le rétroviseur sans dire un mot, et sur leur silence à tous le reggaeton s'est soudain étendu comme un fleuve en crue sur la plaine, tchacac tchactcho, tchacac tchactcho, tchacac tchactcho, tchacac tchactcho, son rythme lancinant, artificiel et métallique n'avait pas varié depuis des heures, il y avait longtemps que je n'y prêtais plus attention ; je ne prêtais plus davantage attention aux paroles des chansons mais là, dans le silence engorgé de reggaeton, j'ai entendu les voix filtrées par l'autotune répéter unaventura, unaventura, unaventura, et il m'a semblé que le reggaeton me poussait lui aussi hors de la voiture, hors du confort relatif de la banquette arrière et qu'il fallait maintenant payer le prix de mon voyage. L'aventure d'agrément m'appelait, je ne pouvais plus me dérober.

Le jeune type m'a expliqué tant bien que mal que je devais attendre ici et qu'une voiture allait arriver pour récupérer l'attaché-case et ensuite me reconduire à l'aéroport, à quoi j'ai répondu que j'avais faim et que c'était un lieu fort bizarre pour un rendez-vous diplomatique, mais il n'a pas relevé, I'm hungry, ai-je répété, et il a regardé sa montre et m'a dit wait only five minutes, il a levé sa main droite et écarté les doigts, sa main était grande, ses doigts fins et longs comme les aiguilles d'une horloge, il a répété cinco minutos, espera, puis il est remonté dans la voiture et le chauffeur a allumé le moteur, s'est éloigné pour faire demi-tour avant de revenir et de s'arrêter à ma hauteur dans un nuage de gaz d'échappement. Le jeune type a baissé sa vitre, le rythme du reggaeton se poursuivait encore et encore, tchacac tchactcho, tchacac tchactcho, et le jeune type m'a dit they will take you to eat, en faisant avec sa main le geste de porter de la nourriture à sa bouche, puis encore cinco minutos you wait, et la voiture a démarré en me couvrant de poussière.

* *
*

Ce lieu ne pouvait être que l'extrémité du voyage, ai-je pensé, il n'était pas possible d'aller plus loin. Je me suis dit que le sud menait bel et bien quelque part, en fin de compte. J'étais au point zénithal du lancer d'un boomerang, si l'on peut le nommer ainsi, au point où la balle du jokari a tendu l'élastique presque jusqu'à le rompre et revient avec force vers la main qui l'a frappée. J'avais fait du chemin depuis la piscine à vagues du parc tropical, au sens premier du terme : j'avais pris la route et j'avais vu Madrid, j'avais pris un avion sans vraiment voir Lima, pris la route à nouveau longeant le Pacifique et j'étais là désormais, j'avais quitté la Carretera Panamericana Sur, dépassé la limite de la route goudronnée, j'étais sur une piste de terre et de poussière, et mon voyage tropical venait d'atteindre l'extrême pointe de l'aiguille, me suis-je dit, à cet endroit exact, au pied d'un mur de brique à deux pas d'une casse automobile sauvage.

C'est peu dire que je n'étais pas tranquille. Je venais d'être abandonné seul en ces lieux insoupçonnés, je perlais comme une goutte unique à la pointe de l'aiguille, mais après tout, me suis-je dit, j'ai sur moi un passeport diplomatique au nom d'Ernest Floresse et un attaché-case dont j'imagine qu'il n'a pas été envoyé jusqu'ici d'une manière aussi mystérieusement complexe pour ne pas être reçu, et des enveloppes remplies de billets, certes dans une devise qui n'a pas cours dans ce pays mais dont il ne doit pas être impossible d'obtenir un change favorable, et puis une voiture ne va pas tarder à venir me chercher, me suis-je raisonné, et j'ai retiré ma veste car il faisait si chaud que je suais sous le cuir, et je l'ai tenue par-dessus l'épaule en glissant l'index dans la petite lanière de cuir à l'intérieur du col. Deux femmes sont passées devant moi, je les ai vues arriver de loin, elles avaient la peau mate couleur cuivre et de longs cheveux noirs tressés, elles suivaient la piste d'un pas lent, et quand elles ont été à ma hauteur elles m'ont toisé.

M'étant trouvé une fine bande ombragée au pied du mur de brique je me tenais debout, l'attaché-case à la main droite, le petit sac préparé par Ernesto avec quelques effets en bandoulière, et la veste par-dessus l'épaule. Elles sont passées sans s'arrêter et une fois distantes de quelques mètres, je les ai entendues rire. J'ai pensé qu'il faudrait ne pas laisser les enveloppes dans ma veste, on ne sait jamais, ai-je dit à haute voix, et quand elles ont été assez loin pour que je ne puisse plus les distinguer, après avoir vérifié que personne d'autre ne s'approchait, j'ai sorti les enveloppes des poches-revolver de ma veste et ne trouvant pas de meilleure cachette, je les ai glissées à l'intérieur de mon caleçon, et j'ai aussitôt eu l'impression d'être ridicule une fois de plus.

Le nom du quartier ou du village m'a soudain frappé, Urb 17 de Abril : n'y avait-il pas une étrange ressemblance avec la Plaza del Dos de Mayo où Ernesto m'avait donné rendez-vous ? Dos de Mayo, 17 de Abril, étais-je en train de remonter symboliquement le temps ? Je m'éloignais du macadam et marchais désormais sur des pistes. Y avait-il un sens à ce chemin pris à contresens, était-ce une fuite en arrière ? À nouveau, j'ai vu dans ce jeu de dates la preuve d'un plan qui m'échappait depuis le début et j'ai pensé une fois encore à la cliente Rovelli, à quel point je m'étais mépris sur elle, de quelle manière elle avait – peut-être, je n'en étais pas certain mais tout de même – manigancé les conditions de mon expédition. Les étapes suivantes allaient-elles me conduire, de quinzaine en quinzaine, à remonter vers des sources cachées comme un Richard Burton vers les sources du Nil ? Existe-t-il quelque part sur cette planète, me suis-je dit, une Calle 3 de Abril, un square du 15 février, un January 28th Building où la main de Rovelli m'enverrait rouler comme un dé, me chargeant de remettre en mains propres quelque document mystérieux à d'autres Ernesto de paille, et encore, et encore, et encore ? Ou alors, me suis-je demandé, ces dates seraient-elles un code secret qu'il me fallait décrypter, 2 mai 17 avril, $(2 \times 5) + (17 - 4)$ est égal à 23 et tiens tiens, les 23e parallèles sont justement la limite des tropiques, 23e parallèle nord c'est le tropique du Cancer, 23e parallèle sud le tropique du Capricorne, ai-je pensé, cela peut-il être un hasard ? je ne crois pas, car quoi qu'on en dise il ne fait pas si bien les choses, pas aussi bien en tout cas qu'une main manipulatrice et fourbe, et tout cela ferait bien trop de coïncidences, bien trop d'éléments qui s'emboîtent à la perfection.

Une voiture est apparue au bout de la piste et j'ai pensé voilà, ça y est, la portière va s'ouvrir ou la vitre se baisser et derrière elle Rovelli, portant lunettes de soleil et masquée par un foulard, ombrageuse et glaçante – à moins que ce ne soit encore un autre émissaire –, me donnera de nouvelles instructions, me fera rebondir comme la boule sur le caoutchouc articulé d'un flipper. Elle m'enverra vers une autre date, vers une autre portion du code secret, un autre parallèle ou bien le fil de l'équateur, et j'ai eu envie de partir en courant, on allait me descendre au fond de ce trou ignoré de tous et mon corps serait laissé là, à sécher sous les carcasses de voitures et les lambeaux de bâches, l'attaché-case à tous les coups renfermait un secret pour lequel on n'hésiterait pas à occire le pigeon-convoyeur. J'ai regardé autour de moi, j'ai pensé me cacher mais la voiture approchait rapidement et on m'avait probablement vu, et courir, soit, mais pour aller où ? vers le Pacifique peut-être ou vers la Carretera, il devait bien y avoir dans ce pays une police bienveillante à qui j'expliquerais toute l'histoire, mais la voiture n'a pas même ralenti devant moi, elle a filé dans l'autre direction, ne faisant que passer, et je me suis dit que je perdais la tête, que j'inventais des ressorts à cette aventure tout à fait farfelus, que la chaleur attaquait les méninges – et bon sang ce que j'avais soif !

J'avais faim tout autant, et j'ai réalisé que j'attendais depuis bien plus longtemps que cinq minutes. Rien ni personne ne s'approchait plus. J'étais seul de nouveau au pied du mur de brique avec au nez l'odeur de l'acier et de la rouille brûlante de soleil, et j'avais chaud. J'avais soif, faim et chaud, j'étais loin du bien-être dans les eaux tièdes du jacuzzi. Et j'avais un peu peur, aussi. J'étais fatigué du voyage et du décalage horaire. Et je me sentais fébrile. Hier soir encore j'étais à Madrid, ai-je pensé, hier midi je croyais reprendre la route du nord, et ce matin seulement j'étais à Lima et me voici là désormais, me suis-je encore dit, dans la poussière et l'inconfort. Décidément, tout ceci n'avait rien des tropiques comme je les imaginais. J'ai pris mon téléphone dans ma poche et l'ai allumé et j'ai regardé l'heure apparaître à l'écran, c'était le début de l'après-midi, et j'attendais depuis plus d'une demi-heure que la voiture annoncée vienne me prendre, qu'on me décharge de cet attaché-case et m'emmène manger et boire, et puis rentrer chez moi par le premier avion.

J'ai continué à attendre. Il faisait de plus en plus chaud ; la chaleur était si intense que sa présence devenait physique, je veux dire qu'elle était là, semblable à un être humain, elle prenait de la place, agaçante comme un type poisseux et puant qui se serait collé à moi et m'aurait parlé sans répit, m'aurait empli les oreilles de son discours et de ses bavardages, empli le nez de son haleine épaisse, empli la bouche d'une pâte indigeste. J'ai tourné et retourné les possibilités : le chauffeur s'était trompé d'endroit pour me déposer (ce qui aurait expliqué son caractère incongru) ; la voiture qui devait venir me prendre n'avait pas la bonne adresse ; elle avait eu un accident ; elle était conduite par des bandits et avait été prise en chasse par la police ; tout cela était un canular, l'attaché-case était vide ; Ernesto avait fait un pari avec des amis en leur disant chiche que j'envoie un type faire le pied de grue près d'une décharge automobile au fin fond du Pérou ; ou j'avais mal compris, il ne s'agissait pas d'attendre cinq minutes mais cinquante. J'ai regardé l'heure sur l'écran du téléphone, dix minutes de plus avaient passé puis dix autres encore, puis j'ai regardé de plus en plus souvent, ne laissant s'écouler que quelques minutes à chaque fois puis quelques secondes, et finalement je ne quittais plus l'écran des yeux, je regardais défiler le temps, j'étais là depuis plus d'une heure, j'avais de plus en plus soif et de plus en plus faim et de plus en plus chaud, et soudain j'ai hurlé bordel de merde ! ou quelque chose comme ça, très fort, BORDEL ! j'ai hurlé, et j'ai donné un coup de pied dans un lambeau de bâche devant moi qui s'est envolé de quelques centimètres avant de retomber dans la poussière, et je me suis dit tant pis, vaffanculo cazo ! comme disaient des voisins italiens lorsque j'étais enfant, VAFFANCULO ! j'ai crié, ras-le-cul de cette histoire, et j'ai décidé que j'allais essayer de retrouver le chemin de la pollería que j'avais vue sur la route, pas très loin de là. J'y trouverais peut-être quelque chose à manger s'ils voulaient bien me laisser payer en euros, et ensuite je trouverais un moyen de retourner à l'aéroport de Lima et au diable Rovelli, Ernesto et les livraisons en mains propres.

J'ai marché d'un bon pas jusqu'au croisement où la piste de terre s'arrêtait et où commençait le macadam, et je me suis dit que les choses, lentement, allaient se remettre en place, que le tarmac c'était déjà la Carretera, ensuite la piste de décollage et bientôt Madrid et l'autoroute pour filer vers le nord. Il m'a semblé apercevoir au loin la façade blanche éclatante de la pollería et j'ai pressé le pas dans la rue déserte, je sentais déjà l'odeur du poulet grillé et je me suis dit que j'étais prêt à le payer au prix fort, ce poulet, trois ou quatre fois plus cher, et que j'allais l'engloutir en quelques bouchées avec une grande bière fraîche, et même deux ou trois, et puis adiós les tropicós ! Ah ça, on se sera bien foutu de ma gueule, on ne m'y prendra plus, me suis-je dit, les vagues artificielles me suffiront désormais, et à ce moment j'ai entendu le crissement du sable, comme des foulées rapides derrière moi et puis soudain plus rien, je n'ai pas eu le temps de me retourner, j'ai reçu un coup violent dans le dos, un autre à l'occiput, comme une branche en forêt que le vent fait tomber surprend le promeneur, je crois que j'ai trébuché et avant même de toucher le sol, ce fut le noir.

* *
*

Quand j'ai ouvert les yeux, un couple était penché sur moi, la femme me secouait d'une main posée sur mon épaule et l'homme répétait crescendo, et frénétiquement, Señor ! Señor ! Señor ! J'étais couché sur le bas-côté, dans la poussière, mais je ne m'en suis pas rendu compte, tout était confus, j'ai dû marmonner quelque chose en français et l'homme a dit espera, cuidado, cuidado ! et comme j'essayais de me relever il a serré ses mains autour de mon bras et m'a soulevé comme on dresse un mât, j'ai titubé, espera, espera ! a-t-il répété, et la femme a dit quelque chose que je n'ai pas compris, sauf les derniers mots, water, water, drink, et j'ai vu qu'elle me tendait une bouteille en plastique. J'ai dit merci, bu une ou deux gorgées qui m'ont rappelé que j'avais soif alors j'ai bu goulûment, la tête versée en arrière, l'eau ruisselait sur mes joues et la femme a dit despacio, despacio, en tendant la main vers la bouteille, et un éclair m'a frappé : j'étais en chemise avec en bandoulière le petit sac contenant quelques effets, j'ai regardé autour de moi, au sol, il n'y avait rien. Dans ma chute j'avais lâché ma veste et elle n'était plus là, et aussitôt j'ai pensé à l'attaché-case. Merde, l'attaché-case ! ai-je dit à haute voix. J'ai regardé partout autour de moi, il n'était nulle part. Mi maleta, ai-je dit, mi maleta ! en tournant et retournant sur moi-même, explorant le bas-côté des yeux. L'homme me regardait comme si j'allais chuter à nouveau, les bras écartés pour délimiter un périmètre de sécurité autour de moi, et il a dit dos hombres te atacaron, et il a fait un geste avec les mains pour expliquer qu'il avait vu deux types s'enfuir avec l'attaché-case et ma veste. Se escaparon, a-t-il dit en faisant un grand geste du bras, et j'ai dit qu'il fallait que je téléphone. J'ai porté la main à la poche de mon pantalon et en la sentant vide je me suis rappelé que mon portable était dans ma veste. J'ai eu la nausée, mon estomac s'est soulevé et j'ai voulu vomir mais je n'avais rien dans le ventre et une crampe m'a tordu les entrailles. La femme a dit Señor, quiere un médico ? et j'ai répondu no, no, gracias, puis après un silence j'ai seulement dit, en pointant le doigt vers le bout de la rue, la pollería this way ? et elle a dit sí, sí, la pollería.

Lorsque je me suis assis à la table en plastique bleu, la faim est revenue à cause de l'odeur de poulet grillé. Il faut que je mange quelque chose, ai-je dit au couple qui m'avait escorté jusque-là, et comme ils ne comprenaient pas et déjà s'éloignaient pour prendre congé, j'ai dit pollo, chicken, puis, comme je sentais la présence de l'enveloppe remplie de billets dans mon caleçon, j'ai ajouté puedo pagar. Vous parlez français ? m'a demandé un type installé à une table voisine devant une assiette débordant de riz, oui, j'ai dit, et il est venu s'asseoir en face de moi, emportant son plat. Et vous avez besoin d'aide ? Que s'est-il passé ? Je lui ai raconté l'histoire en taisant presque tout, je ne lui ai pas dit ce que je faisais là ni comment j'étais arrivé à l'Urb 17 de Abril, ni quand, j'ai seulement parlé de raisons professionnelles, j'ai prononcé le mot *livraison*, j'ai dit qu'on m'avait posé un lapin et j'ai concentré l'effet dramatique du récit sur les deux cents derniers mètres, la scène avec l'attaché-case volé. C'est ennuyeux, a-t-il dit, surtout pour votre attaché-case, la veste, ma foi, vous n'en avez pas besoin, il fait chaud en cette saison, les vols, ça arrive parfois par ici mais c'est rare, c'est plutôt dans la partie touristique de la ville, vous avez dû attirer l'attention avec votre attaché-case, où logez-vous ? Je n'ai pas vraiment répondu, j'ai dit qu'il fallait que je regagne l'aéroport de Lima pour prendre un avion. Mais vous ne devez pas repasser à l'hôtel prendre vos bagages ? a-t-il demandé en pelletant une cuillerée de riz dans son assiette. Je ne devais pas, non, j'avais tout avec moi dans un petit sac en bandoulière, je lui ai dit que je ne faisais que passer, puis j'ai dit que j'avais très faim et j'ai demandé s'il pouvait me commander à manger, en précisant que j'avais de quoi payer. Une assiette de poulet grillé avec du riz et des pommes de terre, a-t-il dit, ça va vous faire du bien, puis il a ajouté je suis italien mais je parle aussi espagnol et français, et c'est vrai qu'il avait un accent auquel je n'avais pas prêté attention.

Je l'ai regardé : il portait un bermuda dont les motifs floraux m'ont rappelé le maillot vert à fleurs que j'avais acheté à la piscine du parc tropical et qui attendait mon retour à Madrid, à l'abri dans ma valise à la consigne de l'hôtel. Il avait un tee-shirt jaune pâle très échancré aux manches, des poils sombres jaillissaient de ses aisselles et par l'encolure. Il portait deux dizaines au moins de bracelets, en cuir noir avec perles en argent, en tout cas métalliques, d'autres tressés à la brésilienne, et d'autres en tissu comme on en donne à l'entrée des concerts et des festivals de musique. Je me suis demandé quel âge il pouvait avoir, il avait l'air plutôt jeune, mais peut-être pas tant que ça, la peau de son visage était très bronzée mais légèrement ridée au niveau des pommettes quand il mastiquait son riz. Trente ans, je lui ai donné. L'assiette de poulet grillé est arrivée très vite, elle était conséquente, construite en couches qui formaient un dôme. L'architecture en était simple mais imposante : l'assiette – jetable, en plastique – était bombée de riz blanc, à ras bord, et un épais bonnet de plusieurs variétés de pommes de terre détaillées en rondelles le recouvrait, certaines d'un jaune vif, proche du maïs, d'autres plus claires, d'autres violacées, des blanches aussi, vitreuses ; une seule très grande rondelle d'environ douze centimètres de diamètre était encore posée par-dessus, et chapeautant l'ensemble, comme un ange au sommet d'une basilique, une épaisse cuisse de poulet grillé. Il faut mettre de la sauce, a dit le type aux bracelets en poussant vers moi un pot rempli d'une pâte graisseuse de couleur pourpre, mais attention, c'est très très fort. Je ne savais par où attaquer, tout semblait tenir par un effet de masse autant que par de subtils équilibres, alors malgré la faim et l'appétit j'ai commencé à détacher des bouts de pommes de terre à la pointe de la fourchette, et j'ai demandé au type aux bracelets s'il faisait du tourisme dans la région. Ma question a semblé le vexer. Pas du tourisme, a-t-il dit en rassemblant ce qui restait de riz dans son assiette, pas du tourisme : je voyage. Je fais l'Amérique du Sud depuis neuf mois, j'ai d'abord fait l'Argentine, la Bolivie, et maintenant le Pérou. Je lui ai demandé à quoi il s'occupait pendant son voyage. Je visite, peinard, a-t-il dit, je bouge lentement. J'ai travaillé pendant un an comme un fou dans un bar à Paris, et aussi une saison dans un hôtel des Alpes pour payer le voyage, a-t-il dit avec un air satisfait, je me suis fait pas mal de thunes alors je peux me permettre de ne rien faire d'autre. Rien ne coûte cher par ici, a-t-il ajouté, et il m'a lancé un clin d'œil complice, comme si quelque chose était sous-entendu dans ce qu'il venait de dire, mais je n'ai pas compris. Puis il a repris : je me suis posé ici depuis deux mois, Pisco c'est assez tranquille, muy tranquilo, a-t-il dit en riant, mais je viens plutôt traîner par ici, Pisco c'est très touristique et je n'ai pas envie d'être avec les touristes ou qu'on me prenne pour l'un d'eux, a-t-il ajouté, et de but en blanc, il a dit moi c'est Timeo, et toi ? J'ai été pris de court, je n'avais pas tellement envie de sympathiser très longuement ni de trop en dire, et j'ai songé qu'il fallait tout de même que tout paraisse naturel, histoire de ne pas perdre trop de temps pour ensuite filer rapido à l'aéroport et laisser ce pays dangereux derrière moi, mais j'ai sursauté, le souvenir de mon passeport diplomatique m'est revenu à l'esprit et une peur soudaine m'a donné un coup de fouet sur la nuque : le passeport ! je l'avais dans ma veste, ai-je pensé, je l'avais laissé dans une poche intérieure, et j'ai senti que je m'effondrais sous le poids de la catastrophe, je suis tombé en pièces, jamais je n'allais pouvoir m'en aller. C'était une histoire de fou, de celles qu'on ne raconte pas à la police, on les connaît, les flics des tropiques, quand ça ne prend pas le pouvoir par la force ça torture à tour de bras, me suis-je dit, ils me tabasseraient et je finirais par avouer n'importe quoi, que j'étais un escroc, un usurpateur d'identité, un receleur de faux documents... Non, je ne devais rien dire à la police. Dans le meilleur des cas il me faudrait expliquer à ma propre ambassade que j'étais arrivé au Pérou avec un faux passeport diplomatique péruvien afin de livrer pour le compte d'un dénommé Ernesto un attaché-case au contenu inconnu et qui m'avait été dérobé dans une rue perdue de l'Urb 17 de Abril, pourquoi là ? je ne saurais l'expliquer, et donc jamais on ne me croirait, mon compte était bon, c'est la prison qui m'attendait.

J'ai pensé que je pouvais peut-être téléphoner au Consulat, à Madrid, et essayer de parler à Ernesto, voir s'il pouvait arranger les choses, mais je me suis rappelé qu'il accompagnait Sofia, la femme qu'il aimait, en Andalousie - enfin c'est ce qu'il avait dit - et qu'il n'était donc pas à Madrid, et quand bien même réussirais-je à le joindre, il me faudrait lui annoncer que j'avais perdu l'attaché-case, et selon toute vraisemblance il en serait très fâché, sans doute serait-il lui-même obligé d'avouer qu'il avait produit de faux documents pour se décharger, sur le dos d'un parfait inconnu en rien péruvien, d'une livraison en mains propres qui lui incombait, et l'enchaînement des causes et des conséquences probables l'inciterait, je le supposais, à plutôt m'abandonner à mon sort.

Et toi, comment tu t'appelles ? a répété Timeo, et comme les pensées et les peurs se bousculaient dans ma tête je suis resté sans répondre, hésitant, les yeux écarquillés, subjugué par les visions d'un proche avenir terrifiant. Et comme Timeo me fixait, j'ai balbutié mon passeport... et à ce moment-là le couple qui m'avait amené là est entré dans la pollería en criant. Señor, Señor ! a dit la femme, su pasaporte ! et j'ai vu qu'elle tenait à la main mon passeport qu'elle a posé sur la table. Elle l'avait trouvé au sol, tout près de l'endroit où j'avais été agressé - sans doute était-il tombé de la poche de ma veste pendant la fuite des voleurs - et elle l'avait ramassé, et en voyant mon visage sur la photo elle m'avait reconnu et ils étaient tous les deux revenus à toute vitesse pour me le rendre.

Elle a expliqué tout ça très vite et je n'ai d'abord pas compris, son espagnol était trop rapide pour moi, et c'est Timeo qui a traduit. Le couple me regardait bizarrement, avec un air méfiant, et ils ont échangé quelques mots avec Timeo, puis ils m'ont regardé à nouveau et, sans rien ajouter, ils sont sortis en se retournant encore vers moi quelques mètres plus loin.

C'est comment ton nom ? a demandé encore une fois Timeo, et sans hésiter je lui ai dit que c'était Floresse, Ernest Floresse, en empochant mon passeport avec soulagement. L'appétit m'est revenu et j'ai empoigné la cuisse de poulet grillé pour y mordre à belles dents.

Timeo m'a regardé en penchant un peu la tête sur le côté. Ton passeport est péruvien, a-t-il dit, sans que la prosodie de la phrase ne m'aide à décider s'il s'agissait d'une affirmation ou s'il m'interrogeait, puis il a dit, avec un ton plus clairement inquisiteur, mais tu ne parles pas vraiment espagnol ? Je lui ai dit que c'était un passeport diplomatique péruvien, en effet, délivré à Madrid, et j'ai prétexté évasivement une raison purement administrative et professionnelle. Ah bon ? a-t-il dit, ah bon, OK. Timeo jetait de temps en temps un œil autour de nous et en direction de la porte par où le couple était sorti, et comme je mangeais de plus en plus vite, il a dit tu as soif ? Moi je vais prendre une bière, a-t-il précisé, et j'ai dit oui, volontiers, moi aussi, et j'ai recommencé à manger tandis que Timeo passait commande.

Il y avait quoi, dans ton attaché-case ? m'a demandé Timeo après un moment. Et il a ajouté si ce n'est pas indiscret. Je me suis dit qu'il fallait trouver quelque chose à dire pour me tirer de là et changer de sujet. J'ai dit qu'il n'y avait rien, enfin pas grand-chose, des documents, et que ça venait du Consulat, à Madrid. Rien d'important, ai-je même ajouté, tout en me disant que j'en racontais déjà trop et que mon ignorance était certainement visible à l'œil nu, sans même parler de mon inexpérience dans ce genre de situation. Ah bon, OK, OK, a dit Timeo, puis, après un instant pendant lequel il a semblé réfléchir intensément, il a dit mais c'est tout de même étrange d'être à pied dans ce quartier avec un attaché-case renfermant des documents diplomatiques, et il a ajouté, sur un ton à mi-distance entre l'étonnement et l'inquisition, il n'y a rien par ici, c'est juste une sorte de bourg en retrait de Pisco. Et encore, alors que je mâchais silencieusement un gros morceau de pomme de terre : il n'y a pas de diplomates par ici.

En l'entendant présenter les choses ainsi, j'ai pris conscience de l'incongruité de ma présence dans ce coin et de cette histoire de vol d'attaché-case, et davantage de l'invraisemblance des explications que j'avais fournies concernant mon passeport diplomatique péruvien, en dépit de mes efforts pour que tout paraisse normal. Timeo m'observait avec calme, il semblait intrigué et son aisance à me poser des questions relativement indiscrètes m'a étonné. Si les rôles étaient inversés, me suis-je dit, je crois que je n'oserais pas l'interroger de la sorte, je serais méfiant. J'aurais sans doute coupé court à la conversation et fui, d'ailleurs. Je ne pensais pas que Timeo aurait dû se méfier de moi, mais moi, à sa place, j'aurais eu peur de poser de telles questions, voilà, et assis à la table de la pollería, un type comme moi, incongru, aurait très bien pu juger ses questions indiscrètes, ce que du reste elles étaient, et devenir agressif ou sortir une arme, par exemple. J'ai pensé qu'une attitude plus énigmatique de ma part serait peut-être plus adéquate, qu'elle me donnerait une contenance, voire une forme d'autorité inspirant la crainte, et que cela me permettrait de décourager sa curiosité. Je voulais seulement terminer cette assiette et boire cette bière, et puis m'en aller, trouver un moyen de regagner l'aéroport de Lima et oublier l'Urb 17 de Abril, ses pistes de sable, ses détrousseurs et ses pollería.

Intérieurement je me suis composé un personnage d'agent secret anglais et j'ai bu une gorgée de ma bière en m'efforçant de prendre un air flegmatique et rétif à une camaraderie trop intrusive. Par comparaison, il me semblait que l'allure décontractée de Timeo était de nature tropicale, tout italien qu'il fût – sa peau cuivrée de soleil, luisante, les motifs floraux de son bermuda, les muscles dessinés de ses bras nus –, et ça m'a semblé cocasse d'avoir fait tout ce chemin pour rencontrer chez un Italien francophone ce corps tropical tel que je l'imaginais à l'époque où j'étais ignorant de tout ce qui relevait de la tropicalité. J'ai jeté un œil autour de moi, il n'y avait que des hommes assis aux tables de la pollería, et la plupart jouaient des parties de dominos en buvant de la bière. Ils avaient tous au moins la cinquantaine et ressemblaient à Ernesto, de même qu'au chauffeur de la voiture, soit parce qu'ils étaient plutôt petits, soit parce qu'ils étaient plutôt ronds avec des replis de peau sur la nuque, soit les deux, si bien que je me suis demandé si les corps d'Ernesto et du chauffeur n'étaient pas, finalement, les véritables corps tropicaux, aussi peu séduisants soient-ils, tandis que le corps de Timeo n'en était qu'un simulacre, lequel correspondait d'ailleurs au simulacre de voyage qu'étaient ses longues vacances touristiques non assumées. Je me suis dit une fois de plus que la tropicalité n'était qu'un leurre : le corps de Timeo paraissait tropical mais il n'était que tromperie, le seul corps tropical véritable, dans sa dimension masculine, étant celui d'Ernesto, ou celui du chauffeur, et de la même manière les plantes à larges feuilles et les chants d'oiseaux enregistrés et les eaux chaudes du jacuzzi de la piscine du parc tropical n'étaient qu'un décor de théâtre, tandis que la vérité tropicale, c'étaient ces rues poussiéreuses, ces casses automobiles et cette pollería.

Le couple qui a ramassé ton passeport, a dit Timeo, ils trouvaient ça bizarre. Quoi donc ? ai-je dit en plissant les yeux parce que j'ai pensé que ce serait plus mystérieux et distant. Ton passeport péruvien, a-t-il dit, ils trouvaient ça bizarre, un passeport péruvien alors que tu ne parles pas péruvien, et il a ajouté et ton attaché-case volé, aussi. Je n'ai pas répondu, j'ai bu une gorgée de bière et j'ai regardé dans la direction de la partie de dominos à la table voisine. Timeo s'est penché vers moi et a dit, en baissant le ton, ils ont dit que tu étais sûrement un trafiquant et que je devais me méfier. J'ai sursauté. Quoi ? un trafiquant ? j'ai dit, et je suis sorti dans l'instant de mon personnage d'espion anglais, un trafiquant ? j'ai répété, mais ils sont fous ! Timeo m'a fait signe de parler un peu moins fort et il m'a dit dans ce quartier, un étranger, c'est déjà un peu louche, mais avec un attaché-case et un passeport péruvien, c'est carrément suspect. J'ai dit que c'était idiot, je n'avais rien d'un trafiquant, et que d'abord c'en était assez, je voulais seulement retourner à l'aéroport de Lima pour trouver une place dans le premier avion vers l'Espagne.

Timeo avait l'air de trouver la situation amusante, et peut-être même excitante, parce qu'il s'était penché encore plus en avant avec un sourire et m'a parlé presque à voix basse. Tu dois rester calme, a-t-il dit, le couple qui t'a rendu ton passeport, ça ne m'étonnerait pas qu'ils soient allés te signaler à la police.

J'ai senti que ma bouche s'asséchait. J'ai bu une gorgée de bière, nerveusement. Timeo a ajouté les gens ici font semblant de rien mais ils doivent te trouver bizarre, eux aussi, et puis ils ont entendu l'homme dire que tu étais sans doute un trafiquant. Sa voix était devenue presque un murmure et il a ajouté par ici, on trafique tout, pas vrai ? de la drogue, des animaux exotiques, des œuvres d'art précolombiennes... et puis l'or des Incas, même !

J'ai protesté à nouveau, j'ai dit que je ne savais rien de ce qui se trafiquait ici, je n'étais pas intéressé parce que je n'étais pas, bon sang, un trafiquant, pas du tout, que j'étais seulement en mission diplomatique et que maintenant c'était assez, il fallait que je parte, et j'ai demandé à Timeo comment aller le plus vite possible à l'aéroport de Lima. Il y a les bus, a dit Timeo, il faut aller vers le centre, au terminal, mais c'est la saison touristique et c'est souvent plein, tu n'auras sans doute pas de place avant demain. J'ai demandé s'il y avait une autre solution, un taxi, ou un avion peut-être. Oui, a-t-il dit, il y a l'aéroport de Pisco et des vols vers Lima, mais la compagnie qui s'en occupe n'est pas très fiable, parfois les vols sont annoncés et ne décollent pas.

Des voitures passaient dans la rue à l'extérieur de la pollería. Elles ralentissaient et donnaient quelques coups de klaxon auxquels des mains répondaient en se levant, et à chaque fois j'étais prêt à bondir de ma chaise.

J'ai pensé aux destinataires de l'attaché-case. Et s'ils étaient arrivés au lieu de rendez-vous après mon départ et, furieux de ne pas m'y trouver, s'étaient mis à me chercher dans toute la ville ? Et si l'attaché-case renfermait bel et bien des choses pour lesquelles on n'hésiterait pas à tuer le pigeon-convoyeur ? Et s'ils me retrouvaient et me faisaient payer de ma vie la perte de leur bien ? Et si venait à leurs oreilles – car le propre de ces gens-là est d'avoir partout des oreilles – l'histoire d'un type muni d'un passeport péruvien mais parlant à peine espagnol à qui des voleurs avaient arraché un attaché-case ? J'ai pensé soudain que Timeo avait raison, un rendez-vous diplomatique dans ce coin était fortement suspect, quel imbécile je faisais, bien sûr qu'il devait y avoir des enjeux illicites derrière cette livraison en mains propres, et ces gens qui maintenant étaient peut-être à mes trousses, s'ils étaient bel et bien des trafiquants, quel sort funeste me réserveraient-ils pour assouvir leur vengeance ? – car le propre de ces gens-là est d'aimer se venger, c'est pour eux un hobby comme l'est pour d'autres la peinture sur soie, me suis-je dit.

J'ai pensé à Ernesto et à Rovelli, et je me suis demandé comment j'avais pu tomber dans les griffes de personnages aussi malfaisants.

Le moyen le plus rapide se trouve tout de même à l'aéroport, a dit Timeo, enfin juste à côté. Il y a des petits avions privés qui font des convois de marchandises ou autres et qui en profitent pour remplir l'appareil de quelques passagers, des avions-taxis, en quelque sorte. Ce n'est pas tout à fait autorisé mais ça ne coûte pas cher, ils partent quand ils sont pleins ou quand ça les arrange. J'ai dit que c'était parfait, que je pouvais payer et qu'il fallait que j'y aille sans attendre. Comment va-t-on à l'aéroport ? ai-je demandé.

Il y a des bus, mais si tu veux, a-t-il dit, je peux t'y conduire en scooter.

J'ai d'abord refusé son offre, son enthousiasme à m'aider me semblait suspect, mais aussitôt je me suis dit que les trafiquants à ma poursuite me chercheraient peut-être à la gare routière, ou dans tous les bus permettant de quitter la ville et la région, que c'était même logique et prévisible, et si ce n'étaient pas les trafiquants, alors ce serait la police sur dénonciation du couple, et que je n'étais sans doute à l'abri nulle part, dans aucun bus ni aucune pollería, que bientôt l'aéroport serait bouclé par les flics, que les trafiquants m'y attendraient pour me faire la peau, et qu'il n'y avait plus un instant à perdre, alors après avoir hésité quelques instants encore j'ai accepté.

Je me suis levé et j'ai dit à Timeo que j'allais payer, que j'allais aussi payer son assiette et sa bière, bien sûr, que c'était la moindre des choses, et j'ai demandé s'il pensait que je pouvais payer en euros. Timeo m'a regardé en souriant. Je vais payer et tu n'as qu'à me donner des euros, sauf si tu veux qu'ils te soupçonnent encore davantage, a-t-il dit, et il est allé régler la note au comptoir et nous sommes sortis. Son scooter était garé devant et il s'est assis sur la selle et m'a dit de monter derrière lui. J'ai insisté pour le rembourser avant de partir et, en tournant le dos à la pollería, j'ai glissé la main dans mon pantalon et dans mon caleçon et à l'aveugle, sans retirer l'enveloppe, j'ai sorti cinq billets de vingt euros et lui en ai tendu un.

Pas un trafiquant, hein ? a-t-il dit en souriant.

* *
*

Timeo conduisait vite, il prenait des petites routes comme il l'avait annoncé – mais toutes les routes sont petites, par ici, avait-il précisé. Il n'avait pas de casque et moi non plus, je me tenais à un arceau métallique fixé à l'arrière du scooter et parfois, quand il faisait un écart pour éviter un nid-de-poule, je manquais de tomber. Pendant quelques minutes, je suis resté inquiet et méfiant, craignant que Timeo ne m'ait piégé lui aussi et qu'il s'apprête à me livrer à la police, mais ensuite je me suis détendu ; rouler vite et les cheveux au vent me donnait un sentiment de liberté conforme à ce qu'on peut voir dans les films où des fugitifs tracent la route sur une moto, sans casque, avec le vent dans les cheveux, et il m'a semblé que cela rendait presque ma situation normale et attendue. Après peut-être vingt minutes nous avons débouché sur une rue étroite qui longeait l'océan, qui le longeait de très près, la plage déserte était large de quelques mètres à peine, grise et caillouteuse, pas excessivement attirante à vrai dire, et en guise de rouleaux le Pacifique venait s'échouer sur le rivage en vaguelettes sans volume ni puissance. Le bord de mer n'avait rien d'une station balnéaire et la rue était flanquée des mêmes maisons à moitié achevées que j'avais vues de loin depuis tôt le matin, des mêmes parpaings bruts abandonnés au sol et de quelques commerces ; presque personne ne circulait. Timeo s'est arrêté dans une station-service posée à même la plage, tournant le dos à l'océan, et pendant qu'il faisait le plein d'essence j'ai marché vers les vagues.

Je me suis dit que j'étais au bord d'un continent, tout au bord, et qu'il n'y avait que quelques pas à faire, une bande de sable gris à franchir, cinq mètres à peine entre la route et la mer. La situation m'a semblé soudain bien plus simple, comme si, au bord du continent, les éléments encombrants de mon infortune se désagrégeaient dans le vent et retombaient en morceaux, au-delà du rivage, dans les grands fonds des fosses marines, me laissant dégrevé de leur poids, débarrassé du solide, fluide à nouveau – entièrement fluide –, océanique en quelque sorte, et donc invincible et à l'abri des dangers. J'ai eu la certitude de m'être inquiété pour rien. J'étais une aiguille dans une botte de foin, pourquoi me chercherait-on ? Pas pour un attaché-case, me suis-je dit. C'est le défaut de la terre ferme, ai-je pensé, on n'y a pas toujours conscience de la profondeur des fosses marines, on laisse les alluvions se sédimenter en soi, on se charge de peurs irrationnelles, mais il suffit de se tenir en équilibre au bord d'un continent pour que l'amas de gravier se déverse, et toutes ces petites pierres sans importance qui ensemble nous lestaient, les voici emportées vers le fond, et alors le sang circule mieux, oui, le sang circule mieux debout au bord d'un continent, il oxygène le cerveau qui se décrasse, le cortex se déploie et offre plus de surface au monde, il en perçoit mieux les tenants et les aboutissants, et il se voit enfin pour ce qu'il est : une aiguille dans une botte de foin, introuvable et insignifiante.

Je me suis avancé tout au bord, marchant sur le sable humide d'où les vaguelettes se retiraient à peine, et me suis accroupi pour mettre les mains dans le Pacifique. L'eau était froide, jamais je n'aurais pu y entrer, mais j'ai fermé la main comme pour attraper l'océan par un bout minuscule, pour en saisir une poignée infinitésimale et l'attirer, comme on tire à soi une couverture. Je me suis demandé si j'avais assez de force pour tirer l'océan et en recouvrir le continent, ou peut-être seulement la plage étroite, et sous lui je me cacherais, pour toujours invincible et à l'abri des dangers. J'ai pensé à cette phrase entendue quelques fois mais dont j'avais oublié l'auteur : *Homme libre, toujours tu chériras la mer.* Oui, oui, me suis-je dit, c'est pas faux, en tout cas le bord et le repli des vagues et l'entre-deux-eaux sans pression, et puis les grands fonds.

Timeo a appelé : le plein était fait.

* *
*

Dans le hall de l'aéroport de Pisco, Timeo m'a montré des types rassemblés à l'écart qui tenaient des panneaux mentionnant diverses destinations, surtout Lima et Cuzco, et nous nous sommes dirigés vers eux. L'aéroport était neuf, avec ses guichets d'enregistrement et des écrans indiquant les départs et les arrivées, sans signe particulier sinon qu'il était à peu près vide, et si quelques vols étaient affichés sur les écrans il n'y avait pas d'horaires annoncés, sauf ceux des expéditions touristiques à destination de Nazca pour survoler les géoglyphes. Quelques rares grappes de vacanciers patientaient, un appareil photo autour du cou et un petit sac au dos ; certains étaient très jeunes qui parlaient bruyamment anglais, excités sans doute à l'idée de contempler les lignes et les figures que reproduisaient des affiches, semblables à celles que j'avais vues au Consulat à Madrid, suspendues partout dans l'aéroport. Ils étaient souriants, habillés de bermudas fleuris comme celui de Timeo, ou de pantalons de randonnée ; ils étaient pareils à lui, tout en nonchalance et décontraction, des touristes au sens plein du terme, me suis-je dit, et je me suis senti très différent, très loin d'eux avec ma chemise fatiguée qui empestait la sueur, mon petit sac en bandoulière et l'enveloppe dans mon caleçon qui me collait à la peau. Je n'ai pu m'empêcher de penser que j'allais monter dans le même genre d'avion qu'eux, que certains peut-être allaient quitter Pisco de la même manière que moi, mais qu'en dépit de cette ressemblance apparente, ma présence ici était plus épaisse, plus dense, moins superficielle que la leur. Que sans être un authentique Péruvien je n'étais pas davantage un touriste au sens plein du terme, et que cette différence d'essence, mais aussi cette expérience récente de l'aventure, ne serait-ce que dans sa dimension d'agrément, me conféraient une certaine noblesse à laquelle ils ne pouvaient prétendre avec leurs bermudas, et qui m'autorisait à les mépriser en secret, et je me suis demandé si je ne me faisais pas, finalement, à mon faux passeport diplomatique et au nom d'Ernest Floresse.

C'est du reste le nom que j'ai donné au pilote avec lequel Timeo a discuté quelques instants avant de me dire voilà, il va t'emmener à Lima, il partira dans une demi-heure environ. Timeo m'a montré un bureau de change, parce que le pilote, m'a-t-il dit, ne prenait pas les euros, des dollars oui, mais pas des euros. L'avion devait atterrir sur un petit aérodrome de tourisme au nord de

Lima et de là, il faudrait prendre un taxi pour l'aéroport (prévoir un peu d'argent) ; j'y serais dans la soirée, et si tout allait bien je trouverais un vol le soir même (j'avais de quoi payer), au pire le lendemain matin (je dormirais dans un fauteuil). Je me suis dirigé vers le bureau de change, Timeo m'a accompagné et, à mi-chemin, il s'est arrêté et m'a dit bon, je vais te laisser là. Je l'ai remercié pour son aide et je lui ai demandé combien je lui devais, pour le trajet et parce que je lui avais fait perdre du temps. Il m'a regardé avec un demi-sourire et a dit qu'il ne voulait pas d'argent, ce n'était rien, juste un peu de scooter, mais après j'ai vu son regard se fixer sur mon petit sac en bandoulière, puis il a regardé autour de nous, à droite et à gauche. Et en se penchant vers moi, il a dit à voix basse en revanche, tu n'aurais pas un petit truc à me filer ? J'ai dit quoi, quel petit truc ? et il a dit oh, ben ce que tu as quoi, un petit truc, je connais pas ta spécialité. J'ai répondu que je ne comprenais pas, quel petit truc je pouvais lui donner ? de quelle spécialité il parlait ? et il a dit je sais pas, de l'herbe, de la coke, ce que tu as, de la coke ce serait bien. Je me suis légèrement écarté, comme par réflexe, avec un mouvement de recul un peu sec et offusqué. Je n'ai rien de tout ça, ai-je dit, qu'est-ce que tu crois ? Le demi-sourire de Timeo s'est figé, il semblait incrédule et a dit c'est ça, prends-moi pour un con, ça se voit à l'œil nu que tu trafiques des trucs avec ton faux passeport, c'est sûr que tu en as sur toi. Il s'est redressé et ne souriait plus, il me regardait comme si j'étais un escroc qui l'avait arnaqué et il a dit file-moi cinquante balles, et ça m'a fait comme un coup de poing, moi aussi je me suis tendu et dressé bien droit et je lui ai dit pas question, et en essayant de prendre un ton de trafiquant, ce que j'en imaginais – un ton chargé de menace et de sadisme –, j'ai ajouté maintenant dégage si tu ne veux pas d'ennuis. Je ne sais si mon interprétation était convaincante mais il a reculé sans me quitter des yeux. Tu peux bien me filer quelque chose, putain, a-t-il dit, t'as bien un peu d'herbe ! et comme je suis resté à le fixer sans rien dire, il a tourné les talons et s'est dirigé vers la sortie. J'ai entendu qu'il marmonnait des choses dans sa langue, des injures apparemment, parce que j'ai cru comprendre *figlio di puttana*, mais je ne suis pas très fort en italien.

J'ai changé un peu d'argent, cent cinquante euros, c'était plus qu'assez pour payer le pilote, un taxi à Lima et sans doute un peu plus, et comme j'avais du temps avant le départ j'ai fait un tour dans le hall. Une petite boutique proposait des souvenirs, des boissons, de la nourriture préemballée et quelques guides touristiques. Je suis resté un moment à regarder les plaques de plâtre peint reproduisant des figures de Nazca, un colibri, une araignée, et sur la même étagère des crânes miniatures à l'ossature très allongée, en forme d'obus. Des tee-shirts pendaient où étaient écrits *Te amo Perú*, ou *Perú* tout seul avec un drapeau du pays, ou *I love Perú*, un cœur rouge à la place de *love*. Sur d'autres étaient dessinées les figures de Nazca, ou des lamas, ou les crânes de forme oblongue. J'ai voulu acheter un souvenir pour l'enfant, une plaque de plâtre peint ou un tee-shirt, l'araignée me plaisait ainsi que le colibri, bien sûr, le colibri aurait été très bien, mais je me suis rappelé que j'avais dit être à Rome et qu'il serait étrange d'en revenir muni d'une plaque de plâtre reproduisant le colibri de Nazca en guise de cadeau, alors je me suis rabattu sur une sorte de livre touristique mal imprimé rempli de photographies légendées en plusieurs langues, dont le français. Ça me fera passer le temps, me suis-je dit, et j'aime apprendre des choses sur les lieux que je visite.

Je me suis assis à proximité des pilotes pour attendre en feuilletant le livre, mais en m'installant j'ai vu de l'autre côté de la vitre Timeo monter sur son scooter et je me suis dit tiens, il est encore là, celui-là ? et plus loin, près de l'entrée, j'ai vu une voiture blanche et verte portant l'inscription *Policía Nacional*. Je me suis emballé et j'ai pensé putain, ce connard m'a balancé aux flics, et je me suis étonné de penser ça dans un vocabulaire aussi sec et vulgaire, comme si cela traduisait une évidence autant qu'un instinct animal comme on le voit dans des films policiers quand le personnage comprend que quelqu'un en qui il avait mis sa confiance l'a vendu. J'ai regardé la voiture de police du coin de l'œil en essayant d'être discret puis, poussé par la nervosité, plus franchement : rien ne bougeait, et je me suis dit que j'avais peut-être encore un peu de temps pour me cacher ou fuir, ce qui a suffi à me faire paniquer. Je parie qu'il leur a dit que j'étais un trafiquant avec de faux papiers, l'enculé, ai-je pensé, et je me suis dit qu'il fallait une solution, vite, sinon à moi le cachot et les coups de matraque sur la gueule, et comme je ne suis pas très résistant, je balancerais les noms de Rovelli et d'Ernesto, et si même je m'en sortais, de leur prison tropicale et des armes sur la tempe et de la torture électrique, dehors je me ferais buter.

J'ai vu l'un des pilotes faire signe aux autres et commencer à s'éloigner. Sur son carton était écrit *IQUITOS/LIMA* et sans réfléchir j'ai bondi, je l'ai rattrapé et lui ai demandé, à peu près, s'il partait tout de suite et où il allait. Il m'a dit ahora Iquitos y Lima mañana, et comme il voyait que je ne comprenais pas bien il a sorti son téléphone, a affiché le calendrier et, en pointant la date du jour et l'heure, il a répété Iquitos now, puis en montrant la date du lendemain il a dit Lima tomorrow. J'ai dit you go now ? avec trop de fébrilité et de précipitation pour qu'il ne devine pas mon état de faiblesse et il a acquiescé, et avant même d'avoir pu lui demander s'il prenait des passagers il m'a annoncé un prix que je n'ai pas compris, j'ai sorti les sols péruviens de ma poche et il a tout empoigné en disant Iquitos, OK ? et j'ai dit sí, va bene, yes, Iquitos, et je me suis dit banco ! c'était parfait, voilà que je déjouais le sale coup de Timeo. La police pourrait bien me chercher au départ pour Lima je serais déjà loin, dans les airs vers ailleurs, à leur nez, à leur barbe.

J'ai suivi le pilote sans aller informer le premier que je l'abandonnais, c'est du temps de gagné, me suis-je dit, ainsi je ne laisse pas de traces ni d'indices de ma fuite. Nous avons contourné l'aéroport pour atteindre une piste en passant sous un grillage découpé : l'avion était là, garé parmi d'autres, petit, de type Cessna et pas neuf, sa peinture écaillée ne m'a guère rassuré, pas plus que les bidons de carburant empilés au soleil, mais je me suis dit que je n'avais pas le choix, et je me suis installé sur le seul siège libre entre des cageots et des sacs remplis d'autres sacs au contenu mystérieux, ça sentait la viande et la graisse rance et j'ai ravalé une nausée soudaine. Le pilote m'a tendu une sorte de bourse en tissu contenant de petites feuilles vertes et m'a fait signe d'en mettre en bouche. Lui-même en a pris et les a fourrées contre sa joue en me précisant qu'il fallait les mastiquer, coca, a-t-il dit, good for plane !

C'est seulement pendant que l'avion prenait de la vitesse pour décoller, et tandis que je mastiquais quelques feuilles en imitant le pilote, que j'ai cherché sur la carte imprimée au dos de mon livre touristique où se trouvait Iquitos.

* *
*

Après avoir atterri, et comme l'avion roulait vers un parking en retrait de la piste, le pilote m'a dit qu'il partait pour Lima le lendemain matin vers 11 heures, mais qu'il espérait embarquer un ou deux autres passagers ainsi qu'une cargaison éventuelle, et qu'alors ce serait peut-être plus tard : faudrait voir. Il parlait un espagnol traînant, détachant chaque syllabe avec, de temps à autre, un mot d'anglais, au point que je pouvais comprendre presque tout ce qu'il disait, ce qui m'avait mis en confiance dès le décollage – mais peut-être était-ce aussi l'effet des feuilles de coca mastiquées comme lui tout au long du vol, et dont il avait précisé qu'elles me maintiendraient en état d'alerte et éveillé tout en calmant l'inquiétude et la faim, les douleurs d'estomac et toute une série d'autres maux. Régulièrement, il fallait ajouter de nouvelles feuilles fraîches à la boulette de mâche qui grossissait petit à petit dans le creux des joues ; j'en aimais le goût amer et j'avalais le jus que mes dents extrayaient, et les feuilles aussi, tandis que le pilote, lui, crachait de temps en temps les boulettes réduites en bouillie sèche par la vitre à glissière du poste de pilotage. Avec lui, j'avais l'impression d'être initié à un rituel chamanique, mais dépourvu de toute magie et de toute mystique, et pour la première fois depuis mon arrivée au Pérou au lever du jour, il me semblait que j'étais vraiment entré dans le pays, et par là je veux dire que j'avais vraiment quitté l'Espagne. Tant que j'avais été occupé à la mission de livrer l'attaché-case en mains propres, mes faits et gestes péruviens étaient restés assujettis à Ernesto et donc à Madrid, et Madrid elle-même était restée inféodée à Rovelli qui m'y avait envoyé, et dont je ne connaissais toujours pas l'ampleur du rôle dans mon expédition, et moins encore les intentions à mon égard. Mais délesté désormais de l'attaché-case qui m'avait été confié, et puisque j'étais d'une certaine façon en fuite – ou peut-être parce que j'avais repris le contrôle des déplacements de mon corps dans ce pays, ne dépendant plus d'avion ni de voiture dans lesquels je n'avais pas choisi de monter –, je me sentais enfin en territoire péruvien – un territoire que, paradoxalement, je survolais.

C'est amusant, me suis-je dit, c'est un peu comme traverser le pédiluve à l'entrée de la piscine du parc tropical, comme si la Carretera Panamericana Sur et l'Urb 17 de Abril n'avaient été qu'un vaste pédiluve et que, désormais nettoyé de toute impureté, je pouvais enfin rejoindre les eaux chaudes du jacuzzi.

La nuit était tombée pendant que nous étions en vol, aussi brutalement que le jour s'était levé. Je regardais la Terre défiler sous nos ailes, c'était la fin d'après-midi et, à peine quelques instants plus tard, nous avancions déjà dans l'obscurité. Elle a accentué la sensation que j'avais de m'enfoncer dans les profondeurs du pays depuis que j'avais repéré Iquitos sur la carte et compris que je m'étais embarqué pour une destination isolée dans la forêt amazonienne. Quand le jour s'est éteint, j'ai songé au coucher de soleil de l'avant-veille sur la Plaza del Dos de Mayo, à celui de la veille dont je n'avais rien vu depuis l'aéroport de Madrid, puis à la lumière de l'aube à Lima sur la Carretera Panamericana Sur. Jamais le soleil ne m'avait semblé aussi mobile, jamais ses mouvements ascendants et descendants ne m'étaient apparus aussi rapides, leur alternance si intensément perceptible, comme si la Terre s'était mise à tourner plus vite depuis que Rovelli m'avait donné la valise à remettre en mains propres à Ernesto, et qu'elle suivait désormais le rythme d'une chicha ensorcelante. C'était comme être lancé dans un bolide sur l'Indianapolis Motor Speedway et sentir la force centrifuge et la vitesse vous aspirer les tripes au point de les arracher. Pendant que le soleil montait et descendait deux ou trois fois dans le ciel j'avais parcouru des milliers de kilomètres ; et moi qui n'avais jamais quitté les zones tempérées, je me suis dit que la vie s'était soudain accélérée et qu'elle me montait à la gorge, et avec elle le sang et le feu.

Ce n'était pas désagréable mais je doutais de pouvoir conduire à cette vitesse.

En sortant de l'avion, c'est l'air chaud et humide du soir qui m'a d'abord surpris, un air épais et matelassé dont j'ai eu l'impression qu'il freinait mes pas, parce qu'y pénétrer et s'y mouvoir semblait demander plus d'effort et de volonté. Il était près de 21 h 30, et la coca mâchée sans relâche me grisait légèrement. J'ai confirmé au pilote que je repartirais avec lui pour Lima le lendemain matin ; nous avons convenu d'un prix et j'ai dit que je serais là à 11 heures, puis je me suis frayé un chemin à travers l'air chaud et humide jusqu'à l'entrée de l'aéroport. Je pouvais sentir la vapeur d'eau se glisser dans mes voies respiratoires mais je n'en éprouvais aucun inconfort, au contraire. Au guichet, j'ai montré à un policier mon passeport diplomatique péruvien mais il n'a même pas levé les yeux vers moi et m'a laissé passer sans rien dire. J'ai changé un peu d'argent dans un bureau de change, le pilote m'avait expliqué qu'il y aurait sans doute des tuk-tuk attendant le client et m'avait renseigné une pension touristique où l'on servait à manger, même en arrivant tard et sans avoir réservé. Malgré la nuit, la chaleur était enveloppante et à peine avais-je atteint la sortie que j'étais trempé de sueur.

Le tuk-tuk roulait à vive allure, traversant la ville dans un boucan de moteur débridé et pétaradant, et assis sur une banquette en skaï noir et crevassé je prenais le vent comme un marin à la proue, l'air chaud et humide drainait ma peau pore après pore et je me suis senti comme sous un jet à haute pression, rincé en profondeur par la moiteur et la vapeur d'eau en suspension. Le long des rues défilaient des arbres au feuillage abondant, des palmes découpées penchées sur les trottoirs et de grandes feuilles débordant des palissades entre des maisons recouvertes de crépi coloré ou des immeubles de béton. Le tuk-tuk s'est arrêté à un feu rouge juste à côté d'un bar et j'ai reconnu le rythme caractéristique de la chicha, son tchacatchac tchacatchac tchacatchacatchacatchac lascif et irrésistible, ça sentait l'humus et le gaz d'échappement, l'odeur du goudron fondu et celle de la pluie récente mêlées, puis le tuk-tuk a redémarré, le chauffeur a donné des coups de klaxon stridents en dépassant une voiture qui roulait trop lentement, il a remonté une rue populeuse dont tous les commerces étaient ouverts et dégueulaient leur stock jusque sur la route, sous une lumière au néon aveuglante et froide, puis d'autres rues désertes où ne traînaient que des chiens, et après quelques minutes encore il a tourné dans une impasse à peine éclairée de quelques lampadaires blanchâtres et s'est arrêté devant une porte grillagée au-dessus de laquelle on pouvait lire le nom : *Posada Kinski.*

* *
*

Je me suis réveillé tôt, en sursaut, et les yeux à peine ouverts je ne savais déjà plus ce qui avait pu me secouer, et la conscience revenue il m'a fallu quelques secondes pour me rappeler où j'étais. Le sommeil m'avait emporté sans délai malgré la chaleur étouffante de la chambre et la sensation de réduit et de claustration causée par une moustiquaire aux mailles serrées. J'avais trois bonnes heures devant moi avant de rejoindre le pilote et son Cessna à l'aéroport. Il y avait une douche commune sur le palier, l'eau était froide mais ce n'était pas désagréable, je me sentais pleinement éveillé, et l'eau froide dans la chaleur tropicale c'est déjà la tiédeur, me suis-je dit. La nuit de sommeil et la fraîcheur de la douche m'ont remis les idées en place et tout m'a semblé facile : avant le soir je serais à Lima et le lendemain à Madrid, de là je n'aurais qu'à me servir de mon passeport péruvien pour acheter un billet et rentrer chez moi, où j'irais déclarer la perte de mes papiers à la police, ce sont des choses qui arrivent, de perdre ses papiers, la belle affaire, et il me resterait même encore pas mal d'argent, car Timeo avait raison, ai-je pensé, rien ne coûte cher dans ce pays.

La salle d'accueil de la posada était couverte de cadres où des photographies découpées dans des journaux jaunissaient, presque toutes étaient des portraits de Klaus Kinski sur fond de forêt, vêtu d'un costume blanc, parfois coiffé d'un chapeau de type panama ou bien en paille, à large bord, des photos par dizaines d'un visage tendu et déformé par un rictus agressif, et parmi elles des coupures de presse parlant de lui en espagnol ou en anglais. Ces regards démultipliés de Klaus Kinski dardaient sur moi de toutes parts, il était impossible de ne pas en ressentir une gêne, ou plus exactement un sentiment de moiteur froide qui s'insinuait dans le corps jusqu'à l'os et provoquait un frisson. La tenancière de la posada, affairée derrière une sorte de comptoir en bambou, a levé la tête et nos yeux se sont croisés, sans doute a-t-elle décelé mon inconfort parce qu'elle m'a souri, no se preocupa, a-t-elle dit, et elle m'a demandé, dans un anglais hésitant, si je connaissais ce film, *Fitzcarraldo*, avec Klaus Kinski. J'ai dit que non, je ne l'avais pas vu – je n'allais pas souvent au cinéma – et elle a dit qu'il était assez ancien et se déroulait en partie ici, à Iquitos. Elle m'a raconté l'histoire en deux mots, celle d'un ingénieur fou joué par Kinski, obsédé par l'idée de construire un opéra à Iquitos, en pleine forêt amazonienne, qui pour le financer investit dans une concession d'hévéas et, pour s'y rendre, achète un bateau à vapeur. Après quelques péripéties, il en vient à faire hisser le bateau par des dizaines d'hommes et de femmes sur une colline séparant deux rivières pour éviter les rapides en passant par la forêt.

Elle parlait lentement, en montrant les photos du doigt ; on y voyait un bateau au flanc d'une colline arasée et Klaus Kinski les pieds dans la boue, et après un silence elle a ajouté que le réalisateur, un Allemand du nom de Herzog, avait vraiment fait tracter le bateau sur la colline à travers la forêt par des hommes et des femmes, que ça avait été difficile et douloureux, épouvantable serait plus précis, il fallait imaginer ça, tirer et pousser un bateau de plusieurs dizaines de tonnes sur les deux versants d'une colline, dans la boue, au cœur d'une végétation dense et souvent sous la pluie.

Elle s'est levée, a contourné le comptoir en bambou et m'a montré une photo de Klaus Kinski en gros plan avec ses yeux glaçants tout autant qu'incendiaires, et elle a dit que ce type s'était comporté très mal sur le tournage, comme une ordure, a piece of shit, a-t-elle dit. J'ai balayé les photographies du regard en me demandant pourquoi elle avait couvert les murs du visage de cet homme s'il s'était à ce point mal conduit, j'ai froncé les sourcils et l'ai regardée d'un air incrédule, alors elle m'a expliqué que si elle avait donné son nom maudit à la posada, son nom de démon, et qu'elle avait mis partout son portrait, c'est parce que les types de ce genre attiraient les touristes, les Européens surtout, ceux qui croient voir le monde en s'y enfonçant profondément avec leurs devises en poche.

Son père, a-t-elle repris, était un Asháninka et il avait été de ces pauvres gars arrachés à leur forêt et à leur vie ancestrale pour s'user à la tâche en halant comme des bêtes de somme un bateau par-dessus une colline pour un peu d'argent, trois fois rien en regard du labeur, et pourquoi ? pour assouvir le rêve délirant de quelques

Européens. He offered to kill him, you know, a-t-elle dit. Je lui ai demandé qui ? qui a-t-il proposé de tuer ? Elle a posé son ongle sur la vitre du cadre, au milieu du front de Klaus Kinski, et elle a dit que son père faisait partie d'un groupe d'hommes qui avait proposé au réalisateur de tuer Kinski tant il était un mauvais homme, et il l'aurait fait, pas par goût, a-t-elle expliqué, mais parce qu'il le fallait, parce que des hommes comme ça, des hommes aussi violents, aussi vicieux, dont la violence est le sang même, si noir et épais qu'il semble déborder des pupilles, il faut les tuer pour le bien de tous. D'ailleurs, à la fin du tournage, son père, usé d'avoir tiré et poussé un bateau dans la fange pentue de la forêt, son père Asháninka qui aimait tant sa vie ancestrale et sa forêt s'est installé à Iquitos ; il avait vu un démon blond aux yeux possédés par un esprit maléfique, hurlant et gesticulant, et il aurait voulu le tuer, en débarrasser la terre, dépecer son corps et l'enfouir sous un tapis de feuilles, ou le jeter au fleuve pour que le fleuve le disloque, mais il ne l'avait pas fait, et le fou blond et hurlant était reparti vivant et son père en avait conçu une grande crainte et une grande honte, car il savait qu'il avait eu l'occasion de tuer un mauvais homme et l'avait pourtant laissé vivre, et les esprits anciens jamais ne le lui pardonneraient.

J'ai senti tous les regards déments de Klaus Kinski me fixer et j'ai repensé aux yeux de l'Infante des *Ménines*, au Prado, qui semblaient ne jamais accrocher mon regard alors qu'ils s'attachaient à tous les autres. Je me suis rappelé m'être senti invisible, infralumineux pour ainsi dire, voilà, c'était cela : je n'émettais pas assez de lumière pour être vu par l'Infante. En revanche, tous ces regards de Klaus Kinski m'enferraient, me cernaient de toutes parts, et je me suis demandé ce que Klaus Kinski voyait en moi que l'Infante n'apercevait même pas. Peut-être, me suis-je dit, les mensonges dans lesquels je m'étais enfermé vis-à-vis de la femme chez qui je vivais grevaient-ils mon innocence, peut-être m'éteignaient-ils, et peut-être était-ce cela qui faisait glisser le regard de l'Infante sur moi. Je portais ces mensonges si ostensiblement arrimés à mon front qu'un mauvais homme comme Klaus Kinski ne pouvait que les voir et y reconnaître un frère, y déceler l'obscurité dense qu'il connaissait bien, celle de son sang noir et épais qui lui débordait des pupilles. Mais quelques minables mensonges ne sont pas cause de noirceur, me suis-je dit, et sans doute ai-je en moi une bile plus âcre, des souvenirs de lâchetés ou de bassesses, de petites traîtrises et de haines gratuites, mais y en a-t-il assez pour séduire les démons ?

De honte et de peur il n'a pas osé regagner sa forêt, a repris la tenancière de la Posada Kinski, il est resté à Iquitos, il y est toujours et c'est un ivrogne aujourd'hui, et en disant cela elle a semblé appuyer la gravité de sa voix sur mes épaules, y déposant d'un même souffle une menace et un avertissement, comme si elle me disait attention, la cruauté et la violence sont des choses fascinantes et vous autres Européens, elles vous fascinent plus qu'aucun de vos frères humains, mais voyez le mal que provoquent vos rêves ! Sans le vouloir, j'ai eu un mouvement de recul, un pas peut-être ; j'ai cru qu'un regard de Klaus Kinski avait piqué si fort, si profondément, qu'une douleur a point, j'ai senti que je me raidissais et j'ai pensé partir en courant, mais la tenancière a souri en faisant un grand geste de la main comme pour chasser un nuage de fumée autour d'elle, no se preocupa, a-t-elle dit, et elle m'a demandé si je voulais prendre un petit déjeuner, des gros haricots noirs, deux œufs sur le plat, un peu de manioc et une banane plantain poêlée, et en me montrant une porte à l'arrière, elle a dit que le balcon avait une jolie vue sur le fleuve. Je lui ai dit que ce serait parfait, j'avais faim, et nous sommes restés un instant silencieux puis je me suis dirigé vers le balcon, et au moment où j'allais y mettre un pied, elle m'a demandé si je savais que Klaus Kinski avait violé sa propre fille durant toute son enfance et jusqu'à l'âge adulte.

J'ai dit que non, je l'ignorais.

Mon père voulait vraiment tuer cet homme, a-t-elle dit.

La vue était belle, c'était vrai, par-dessus les toits j'ai vu le fleuve tout proche, immense au point que j'ai d'abord cru qu'il s'agissait d'un lac ou d'une mer intérieure, et au loin, sur l'autre rive, on ne distinguait de la forêt qu'une étroite bande verte entre l'eau et le ciel. De la rue montaient des odeurs de gaz et de volaille mêlés, et par vagues une brise chargée de parfums terreux les emportait. En bas, c'était le boucan des moteurs et des cris venus du port ; il m'a semblé que j'ouvrais enfin les yeux.

La tenancière de la posada a posé devant moi des assiettes pleines et une grande tasse de café, et elle a dit que l'Amazone était particulièrement beau à cette heure-ci, et c'est seulement quand elle a prononcé son nom que j'ai réalisé que c'était bien l'Amazone qui s'étendait sous mes yeux; j'ai eu le vertige, je n'avais jamais imaginé voir un jour l'Amazone, ce n'était pour moi qu'un nom de fleuve dans un atlas que je n'ouvrais jamais. Madrid, Pisco, aujourd'hui l'Amazone, décidément la planète tournait à toute vitesse, quand on pense que j'étais resté si longtemps à la même place, et j'ai trouvé que cette rotation accélérée était grisante. L'Amazone, bon sang, quelle histoire, c'est autre chose que la rivière sauvage de la piscine du parc tropical, me suis-je dit.

La tenancière de la posada s'est avancée sur le balcon pour regarder au loin, vers le fleuve. Elle m'a semblé avoir dans la trentaine, mais peut-être aussi la quarantaine, assez fine mais pas mince, son corps paraissait musclé, solide et léger à la fois, c'est-à-dire campé mais avec quelque chose d'un élancement ou d'une élévation. Sa peau mate luisait et sentait l'huile de coco, et comme elle me tournait le dos je l'ai observée avec curiosité: elle ressemblait davantage à l'idée que je me faisais d'un corps tropical, et je ne parle pas de la dimension érotique d'un corps tropical, il s'agissait plutôt d'une sorte d'harmonie tropicale, bien davantage que chez Ernesto, cela va sans dire. Je l'aurais bien vue marcher le long d'une plage à l'ombre des palmes penchées sur une mer chaude, le ciel serait bleu, le sable blanc et lumineux collerait à la peau huilée de ses mollets, mais aussitôt, sans savoir pourquoi, sans pouvoir le maîtriser, j'ai repensé au costume blanc et maculé de boue de Klaus Kinski sur les photographies et j'ai regardé l'Amazone au loin, son étendue grise ourlée de vert et de kaki, le ciel était couvert et le corps tropical de la tenancière s'est tourné vers moi, et elle m'a demandé, le regard sombre, si j'étais là pour affaires en ajoutant, détachant bien chaque syllabe : Señor Floresse.

J'ai compris que mon passeport péruvien avait eu sur elle le même effet que sur le couple à la pollería de l'Urb 17 de Abril, et presque par réflexe j'ai répondu que je n'étais pas un trafiquant et que cette histoire de passeport péruvien était une longue histoire. J'ai hésité à tout raconter, tout expliquer, depuis la piscine à vagues du parc tropical jusqu'au départ précipité de l'aéroport de Pisco en passant par Rovelli et Ernesto, mais j'ai eu peur qu'elle assimile mes livraisons en mains propres à du trafic, et j'ai seulement dit que j'étais de passage et que je repartais pour Lima en fin de matinée. Elle a hoché la tête en disant ah sí, ah sí, mais en laissant poindre un soupçon d'incrédulité dans la voix, et j'ai cru bon d'ajouter que je faisais juste un tour dans le coin.

Elle m'a dit que c'était rare, les gens qui faisaient juste un tour dans le coin, dans un coin aussi isolé du pays et du monde, et elle a ajouté qu'on disait de Fitzcarraldo, le personnage interprété par Klaus Kinski, qu'il était un conquistador de l'inutile, puis elle a laissé flotter un instant de silence, la bouche à demi ouverte, et elle m'a demandé si j'étais, moi aussi, un conquistador de l'inutile.

Non, ai-je dit en français en regardant le fleuve, plutôt un aventurier d'agrément.

* *
*

Je ne peux pas dire que j'avais souvent menti à la femme chez qui je vivais ; les petits arrangements du quotidien, oui bien sûr, mais de vrais mensonges dissimulant à la vue de plus méprisables bassesses, ça non, je n'y avais guère eu recours. Quelques fois tout de même, comme tout le monde, aimais-je à penser, ce qui suffisait à atténuer la honte ou le sentiment de culpabilité. Au pire, de petits bobards avaient-ils couvert des achats déraisonnables et inutiles ne bénéficiant qu'à moi quand je laissais reposer sur elle les frais les plus lourds du ménage et les soins de l'enfant. J'avais aussi tu une conversation en ligne de quelques semaines avec une très ancienne amie qui avait basculé dans des allusions sexuelles (mais elle vivait à l'autre bout de l'Europe, c'était sans illusions). La femme chez qui je vivais m'avait d'ailleurs dit, peu de temps auparavant, que je manquais de zones d'ombre, que j'étais transparent comme un glaçon d'eau tiède, sans surprises, avait-elle ajouté, sans aspérités qui vaillent qu'on s'y accroche et s'y déchire la peau. Elle avait dit ça avec un ton neutre, sans reproche apparent, au contraire, elle avait tourné la chose comme une sorte de compliment, comme s'il s'agissait d'une qualité appréciable, mais sa voix était un peu lasse et résignée, et j'en avais tout de même été vexé parce qu'elle l'avait dit au beau milieu d'un repas avec des amis, un repas où nous buvions beaucoup de vin et plaisantions, et c'était tombé comme ça, comme de la poussière sur la table, les autres avaient ri à cause de l'ivresse, moi aussi d'ailleurs j'avais ri, mais ensuite, à la fin de la soirée quand tous étaient partis, je lui avais dit que ça m'ennuyait, ce qu'elle avait dit pendant le repas, que ça me faisait de la peine qu'elle me voie ainsi ; elle n'avait d'abord rien répondu et le silence s'était alourdi, puis, tandis que nous rangions la vaisselle, j'avais essayé de l'embrasser et elle avait évité ma bouche et avait dit j'aimerais seulement que tu prennes un peu plus la mesure des choses, et cette phrase, je l'avais trouvée énigmatique, je n'étais pas certain de la comprendre, néanmoins elle m'avait blessé. L'alcool et la vexation m'avaient rendu nerveux, j'étais prêt à en découdre. Soudain j'avais dit qu'il était tard, bon sang, et qu'il fallait que l'enfant aille dormir ; elle s'était figée et, sans me regarder, d'un ton cassant, elle avait dit qu'il était au lit depuis longtemps déjà.

Je ne savais pas exactement quel était le décalage horaire entre Iquitos et l'Europe mais j'ai supposé que l'après-midi devait être bien avancé, là-bas. L'Amazone étendu au loin, devant moi, ouvrait un espace béant dans le paysage, mais d'une béance pleine de bruits et d'odeurs, ceux de l'eau, de la chaleur et de l'humus, c'était exaltant, et j'ai décidé de téléphoner à la femme chez qui je vivais et à l'enfant. J'allais crever ce mensonge dont la maîtrise m'avait échappé, dont j'avais perdu le contrôle quelque part dans le jacuzzi du parc tropical. J'allais tout dire de la piscine à vagues, d'ailleurs, de Madrid et de Rome, de Rovelli et d'Ernesto, et tout dire de Pisco et d'Iquitos, et aussi que je rentrais, que je serais à Lima dans quelques heures et demain en Europe et très vite de retour, avec de l'argent dont on oublierait aussitôt comment il était arrivé entre mes mains. Oui, tu as raison, je suis transparent comme un glaçon d'eau tiède, allais-je dire, je ne te cache rien, mais tu vois, j'ai des aspérités tropicales, je suis de l'autre côté de la planète, au bord de l'Amazone quand tu me crois à Rome, je me suis mis depuis peu à prendre la mesure du monde.

J'ai demandé à la tenancière si je pouvais téléphoner en Europe depuis la réception, elle m'a dit espera, et elle m'a apporté un combiné sans fil en précisant que je pouvais passer mon appel sur le balcon. J'ai composé le numéro du poste fixe de la femme chez qui je vivais, à son travail, et après quelques sonneries elle a décroché et j'ai entendu sa voix. Je lui ai dit que je serais rentré dans quelques jours mais que j'avais quelque chose à lui dire sans attendre, quelque chose à lui raconter. Elle a soupiré puis elle a dit qu'elle n'avait pas le temps, et j'ai senti de l'agacement de sa part, j'ai hésité un instant mais je lui ai dit que c'était important, que je lui expliquerais tout en détail à mon retour, mais que je n'étais pas où elle pensait que j'étais et qu'il fallait que je lui dise.

Elle m'a interrompu, m'a demandé quand exactement je pensais rentrer, et j'ai dit que je ne le savais pas avec certitude, mais sans doute dans deux ou trois jours, au grand maximum. Il y a eu un silence, j'ai voulu reprendre mais elle m'a interrompu à nouveau, et elle a dit ne te presse pas, c'est mieux que tu ne te presses pas. Je ne comprends pas, ai-je dit, ne pas me presser de quoi ? De rentrer, elle a dit, puis : on ne va pas parler de ça maintenant. Parler de quoi ? ai-je demandé. Elle a répondu pas maintenant, on verra ça à ton retour. J'ai demandé comment allait l'enfant, et elle a dit bien, il était chez ses parents pour quelques jours, et j'ai dit je suis désolé, j'aurais dû l'appeler pour lui dire que son père pensait à lui, mais que je n'avais pas pu, ça avait été un peu secoué depuis trois jours, mais que j'allais tout lui expliquer. Elle a répondu que c'était sans importance, qu'il n'avait pas parlé de moi. J'ai voulu lui demander le numéro de ses parents parce qu'on m'avait volé mon téléphone et que je ne le connaissais pas, mais elle ne m'en a pas laissé le temps, elle a dit je dois te laisser, je suis en réunion, et j'ai senti que c'était faux, une excuse commode, rien d'autre. J'ai dit attends, je voulais te dire, tu sais, je prends la mesure des choses. Il y a eu un silence et elle a dit je dois raccrocher, on m'attend, prends ton temps pour rentrer.

J'ai fini mon petit déjeuner et j'ai regardé l'heure : il m'a semblé que le temps passait soudain très lentement. Il me restait deux heures avant de partir pour l'aéroport, deux heures et quart, même, ce serait encore bon. Dans l'avion qui m'avait amené à Iquitos, je m'étais dit que la

Terre tournait plus vite et que le temps s'était accéléré, mais là, au bord de l'Amazone, c'était tout autre chose. C'était même le contraire : la Terre avait ralenti sa rotation, comme freinée par l'air épais de la forêt tropicale. Je me suis dit que le temps pesait peut-être plus lourd sous les tropiques – j'entends les véritables tropiques, ceux des palmes et des plantes à larges feuilles –, que les aiguilles des horloges tournaient avec plus d'effort à cause de la chaleur étouffante. Ce serait un atout, me suis-je dit, puisqu'il était question de ne pas me presser.

J'ai appelé la tenancière, j'avais décidé de régler la chambre et le petit déjeuner puis de marcher jusqu'au fleuve, d'aller le voir de près et, pour le principe, d'y plonger les mains, comme un rituel purificateur, comme l'Hindou se baigne dans le Gange et va le pécheur au Jourdain – je me voyais pèlerin venu faire serment de tropicalité et m'en retourner, oint d'une sainteté particulière, vers la piscine à vagues du parc tropical, fidèle d'un rite secret, vaudou peut-être ou d'un nouveau culte votif à la cumbia. Je ne pensais pas repasser par la posada, ce que je lui ai dit, mais elle m'a répondu que de toute manière il y avait toujours quelqu'un, et sans doute était-ce vrai car pendant que je payais la présence de Klaus Kinski était si forte que j'en ressentais de l'inconfort, le même qui se glisse dans notre esprit quand on a l'impression de ne pas être seul alors même que tout est vide autour de soi.

J'ai déambulé dans les rues en direction du fleuve, en me collant aux murs quand il n'y avait pas de trottoir pour éviter les tuk-tuk qui se croisaient en donnant des coups de klaxon stridents, les motos chargées de deux passagers en plus du conducteur, les camions sans âge au boucan infernal et les minibus peints de mille couleurs où s'entassaient les voyageurs. Les rues étaient étroites mais il y avait partout des arbres et des plantes à larges feuilles dont j'ignorais le nom et dont la nature tropicale ne faisait toutefois aucun doute. En passant le long de palissades cachant des jardins ou des cours d'où s'échappait une abondante végétation, j'ai entendu des chants d'oiseaux, des trilles puissants et aigus qui semblaient proches. L'air moelleux et gorgé d'eau me prenait au nez ; j'ai marché à petits pas, alenti par la chaleur. J'ai débouché dans une rue plus large, plus fréquentée et pleine de vacarme, et j'ai compris qu'elle longeait le fleuve, dissimulé cependant derrière une rangée de maisons et d'immeubles. Une foule s'y pressait, des tuk-tuk par dizaines attendaient sur le bas-côté, les conducteurs attroupés fumaient des cigarettes pendant que leurs clients entraient et sortaient des échoppes. On vendait de la nourriture sous des parasols bariolés juste devant l'entrée d'un garage, sur les portes ouvertes on avait peint de grandes lettres : *Recarga baterías*, ailleurs *Servicio técnico*. Aux devantures voisines étaient suspendus divers modèles de tronçonneuses, chaînes courtes ou longues, ça sentait l'huile et la graisse et l'essence, et juste à côté du poulet grillait sur le foyer d'une carriole de fortune, entre les véhicules anarchiquement parqués.

Les hommes sont beaux, me suis-je dit, et les femmes stupéfiantes. Je les dévisageais discrètement et les scrutais de loin, leurs mouvements, m'a-t-il semblé, n'étaient que souplesse, fluidité, aisance ; leurs vêtements étaient légers, shorts, tee-shirts échancrés, robes courtes et sans manches, et rien ne semblait devoir contraindre leurs gestes. Les peaux étaient brunes et dorées à la fois, un hâle clair, uniforme, luisant parfois, selon qu'un rayon de soleil tombait sur les corps. Tous n'étaient pas minces ni musclés, certains étaient vieux, d'autres gras, d'autres osseux, mais les voir ainsi à la tâche, portant de lourds cageots, tirant à bout de bras des sacs, poussant des charrettes, accroupis et bricolant des machines, respirant à plein nez les gaz brûlés des moteurs, n'en brisait pas le charme, comme si, même soumis à la grise routine de la vie laborieuse, ils conservaient un caractère tropical auquel aucun corps de mon environnement habituel – même vêtu seulement d'un maillot de bain dans l'atmosphère factice du dôme translucide de la piscine du parc tropical – n'aurait jamais pu prétendre. Peut-être, me suis-je dit, est-ce là que se situe la nature profonde d'un corps tropical, dans cette apparence de mouvements déliés, d'élégance jusque dans la banalité des gestes.

Je suis passé devant une vitre, il faisait sombre derrière et j'y ai vu mon reflet. Je ne m'étais pas regardé en entier depuis le pédiluve de la piscine du parc tropical, à peine avais-je jeté un œil sur mon visage dans le miroir en faisant ma toilette plus tôt dans la matinée, mais en pied, non. Mon corps m'est apparu dépourvu d'harmonie et d'équilibre, il semblait peser de tout son poids sur le béton de la route, pressant le sol sous lui, campé certes, mais pas comme le corps de la tenancière de la posada, non, campé comme un sac de ciment. J'ai levé les bras, remué les jambes pour tenter d'y déceler une once de cette fluidité qui partout m'entourait, dans les silhouettes iquiténiennes comme dans le ballet des tuk-tuk qui se frôlaient sans jamais se heurter, mais mes gestes étaient trop mécaniques, anguleux et raides, engoncés dans un pantalon que la sueur plaquait à l'épiderme. Je me suis senti comme ligoté par mes propres vêtements. Voilà, me suis-je dit, c'est exactement ça : je suis ligoté, j'ai beau posséder un passeport péruvien au nom d'Ernest Floresse, je ne fais que me débattre, et chaque geste brusque, trop peu huilé, ne fait que resserrer les liens, la corde rêche brûle mes poignets et mes chevilles et mes genoux, je sue comme une bête de somme, tout mon corps n'est que tension nerveuse, contraction et rigidité.

Le geste tropical, me suis-je dit, c'est de se déligoter.

J'ai tourné dans une impasse qui s'ouvrait entre deux grandes demeures de style colonial et tout au bout, derrière un écran de palmes, j'ai aperçu le fleuve. Par un passage j'ai rejoint une sorte de promenade offrant une vue surélevée. L'espace que le fleuve occupait était si immense, je veux dire littéralement, que j'étais bien incapable d'estimer la distance qui me séparait de l'autre berge. Je voyais bien des îlots verdâtres çà et là sur les eaux, mais au-delà c'était encore le fleuve, et seule la frange de verdure que j'avais déjà remarquée depuis le balcon de la posada semblait, mais sans certitude, en définir une limite. Je n'avais jamais vu de fleuve aussi large – étrangement, quand la veille je m'étais tenu tout au bord de l'océan Pacifique, je n'avais pas eu le même sentiment d'étendue, mais alors plutôt celui des abysses, et l'idée m'a traversé l'esprit que l'Amazone n'était pas seulement lui-même mais aussi l'océan Atlantique, qu'il remplissait depuis des millions d'années, par milliards de litres déversés, et toutes les rivières qu'il avalait sur sa route, et toutes les montagnes d'où ces rivières coulaient, et toutes les neiges et les pluies qui les faisaient grossir ; le fleuve était tout, absorbait tout, tout en lui ruisselait et se fondait, et alors, me suis-je dit, il n'est pas étonnant que de ce promontoire je ressente un tel vertige, car c'est un tiers de la planète que je contemple ici. J'ai marché le long de la promenade sans quitter des yeux l'Amazone. Le bruit des moteurs était plus distant, comme se tenant respectueusement à l'écart, et les chants d'oiseaux occupaient davantage l'espace, cela s'est mis à ressembler aux sons enregistrés de la piscine à vagues du parc tropical, mais avec un réalisme irréfutable, tandis que l'air de plus en plus chaud se chargeait d'un parfum de plantes humides mêlé d'une odeur de terre malaxée, de bois détrempé et de vase.

Quelques tables étaient disposées devant un bar, à l'ombre des maisons bordant la promenade, où je me suis installé, avec vue sur le fleuve. Le lieu était touristique et d'allure peu authentique, il surjouait sa nature tropicale, ainsi la bande-son diffusée n'avait-elle rien de péruvien – c'était une compilation de standards de bossa nova que je reconnaissais, car même avant de m'intéresser à la musique tropicale j'en avais entendu beaucoup, sans jamais d'ailleurs m'interroger sur leur tropicalité. Belle musique, jolies chansons, il n'y avait pas à dire, tropicales c'était indéniable, mais il y avait un paradoxe et même une vulgarité à les entendre ici, au bord de l'Amazone auquel elles n'appartenaient pas, dès lors qu'elles appartenaient davantage à l'imaginaire qu'elles avaient nourri en Europe : Rio de Janeiro, le Pain de Sucre et les guitares au coin du feu sur une plage. D'ici, au bord de l'Amazone, je voyais certes le tiers du globe mais pas le Pain de Sucre et pas de feu de bois sur une plage, seulement des touristes pas très regardants sur l'authenticité.

Toutes les tables étaient occupées par des étrangers et j'ai eu la tentation de sortir mon passeport diplomatique péruvien pour le poser nonchalamment devant moi, comme pour m'extraire de la masse vacancière et me distinguer de son manque de rigueur tropicale, mais j'ai eu peur que ça ne déclenche à nouveau la suspicion des Péruviens de naissance. J'avais chaud, la courte marche m'avait donné soif, et bien que la matinée ne fût guère avancée j'ai commandé une bière en bouteille de deux tiers de litre arborant sur l'étiquette, sous la gueule ouverte d'une panthère tachetée, le slogan *El sabor natural de la selva*. Je me suis dit que j'avais tout juste le temps de boire cette bière et peut-être de descendre jusqu'au lit du fleuve pour y tremper les mains, comme l'Hindou au Gange et le pécheur au Jourdain, avant de prendre un tuk-tuk pour l'aéroport et l'avion direction l'Europe, et j'ai eu l'impression de prendre possession d'un moment particulier de ma vie, d'en revendiquer la jouissance exclusive, là, face à l'Amazone, un moment enfin paisible après ces trois journées absurdes pendant lesquelles je n'avais rien contrôlé, un moment inattendu dans mon existence, moi qui ne quittais jamais les zones tempérées, un moment face à l'Amazone qui n'est pas donné à tout le monde, ai-je pensé, qui n'est pas donné à la femme chez qui je vis, ni aux participants des réunions du bureau, et moi ce moment je le prenais, j'en réclamais les titres de propriété, il ne serait qu'à moi, à jamais mon bien, et même depuis les lointains, même depuis l'oubli et la vie redevenue non tropicale, j'y régnerais sans partage.

J'ai repensé à Ernesto. Je me suis demandé s'il avait été informé que l'attaché-case n'était jamais arrivé à destination et si, en conséquence, je risquais quelque chose en débarquant à Madrid, par exemple s'il faisait surveiller l'aéroport, et je me suis inquiété un instant mais ça s'est dissipé très vite ; après tout, ai-je pensé, je me suis fondu dans le paysage, je suis une aiguille dans une botte de palmes, et puis quoi ? je n'ai rien demandé à personne, me suis-je dit. J'avais bien l'intention, en revanche, de tirer l'affaire Rovelli au clair, la vue de l'Amazone à mes pieds m'avait enhardi, dès mon retour j'irais la trouver et j'exigerais de connaître le fin mot de l'histoire. J'avais beaucoup de questions, pas mal de soupçons, tout du moins de présomptions, mais aussitôt je me suis dit que ce serait peut-être une erreur, qu'il ne fallait pas la sous-estimer, surtout si c'était elle qui m'avait fait envoyer au Pérou, ou si elle était à la tête d'une organisation mafieuse qui n'hésiterait pas à m'éliminer si j'en savais trop. De toute manière, ai-je pensé, je ne dois pas me presser de rentrer.

Je me suis répété cette phrase, deux ou trois fois : je ne dois pas me presser de rentrer.

Pourquoi la femme chez qui je vivais m'avait-elle dit cela ? Que signifie-t-on ainsi à la personne qui habite chez soi ? Peut-être devrais-je la prendre au mot, me suis-je dit, à l'aéroport de Lima embarquer pour Rio, et de là Kinshasa puis Bangkok. Sans doute serait-ce assez peu me presser de rentrer, mais si la femme chez qui je vivais me le demandait, après tout, pourquoi pas ? J'ai pensé que je pourrais poursuivre mon périple comme je l'avais commencé : j'irais de terrasse en terrasse et de bar en bar, m'assiérais face aux paysages, devant le Corcovado, sur les berges du Congo et au bord des klongs devant une assiette de curry massaman, et partout je laisserais le temps passer en buvant du vin blanc capiteux et tous les rhums et tous les alcools du monde, zigzaguant de Cancer en Capricorne, rebondissant sur les 23e parallèles comme la boule sur le caoutchouc du flipper, et à force de tourner et de retourner peu à peu la mémoire s'éroderait, j'oublierais peut-être le chemin le plus rapide pour rentrer, peut-être même oublierais-je l'enfant et l'enfant m'oublierait-il lui aussi, si ce n'était déjà fait, peut-être même en me cognant la tête sur les 23e parallèles oublierais-je aussi son nom à elle, qui disparaîtrait d'un coup, boum, elle ne serait plus que la femme chez qui je vivais. Alors je poursuivrais ma course périmétrique et pour subsister je pourrais me charger de quelques documents à remettre en mains propres d'un hémisphère à l'autre, ainsi de proche en proche je creuserais mon sillon dans l'espace intertropical en tournant et retournant encore autour du globe, creusant toujours plus profond à travers la croûte terrestre puis le manteau supérieur, jusqu'à me dissoudre dans le magma du manteau inférieur et dans l'oubli, moi aussi.

Et si l'on m'interrogeait sur cette course folle, me suis-je dit, il me suffirait de dire que je rentre chez moi sans trop me presser. Le temps passe très lentement sous ces latitudes.

J'ai regardé l'heure, il était presque temps d'y aller, trop tard pour les ablutions rituelles dans l'Amazone ; des tuk-tuk stationnaient à deux pas, l'un rouge vif coiffé d'une toile bleu marine et or me plaisait beaucoup ; tout en buvant ma bière je le tenais à l'œil en espérant qu'il ne parte pas sans moi, j'avais envie d'un peu de panache pour quitter les tropiques. La voix d'Astrud Gilberto chantait *Corcovado* dans sa version anglaise, de ce timbre qui lissait les aspérités auxquelles la peau s'accroche et se déchire, anesthésiant au passage ce que la bière avait épargné, *Quiet thoughts and quiet dreams, quiet walks by quiet streams and a window that looks out on Corcovado, oh how lovely,* le saxophone de Stan Getz venait lécher la nuque de Gilberto, c'était fluide et délié, tropical quand bien même déplacé. Le conducteur du tuk-tuk avait rejoint son engin, en faisait le tour comme pour l'inspecter ; je me suis levé pour appeler le serveur, la cuenta por favor, ai-je dit, devant moi un haut panneau accueillait des petites annonces pour touristes, publicités diverses en espagnol ou en anglais, sur une feuille A4 très formelle on avait imprimé en français une offre d'emploi de professeur-bibliothécaire à l'Alliance française, sí, sí, un momento, a dit le serveur, et j'ai vu le conducteur du tuk-tuk discuter avec un couple de vacanciers affublés malgré la chaleur de ponchos en laine et qui semblaient sortis d'un publireportage sur le commerce équitable, *This is where I want to be, here with you so close to me until the final flicker of life's ember*, a chanté Astrud Gilberto, et je me suis dit que ce serait pas mal, professeur-bibliothécaire à l'Alliance française d'Iquitos, que ça ne devait pas être un boulot très exigeant qui laissait sans doute du temps pour rebondir entre les tropiques, qui sait ? jusqu'aux derniers scintillements des braises de la vie. Sí Señor, la cuenta ? a dit le serveur, j'ai vidé d'un trait le fond de ma bière, les deux vacanciers en poncho se sont installés dans le tuk-tuk rouge étincelant et le conducteur a démarré le moteur et manœuvré l'engin qui a fait demi-tour devant la terrasse du bar en crachant du gaz malodorant, couvrant d'un seul coup le parfum de terre humide et de végétation qui montait du fleuve. Señor ? quiere la cuenta ? a répété le serveur, *I, who was lost and lonely, believing life was only a bitter tragic joke*, a chanté Astrud Gilberto, a bitter tragic joke, me suis-je dit, et j'ai pensé au visage de la femme chez qui je vivais, déformé d'un rictus agressif, qui me fixait sans me voir, alors j'ai regardé le fleuve, les taches vertes comme des îlots à la surface, et je me suis demandé comment s'appelle-t-elle, déjà ? Je vis chez elle et je pourrais tout aussi bien oublier son nom, puis j'ai regardé le serveur et j'ai dit no, no quiero la cuenta, et j'ai pensé c'est bon, c'est bon, je vais oublier son nom, puis j'ai dit au serveur en me rasseyant una otra cerveza, por favor.

* *
*

J'ai fini par retrouver le chemin de la Posada Kinski en fin d'après-midi. Après la deuxième bière j'avais marché à travers la ville, au hasard, au début j'étais ivre et j'avais suivi le fleuve puis j'étais retourné vers les rues habitées, changeant plusieurs fois de direction, et j'avais traversé les quartiers élégants du centre, la Plaza de Armas et, lentement dégrisé, j'avais poursuivi jusqu'à l'autre extrémité de la ville, là où les routes n'étaient plus bétonnées mais seulement des chemins de terre longeant des maisons de tôle ou de planches posées sur pilotis. De temps en temps une averse soudaine s'abattait avec violence. Tout le monde alors s'abritait sous les débords des toits ou les porches des maisons, c'était l'affaire de quelques minutes et l'averse cessait aussi vite qu'elle était arrivée ;

en quelques instants le soleil à nouveau chauffait l'air, et l'eau à peine tombée se changeait en vapeur en se chargeant des effluves de la terre brune et des feuilles et des arbres, et ces parfums eux-mêmes se mêlaient à la puanteur des gaz d'échappement et aux relents de graisse et de viande au feu. À force de tourner dans la ville j'étais passé près du bar devant lequel le tuk-tuk s'était arrêté la veille au soir, qui diffusait toujours de la cumbia, tchacatchac tchacatchac tchacatchacatchacatchac, et de là je me suis à peu près rappelé l'itinéraire qu'il avait emprunté. Quand je suis entré dans la salle d'accueil de la posada, la tenancière m'a seulement dit que ma chambre était toujours libre et qu'il y avait du porc mariné au menu.

J'ai demandé s'il y avait un ordinateur sur lequel je pouvais me connecter pour relever mon courrier, et elle m'a installé derrière le comptoir de l'accueil. Sur mon adresse privée : rien, sauf un message du secrétariat du bureau qui me demandait à quelle date je serais de retour, exactement, auquel j'ai répondu en précisant que j'avais encore plusieurs jours de congé compensatoire à prendre selon la convention collective en application, et que je serais donc de retour à mon poste une semaine plus tard. Ensuite j'ai consulté mon adresse professionnelle : outre quelques publicités intempestives je n'avais reçu que des messages internes relatifs à des documents à établir, des ordres du jour à finaliser et à transmettre. Deux mails s'étonnaient de mon absence quelques jours avant une réunion très importante, et le secrétariat, en copie, avait répondu que j'avais posé des congés en urgence. Puis, daté de la veille, un message de mon supérieur m'annonçait qu'il souhaitait me parler dès mon retour au sujet de la cliente Rovelli, laquelle l'avait contacté, mais il n'en disait pas plus, sinon qu'il espérait que je serais rapidement de retour. J'ai voulu répondre que je venais de poser des jours de congé compensatoire selon la convention collective en application, et que non, en outre, je ne serais pas de retour rapidement parce que j'étais pris dans un paradoxe, enjoint par la femme chez qui je vivais de ne pas me presser de rentrer tout en étant pressé par le bureau d'être de retour rapidement, et qu'il est bien connu depuis les plus hautes époques que les paradoxes sont pires que des sables mouvants, ou que la fange des marécages : on s'y englue, on tente de s'en dépêtrer mais chaque mouvement nous enfonce, il est bien difficile d'en sortir, et j'ai commencé à rédiger une réponse disant que j'étais au bord de l'Amazone et que j'avais manqué mon tuk-tuk, que je serais là dès que possible, mes amitiés à Rovelli, puis j'ai tout effacé, craignant que Rovelli ne me cherche pour me faire la peau, et il ne m'a pas semblé opportun de lui donner le moindre indice du lieu où je me trouvais, alors j'ai tout fermé sans répondre.

La tenancière a demandé si je savais combien de temps je comptais louer la chambre – je n'y avais pas réfléchi. J'ai dit sans doute quelques jours, je vais rester un peu dans le coin, finalement. Elle n'a pas souri, m'a seulement demandé, à nouveau, si je restais pour affaires et je lui ai répondu que j'avais envie de traîner un peu, en vacances pour ainsi dire, de ne pas me presser de rentrer, et que je voulais voir un peu mieux la forêt tropicale. Elle a ostensiblement regardé un des murs couverts des photos de Klaus Kinski et elle a dit que les Européens ne seraient décidément jamais guéris de ce goût étrange pour la forêt tropicale, puis elle s'est retournée vers moi et en souriant elle a dit que la forêt était à coup sûr très différente de ce que j'imaginais, mais que peut-être, après tout, je ne désirais pas voir autre chose que mon fantasme. Elle me toisait avec un mélange de méfiance et de mépris, et ses yeux s'étaient faits plus incisifs que tous les regards de Klaus Kinski rivés sur moi. D'après ce qu'elle avait dit, il y avait non loin d'Iquitos de nombreux lodges bénéficiant de tout le confort moderne pour apprécier un séjour idéal en forêt. Certes, cela pouvait coûter assez cher mais on était bien reçu, des Indiens en tenue d'Indiens – elle a dit *Indios* en espagnol, en insistant bien, deux fois, sur le mot –, des Indios accueillaient les visiteurs en leur servant le traditionnel et ancestral mojito. Plusieurs de ces lodges étaient équipés de piscines, ainsi évitait-on de se baigner dans les eaux boueuses des rivières, le terrible anaconda ne pouvait attaquer, et tout autour des huttes en bois noble s'ébattait, les jours de fortune, toute la faune de la jungle : tamanoirs et opossums, aras bleus et toucans. Avec un peu de chance on pouvait apercevoir le dauphin rose de l'Amazone. Elle a souri et a dit qu'avec un petit supplément, il était même possible de profiter d'un jacuzzi en regardant la nuit tomber sur la forêt vierge, un cocktail à la main. Elle pouvait, si je le souhaitais, m'indiquer quelques agences qui prenaient tout en charge, et au moins, a-t-elle dit, je pouvais être tranquille, j'en aurais pour mon argent, puisque la plupart de ces lodges étaient la propriété d'Européens ou de gringos qui avaient investi dans la région pour créer des lieux conformes aux fantasmes de jungle envoûtante des clients ; on avait donc exactement ce qu'on était venu chercher.

Sans me laisser le temps de répondre, elle s'est éloignée et je suis allé m'asseoir sur le balcon d'où je pouvais voir le fleuve disparaître peu à peu dans l'obscurité. Ce n'était pas vraiment un coucher de soleil. Le ciel était couvert si bien que la lumière semblait seulement décroître rapidement, et plus le fleuve s'assombrissait, plus il se confondait avec l'opacité mauve des nuages ; il n'y avait pour fendre la teinte uniforme que la ligne plus sombre de la végétation à l'horizon. Il n'était pas encore 19 heures mais à nouveau la nuit était tombée, sans délai, sans laisser au jour le temps de s'attarder. Les tropiques, pas de demi-mesure, me suis-je dit.

J'ai pensé au jacuzzi de la piscine du parc tropical, aux vagues artificielles s'échouant sur une plage de carrelage verdâtre, et aux massifs de plantes à larges feuilles qui décoraient le dôme, et aux enregistrements d'oiseaux diffusés depuis ces bosquets, et je me suis dit que la tenancière de la posada se méprenait sur mon fantasme de forêt tropicale. Il m'a semblé que je cherchais des sensations élémentaires, débarrassées de leurs artifices. Je cherchais le bien-être chaud du jacuzzi, les mouvements ascendants et descendants de la houle. Peut-être quelque chose de la langueur et de la volupté. Rien ne m'intéressait dans l'idée du confort moderne et du bois noble. Je voulais du confort, oui, mais fluide, liquide pour ainsi dire, et certainement pas matériel. J'avais l'intuition du cœur fluide des tropiques dénudé de ses simulacres. La mise en scène du parc tropical était bien moins caricaturale que la description que la tenancière m'avait faite des lodges, en cela qu'elle touchait à des sensations pures, des sensations au plus proches du squelette, me suis-je dit, qui touchent des nerfs profondément enfouis sous la chair. L'idée n'était pas très claire dans mon esprit mais j'ai pensé que parvenir au corps tropical ne se faisait qu'en conciliant l'os le plus dur avec les mouvements les plus fluides, désentravés, et qu'il fallait atteindre le point le plus aride de son corps tout en s'offrant à l'humidité du lieu.

J'ai essayé d'attraper cette idée mais sa nature contradictoire me la rendait insaisissable.

Je me suis installé à une table dans la salle à manger, j'étais seul, et quand la tenancière est entrée dans la pièce avec mon assiette de porc mariné posé sur un épais matelas de riz et de bananes caramélisées, je lui ai dit que je n'étais pas Klaus Kinski. Je veux seulement voir la forêt, ai-je dit, connaître son odeur.

Elle a posé l'assiette et sans rien demander m'a apporté une grande bouteille de bière San Juan avec la panthère tachetée et le slogan *El sabor natural de la selva*, puis elle a dit que nous étions tous Klaus Kinski, les étrangers qui venions dans ce coin du monde. Que les Européens étaient tous des Fitzcarraldo et qu'ils ne s'en rendaient même pas compte. Que notre imaginaire colonial suintait par tous les pores de notre peau et qu'il sentait plus fort que la sueur la plus âcre. Elle a dit que nous débarquions là avec nos rêves de jungle, d'oiseaux colorés et de corps bruns dénudés chassant à la sarbacane, avec à la bouche le mot Amazone ! Amazone ! Amazone ! qui en coulait comme de la bave, comme l'humeur visqueuse de notre mégalomanie. Le fleuve, le fleuve ! la forêt ! nous n'avions que ça aux lèvres, mais nous rêvions de choses qui n'existent pas et nous venions avec notre argent pour obliger les gens d'ici à se conformer à nos fantasmes, à se détruire pour faire qu'un bateau escalade une colline. Si ça, ce n'est pas colonial, a-t-elle dit, qu'est-ce que c'est ?

Elle s'est tue un instant mais ne m'a pas laissé intervenir.

La forêt et le fleuve c'est la misère, a-t-elle repris, la misère, vous entendez ? Elle a dit qu'on ne la voyait pas, la misère, qu'on s'en moquait peut-être, et même qu'on était prêts à l'exploiter pour que les lieux ressemblent à ce qu'on venait chercher. Vous savez, a-t-elle dit, que vous êtes ici au cœur même de la pauvreté du pays ? Vous le savez ?

Pendant qu'elle parlait ses mains et ses bras paraissaient suivre une chorégraphie magique, et je n'ai pu m'empêcher de penser que la souplesse de sa colère était une autre expression de la tropicalité.

Pourquoi êtes-vous resté, Señor Floresse? a-t-elle demandé, et en disant *Señor Floresse* j'ai bien vu qu'elle me signifiait qu'elle ne croyait pas que c'était mon vrai nom. J'ai hésité à lui dire que j'avais été arnaqué par un Aréquipin à Madrid et que je me retrouvais là par un étrange concours de circonstances, ou que la femme chez qui je vivais m'avait demandé de ne pas me presser de rentrer, ou que je me cachais de la cliente Rovelli que je soupçonnais d'en vouloir à ma vie, mais cela m'a semblé inutile. Je voudrais passer quelques jours dans la forêt, ai-je dit, quelque part profondément enfoncé. J'ai précisé que je ne voulais pas d'un séjour touristique, mais si possible me rendre au plus près du squelette tropical, si elle comprenait ce que je voulais dire. Au plus profond du corps tropical, ai-je dit. Dans la chair de la forêt. Plus loin que la chair de la forêt. Je me fous du confort, ai-je ajouté, et du jacuzzi, et je lui ai demandé si elle pensait que c'était envisageable.

Elle a attendu un moment sans rien dire, puis elle a poussé un long soupir, las, et finalement a répondu oui, elle me présenterait quelqu'un le lendemain. Puis elle a dit que j'étais un Fitzcarraldo de la pire espèce, et après un silence elle a ajouté : de ceux qui n'ont aucune chance de trouver ce qu'ils cherchent.

* *
*

J'ai dormi tard et pris une douche froide – à peine habillé, j'étais déjà trempé de sueur.

L'homme que je devais rencontrer viendrait en fin de journée, en attendant, je suis retourné marcher dans la ville, sans plan, au hasard, mais cette fois j'avais noté l'adresse de la posada. Si je veux progresser sur mon chemin tropical, ai-je pensé, il faut d'abord désentraver mon corps de ses liens, et dans une échoppe j'ai acheté un lot de cinq caleçons, un short ample et de toile légère muni d'une poche intérieure à fermeture-éclair et dont une étiquette vantait l'étanchéité, ainsi que deux chemisettes à carreaux à dominante bleue et une paire de tongs pointure 42, la plus grande taille disponible, néanmoins trop petite, puis je suis allé prendre un café dans un bar et je me suis changé dans les toilettes, en prenant soin de ranger mon passeport péruvien et tout l'argent qu'il me restait dans la poche étanche du short, sauf trois cents euros que j'ai échangés dans une banque contre mille trois cents sols. J'ai hésité, un instant, à retourner dans la boutique pour y faire l'acquisition d'un maillot de bain, dans l'idée de peut-être me baigner, mais je me suis dit que ce serait gaspiller de l'argent, un maillot, j'en avais acheté un récemment, vert à motifs floraux jaunes, rouges et orange, un seul me suffisait amplement dans la vie, d'autant plus que je ne comptais pas rester *ad vitam æternam* à Iquitos, où du reste je n'avais encore vu personne se baigner, dans une rivière non plus que dans le fleuve, et je me suis dit qu'il serait toujours possible de le faire nu ou en caleçon, que sans doute une baignade dans cette tenue serait même davantage tropicale, moins manifestement européenne ou gringa, et j'ai fourré mes vêtements empestant la sueur dans mon sac en bandoulière et me suis mis à marcher.

La ville n'était pas très grande et je suis passé par des endroits que j'avais aperçus la veille, des lieux attirants fréquentés par des touristes, mais quand je me suis éloigné du centre, les beaux immeubles colorés se sont faits plus rares, et sont apparues des baraques de fortune, murs à nu en blocs de terre cuite, ou en planches irrégulières, toits de tôle, de bois ou de palmes, bordant des allées de terre battue qu'un égout à ciel ouvert traversait parfois. Les plantes y étaient plus présentes, créant une exubérance anarchique, mais alors que dans le centre elles semblaient avoir été disposées dans les rues et les jardins après la construction des maisons et des routes, dans les quartiers plus reculés elles dominaient, on voyait qu'elles avaient précédé les constructions, et chaque habitation donnait l'impression d'avoir dû s'imposer, qui devait encore lutter avec la végétation pour persister. Les arbres poussaient contre les murs précaires et en menaçaient l'équilibre, ils se glissaient entre les parois et les toits. J'ai repensé à ce qu'avait dit la tenancière de la posada : la forêt, c'est la misère, et je me suis dit qu'ici, ce n'était ni tout à fait la ville, ni tout à fait la forêt : c'était une ligne de front où chaque camp devait lutter pour subsister ; on y percevait la rudesse des combats. Un type, penché sur le carburateur d'une moto, le torse nu, le dos musclé mais le ventre avachi, s'est redressé à mon passage ; je l'ai regardé, j'ai regardé son dos humide, les taches de cambouis sur ses mains, peut-être l'ai-je regardé d'ailleurs avec trop d'insistance – ce n'était pas volontaire – car il m'a dit quelque chose que je n'ai pas compris mais dont le ton était inamical, comme j'ai été surpris je n'ai pas répondu, je n'ai rien dit, et le type a fait un mouvement de la main me signifiant de m'éloigner, il a dit à nouveau quelque chose, j'ai cru comprendre que haces aquí ? mais je n'en étais pas certain, et il a bu une gorgée d'eau au goulot d'une bouteille en plastique qu'il a recrachée au sol dans ma direction.

Vers le milieu de l'après-midi je suis retourné m'asseoir à la terrasse du bar touristique au bord du fleuve et j'ai siroté deux bouteilles de bière en grignotant du maïs grillé et épicé. J'ai regardé à nouveau l'affiche qui proposait un emploi à l'Alliance française et j'ai joué avec l'idée de m'installer à Iquitos et d'y refaire une partie de ma vie. Je pourrais être El Señor Floresse, bibliotecario y profesor de francés, entre les cours on me trouverait souvent assis à une terrasse face au fleuve à boire un peu de rhum, j'écrirais peut-être à mes heures perdues des romans d'aventures tropicales, ou bien un traité de la musique tropicale et une encyclopédie de la cumbia, ma peau se tannerait lentement. Ou alors j'apprendrais moi aussi à bricoler des moteurs et je me ferais conducteur de tuk-tuk, et pour les gens du coin je deviendrais ce vieil Européen amateur de bains à bulles et de vent humide sur le visage, un peu fou mais gentil et aucunement fitzcarraldique. Il m'a semblé qu'une telle vie ne serait pas désagréable, puis j'ai pensé que ce serait de l'abandon de famille, et que l'enfant, tout de même, me manquerait – il faut avoir les nerfs solides pour disparaître, me suis-je dit.

De retour à la posada, j'ai demandé à utiliser de nouveau l'ordinateur et j'ai vérifié les horaires et le prix des billets d'avion pour rentrer en Europe au départ de Lima – ainsi je savais de combien d'argent je disposerais encore. Le plus économique restait de prendre un vol pour Madrid, ce qui m'a quand même inquiété. J'ai compté et recompté la somme que j'avais sur moi ; si un séjour en forêt s'avérait cher, je me contenterais de rentrer à Madrid par le vol le moins onéreux, et sinon j'espérais peut-être prendre un vol pour Paris ou Rome et conserver un peu de liquide. Vers 17 heures, j'étais assis sur le balcon de la pension à contempler le fleuve par-dessus les toits quand la tenancière m'a dit the man I told you about is here.

À ma grande surprise l'homme en question, prénommé Bruno, parlait français avec un accent méridional. Il pouvait, si je le souhaitais, m'emmener dans la forêt. D'après ce que la tenancière lui avait dit je voulais aller dans un village et pas dans un lodge pour touristes, et il proposait de me conduire dans un village, mais il fallait que je comprenne bien qu'il n'y avait aucune infrastructure aménagée. Le village, m'a-t-il dit, accueillait à l'occasion des visiteurs étrangers qui désiraient voir la vie dans la forêt en dehors des circuits officiels – c'était une demande fréquente, tant les touristes aiment à se croire libres d'emprunter les chemins de traverse. Je serais donc logé chez l'habitant, et nourri, et il serait possible d'aller marcher dans la forêt et faire quelques tours en pirogue, mais je ne devais pas m'attendre à grand-chose, c'était la vie normale, sans mise en scène, la vie des gens normaux, et si je voulais je pouvais évidemment leur donner un coup de main pour les tâches quotidiennes, ce serait apprécié quand bien même ça ne diminuerait pas le prix qui me serait demandé, mais ce serait une façon de montrer que je n'étais pas un de ces gringos venu les épier comme des bêtes de foire.

Tu veux vraiment voir la vie dans la forêt, c'est bien ça ? a-t-il dit.

À vrai dire je ne savais plus très bien ce que je voulais, mais puisque j'avais du temps à tuer, et puisque j'étais là avec un peu d'argent, l'idée d'aller voir la vie en forêt, dans un village, et d'en revenir ensuite avec des images, des odeurs et des sensations tropicales avait quelque séduction. Oui, ai-je dit, c'est exactement ça, je veux vraiment voir la vie dans la forêt, et je ne suis pas un Fitzcarraldo ni un Klaus Kinski, ai-je ajouté. Bruno a souri tout en me fixant du regard. Il comprenait que j'avais eu une discussion avec la tenancière et il m'a dit de ne pas prendre ses réflexions au pied de la lettre, qu'elle avait de bonnes raisons d'engueuler les Européens et les gringos, mais qu'elle exagérait, parfois. D'après lui, je pouvais rester quelques jours dans le village, mais pas trop longtemps si je n'avais rien de particulier à y faire, et nous nous sommes mis d'accord sur un prix pour cinq jours et quatre nuits dont j'ai calculé qu'il me laissait la possibilité de prendre ensuite un billet d'avion pour Paris ou Rome et d'éviter ainsi Madrid. J'ai proposé de le régler sans attendre mais il a dit que je devrais payer directement mes hôtes sur place – l'argent irait à la communauté –, je ne fais que t'emmener, a-t-il précisé.

Il s'y rendait le lendemain matin afin d'amener du matériel pour le club de rugby et pour l'école. J'ai eu soudain l'impression qu'il se moquait de moi, et que toute cette histoire de me conduire dans un village voir la vraie vie dans la forêt n'était qu'une tromperie. Un club de rugby ? ai-je dit, il y a un club de rugby dans un village en pleine forêt ? Bruno est resté impassible et m'a expliqué très calmement qu'il y avait plusieurs clubs de rugby dans la région, lui-même en avait fondé un et il s'occupait d'ailleurs d'entraîner les jeunes joueurs, et dans le village où j'allais séjourner les habitants de plusieurs communautés voisines avaient aménagé un terrain et formé une équipe qui participait à un championnat régional, et lui, le lendemain, leur amènerait de nouveaux équipements, des vareuses, des ballons, des cônes en plastique pour les entraînements. Je lui ai demandé si le village où nous allions était proche d'Iquitos, car j'espérais, ai-je dit, m'enfoncer assez loin dans la forêt, si possible, et ne pas rester en périphérie de la ville, car ce que je voulais, c'était voir la vie tropicale, toucher l'os de la forêt, aller au plus près du squelette, si je pouvais m'exprimer ainsi. Bruno a jeté un regard à la tenancière de la posada et il lui a dit quelque chose en espagnol que je n'ai pas compris et tous les deux ont ri, puis il m'a dit tu veux aller sur le territoire des réducteurs de têtes, pas vrai ? tu veux voir des Indiens à plumes qui chassent des singes à la sarbacane, je me trompe ? Il s'est retourné vers la tenancière et il lui a dit quelque chose et a ri de nouveau mais pas elle, qui m'a regardé et m'a dit, en anglais, que je ne trouverais pas ce que je cherchais.

Je ne suis pas à ce point stupide, ai-je dit, sur un ton entre l'agacement et l'humour, et s'ils se faisaient de moi l'idée d'un petit Blanc pétri de penchants coloniaux pour la jungle épaisse, c'était me faire injure, car mes intentions étaient honnêtes et curieuses de rencontrer la vie véritable d'un village reculé, j'avais pris le goût des tropiques, ai-je dit, et si j'étais surpris qu'on y joue au rugby, je n'avais rien à y redire, et même je ne serais pas contre monter sur le terrain si l'occasion se présentait car j'avais quelques restes d'une pratique ancienne – ils avaient devant eux un demi d'ouverture tout à fait convenable –, et je n'attendais rien d'autre de ce séjour que de voir la vie tropicale se dérouler sous mes yeux et les corps tropicaux se mouvoir (même si, sans rien en dire, j'étais un peu déçu, cette histoire de rugby altérait la tropicalité idéale de mon expédition).

Rendez-vous fut pris pour le lendemain au lever du soleil, départ du port en bateau. Si je comprends bien, ai-je dit, nous allons nous charger d'une livraison en mains propres ? et à cela Bruno n'a rien répondu, semblant ne pas comprendre. J'ai ajouté que je m'y connaissais en livraisons, que j'avais pas mal pratiqué la discipline depuis quelque temps et que ça m'allait parfaitement, j'étais en quelque sorte devenu expert en la matière, je savais livrer des documents sous enveloppe, des valises et des attachés-cases, bref je pouvais aider. Eh bien tant mieux, a dit Bruno, nous ne serons pas trop de deux pour charger la vedette – et plus vite ce serait fait plus vite nous partirions, car le voyage serait long, il me fallait me préparer à huit heures de trajet. Sera-ce assez loin d'Iquitos pour toi ? a-t-il ajouté en riant, et il m'a tendu une main large et épaisse comme une feuille de palme dans laquelle j'ai topé là, puis il a demandé à la tenancière d'amener quelque chose à boire, quelque chose de bon et de sérieux pour fêter ça, pour fêter mon désir de forêt et de vie tropicale, et l'air un peu renfrogné elle a posé une bouteille de rhum et trois verres sur la table que Bruno a remplis, j'ai pris le mien et j'y ai trempé deux doigts pour jeter au sol quelques gouttes de rhum en disant, avec toute la solennité dont je voulais habiller le moment, A la Pachamama ! et tandis que je secouais mes doigts au-dessus du carrelage, la tenancière et Bruno me regardaient, ébahis, et après un instant Bruno a seulement dit mais tu te crois chez les Incas ou quoi ?

* *
*

Pendant la première heure, je suis resté assis à l'avant de la vedette, coincé dans un espace réduit entre les cartons ficelés et entassés à fond de cale, tandis que Bruno, à l'arrière, manœuvrait le moteur hors-bord, et le bateau – à peine une barque, à vrai dire, sur laquelle le moteur avait été fixé dieu sait comment, et au fond rafistolé d'une plaque en acier rivetée sur la charpente – remontait le courant de l'Amazone en naviguant à cinq ou six mètres de la rive, et sa vitesse était suffisante pour que le vent me fouette sans répit. Mon visage lentement s'amazonisait, chaque fois que l'embarcation heurtait une vague, se couvrant des embruns soulevés du fleuve. J'étais au départ excité comme s'il s'était agi de découvrir une terre inexplorée, je regardais dans toutes les directions, vers le fleuve surtout qui paraissait immense alors qu'il était encore si loin de son estuaire, et cette idée me le rendait majestueux autant que terrifiant. À cette distance de la berge, j'avais aussi le loisir de voir la forêt devenir plus touffue au fur et à mesure que nous nous éloignions d'Iquitos, et mes yeux se perdaient dans le défilement rapide des arbres et des plantes à larges feuilles, et des palmes penchées sur l'eau. Bruno m'avait expliqué qu'il fallait rester à proximité du bord, ne pas chercher à gagner la partie centrale – le haut-fleuve – car le courant y était si fort qu'il faudrait bien plus de puissance au moteur pour lutter contre, et le bateau risquerait alors de se disloquer. Faire naufrage à plusieurs dizaines de mètres de la berge ne nous laisserait aucune chance. Ainsi pendant la première heure je suis resté silencieux, je contemplais le fleuve large que nous remontions et la forêt qui le bordait comme un épais velours vert et brun. Le bruit du moteur empêchait tous les sons échappés de la forêt de m'atteindre ; j'imaginais des chants d'oiseaux et des feulements de félins, des craquements de branches et le froissement des hautes tiges sous les sauts des saïmiris, mais ce n'étaient qu'hypothèses en mon esprit. Le vacarme infernal du moteur était si envahissant qu'il laissait toute latitude à mon imagination pour composer la musique d'une forêt tropicale idéale, et cela me convenait, le vent que je humais à pleines narines me grisait et j'étais plongé dans l'invraisemblance de remonter l'Amazone à vive allure.

Il s'est mis à pleuvoir, une de ces averses soudaines et violentes, et il n'y avait nulle part où s'abriter sur le bateau. C'était une pluie chaude que la vitesse refroidissait un peu, sans l'amoindrir cependant, les gouttes restaient grosses comme des cerises qui éclataient sur la peau ; j'ai été pris d'un frisson.

J'ai crié en direction de Bruno, je voulais savoir depuis combien de temps nous étions partis, mais il ne m'a pas entendu. J'ai crié plus fort mais de nouveau il m'a fait signe que le moteur couvrait ma voix, et j'ai renoncé : j'étais coincé à l'avant du bateau, et pour le rejoindre il aurait fallu que je marche en équilibre sur le bord de la barque en me tenant d'une main aux cartons entassés, mais j'avais trop peur que la vitesse et les bonds que faisait parfois le bateau sur les vagues ne me fassent tomber dans le fleuve. J'ai réfléchi. Il m'a semblé que nous étions partis depuis une heure environ, mais je me suis rappelé que sous les tropiques le temps passait plus lentement. L'idée m'a traversé l'esprit que le voyage allait encore être long, je me suis mis à espérer une halte, et la deuxième heure m'a paru moins grisante : il a plu à plusieurs reprises, j'étais rincé à chaque fois et mes jambes ont commencé à s'engourdir, repliées sur elles-mêmes dans le petit espace vide de la proue. Surtout, la forêt manquait de variété, me suis-je dit. Du vert. Du vert de différentes nuances, soit, mais enfin, du vert. De la boue à la lisière. Des plantes à larges feuilles, des palmes, d'autres plantes à larges feuilles, et d'aucune je ne connaissais le nom. Je me doutais bien qu'il y avait là une réserve d'espèces vivantes en quantité dépassant de loin ce que je pouvais concevoir, mais à cette distance et à cette vitesse, cela se réduisait à un rideau de verdure, infini comme l'un de ces anciens décors de cinéma qui défilaient autrefois en arrière-plan d'une voiture en mouvement, un paysage peint monté sur deux rouleaux et qui tournait sans fin, sans aucun signe distinctif permettant de reconnaître ce que l'on avait déjà vu, une colline, un pré, un bosquet ou un village au fond d'une vallée. Il m'a semblé que la forêt pouvait tout aussi bien être un de ces décors factices dont je serais bien incapable de percevoir la supercherie. Peut-être le bruit du moteur ne couvrait-il pas les sons de la forêt luxuriante mais seulement le cliquetis de la mécanique faisant défiler une bande peinte aux couleurs d'une jungle perpétuelle.

Après plus de deux heures à ce rythme, Bruno a dirigé le bateau vers une sorte de clairière ou peut-être de coupe franche en surplomb du fleuve. Il a arrêté le moteur et la vedette a continué sur sa lancée pour venir accoster un ponton sur lequel un homme était assis, les pieds plongés dans l'eau brune. Bruno et l'homme se sont salués d'un grand signe de la main et ont échangé quelques mots brefs qui ponctuaient la manœuvre. Nous embarquons un ami pour le reste du voyage, a dit Bruno, il rentre au village, puis il a ajouté qu'il faudrait que je passe à l'arrière. L'homme est monté à bord chargé de deux gros sacs prêts à rompre qu'il a déposés dans l'espace réduit où j'étais installé, puis lui aussi a rejoint l'arrière du bateau et Bruno me l'a présenté, c'est Sucre, a-t-il dit, et nous nous sommes serré la main, soy Ernest Floresse, ai-je dit, et Bruno a dit à Sucre, en me montrant du doigt, es el Peruano del que te hablé, al que no habla castillano, ou quelque chose comme ça, à quoi Sucre a seulement hoché la tête en me souriant, et Bruno a dit que je serais accueilli dans la maison de Sucre, au village, alors j'ai hoché la tête en souriant à mon tour et j'ai dit encantado Señor Sucre.

Sans attendre, Bruno a démarré le moteur et le bateau a repris sa course sur le fleuve. Sucre et moi étions assis de part et d'autre de Bruno qui barrait nonchalamment, le bruit du moteur était assourdissant, rendant impossible tout échange de paroles, alors nous sommes restés silencieux. L'odeur d'essence et de gaz d'échappement était forte malgré le vent de la vitesse, si bien qu'en plus de couvrir les sons venus de la forêt, le moteur rendait imperceptibles les effluves de bois et de terre, et ce que j'imaginais du parfum musqué de la jungle tropicale, et cela n'a fait qu'amplifier mon impression de remonter le fleuve dans une bulle insensible au fleuve lui-même et à ce qui l'entourait. Il me semblait que tout se passait dans mon imagination, les sons, les parfums et le décor défilant et pourtant immuable, je devais tout imaginer, tel était le paradoxe d'être en plein cœur des tropiques et de n'en rien ressentir. Par moments je n'étais même plus très sûr de la réalité environnante, et j'ai fini par me demander si les chants d'oiseaux enregistrés et les massifs de plantes à larges feuilles de la piscine du parc tropical n'étaient pas plus réels que cet Amazone sous cloche.

Même la moiteur étouffante de l'air s'effaçait dans le grand vent de la vitesse, et je me suis surpris à repenser à la chaleur humide de l'atmosphère conditionnée sous le dôme du parc tropical.

Tout ça pour ça, me suis-je dit.

Vers midi, Bruno a mis le bateau en panne près d'une autre clairière et l'a attaché à un piquet, mais nous ne sommes pas descendus, il n'y avait pas de temps à perdre ; Bruno a versé dans le réservoir du moteur le contenu d'un jerrycan d'essence et quelques gouttes ont débordé de l'entonnoir et sont tombées à nos pieds.

A la Pachamama ! m'a dit Bruno d'un air goguenard, et Sucre et lui se sont mis à rire, et comme je ne voulais pas être en reste ni paraître susceptible ou sans humour, j'ai forcé un rire qui m'a aussitôt semblé faux, entaillant plus profondément encore la réalité. Sucre en a profité pour sortir d'un sac un petit paquet en feuilles de bananier qu'il a dénouées et qui contenait des morceaux de viande et des haricots noirs et de gros grains de maïs, et il en est monté une odeur de beurre rance qui s'est mélangée à la puanteur de l'essence, car même à l'arrêt le moteur continuait d'empester ; même arrêtés tout au bord on ne sentait rien d'autre, et les senteurs de la forêt restaient vaincues par nos effluves toxiques. Sucre m'a invité à goûter un peu de son repas et Bruno m'a dit que ce serait impoli de refuser. Je n'avais pas faim, les relents d'essence me donnaient la nausée et l'odeur de graisse n'aidait en rien, mais je n'ai pas voulu froisser mon hôte et j'ai pris le morceau qu'il me présentait. Il était filandreux et coriace, et le goût gâté de la graisse donnait l'illusion d'une volaille faisandée. J'ai réprimé un haut-le-cœur en avalant précipitamment une gorgée d'eau, et j'ai eu peur soudain que tous les repas des jours à venir ne ressemblent à celui-là. Je vais crever de faim, me suis-je dit, ou bien si je refuse de manger j'offenserais tout un village, va savoir de quoi l'honneur et la fierté bafoués se repaissent en ces lieux. Bruno s'est penché vers moi et il m'a dit que je ferais mieux de m'habituer parce que nous n'étions pas encore proches de l'os de la vie tropicale et que ce serait bien pire là-bas et il a ri, puis il m'a donné une feuille de bananier contenant de la pâte de manioc et une cuisse de poulet rôti et m'a dit de manger, qu'on avait encore de longues heures de bateau et qu'il faudrait bien que je m'y fasse, à la gastronomie tropicale. Puis il a redémarré le moteur et la vedette a mêlé ses remous au courant du fleuve et s'est éloignée du bord en projetant de l'écume, et aussitôt j'ai ressenti de l'ennui, un désintérêt croissant pour le paysage et une lassitude du vent et de la pluie.

Une heure et demie encore et nous avons atteint le confluent d'une rivière cinq ou six fois moins large que le fleuve et nous avons bifurqué, la forêt autour était de plus en plus dense et deux ou trois fois nous sommes passés devant un village. Je n'en pouvais plus, l'odeur nauséabonde de l'essence et le vacarme du moteur, j'ai senti qu'une migraine m'enserrait le crâne entre ses pinces, j'ai voulu reposer ma tête sur un carton et fermer les yeux mais plusieurs fois la pluie est tombée, me tirant d'une somnolence légère et insatisfaisante dont je sortais la bouche pâteuse et les membres endoloris. Les heures passaient à l'usure. Mon regard se perdait sur le tissu de vert intense qui ne s'interrompait jamais puis, après une dernière bifurcation, le bateau a remonté le courant à peine perceptible d'une rivière encore plus étroite et sinueuse, dont les méandres n'offraient à la vue que quelques dizaines de mètres d'horizon. J'avais atteint un état second, presque une transe, et après une dernière boucle le bateau a ralenti ; nous avions navigué plus de sept heures.

En prenant pied sur la berge en contrebas d'un village dont je n'apercevais que les toits de palmes, j'étais plein de dégoût pour la vie végétale, pour l'eau sombre du fleuve et je me suis demandé, bon sang, ce que j'étais venu faire là.

* *
*

Masato ! Masato ! Toma ! Masato !

Sucre m'a tendu un grand bol en plastique rempli d'un liquide trouble, blanchâtre et opaque, d'allure séminale et qui sentait la fermentation, et il m'a fait signe de boire, et comme j'étais hésitant il s'en est lui aussi servi un grand bol en plongeant une louche dans un bidon plein d'au moins quarante litres de ce jus opalin avant de le vider d'un trait, à grandes gorgées sonores et sans en détacher les lèvres, et cela fait l'a rempli à nouveau et m'a dit, en hochant la tête en guise d'encouragement, bebe ! bebe todo ! Le breuvage était épais comme du lait mais sa saveur douce m'a rappelé la bière plate autant que le saké, et passé la surprise j'ai trouvé ça bon et me suis mis à boire goulûment car la fin du voyage et le déchargement du bateau m'avaient donné soif. Bruno nous a rejoints et Sucre lui a servi un bol, et sans considération pour mon avis sur la question il a rempli le mien une deuxième fois. C'est une sorte de bière de manioc, a dit Bruno, et si tu veux connaître la vraie vie de la forêt tu dois boire le masato, et sans rechigner, et il a porté le bol à ses lèvres et l'a vidé d'un trait à grandes gorgées sonores comme Sucre avant lui, et Sucre lui aussi a vidé son bol et tous les deux m'ont regardé, attendant que je fasse de même, alors j'ai porté le bol à mes lèvres et avalé le masato goulée après goulée, sans en détacher les lèvres et jusqu'à la dernière goutte, alors Sucre a souri et m'a fait signe de le suivre.

Sa maison était un grand plateau en bois de huit mètres sur quatre, surélevé d'un mètre et dépourvu presque entièrement de murs, à l'abri d'un toit fait d'une épaisse couche de palmes longues et étroites. Une paroi divisait le plateau en deux parties et Sucre m'a montré la cuisine, les jeux des enfants qui traînaient au sol en désordre, un tapis de corde, quelques tabourets colorés et des hamacs à demi repliés suspendus aux longes du toit. Bruno marchait deux pas derrière moi et tandis que Sucre faisait le tour du propriétaire en montrant meubles et objets d'un geste rapide de la main, Bruno se chargeait des commentaires. Je dormirais dans un hamac, un peu à l'écart de la famille, la paroi serait une séparation entre nous si je souhaitais un peu d'intimité. Les toilettes, a-t-il dit, c'est la petite cabane là-bas, sous les arbres, et la salle de bains, c'est la rivière. Le regret de ne pas avoir acheté de maillot à Iquitos m'a traversé l'esprit, et j'ai réalisé que je n'avais pas pensé à emporter une serviette. J'ai regardé Sucre et j'ai dit it's perfect, very nice house, à quoi il n'a rien répondu. Sucre ne parle pas anglais, a dit Bruno, personne ici ne parle anglais mais tout le monde parle espagnol. J'ai dit que je ne parlais pas bien espagnol, et Bruno a dit oui, j'avais remarqué, tu es une espèce de Péruvien qui ne parle pas espagnol, et je n'ai pas répondu.

La maison de Sucre était proche de la rivière et derrière elle s'ouvrait une vaste clairière de terre brune avec trois autres maisons à peu près semblables. Des femmes s'affairaient sous les toits, des enfants se poursuivaient à travers le terrain et jouaient avec des chiens. Sucre m'a fait signe de le suivre à nouveau et nous sommes allés saluer les occupants de chacune des trois autres maisons. Des femmes seules étaient occupées à cuisiner dans les deux premières et Sucre a échangé avec elles quelques mots et elles m'ont regardé en hochant la tête, ne prononçant qu'une sorte de soupir articulé dont je ne suis pas parvenu à deviner s'il signifiait qu'elles approuvaient ou non ma présence. Un vieil homme nous a fait signe depuis la troisième maison, et Bruno m'a dit j'espère que tu as encore soif, n'oublie pas que ce serait très mal vu de refuser.

Comme je me concentrais pour retenir dans mon corps le contenu du deuxième bol de masato servi par le vieil homme – breuvage qui m'avait semblé plus épais, presque visqueux, et que j'avais eu beaucoup de peine à avaler – j'ai eu l'impression que la chaleur se faisait soudain plus lourde et que je suais comme un pauvre animal de bât, et je me suis senti ridicule, si évidemment déplacé, si peu tropical, incapable de tenir la moiteur autant que le masato, faiblesse lamentable qui se révélait aux yeux de toutes et tous.

Des hommes arrivés de je ne sais où, surgis de la forêt comme des êtres surnaturels, nous ont rejoints et le vieil homme leur a servi un bol de masato, et Bruno m'a dit qu'il faudrait peut-être retourner dans les deux premières maisons avec eux maintenant qu'ils étaient là, parce qu'ils voudraient probablement nous offrir eux aussi un bol de masato, mais j'ai dit que c'était impossible, que je ne pouvais plus rien avaler, aucun bol supplémentaire, ou alors au risque de tout recracher. Sucre a échangé quelques mots avec les hommes et ils m'ont regardé en hochant la tête, puis ils se sont adressés à moi mais je n'ai rien compris d'autre que masato, masato, et avant que je puisse dire quoi que ce soit Bruno leur a parlé et ils m'ont regardé à nouveau et ils ont ri, et l'un d'entre eux a fixé mes pieds : mes orteils dépassaient d'un bon centimètre à l'avant des tongs taille 42, et en montrant mes pieds d'un mouvement du menton il a dit quelque chose avec un ricanement et tous ont ri plus fort.

À quelques mètres de la dernière maison, un rideau d'arbres se refermait, ne laissant qu'un étroit passage débouchant sur une autre clairière, plus vaste que la première, plus herbeuse aussi et bordée çà et là de palmes et de plantes à larges feuilles, peut-être des bananiers, et qui se prolongeait en terre-plein sur lequel on avait disposé des troncs d'arbres élagués en guise de poteaux de rugby. Bruno m'a montré un bâtiment allongé construit en dur : l'école, a-t-il dit, pour les enfants de plusieurs villages voisins, et un peu plus loin une autre maison, et j'ai craint qu'il faille saluer un nouvel hôte mais Bruno m'a rassuré : l'homme qui vivait là était absent.

Voilà, a dit Bruno, c'est le village, tu voulais voir la vie dans la forêt ? eh bien tu y es.

J'ai pris une grande inspiration.

Je cherchais dans l'air les parfums entêtants que tout le jour j'avais imaginés, couverts alors par l'odeur d'essence et de gaz d'échappement, mais n'en humais aucun. La forêt si présente où que l'on regarde, la forêt qui couvait le village, lui concédant seulement quelques arpents de terre, cette forêt dont je pensais qu'elle s'imposerait à moi à chaque respiration ne sentait pas si différemment des bois que je connaissais dans le nord quand il fait chaud, au plus fort de l'été, et que l'eau d'un orage récent s'évapore en soulevant des senteurs d'humus. Les chants d'oiseaux étaient aussi moins spectaculaires que je le croyais, on percevait davantage le crissement de cigales – il y avait bien des piaillements lointains, incessants, mais comparables à ceux des régions tempérées. Tout juste se faisait entendre par moments un cri aigu et traînant pareil au sifflement d'une fusée d'artifice, et sans lui j'aurais été incapable, en fermant les yeux, de dire dans quelle partie du monde je me trouvais.

Voilà, me suis-je dit, c'est le village. Voici la vie tropicale.

J'ai dit à Bruno que je n'imaginais pas la forêt comme ça. Comment ? a dit Bruno. Aussi peu tropicale, ai-je dit. Aussi peu différente. Tu verras ça demain, a dit

Bruno, car les jours prochains Sucre m'emmènerait marcher en forêt, et sans doute en pirogue explorer la rivière et sa mangrove, chasser peut-être ou pêcher, et je pourrais aussi l'aider à faire quelques réparations au toit de l'école, et puis il fallait défricher un petit champ de manioc, toute contribution serait bienvenue. Sans oublier l'entraînement avec l'équipe de rugby, a-t-il ajouté en souriant, et j'ai répondu que tout ça me convenait, sauf la chasse et la pêche. Tu seras là ? ai-je demandé, et Bruno a dit non, qu'il avait à faire. Dans le village ? j'ai dit, et il n'a pas répondu, son visage s'est fermé et après un instant il a dit qu'il reviendrait dans quelques jours me chercher pour rentrer à Iquitos.

* *
*

L'eau de la rivière était fraîche et presque stagnante, et à deux mètres de la berge je n'avais déjà plus pied, je faisais avec les jambes des mouvements de grenouille pour me maintenir à flot tandis que les enfants du village sautaient en criant depuis le ponton. Le courant était insensible, ni vagues ni remous, et je ne savais quelle attitude adopter. Bruno m'avait dit que je ne risquais pas grand-chose à cet endroit, pas de poissons mangeurs d'homme ni d'anacondas, mais on se baigne plutôt le matin, avait-il ajouté, à cause des moustiques, mais j'avais insisté, je puais après ce long voyage et cela m'ennuyait d'imposer une odeur méphitique à mes hôtes. Les enfants avaient profité de l'aubaine et j'étais là, seul adulte plongé dans la rivière, à me demander si je devais nager, faire des allers-retours sur quelques mètres ou bien seulement flotter ainsi, comme une bouée arrimée, ou faire les gestes élémentaires de ma toilette et sortir sans délai, car je ne voulais pas avoir l'air d'un baigneur, ni d'un de ces excentriques Européens en tournée coloniale s'immergeant où bon leur semble pendant que leurs domestiques attendent sur la rive une serviette à la main. Alors j'ai fait quelques tours sur moi-même le temps de sentir la sueur se diluer, et comme Tarzan s'arrachant des rapides je suis remonté sur le ponton et me suis ébroué, me laissant quelques instants dégoutter sur le sol avant de me rhabiller. Tandis que j'étais presque nu sur le ponton, à peine vêtu d'un caleçon, j'ai remarqué que mes mains et mes avant-bras, jusqu'à hauteur des manches de ma chemisette, étaient mats, élégamment brunis, quand le reste de ma peau était blanche et piquetée de taches rougeâtres, et mes jambes elles-mêmes, depuis les orteils jusqu'au-dessus des genoux, étaient bronzées quoiqu'un peu rougeaudes. Mes pieds, particulièrement, portaient la marque des sangles de mes tongs taille 42, qui contrastaient avec le reste, très brun, cuivré pour être exact, et j'ai supposé qu'il en allait de même de mon visage : il pouvait bien être hâlé, il *devait* être hâlé, mais je n'avais aucun miroir pour en avoir le cœur net.

Je me demande si je n'attrape pas petit à petit un corps tropical, me suis-je dit.

Quand j'ai rejoint la maison de Sucre ça sentait la friture, et en me voyant arriver mon hôte a empoigné deux bols et s'est approché du bidon de masato, j'ai voulu protester et dire que je n'en voulais pas – j'ai cherché Bruno du regard dans l'espoir qu'il m'appuie mais il n'était pas là – mais Sucre m'a tendu le bol plein dès que j'ai mis un pied sur le plateau de la maison, en m'attirant vers le petit salon décoré d'un tapis de corde et de tabourets colorés et il a dit bebe, bebe ! et nous avons bu. Il a posé devant moi un livre et une feuille de papier sur laquelle il était écrit « Je ne savais pas si tu avais de la lecture en français, je te laisse un livre au cas où. Le soir tombe vite et Sucre se couche tôt. Bon séjour, Bruno ». J'ai demandé à Sucre si Bruno était parti mais Sucre n'a pas eu l'air de comprendre, et j'ai répété, en faisant des signes de la main, Bruno, ida, ida ? et Sucre a hoché la tête, sí, sí, puis il a parlé assez longuement en montrant la forêt mais je n'ai pas compris, enfin il a imité un bruit de moteur et deux mains tenant un guidon. Le jour déclinait et j'ai trouvé étrange que Bruno s'en aille à cette heure-ci à travers la forêt, et pour aller où ? me suis-je dit, et en me laissant là, moi qui ne parlais pas bien espagnol, et ça m'a inquiété, je me suis demandé où j'étais venu me fourrer et comment je partirais d'ici si Bruno ne revenait pas, et je me suis dit que c'était louche, tout de même, ce départ précipité, à la nuit tombante, à travers l'épaisse et mystérieuse forêt tropicale.

J'ai regardé Sucre en me demandant quel âge il pouvait avoir, c'était difficile à dire, peut-être trente ans, peut-être un peu moins, et quand sa femme l'a appelé depuis l'angle du plateau qui servait de cuisine je l'ai suivi du regard : son corps était souple et sa marche déliée, tout le masato bu depuis que nous étions arrivés au village paraissait n'avoir aucun effet sur lui.

Je me suis demandé si je pouvais lui faire confiance. Se pourrait-il qu'il ait pour mission de m'abrutir à coups de masato, et si oui, dans quel but ?

Je me suis dit encore que je ne savais rien de Bruno, pas même son nom, lequel pouvait bien être Rovelli, allez savoir, Bruno Rovelli, cela ne sonnait-il pas à l'oreille de manière plausible ? Il serait lui aussi dans la combine, un frère ou peut-être un cousin, le destinataire de l'attaché-case volé par exemple, j'aurais dû, ai-je pensé, lui demander s'il connaissait Ernesto, car ma question l'aurait peut-être confondu, et à peine ai-je eu cette idée que je me suis raisonné. Décidément le masato me montait à la tête comme un vin blanc plutôt doux et peut-être espagnol, personne ne me savait à Iquitos et cette affaire d'attaché-case volé n'avait probablement aucune importance.

J'ai jeté un œil sur le livre que Bruno avait laissé à mon intention : *Naufragé volontaire*, du Docteur Alain Bombard, et je me suis souvenu de cette histoire dont j'avais déjà entendu parler, ce type qui avait, dans les années 1950, traversé l'Atlantique en canot, sans rien emporter pour survivre et ne comptant que sur le fruit de sa pêche, la pluie et les courants favorables pour obtenir son salut. Je me suis dit qu'elle était incongrue, cette dérive océane, tandis que j'étais en plein cœur de l'Amazonie, et je me suis demandé si Bruno avait voulu me faire passer un message. Avait-il choisi ce livre ou n'était-ce qu'un hasard ? L'attention était aimable, je n'en disconvenais pas, mais pas moins intrigante, je n'avais rien demandé, y avait-il quelque chose à comprendre, quelque chose à relier aux événements qui se produisaient à mon insu ? Ensuite le titre m'a frappé et j'ai pensé que j'étais moi aussi, en quelque sorte, un naufragé volontaire, parti au diable sans grandes ressources, à la différence près que j'avais échoué ici, un naufragé tropical sur la berge d'une rivière, égaré par la force des choses quelque part dans la forêt amazonienne et ayant oublié ce qui l'avait mené là, ou plutôt ayant depuis belle lurette perdu le contrôle des événements, et alors le visage de Klaus Kinski m'est revenu à l'esprit avec celui de la tenancière de la posada qui me disait que j'étais un Fitzcarraldo de la pire espèce qui ne trouverait jamais ce qu'il cherche, et je me suis dit que c'était peut-être vrai, que j'étais un Fitzcarraldo naufragé volontaire. Difficile de faire pire, me suis-je dit, et j'ai vidé mon bol de masato d'un trait.

Après un repas compliqué tout en haricots noirs et bananes frites et viande grasse cuite dans un beurre rance, à lutter contre la nausée et le dégoût, Sucre m'a montré mon hamac, suspendu sous une petite lampe, et je m'y suis installé avec le livre de Bruno. Tout était sombre alentour mais une lune blanchâtre comme un bol de masato se reflétait dans les eaux calmes de la rivière et dessinait la ligne de la canopée, et à part quelques ampoules électriques allumées dans les autres maisons on ne voyait plus rien. J'ai feuilleté le livre et lu un passage où l'auteur mangeait du plancton et un autre où il pressait la chair d'un poisson pour en extraire l'eau douce, mais ça m'a écœuré et fait venir à la bouche le goût de la viande faisandée et j'ai dû me concentrer pour réfréner une autre nausée. J'allais fermer le livre quand je suis tombé sur quelques lignes où Bombard disait comprendre la différence entre la solitude et l'isolement. Pour rompre l'isolement, disait-il, il lui suffisait de descendre dans la rue ou d'appeler un ami au téléphone. L'isolement n'existe que si l'on s'isole, tandis que la solitude – la solitude totale – nous écrase. J'ai éteint la lumière et me suis légèrement balancé dans le hamac. Il faisait chaud encore, la température était égale tout au long des heures et l'air épais, et dans le noir j'ai entendu le vol caractéristique des moustiques qui me tournaient autour. J'ai déployé le drap que m'avait donné Sucre pour qu'il me recouvre et rabattu les bords du hamac sur ma tête, cocon suspendu en attente d'une mue, chrysalide prête à renaître, et j'ai repensé à la femme chez qui je vivais. Quand je pense qu'elle me croit à Rome, me suis-je dit, et je me suis demandé si elle pouvait seulement imaginer à quel point j'étais loin d'elle, à quel point je respectais sa volonté de ne pas me presser de rentrer, et ce qu'elle dirait quand elle apprendrait que pour la satisfaire je m'étais enfoncé profondément dans la chair de la forêt tropicale, au plus près de l'os, et je me suis vu dans mon hamac, me berçant doucement dans la sorgue tropicale, et je me suis demandé si au fond de mon obscurité et dans ce bout du monde j'étais seul ou seulement isolé.

Je me suis réveillé au milieu de la nuit, tout dehors était éteint et le visage et les bras me démangeaient – les moustiques avaient fait festin de ma carne et leurs piqûres urticantes m'avaient tiré du sommeil. J'ai allumé la lampe au-dessus du hamac : la peau désormais bronzée de mes avant-bras portait de larges bosses rouges qui en dénaturaient la tropicalité naissante. Est-ce le prix à payer pour un corps tropical ? me suis-je demandé. Faut-il que les tropiques dévorent aussitôt ce qu'ils donnent ? Faut-il qu'un corps en voie de tropicalisation s'acquitte d'un impôt de sang prélevé de manière à ce point désagréable ? Ou veut-on me signifier que je ne peux prétendre à rien concernant ce corps, à rien d'autre qu'une blancheur septentrionale, et qu'aucune trace d'aventure tropicale, même d'agrément, ne saurait y être tolérée ? La forêt me rejette-t-elle alors que je ne suis qu'à son orée, ou bien veut-elle déjà me prendre et m'avaler tout entier sans rien laisser, ni chair ni tendons ni os, et me grignoter goutte à goutte, puis muscles déchiquetés par ses fauves et cœur gobé comme un œuf par l'un de ses pythons ?

Éveillé désormais j'ai entendu les cris qui montaient de la jungle, infiniment plus divers et puissants que ceux que j'avais perçus le jour, et toute la faune hurlait, semblait me menacer, et chaque oiseau lançait son hurlement aigu ou roucoulant, long ou bref mais toujours tranchant pour qu'il m'atteigne à la poitrine et me transperce, et pénètre profondément les chairs, jusqu'au squelette, jusqu'à l'os. Mille trilles lancés par-delà les palmes et les plantes à larges feuilles qui me dardaient mille fois et me disaient de m'en retourner d'où je venais, de quitter ces lieux sans attendre, mais je n'y pouvais rien, j'étais coincé là, à l'orée de la forêt.

J'ai pensé à nouveau que je ne faisais qu'errer de pédiluve en pédiluve, toujours les pieds dans une eau tiède et toujours à l'orée de quelque chose, à l'orée des tropiques par exemple, toujours englué dans un passage vers un lieu plus tropical, plus authentiquement tropical, qui toujours se refusait à moi, qui à chaque fois semblait me rejeter avec plus de violence et de mépris.

Je ne suis pas isolé, me suis-je dit, je suis seul, absolument seul sous les tropiques.

Je me suis levé, et en pesant chaque pas pour ne pas faire de bruit j'ai traversé la maison endormie, zigzaguant entre les hamacs de mes hôtes jusqu'à gagner la cuisine où j'ai trouvé le bidon de masato et un bol que j'ai rempli, et j'ai bu à grandes gorgées le liquide laiteux et fermenté, si vite qu'il a dégouliné sur mes joues et mon menton et ruisselé sur mon torse grassouillet. C'est la vie tropicale, me suis-je dit, à l'os de la forêt, au plus près du squelette, puis j'ai rempli à nouveau le bol et l'ai vidé d'un trait avant de rejoindre en silence mon hamac et de m'y enrouler comme un corps dans un linceul.

* *
*

Sucre marchait quelques pas devant moi, silencieux. J'avais du mal à suivre son rythme avec aux pieds les tongs taille 42 d'où dépassaient mes orteils. Le chemin jonché de palmes sèches et coupantes serpentait dans la forêt presque toujours à plat, et comme la végétation était dense et me dominait d'une tête je ne voyais rien au-delà de quelques mètres. C'était comme se frayer un passage à travers une foule que Sucre ouvrait parfois d'un ou deux coups de machette, des épines griffaient la peau de mes bras, et progresser nécessitait bien souvent quelques contorsions. J'ai vu que le corps de Sucre était à l'aise dans cet exercice, il s'inclinait et ondulait avec précision, évitant sans effort des plantes agressives que je n'esquivais que trop tard et qui me blessaient au visage. Des nuées de moustiques m'encerclaient sans répit et piquaient ma peau moite, se glissaient sous mes paupières ou bien s'engouffraient dans ma bouche ouverte, si bien que sans cesser de marcher et en essayant d'éviter les obstacles je me frappais de la paume pour écraser l'ennemi ou crachais les insectes ou me frottais les yeux pour en chasser les intrus, quand autour de Sucre, rien, pas de nuée urticante, jamais il ne se frappait ni ne crachait. Toute mon attention, toute mon énergie étaient affectées à cette progression, à la mécanique élémentaire du pas devant l'autre, à la lutte contre les nuisibles qui me harcelaient, tout en cherchant mon souffle pour tenir la cadence imposée par mon hôte, le plus souvent sans rien voir de l'autre côté d'un rideau de branches, de lianes, de troncs et de feuilles. Je marchais ainsi à l'aveugle, groggy de chaleur et de soif, ma chemise collant à mon dos en sueur, dans une errance absurde et sans but car je ne savais pas où nous allions, ni même si nous allions quelque part. Nous ne faisions que marcher à bon pas, au rythme tchac tchac tchac des coups de machette, comme ouvrant une voie dans la chair épaisse et suintante de la forêt.

De temps en temps Sucre s'arrêtait, levait la tête et pointait un doigt pour me montrer quelque chose, mais quand je regardais je ne voyais rien, ni singe ni serpent ni oiseau, rien que le tissage des branches, des feuilles, des palmes et des lianes, si serré que je n'apercevais même pas le ciel. Il y avait bien les bruits de la forêt, cris, craquements et bourdonnements, mais à chaque fois Sucre me disait mira, mira ! ou bien viste, viste ? et à chaque fois je ne voyais rien ou n'avais rien vu. Mais, me suis-je dit, je n'ai jamais rien vu non plus dans les forêts du nord, jamais un sanglier ni aucun chevreuil, ni biche ni cerf ni faon, pas de lièvre, pas de lapin, pas de castor ou de blaireau, presque pas d'écureuils ou alors morts, une fois, au pied d'un arbre et quelques autres fois le long d'une route, et quand j'apercevais des oiseaux, c'était toujours de trop loin pour les identifier – si seulement j'avais pu, car je n'y connaissais rien. Au moins, me suis-je dit, dans les forêts non tropicales il y a de l'espace, quelque chose comme un paysage, des vallons, des collines. Avec un peu de hauteur le regard perce le bois feuillu et même, si elle n'est pas trop jeune, dense et ramassée, l'épaisseur d'une sapinière. Mais dans cette forêt tropicale j'avançais le nez collé aux plantes à larges feuilles dont j'ignorais le nom, si larges qu'elles dissimulaient tout paysage, et sans relief, sans creux ni bosses, sans point de vue, je progressais dans un couloir végétal sans nom, sans langage auquel me raccrocher, dans les pas d'un homme dont je ne comprenais presque pas la langue et qui ne comprenait pas la mienne, et si je n'avais été qu'un spectre muet errant sans but à travers un purgatoire sans fin, mon désarroi n'aurait pas été plus profond.

D'autres fois Sucre arrachait une feuille ou une racine, ou d'un coup de machette coupait un fruit ou un morceau d'écorce ou de liane et il me les montrait, et ces moments faisaient comme des brèches dérisoires dans mon ignorance. Eso es la uña de gato, a-t-il dit en posant le bout de sa machette sur une feuille, et il a mimé un chat sortant ses griffes, uña de gato, entiendes ? sí ? et j'ai dit oui, je vois, une griffe de chat, et Sucre a gonflé les biceps en respirant très fort et il a dit nunca enfermó ! et j'ai répondu en feignant l'intérêt, ah bon, jamais malade avec cette plante ? puis nous avons repris notre marche. Une autre fois, il a mimé un mal de ventre, il s'est plié en deux comme s'il était pris de crampes, puis il a dit hierba luisa, bueno, bueno, en me montrant une petite plante aux feuilles allongées et pointues comme du laurier. Plus loin encore il s'est arrêté net pour mimer une transe en tremblant debout, puis en riant il a tranché une liane et m'a dit ayahuasca ! ayahuasca ! et s'est remis à trembler en faisant rouler ses globes oculaires, et il a jeté au loin le morceau de liane coupée et a seulement dit, à demi-voix et dans le plus grand sérieux, cuidado con eso, cuidado. Ensuite, pendant que nous marchions, je me répétais les noms des plantes et ce à quoi elles servaient, mais au bout d'un moment j'ai compris que je serais de toute manière incapable de les reconnaître et j'ai cessé de prêter attention aux explications qu'il me donnait de loin en loin.

Après trois heures de marche nous sommes revenus au village, j'avais les pieds lacérés par les palmes coupantes et des égratignures plus ou moins sanglantes sur les bras et les jambes, et Sucre a fait demi-tour et s'est enfoncé de quelques mètres dans la forêt, j'ai entendu deux coups de machette et il est ressorti avec un morceau de branche d'où s'écoulait une sève rougeâtre qu'il a frottée sur mes plaies. Sangregrado, a-t-il dit, bueno, et la sève rouge coulait de la branche et Sucre s'appliquait à en couvrir chaque écorchure, la substance se mêlait au sang qui coagulait aussitôt, puis il a souri et m'a entraîné chez lui et nous a servi deux grands bols de masato, bebe, a-t-il dit, bueno, puis il a rejoint sa femme à la cuisine qui faisait frire des bananes et des œufs et cuire des haricots noirs.

Sucre m'a donné à boire deux autres bols de masato qui me sont montés à la tête, puis après le repas il a expliqué, en mimant lentement chaque geste, qu'il aimerait que je l'aide à réparer le toit de l'école, et vers le milieu de l'après-midi je me suis trouvé juché sur la cinquième marche d'un escabeau à soutenir à bras tendus une lourde poutre que Sucre et un autre homme démontaient de la charpente. Les moustiques n'avaient pas cessé de s'en prendre à moi et de consteller mon corps en voie de tropicalisation de bulbes urticants, et les deux mains sur la lourde poutre je ne pouvais soulager les démangeaisons. La sueur ruisselait à flots de mon front. Elle me brûlait les yeux. Mon équilibre était précaire et ma seule tâche était d'être étançon. De temps en temps Sucre me regardait en souriant et m'encourageait, d'un mouvement du menton il me montrait le bidon de masato qu'il avait emporté et dans lequel il puisait un bol à chaque pause et il clignait des yeux comme pour me dire encore un effort. La poutre pesait de plus en plus sur mes bras tendus et le masato me maintenait dans un état de début d'ivresse qui atténuait la douleur des muscles tout en exacerbant les pensées et les perceptions. J'étais soumis à la pression de la poutre qui m'enfonçait lentement dans le sol, et je me suis dit, à cet instant précis, que cette expérience tropicale se révélait être l'exacte opposée de celle que j'avais imaginée.

Des tropiques j'avais espéré un flottement sans pression sur les paumes des mains ni les plantes des pieds, les bras ou les cuisses ; je voulais cet entre-deux-eaux, cette tiédeur sans désagréments, un mouvement dans lequel je me glisserais sans effort ni contrainte. J'aurais regardé mon corps sans pouvoir décider où il finissait, là il aurait été chair et plus loin eau, épiderme dissous, fondu enchaîné, et rien n'aurait pu tracer la limite de l'une à l'autre. Peut-être alors aurais-je fait l'expérience d'un corps tropical idéal et parfait, ne rencontrant aucun obstacle, un corps à la tropicalité accomplie dont rien ne contrarie jamais les mouvements fluides. Oui, voilà ce que j'attendais des tropiques, la fluidité, au lieu de quoi mon corps servait de banquet aux diptères, les palmes sèches des sentiers tranchaient la chair de mes pieds et je subissais la pression d'une lourde poutre qui m'enfonçait dans le sol, me rappelait à ma condition terrienne quand j'aurais dû flotter dans les eaux tièdes. De fluidité il n'était pour moi nulle question en ces lieux, me suis-je dit. La forêt elle-même était à ce sujet décevante, on n'y progressait que par saccades et à coups de machette au prix de douloureuses excoriations et de multiples gênes, le dos courbé et le souffle empêché par l'épaisseur humide de l'air.

Une fois les travaux achevés nous avons bu un bol de masato ; j'avais si soif que je l'ai vidé d'un trait. Te gusta más y más el masato, a dit Sucre en riant, te gusta ? et j'ai répondu oui, que j'aimais bien le goût, ça me rappelait le saké, et puis j'avais soif. Sucre m'a montré le terrain de rugby et m'a expliqué que les hommes allaient arriver pour l'entraînement et il m'a invité à jouer avec eux mais le masato m'était monté au crâne et je me sentais las. Je ne savais comment faire comprendre à Sucre que tout ce que je voulais des tropiques était un flottement sans pression et une fluidité, et que mon corps, depuis que j'avais mis les pieds au Pérou, avait subi tout le contraire :

vol à la tire, chute, incertitude et angoisse, et maintenant écorchures et piqûres, sans compter le poids d'une poutre me clouant à la terre. Prendre des coups d'épaule ou m'étaler sous les plaquages, cela aurait été trop pour moi, je voulais plutôt me laisser aller à l'ennui de la vie tropicale en me noyant de masato, suivre la pente douce en attendant que le temps passe. Car je m'ennuyais, voilà la vérité, mais ça non plus, je ne pouvais pas le dire à Sucre. La vie tropicale se révélait lassante, le temps s'y écoulait lentement, empêtré de végétation et de terre lourde ; j'entrevoyais d'autres marches aveugles dans la forêt qui me déchirerait un peu plus à chaque traversée, d'autres jours encore dévoré par les moustiques et bientôt les tarentules, à me nourrir de haricots noirs et de bananes frites et de viande cuite dans le beurre rance et faire glisser tout ça avec du masato, un autre bol, et puis un autre bol encore. Le masato, me dis-je, voilà bien une boisson tropicale, avec assez d'alcool pour déplacer l'esprit de quelques centimètres, pour qu'il soit à côté des choses mais présent malgré tout, assez d'alcool pour y trouver refuge sans doute, mais pas assez pour provoquer la véritable ivresse, la reine des ivresses, la mère de toutes les ivresses et avec elle, l'oubli. Le bol de masato, c'est vraiment par ici le seul lieu entre deux eaux, me suis-je dit, et tiède avec ça, juste comme il faudrait pour y nager, et si la seule fluidité est sienne alors c'est dans le masato que je veux flotter. Je demanderai à Sucre une radio branchée sur la cumbia et je boirai bol après bol le masato jusqu'à ne plus sentir la limite entre mes chairs et le jus séminal, j'y chercherai l'onde tranquille des vagues artificielles, leurs mouvements ascendants et descendants, j'y nagerai sans rien pour faire pression sur les plantes de mes pieds ou mes cuisses, et j'attendrai dans sa tiédeur que Bruno revienne et me ramène à Iquitos.

Je me suis baigné de nouveau dans la rivière, à contretemps des habitants du village, totalement seul cette fois, les enfants ne m'avaient pas suivi. L'eau était paisible, presque sans courant comme la veille, inoffensive, et je me suis dit que je n'aurais pas imaginé, quand j'étais dans la piscine à vagues du parc tropical, ou mieux encore quand je descendais la rivière sauvage, secoué et mis sens dessus dessous par les remous, qu'une véritable rivière tropicale puisse être si dépourvue de mouvement, si plate.

Puis il s'est mis à pleuvoir, une averse brutale et imprévisible, et la surface de l'eau s'est morcelée en milliers d'ondes concentriques, des cris plaintifs sont montés de la forêt sans que je sache s'ils étaient ceux d'oiseaux ou d'un quelconque animal agonisant sous la dent d'un prédateur.

* *
*

Je me suis assis dans un hamac, avec un bol de masato posé en équilibre sur le rebord de la balustrade de la maison, et j'ai feuilleté quelques pages du livre de Bombard. Il était perdu sur l'océan Atlantique, les courants l'avaient fait dériver et il manquait d'eau, la pluie était insuffisante, pêcher s'avérait difficile et il n'avait pas de poisson dont il pouvait presser les chairs pour en boire le jus, et il était sujet au désespoir. Il disait par exemple que les naufragés ne mouraient pas de froid ou de faim tant qu'ils parvenaient à s'hydrater, non, ils mouraient d'épouvante. L'épouvante de ne plus avoir d'eau, celle d'avoir soif, de mourir de soif. De mourir seul embarqué au milieu de l'immensité. De voir arriver la tempête et les creux de dix mètres. L'épouvante d'agoniser dans la souffrance. Voilà, ils se décomposaient, les tripes se liquéfiaient et le sang se chargeait d'une bile bleue et ils mouraient de frousse.

C'était une sacrée aventure, me suis-je dit, de traverser l'Atlantique à la dérive, assis dans un canot, et je me suis demandé si le risque de mourir d'épouvante n'était pas, en réalité, le propre de l'aventure. N'était-ce pas vivre une aventure que craindre de se noyer, redouter la capture par les réducteurs de têtes, la geôle aux mains de soldats tortionnaires, et d'être brûlé à tous les feux, tranché par toutes les lames à travers tous les continents, et se savoir soumis aux caprices du sort, jouet de la vengeance impitoyable des dieux ou de leur désir pervers de se distraire en semant sur la route moult périls et causes de désespoir ? Mais enfin, il faut tout de même survivre pour que cela devienne une aventure, me suis-je dit. Il faut survivre et raconter ; l'aventure n'en devient une que parce qu'on en fait le récit, sinon c'est la vie et ses péripéties, rien d'autre ; combattre l'alligator affamé ne vaut rien si l'on n'atteint pas la berge sain et sauf et qu'on ne trouve un public à qui narrer sa lutte, et puis l'idée de la mort terrifie tout le monde alors à quoi bon ? on ne devient aventurier qu'en racontant son épouvante, me suis-je dit, il faut changer les péripéties en rebondissements par l'habileté du verbe et Bombard n'aurait été qu'un imbécile crevé de soif dans sa dérive équatoriale et tombé dans l'oubli au rythme où son corps se serait desséché au soleil, ou putréfié dans la chaleur humide, ou gonflé d'eau jusqu'à sombrer dans les profondeurs des fosses marines, ou avalé par quelque requin blanc, s'il n'avait survécu pour chanter sa propre gloire.

Il n'est d'aventurier que charlatan et bonimenteur, me suis-je dit.

Je me suis dit que mon expérience tropicale prenait un tour de plus en plus éloigné de l'aventure. La forêt s'assombrissait lentement à quelques mètres de la maison de Sucre et les moustiques encombraient mes tympans d'un vrombissement aigu. Je n'aurais rien à chanter que l'ennui de la vie tropicale, l'irritation des diptères suceurs de sang serait mon seul péril, aucune épouvante mortelle, pas de guépard affronté à mains nues, aucune transe chamanique sous l'effet de l'ayahuasca pour explorer les mystères de l'univers, et même d'agrément l'aventure tournait court.

Je me suis dit que c'était pourtant ce que j'étais venu chercher : le squelette de la vie tropicale. Sucre menait la sienne telle qu'elle devait être. Il travaillait, aimait sa famille et ses amis, jouait au rugby. Il avait une existence aussi morne et simple que la mienne, une existence ordinaire. Il avait fait ce qu'il avait pu pour m'intéresser à la forêt, pour me montrer l'endroit où sa chair est attachée à l'os. Et pourtant ça m'avait ennuyé. Ce n'était pas ce que je cherchais, finalement. La vie de Sucre ne m'intéressait pas, au fond. J'étais intéressé par la façon dont son corps se déplaçait, comment il évitait les obstacles. Ses mouvements fluides. J'étais intéressé par le corps tropical de Sucre. Sucre ne m'intéressait pas, mais son corps, oui. Je me suis senti colonial et ça m'a rendu honteux. Je me suis dit je cherche les corps tropicaux ; les gens, je m'en fous. Colonial comme Fitzcarraldo, ai-je pensé. Je n'étais finalement qu'un aventurier colonial d'agrément, voilà tout. Mais existe-t-il autre chose ?

Je venais de fermer le livre et de vider mon bol de masato quand j'ai entendu un moteur pétarader. Une moto a débouché du passage étroit qui menait à la clairière où se trouvait l'école et s'est arrêtée près de la première maison sur son chemin. J'ai vu Bruno en descendre et aussitôt plusieurs hommes le rejoindre en courant, et parmi eux Sucre qui faisait de grands gestes et se prenait la tête, ils parlaient fort et s'agitaient et soudain Bruno a crié et tous se sont tus, il a regardé dans ma direction et est venu vers moi suivi de Sucre. Je me suis levé et quand il a été assez proche j'ai lancé déjà là, Bruno ? en essayant de ne pas montrer que je me réjouissais de quitter le village et de rentrer à Iquitos, et pour donner l'impression contraire j'ai ajouté ne me dis pas qu'on doit déjà partir ? Si, a-t-il répondu, il y a un problème. Il avait le visage tendu, les yeux fixes et grands ouverts, et son ton était cassant. Sucre derrière lui paraissait nerveux et il lui disait des choses en espagnol en parlant vite auxquelles je ne comprenais rien. Bruno était tout près de moi maintenant et il m'a dit qu'on avait repéré des types bizarres dans la région, ça arrivait quelquefois, ce n'était souvent rien de grave, mais la tenancière de la posada lui avait téléphoné pour lui dire qu'en plus la police recherchait un fugitif et que les flics semblaient tendus, et la police a la nervosité agressive, par ici, brutale pour ainsi dire, il leur arrive de fouiller les villages et ce n'est pas joli à voir, alors voilà, a dit Bruno, les deux problèmes ensemble pourraient faire du grabuge, il vaudrait mieux que tu ne restes pas ici et que tu rentres à Iquitos.

Comment ça, ai-je dit, quel fugitif ils recherchent ? L'idée m'a traversé l'esprit que c'était peut-être moi qu'on pourchassait, j'avais sans doute été dénoncé par le couple de la pollería de l'Urb 17 de Abril qui s'étonnait de mon passeport péruvien, ou par Timeo le petit salopard, et j'ai pensé que s'ils m'avaient pisté jusqu'ici ils me retrouveraient n'importe où. Et si les policiers me croyaient de mèche avec les types bizarres repérés dans la région, me suis-je dit, si m'ayant capturé ils m'interrogeaient sur la nature de l'argent que je dissimulais dans la poche intérieure et étanche de mon short, me croiraient-ils seulement ou me frapperaient-ils au visage, me brisant la mâchoire et m'arrachant des dents, soulèveraient-ils mes ongles, enfonceraient-ils une cuillère à café derrière mes globes oculaires pour les faire sauter de leurs orbites ou mettraient-ils en feu mes poils jusqu'à m'entendre dire ce qu'ils voudraient entendre ?

Il est devenu urgent de quitter ce pays, me suis-je dit.

Quel fugitif, Bruno ? ai-je répété, et il a répondu, un peu nerveusement, qu'il n'en savait rien, un fugitif, c'est tout, puis après un instant il s'est radouci, ostensiblement, presque trop, et il a dit de ne pas m'en faire, que ce n'était sans doute rien de grave mais que pour le bien de tout le monde ce serait mieux que je rentre à Iquitos sans tarder. Lui devait rester, il n'avait pas fini son travail dans un autre village, mais Sucre me conduirait en pirogue jusqu'à l'arrêt de la navette publique qui descendait le fleuve jusqu'à la ville. Tu verras, a-t-il ajouté, c'est une sorte de bus flottant pas très engageant rempli de gens dans des hamacs, avec partout des cages d'animaux et des caisses de manioc, et qui se traîne sur le fleuve au point de rendre fou mais c'est le moyen le plus simple et le plus discret de regagner la ville. Sucre et lui ont échangé quelques mots et Bruno a tapoté du doigt le cadran de la montre qu'il portait au poignet, puis il s'est tourné vers moi à nouveau et m'a dit qu'il faudrait partir à 2 heures du matin parce que le trajet en pirogue prendrait quelques heures et il valait mieux attraper le bateau le plus tôt possible. Deux heures du matin, ai-je dit, de la pirogue en pleine nuit ? et j'ai d'abord voulu dire qu'il n'en était pas question. En pirogue ? il est fou, ai-je pensé, nous n'avions qu'à prendre son bateau à moteur qui puait l'essence, me suis-je dit, mais avant d'avoir pu dire quoi que ce soit, Bruno a ajouté que la pirogue était le seul moyen de partir sans délai, que le bateau à moteur n'était pas disponible, mais que j'allais voir, descendre l'Amazone en pirogue aux premières lueurs de l'aurore serait une expérience que je n'oublierais pas.

Le ciel rouge sang du lever du soleil, a-t-il ajouté, tu verras.

Puis, après un instant de silence, il a dit : j'ai un petit service à te demander.

* *
*

Quand je suis arrivé sur le ponton un peu avant 2 heures, Bruno, Sucre et deux autres hommes coiffés de lampes frontales étaient occupés à charger la pirogue de gros sacs ficelés, ne laissant qu'une minuscule place vide au milieu, sur une planchette. Je n'avais jamais prêté attention aux pirogues – qui sont de peu d'usage dans le nord – et j'ai été frappé par sa longueur et son étroitesse autant que par la façon qu'elle avait de s'enfoncer dans l'eau sous le poids de la charge. J'ai demandé avec inquiétude si je devais vraiment faire le voyage sur cette embarcation et ce qu'il y avait dans les sacs qui semblaient bien lourds, mais Bruno m'a seulement regardé sans rien dire puis il a échangé quelques mots avec Sucre et ensuite seulement m'a dit que ce n'était rien, des choses à amener en ville. Quel genre de choses ? ai-je dit sèchement, si on se fait arrêter par la police je n'ai pas envie de me retrouver sur une pirogue chargée de contrebande. Bruno m'a regardé à nouveau, il s'est arrêté un instant comme pour me jauger, puis il a eu un petit sourire et il a dit de ne pas m'inquiéter, que je me faisais des idées, personne ici n'était contrebandier, et de toute manière si la police devait s'en prendre à quelqu'un ce serait à Sucre. Mais ça n'arrivera pas, a-t-il ajouté en se remettant à la tâche, la police ne s'intéressera pas à vous, pourquoi le ferait-elle ? et en disant cela il a de nouveau levé les yeux vers moi avec un léger rictus qui avait un faux air de défi. J'ai dit bon, d'accord, il n'y a aucune raison, et j'ai pensé au petit colis qu'il m'avait donné la veille au soir et que j'avais glissé dans mon sac en bandoulière. Bruno m'avait demandé de le remettre en mains propres à la tenancière de la posada, et de n'en parler à personne, pas même à Sucre, et il avait insisté : s'il y avait un problème et que le colis manquait de se retrouver entre les mains de quelqu'un d'autre, alors je devais m'en débarrasser, le jeter à l'eau par exemple. J'avais d'abord répondu que non, c'en était assez de remettre des colis en mains propres, qu'avaient-ils tous à me prendre pour un livreur ? et j'avais dit, en m'énervant un peu, qu'on voyait bien où cela m'avait mené, de livrer des choses en mains propres pour le compte d'inconnus. Bruno avait dit qu'il ne voyait pas de quoi je parlais, il voulait seulement me confier quelque chose d'important pour la tenancière de la posada, et il pensait – enfin il avait l'impression – qu'il pouvait me faire confiance, on voyait que j'étais digne de confiance, mais je ne devais pas me monter la tête et imaginer des choses, c'était juste un petit colis. Qu'y a-t-il dans ce colis ? avais-je dit sur un ton que je n'avais pas maîtrisé, inquisiteur et suspicieux, et Bruno avait paru déçu, il avait dit non, écoute, laisse tomber, si tu ne veux pas le faire, tant pis, et il s'était éloigné, alors je l'avais rappelé et j'avais dit mais non, Bruno, OK, je le prends ton colis, et j'avais expliqué que j'étais un peu nerveux parce que j'avais eu quelques mauvaises expériences dans le transport et la remise en mains propres de divers colis ces derniers temps, des expériences qui rendent méfiant et même un peu paranoïaque, mais bien sûr, j'allais convoyer ce petit colis et proprement le déposer dans les mains délicates de la tenancière de la posada, avec son corps campé mais élancé, et n'en rien dire à personne.

Je me suis glissé entre les sacs empilés, dans la minuscule place vide au milieu de la pirogue, et je me suis assis, les jambes repliées à peu près en lotus. C'était inconfortable, je manquais de souplesse et n'aurais pas tenu plus de deux minutes si je n'avais pu appuyer mon dos, en le couchant un peu, sur les sacs entassés derrière moi. J'avais posé dans le creux de mes jambes le petit sac en bandoulière contenant mes effets et le colis à remettre en mains propres à la tenancière de la posada. La pirogue a tangué quand Sucre est monté à bord équipé d'une pagaie et s'est installé tout à l'arrière, sur la poupe, me surplombant un peu, et j'ai cru que le tangage allait faire basculer et tomber à l'eau les sacs, mais rien n'a bougé. Je me sentais impuissant dans cette position, à la merci de la rivière et de la nuit, et j'ai pensé que si un tangage plus fort se produisait je passerais par-dessus bord sans rien pouvoir y faire. Depuis le ponton, Bruno m'a demandé de vérifier de temps en temps que les sacs devant moi tenaient bien en place, puis il a dit ne crains rien, Sucre a l'habitude des pirogues chargées, et il a ajouté qu'on se reverrait peut-être à Iquitos si j'y restais quelques jours. Sucre a appuyé la pointe de la pagaie sur le guide-pieu du ponton et sous sa poussée la pirogue, lentement, s'est mise en mouvement.

Une idée m'a traversé l'esprit et tandis que l'embarcation s'éloignait j'ai demandé à Bruno au fait, comment s'appelle ce village ? et il a répondu Comunidad 5 de Enero, pourquoi ? J'ai senti mon estomac se tordre d'un coup sec et j'ai crié quoi ? comment ? et Bruno a répété en détachant toutes les syllabes comme s'il pensait que je n'avais pas compris, Co-mu-ni-dad cin-co de E-ne-ro, et je me suis dit que ça ne pouvait pas être une coïncidence, pas une autre, pas encore, ce n'était pas possible. Encore une foutue date, ai-je pensé, Dos de Mayo, 17 de Abril, 5 de Enero... se pouvait-il que j'aie vu juste et que tout ceci ne soit qu'une vaste toile calendaire tissée de codes et de signes mystérieux, et moi moucheron pris dans les fils de soie, on se jouait de moi ? Non, décidément, ça ne pouvait pas être une simple coïncidence. La pirogue s'éloignait de la berge et je voyais Bruno sur le ponton qui nous regardait ; il souriait et je me suis dit à nouveau que je ne connaissais pas son nom et qu'il était forcément dans le coup, ce colis à remettre en mains propres ne pouvait pas davantage être dû au hasard, et je me suis dit encore une fois qu'il s'appelait peut-être Rovelli, que Bruno Rovelli était un nom plausible et d'une belle sonorité latine et méridionale, et donc absolument possible car il existait de par le monde, j'en étais certain, quelques dizaines de Bruno Rovelli et je pouvais fort bien être tombé sur l'un d'eux, et s'il était Bruno Rovelli, peut-être était-il un cousin ou un frère de la cliente Rovelli, n'était-ce pas probable ? laquelle tirait les ficelles de toute cette histoire (si la preuve de son implication et de sa fourberie n'était pas faite, au moins y avait-il un faisceau d'indices sérieux et d'éléments accablants) et elle avait, hypothèse réaliste, mis les moyens pour me retrouver et me faire payer le vol de l'attaché-case. Cette affaire de fugitif et de police et de types bizarres repérés dans la région n'était peut-être qu'une fable pour endormir ma vigilance et me prendre dans ses filets.

J'ai crié en direction de Bruno tu t'appelles comment, Bruno ? c'est Bruno comment ? ton nom de famille ? mais la pirogue continuait de s'éloigner et les cris et les bruits nocturnes de la forêt me rendaient inaudible et Bruno a porté la main à son oreille pour signifier qu'il n'entendait pas, la pirogue avançait dans la nuit de plus en plus vite, puis Bruno a fait un grand geste de la main en guise de salut et je l'ai vu de loin quitter le ponton, puis plus rien de lui ne fut visible dans l'obscurité sauf le point lumineux de sa lampe frontale qui remontait vers le village.

La lune était pleine et blanche et Sucre menait son esquif sans aucune autre lumière pour le guider, il suivait le cours imperceptible de la rivière et Sucre plongeait sa pagaie dans l'eau sombre selon un tempo régulier mais lent, et les poussées de ses bras sur la pagaie semblaient sans effort. La surface de l'eau affleurait le bord de la pirogue surchargée et j'ai eu la sensation que tout l'esquif était en équilibre précaire, les sacs sur la pirogue, moi entre les sacs et la pirogue sur la rivière, tout semblait ne tenir que par l'effet d'un sort, et j'admirais les gestes de Sucre, leur précautionneuse délicatesse à chaque coup de pagaie, car il me semblait que la moindre brusquerie de sa part nous ferait chavirer. La rivière était si calme et les mouvements de Sucre si fluides que la pirogue flottait sans bruit et sans heurt, pareille à une brindille en eaux dormantes ; l'air était chaud et humide et dans la nuit noire baignée de lune la forêt faisait entendre son vacarme, ses cris et ses bruissements qui épaississaient encore l'atmosphère, la rendaient plus dense, comme si chaque son était tellement présent qu'il incorporait de la matière à l'air. Par l'ouïe la forêt se déployait partout et la pirogue traçait son chemin à travers l'épaisseur de l'air et des cris, lesquels s'ouvraient devant elle pour lui faire un passage et se refermaient dans son sillage comme un rideau lourd.

Au commencement, l'omniprésence de la forêt dans mes oreilles n'a fait qu'encombrer mon esprit ; je ruminais le nom du village, me répétant la date du 5 janvier, et tous ces sons m'empêchaient de penser : chaque fois que je croyais tenir un début de message caché ou de code un hurlement long et puissant ou un craquement de branche m'en faisaient perdre la piste, et je retombais alors dans une sorte d'hébétude, et plus la pirogue avançait dans la nuit et s'éloignait de la Comunidad 5 de Enero et de Bruno peut-être-bien-Rovelli, plus il m'était difficile de trouver un bout par lequel attraper le mystère, la forêt faisait écran et des palmes séchées et coupantes jonchaient la sente ténue que suivait ma pensée, qui s'effondrait alors, circonvolutions de carne corticale mises en pièces. Parfois je redevenais inquiet. La police allait me tomber dessus, il me faudrait tout expliquer et nul ne pourrait me croire. Sans compter ces sacs ficelés et lourds dont le contenu m'était inconnu – j'ai imaginé qu'ils renfermaient des plumages rares, des fourrures protégées, ou bien quelques livres bien pesées d'ayahuasca que de prétendus chamanes en terres gringas consommaient avec avidité dans divers squats pour atteindre la transe, à moins que ce ne fût l'or des Incas, des pierres précieuses arrachées à la glaise des fleuves, des têtes réduites volées aux peuples anciens qu'eux-mêmes avaient prélevées sur des corps ennemis – enfin quoi que ce soit, il eût mieux valu m'en tenir éloigné.

J'ai eu la tentation d'ouvrir le colis que m'avait remis Bruno et dont je ne devais parler à personne, pas même à Sucre. Je me suis dit que j'y trouverais peut-être des informations, ou des indices, la preuve peut-être de la machination dont j'étais l'objet, mais Sucre était derrière moi et je ne voulais pas être vu. Imaginons, ai-je pensé, que ce petit colis contienne un objet compromettant, une arme par exemple, ou un oiseau de paradis empaillé. Imaginons que le contenu de ce colis ait quelque chose à voir avec le contenu de la valise que la cliente Rovelli m'a fait livrer à Madrid, ou avec celui de l'attaché-case d'Ernesto. Le savoir ne me mettrait-il pas davantage en danger ? Je me suis dit qu'il valait peut-être mieux ne pas l'ouvrir ; si je tombais dans les mains de la police en possession de ce colis, je pourrais toujours feindre d'en ignorer la provenance, peut-être même était-ce ma seule chance : jouer les imbéciles, faire celui qui n'a rien compris de ce qui lui arrive, qui pensait seulement séjourner dans un village indigène, apprendre la chasse et la pêche et la navigation des pirogues, et a offert sa confiance touristique aux mauvaises personnes, on lui avait promis un lodge avec tout le confort tropical moderne mais ces gens-là sont des escrocs, sabe como es, Señor Policiero, merci gracias de votre compréhension, je vais rentrer chez moi par le premier avion et ne vous dérangerai plus.

La lune se reflétait toujours à la surface de la rivière mais comme le courant devenait peu à peu plus puissant, son image se troublait et paraissait prête à se détacher de son ancre imaginaire pour se laisser emporter. La pirogue prenait de la vitesse et l'eau parfois en léchait le bord ou passait par-dessus et ruisselait à l'intérieur jusqu'au fond. J'ai senti que Sucre me touchait l'épaule avec un objet et je me suis retourné : il me tendait une bouteille en plastique remplie de masato, tomá, a-t-il dit, et je me suis demandé s'il m'invitait à boire pour diluer la peur ou seulement pour passer le temps. Tomá, tomá, a-t-il répété, et j'ai pris la bouteille et bu au goulot à grandes gorgées. Bastante ! a dit Sucre avec fermeté, et je l'ai entendu faire psss, psss, psss, puis il a dit no podemos detenernos, et il a ajouté cuidado, psss, psss, psss, et j'ai pensé à Alain Bombard dans son canot sur l'Atlantique : comment pissait-il, lui ? comment se déchargeait-il de la merde ? on ne se pose jamais ce genre de questions avant de s'en aller pour un voyage en canot comme en pirogue, et d'ailleurs le faisait-il, avait-il quelque chose à décharger, de la matière solide accumulée, ou bien sa bouche ne faisait-elle que filtrer du plancton comme des fanons de baleine ? Je n'en savais rien, je n'avais rien lu de tel et j'ai regretté de ne pas avoir emporté le livre de Bombard, ça m'aurait peut-être occupé l'esprit, et je me suis dit, et moi alors, comment vais-je me décharger de toute cette merde, de tout ce qu'il me faut trimballer de date en date, de toute cette merde à livrer en mains propres ? quelle drôle d'expression tout de même, les mains propres qui manipulent la merde qu'on me fait porter d'un bord à l'autre du monde et qui va me conduire à ma perte ! Quand j'y pense, me suis-je dit, moi seul avais les mains propres avant de les plonger dans la merde de Rovelli et d'Ernesto, moi seul innocent aux mains propres, moi seul aux paumes immaculées, l'épiderme autrefois nettoyé en profondeur par les vagues et les remous de la piscine du parc tropical !

Le masato a rapidement produit son effet et m'a déplacé de quelques centimètres à côté de la réalité et je me suis dit tant pis, je vais l'ouvrir son colis, je vais l'ouvrir pour en renifler l'odeur fétide, et je verrai bien de quoi on charge mon pauvre corps pas du tout tropical, et j'ai glissé la main dans le sac posé dans le creux de mes jambes et j'en ai tiré le petit colis. Il était léger – en le prenant je me suis dit que ça ne pouvait pas être une arme, en tout cas pas l'un de ces colts pour tueurs de la Cosa Nostra – et je l'ai tourné et retourné, cherchant des doigts le meilleur moyen d'en éplucher la gangue, et comme le masato avait érodé la réalité j'ai fini par arracher le papier d'emballage. J'ai attendu un instant pour être certain que Sucre ne prêtait pas attention à ma forfaiture mais le courant s'accélérait et il était tout entier concentré sur les coups de pagaie qu'il donnait à droite et à gauche et qui nous maintenaient à flot, alors j'ai ouvert la petite boîte cartonnée et j'en ai vidé le contenu dans le creux de mes jambes : il n'y avait qu'un bracelet argenté qui s'est mis à briller dans la clarté de la lune, un bracelet sans charme qui ressemblait à une gourmette avec de grosses mailles aplaties et une plaque en argent. Je ne savais pas si je devais être rassuré ou inquiet, ce n'était apparemment qu'un bracelet ; je l'ai regardé plus attentivement, au dos de la plaque quelques mots en espagnol étaient gravés mais la lumière était trop faible pour que je parvienne à les déchiffrer, et sur la face bombée on avait inscrit des lettres en majuscules, assez profondément pour que je les devine en y passant le doigt, des initiales, sans doute, un A et un J à gauche suivis d'un trait d'union, et plus loin un B et un R.

Un B et un R oui, c'était certain, un B et un R comme Bruno Rovelli, me suis-je dit, c'est bien ce que je pensais, un B et un R, lettres traîtresses entre toutes, me suis-je dit, un B et un R... quel imbécile je fais à tomber dans tous les pièges qui me sont tendus, tous sans exception !

J'ai repensé à Bombard et à l'épouvante qui faisait mourir les naufragés et je me suis dit que ce n'était pas d'épouvante que je mourrais mais d'une honte minable en regardant mon reflet dans le miroir du pédiluve, honte devant ce corps si peu tropical et si facile à tromper et à charger comme une mule. Le naufragé en forêt tropicale ne meurt ni de soif ni de faim, ni de solitude ni d'épouvante, mais de honte, me suis-je dit, de ce vieux sentiment poisseux et malodorant de s'être fait avoir. Si je survis je ne pourrai même pas transformer cette honte en aventure, quel récit ferai-je qui chantera ma gloire ? Assis dans la pirogue avec en main le bracelet j'ai imaginé Bombard assis dans son canot. Moi en pirogue lui en canot. Moi sur une rivière dont le cours lentement s'accélérait et lui sur l'Atlantique dans les creux et sur les crêtes. Moi dans la piscine du parc tropical dans les creux et sur les crêtes des vagues artificielles, lui secoué par les vents. Moi tourné sens dessus dessous par les remous de la rivière sauvage dans une ville du nord et moi assis dans une pirogue sur une rivière aux eaux calmes de la forêt tropicale : je n'aurai rien à raconter, me suis-je dit, aucun récit d'aventure, pas même d'agrément, pas même coloniale, rien qu'une honte bue comme un bol de masato, à grandes goulées jusqu'à ce qu'elle s'écoule sur mes joues et dans mon cou et sur mon corps si peu tropical, jusqu'à ce que la honte couvre mon corps de sa poisse et de sa disgrâce.

Quel imbécile, ai-je dit tout haut, mais Sucre n'a pas réagi.

J'ai rangé le bracelet dans sa boîte cartonnée et refermé le colis et j'ai regardé défiler la découpe sombre de la canopée sur le fond de ciel lunaire. J'ai réalisé qu'il n'y avait soudain plus un bruit, c'était étrange et surprenant, plus un cri, plus un bruissement, les oiseaux s'étaient tus presque en un instant, à la fin d'un trille en suspension et jamais repris, et désormais le seul son était celui de la pagaie de Sucre plongeant dans l'eau de la rivière.

Le silence était aussi profond que la forêt était sombre et dense, et je me suis demandé si les morts traversant le Styx dans la barque de Charon avaient le même sentiment de traverser le vide au cœur du monde, d'être morts au milieu des vivants. Avaient-ils cette impression d'un silence plus intense que celui des hommes se taisant, un silence sauvage et absolu, cosmique, un silence annihilant toute voix et tout cri, tout craquement de branche, un silence des âges futurs quand, toute vie éteinte, la Terre ne sera plus qu'un morceau de roche à la dérive ? Je me suis demandé si j'étais l'un d'eux, l'un de ces voyageurs traversant le Styx avec Sucre pour Charon. Sucre, ai-je dit, porque el silencio ? et Sucre n'a d'abord rien répondu, je n'entendais que le son de sa pagaie plongeant dans l'eau de la rivière, puis après un moment il a dit es la hora entre la noche y el día, et je me suis répété ce qu'il avait dit, l'heure entre la nuit et le jour, et j'ai pensé encore un pédiluve, car il semblait que ma vie ne devait désormais se dérouler que dans ces petits bassins coincés entre deux eaux.

C'est un peu vexant, ai-je pensé, mais on ne choisit pas toujours son destin.

Devant nous la forêt s'est ouverte, c'était la nuit encore mais elle prendrait bientôt fin, la lune était descendue, delante está el Amazonas, a dit Sucre, et la pirogue a quitté la rivière et s'est engagée sur le fleuve, si large qu'on apercevait à peine l'autre rive; il creusait un sillon sonore dans le silence de la forêt. Le courant est instantanément devenu plus puissant et j'ai vu que Sucre pagayait avec force et vitesse pour maintenir l'esquif à flot. Nous étions à quelques mètres de la berge et le fleuve nous secouait violemment. Il va nous submerger, me suis-je dit. La pirogue a tangué et s'est déportée de quelques degrés en travers et de l'eau a surpassé le bord et a coulé jusqu'à mes tongs taille 42, j'ai entendu Sucre haleter sous l'effort puis l'embarcation s'est redressée, a épousé la course fluide des flots et s'est fondue dans le courant du fleuve, et tout s'est stabilisé.

J'étais en pirogue sur l'Amazone.

Je me suis répété : je suis en pirogue sur l'Amazone. Je suis en pirogue sur l'Amazone !

À l'heure bleue qui est un monde entre la nuit et le jour, je descendais le fleuve en secret. J'étais globule dans l'aorte de la forêt, globule blanc dans le sang tropical. Il n'y avait que le son de la pagaie et le bruit du fleuve – le frottement de l'eau sur la Terre, le frottement dans l'air qu'il creusait. Je n'avais jamais eu de goût pour aucune forme de mysticisme mais – était-ce l'ivresse de la vitesse ? – il m'a semblé en cet instant que j'entrevoyais dans ma situation quelque chose de cosmique. Une irréfutable connexion aux éléments, faisant fi de toute humanité, de toute animalité même, de toute vie. De toute limite temporelle d'une existence. Au-delà du corps. Au-delà de sa tropicalité, évidemment. Une conscience soudaine de l'eau s'écoulant sur la Terre et de la Terre tournant dans l'espace – la course des planètes et le fleuve du temps, quelque chose comme ça – mais une conscience faible et brumeuse qui m'échappait. Ne venaient à mon esprit que des banalités sur l'univers, les galaxies, le Big Bang, le rapport d'échelle entre mon corps et le cosmos… Je n'étais pas équipé, philosophiquement. Si seulement, me suis-je dit, j'avais avec moi un peu d'ayahuasca. Ce serait le bon moment d'en faire l'expérience. Si quelque secret céleste devait m'être révélé dans ma transe, j'étais prêt. Voilà qui serait une expérience tropicale appréciable, ai-je pensé, si je rentrais au bercail avec un niveau de conscience supérieur ! Un éveil sur les grandes questions. De quoi méditer longtemps dans les bulles du jacuzzi comme Bouddha sous son manguier.

Comme la pirogue descendait le fleuve, j'ai compris qu'il y avait un peu de solennité dans ce moment, et que je devais en profiter. Être attentif pour saisir le lever du jour et l'éveil de la faune diurne. C'était une occasion unique. Un jour peut-être je raconterais.

Alors, au beau milieu de cette plénitude, dans le silence de la forêt d'où ne jaillissait aucun bruit, un coup violent s'est fait entendre, BAM ! un coup de feu, me suis-je dit, et la pirogue a quitté son axe et la pointe avant s'est mise à dériver et la pirogue à tanguer. Je me suis retourné et j'ai vu Sucre affalé, replié sur lui-même la tête versée entre les genoux et tenant encore la pagaie, son dos faisait une bosse ronde et grotesque, et la pirogue s'est mise en travers du fleuve et j'ai vu Sucre basculer inerte dans l'eau, j'ai crié Sucre ! Sucre ! le sang m'a battu les tempes et la pirogue a tangué si fort que des sacs devant moi sont tombés par-dessus bord, j'ai glissé sur ma planche, j'ai essayé de m'agripper au bordage mais la pirogue désormais tout à fait en travers s'est mise à vibrer, j'ai hurlé Sucre ! Sucre ! mais d'un seul coup j'ai perdu l'équilibre, la pirogue a roulé sur elle-même et je suis tombé à l'eau, dans le courant rapide de l'Amazone, j'ai essayé d'attraper le bord de la pirogue mais il glissait, je n'avais pas de prise et l'eau me couvrait le visage, le bord m'a échappé et j'ai vu s'éloigner la pirogue devant moi, le courant m'a retourné et l'eau m'a submergé, mis sens dessus dessous comme dans les rapides de la rivière sauvage, puis la pirogue devant moi s'est coincée contre une branche d'arbre couchée sur le fleuve et le fleuve m'a projeté contre elle, rapidement la pirogue s'est mise à couler, je me suis accroché à la poupe qui émergeait encore et, de là, à la branche qui la retenait, le courant était fort et j'ai lutté, tirant sur les bras de ce corps si peu tropical, et sous ma main j'ai senti une branche plus fine et plus souple, une liane peut-être et j'ai tiré de toutes mes forces mais la liane a cassé net et le fleuve m'a emporté plus loin et m'a jeté sur un amas de branchages et j'ai battu des pieds, il n'y avait rien que le vide de l'eau et puis soudain la fange, une boue puis une sorte de fond, et sans que j'y puisse quelque chose mon corps s'est heurté à une berge herbeuse et j'ai empoigné des feuilles et des tiges couvertes d'épines, et un instant après j'étais couché sur le sol.

Plus tard, j'ai entendu des cris et des bruissements et des craquements de branches, dans le noir quelque chose est sorti de la végétation et ce que j'ai vu, c'est le canon d'un fusil pointé sur mon visage.

4. L'ESTOMAC

Le plus étonnant sera de t'endormir.

Je me suis rappelé cette phrase imprimée, seule, sur une page blanche et qu'enfant je lisais avec la peur au ventre et autant de plaisir. *Le plus étonnant sera de t'endormir,* disait le livre après avoir dressé la liste des terreurs qu'il allait provoquer, les monstres, les géants, les morts-vivants et les spectres de la nuit, il en faisait un catalogue, suggérant d'autres mystères et des ténèbres dont il taisait la profondeur comme pour accroître l'effroi, puis sur une page blanche on lisait cette seule phrase : *le plus étonnant sera de t'endormir.* Et le livre refermé, ayant traversé des peurs délicieuses, je m'endormais en effet, comme je me suis endormi malgré tout, le corps rompu de fatigue, sur un matelas de feuilles et une couverture, dans une cahute en planches, derrière une porte fermée par une chaîne, et sans que, même en rêve, mon esprit se détache de l'image de Sucre basculant dans le fleuve. Je me suis endormi les jambes endolories et la tête lourde, gorgée de sang comme sait en faire affluer l'épouvante.

Je ne sais combien de temps j'avais dormi. Quand je me suis réveillé je n'avais plus de notion du temps, pas plus que de l'espace, la cabane n'avait pas de fenêtre et on avait déposé à côté de ma couche un bol de masato. Je n'avais pas le cœur à boire et pourtant j'avais la gorge sèche et je l'ai bu avec avidité, en en répandant la moitié au sol. J'avais aux pieds des chaussures qui n'étaient pas les miennes, de vieilles baskets trop grandes et déchirées sur le dessus, et mes vêtements étaient couverts de boue et de sang. J'ai eu un sursaut et en passant la main sur mon short je n'ai plus senti le contenu de la pochette intérieure étanche, et en vérifiant j'ai compris qu'elle était vide, plus d'argent ni de passeport. Je me suis jeté sur la porte et j'ai frappé en criant hé, hé ! et donné des coups de pied et frappé encore, donné un coup d'épaule, secoué la chaîne qui m'enfermait, mais personne n'a répondu. Par une fente étroite entre les planches je n'ai vu que de la végétation ; il faisait jour. La cahute était petite, juste assez de place pour ma couche et quelques mètres carrés de terre. L'air y était rare, il y faisait plus chaud et plus humide que ce qu'il était possible de supporter sans malaise. J'ai tambouriné sur la porte à nouveau, les poings fermés en hurlant, mais dans cette chaleur et cette moiteur irrespirable je me suis épuisé en quelques minutes à peine et je suis retombé sur ce qui m'avait servi de lit, haletant et migraineux.

On m'a frappé. Pas d'emblée, mais pendant la marche qui a duré je ne sais combien de temps – des heures je crois bien – à travers la forêt où ne pénétrait presque pas la lueur naissante de l'aube, une marche à la seule lumière d'une lampe torche que tenait un type en armes juste devant moi. J'avais perdu les tongs taille 42 dans le fleuve et je marchais pieds nus, ce n'est pas si facile de marcher pieds nus, souvent je dérapais ou je prenais appui sur une pierre qui me faisait mal ou sur des palmes sèches qui me lacéraient la peau, je trébuchais et ralentissais – l'adrénaline, cette blague, la peur me paralysait et chaque mouvement était un effort arraché à un corps tétanisé. C'est à ce moment-là, je crois, qu'ils m'ont frappé, des coups dans le dos pour me faire avancer, ou bien ils m'ont poussé puis donné des coups encore sous lesquels je suis tombé ; j'ai entendu une voix, levántate ! levántate ! et une autre, adelante ! Je ne savais pas combien ils étaient, je ne voyais rien, je glissais sur la terre humide ; ils m'ont donné un coup de crosse sur l'épaule et je suis tombé une fois encore, et plusieurs fois j'ai crié de douleur et de terreur. J'étais trempé de sueur et de l'eau du fleuve. Les branches ont dû me blesser parce que du sang tachait ma chemise et je ne voulais pas croire qu'il pouvait être celui de Sucre. Après être tombé une fois de plus, un type s'est précipité sur moi et il m'a ébloui à la lumière de sa torche et j'ai seulement vu qu'il approchait de mon front le canon d'une arme et un autre type lui a crié quelque chose que je n'ai pas compris, la lumière et l'arme se sont éloignées et je me suis dit que j'allais mourir là, que c'était une question de secondes ou au mieux de minutes, mais l'idée est restée floue, sans forme concrète – on ne conçoit pas l'idée de sa propre mort quand tout va si vite et que la peur se répand dans l'esprit comme un fleuve en crue, la peur rend toute chose abstraite, efface les contours de la mort elle-même, du moment et des opérations précises qui mènent à se faire tuer. J'ai été pris d'une nausée brutale, mon estomac s'est tordu et je n'ai rien vomi qu'un peu de bile qui m'a brûlé la gorge.

Un type est venu vers moi et m'a lancé une paire de baskets en tissu déchirées sur le dessus, elles étaient beaucoup trop grandes mais à peine les avais-je enfilées en serrant les lacets avec fébrilité que le type m'a dit adelante ! adelante ! Je me suis mis debout et j'ai repris la marche et mes esprits, je me suis dit ils ne m'ont pas tué, je ne suis pas mort, je ne suis pas mort ! et comme j'avançais mieux, sans plus de chute ni d'arrêt, je n'ai plus reçu de coups dans le dos. Nous avons marché longtemps en suivant une sente étroite, le jour s'est levé tout à fait, charriant du sol une humidité chaude et étouffante, et nous avons marché sans pause, deux fois on m'a donné de l'eau mais le goût en était âcre et vaseux et j'en ai recraché la plus grande part. Je me suis dit que cette marche ne finirait pas mais le sentier a débouché sur une demi-clairière où se trouvaient, à l'abri de filets de camouflage, deux voitures, des Jeep ou un modèle du genre, et j'ai vu qu'il y avait sept hommes avec moi et que tous portaient des armes lourdes et des éléments de tenues militaires. On m'a fait signe de monter dans une des voitures et sans attendre elles ont démarré et se sont enfoncées sur une piste plus large, à couvert de la forêt. Je ne sais si l'on m'a assommé d'un coup de crosse ou si c'était l'épuisement et la peur mêlés mais ma vue s'est troublée, tout est devenu rouge et violemment doré, j'ai senti une pâte m'encombrer la bouche et puis tout s'est éteint.

Retombé sur la couche, c'est encore le corps de Sucre basculant dans le fleuve qui m'est revenu en tête, cette masse rassemblée, la mécanique humaine repliée sur elle-même comme un automate en panne, et qui d'un coup tombe sans mouvement volontaire. Je ne me suis pas posé la question de sa survie, elle était impossible, la forme de son corps tombant était impossible, une impossibilité qui ne se trouve, me suis-je dit, que dans la mort : une forme ramassée et un basculement inconcevable. Mais il m'a semblé aussi inconcevable de ne pas être mort moi-même, d'être tombé au fleuve et ne pas m'y être noyé, de ne pas avoir été tué par les hommes qui m'avaient amené là, mais plus encore de disposer d'un quelconque moyen de survivre désormais, enfermé dans cette cahute en planches sans plus rien à boire, sans personne qui réponde à mes appels ni aucun moyen de sortir. Il m'a semblé que j'étais réduit au néant. Ne restait que le simple fait d'être en vie, dont j'aurais pu penser qu'il était tout, mais dans cette cahute au fond de la forêt tropicale, il m'a semblé que ce n'était plus rien du tout, un vulgaire détail physico-chimique, juste une incongruité impensable en attente d'effacement.

Je ne sais combien de temps a passé. Je n'ai plus vraiment dormi, peut-être somnolé ; j'ai revécu la nuit en songeant encore et encore au corps de Sucre basculant dans le fleuve. La chaleur était insoutenable et le bol de masato était vide, j'avais soif et j'ai repensé à l'épouvante dont parlait Bombard. Quel idiot, me suis-je dit, quand on meurt de soif on meurt de soif on ne meurt pas d'épouvante, l'épouvante, je l'avais connue la nuit même et elle ne m'avait pas tué, mais la soif, dans la chaleur de cette cahute, allait m'assécher, extraire de moi tout suc vital.

Je n'avais pas peur de la soif, ou si j'avais peur je ne pouvais pas la ressentir : la gorge et la bouche sèches autant que la douleur étaient plus puissantes, elles recouvraient la peur d'une couche de cendres qui me brûlait de l'intérieur, la rendait imperceptible. Je mourais de soif, la soif me martelait le crâne et la seule image que je parvenais à convoquer était celle du corps ramassé de Sucre. La réalité se résumait à ces deux éléments. Au beau milieu de ces ruminations je me suis relevé et j'ai refait le tour de la cahute, comme pour trouver une issue, ou de l'eau, à vrai dire je ne savais pas trop ce que je cherchais ; j'ai donné quelques coups de pied sur la porte, appelé à l'aide, mais je n'avais pas d'énergie et je crois que ma voix éraillée par la soif ne portait pas à plus de quelques mètres. Je me suis dit que c'était étrangement ironique, d'être assoiffé en plein cœur d'une forêt humide, et j'ai repensé à Sucre, à la liane gorgée d'eau qu'il m'avait montrée pendant notre marche en forêt. D'un coup de machette il en avait fait couler le liquide qu'elle renfermait, il m'en avait donné à boire et c'était une eau douce, au goût légèrement boisé mais aussi floral, et fraîche, et de cette liane il devait sans doute y en avoir à quelques pas, de l'autre côté des planches, mais je mourais de soif et Sucre n'était plus là pour les reconnaître.

La lumière a commencé à faiblir et j'ai pensé voilà, ta dernière nuit commence ici, car je me suis dit qu'on allait me laisser mourir de soif et que ce ne serait plus long, mais alors que la cahute était envahie d'obscurité et que je m'étais convaincu qu'elle serait mon caveau, j'ai entendu des pas s'approcher et la chaîne qui me maintenait enfermé a bougé, je l'ai vue glisser vers l'extérieur et la porte s'est ouverte.

Deux types en armes m'ont tiré de la couche et poussé dehors, et l'un d'eux a dit adelante, apúrate ! en pointant vers moi un fusil ou une mitraillette et j'ai suivi l'autre qui ouvrait le chemin. Je me suis dit que je n'allais pas mourir de soif, finalement, qu'ils allaient me fusiller quelque part dans cette forêt et y abandonner mon corps aux fauves et aux fourmis rouges, que je serais bientôt humus tropical. Il faut que je m'échappe, ai-je pensé, mais je ne voyais pas comment faire, l'instinct de survie ne tient pas lieu de compétence, et avant d'avoir seulement pu réfléchir à une issue nous sommes arrivés près d'un ensemble de cinq ou six cabanes de différentes tailles qui ressemblait à un campement plutôt qu'à un village, caché sous le couvert de la forêt. Les deux types m'ont fait entrer dans l'une d'elles, éclairée par des lampes au gaz, et sont restés près de l'entrée, silencieux. La cabane était presque vide et il y faisait sombre. Assis derrière une table un type m'a fait signe d'approcher. Dans la demi-obscurité je distinguais mal son visage mais il ressemblait à l'un des hommes de la Comunidad 5 de Enero, l'un de ceux que j'avais croisés le premier soir, et comme par réflexe, comme si dans toute cette absurdité je voyais un visage connu et amical, je lui ai souri, et en m'approchant je l'ai mieux observé et j'ai vu que ce n'était qu'une vague ressemblance dont je n'étais même pas très sûr et j'ai réalisé l'ineptie de mon sourire. Il y avait sur la table devant lui une arme et il a posé la main dessus en me faisant signe de me tenir face à lui dans la lumière de la lampe suspendue et il est resté un instant à me regarder. Sur la table il y avait aussi un verre d'eau qu'il a poussé vers moi du bout des doigts avec un hochement de tête, j'avais si soif que je me suis jeté dessus et l'ai vidé en trois ou quatre gorgées, il m'a regardé encore, en silence, puis soudain il a parlé, vite, nerveusement, et je n'ai rien compris de ce qu'il disait, alors j'ai seulement répondu no hablo bien español, no entiendo, et il s'est mis à hurler et encore une fois je n'ai rien compris. J'ai dit no matar, don't kill me, no matar, por favor. J'ai vu sa main posée sur l'arme qui semblait se fermer pour la saisir, et j'ai pensé il va la prendre et me tirer dessus à bout portant, au lieu de quoi il a émis un son d'air et de salive prise au piège entre la langue et les dents, un bruit de bulles qui éclatent sous la pression, et il a répété ce qu'il avait dit, sur un ton calme mais autoritaire, et comme je n'ai de nouveau pas compris j'ai répondu no entiendo, no entiendo.

Le type s'est rejeté en arrière sur sa chaise et d'une main, tandis que l'autre était toujours posée sur l'arme, il a ouvert un tiroir et en a tiré mon passeport qu'il a brandi devant lui en le secouant avec un air de victoire et de défi dans le regard, et il a parlé à nouveau mais je n'ai encore pas compris, seulement les mots *pasaporte* et *peruano*, alors j'ai fait ah sí, pero no hablo español, et la première chose qui m'est passée par la tête c'est la satisfaction que ce passeport ne se soit pas perdu, et alors même que j'étais prisonnier de types dont j'ignorais tout au fond de la forêt tropicale, de types armés de fusils, de mitraillettes et de revolvers, j'ai pensé qu'il m'aiderait à rentrer en Europe. Mais le type derrière la table s'est remis à hurler et de tout ce qu'il disait rien ne faisait sens pour moi. Il a fait de grands gestes des bras tout en agitant l'arme de sa main droite, et ma joie est aussitôt retombée en poussière au fond de ma gorge, l'asséchant davantage, et les deux types qui attendaient à l'entrée m'ont poussé vers l'extérieur.

Je me suis dit cette fois, c'est cuit, ils vont me planter quelques balles dans le ventre sans qu'il m'ait été donné de comprendre ce qui m'arrivait, la forêt était bien sombre à présent, le soir était tombé et la panique m'a pris, tout est devenu confus et je me suis dit si je cours à travers la forêt, si je détale à toutes jambes tout droit dans l'obscurité ils ne vont pas me suivre, ils ne le pourront pas avec leurs armes lourdes sur les épaules, avec aussi l'effet de surprise et la pénombre, dans la forêt tropicale et ses plantes à larges feuilles qui feront écran, ils ne pourront pas tirer, si je pars maintenant, me suis-je dit, j'ai mes chances, je cours tout droit pour aller où ? je ne sais pas, mais une chose à la fois, et je me suis dit ça y est, j'y vais ! et comme j'allais sauter dans la végétation épaisse j'ai vu que nous étions déjà de retour à ma cahute. Le type devant moi a ouvert la porte et l'autre m'a poussé à l'intérieur du canon de son fusil, puis ils ont déposé un petit bidon d'eau et ils m'ont enfermé.

La cahute était noire, plus aucune lumière ne filtrait à travers les planches, j'étais à bout de souffle, comme si l'idée de la fuite avait été suffisante pour m'épuiser. À peine quelques minutes plus tard, la porte s'est ouverte et l'un des deux types, mitraillette ou fusil en bandoulière, a déposé un bol de masato et une gamelle remplie de pâte de manioc et de haricots noirs.

* *
*

Ils m'ont tiré du sommeil au lever du jour ; j'avais fini par m'endormir après avoir passé presque toute la nuit à échafauder des théories sur ces hommes à demi vêtus de treillis et armés comme des soldats en campagne. J'avais d'abord pensé qu'ils avaient quelque chose à voir avec les types bizarres repérés dans la région et dont la menace avait précipité mon départ de la Comunidad 5 de Enero. Mais que voulaient-ils ? Étaient-ils liés au fugitif que la police recherchait ? Et qui était ce fugitif ? Et bon sang, qui étaient-ils ? Ou alors, c'est qu'ils font eux-mêmes partie de la police, ai-je pensé, qui sait à quoi sont prêts les condés de la région ? Ce sont là de possibles pratiques de maintien de l'ordre tropical ! Mais dans ce cas qui croient-ils que je sois ? Tout bien réfléchi, ils ne devaient pas être militaires : leurs uniformes incomplets et l'allure de ce camp – ses cabanes en planches et ses lampes au gaz – manquaient de rigueur martiale. Les camps militaires ont tout de même plus de tenue ! me suis-je dit, et après avoir joué mentalement avec toutes ces hypothèses, après les avoir assemblées et déconstruites plusieurs fois, j'en suis venu à me dire qu'ils devaient décidément avoir un lien avec ces types bizarres dont Bruno avait parlé, et aussitôt je me suis demandé si Bruno pouvait être lui-même associé d'une manière ou d'une autre à ces hommes. Nous avait-il envoyés Sucre et moi sur le fleuve en sachant ce qui se produirait ? Avait-il ourdi un piège contre l'infortuné Sucre pour des raisons qui m'échappaient ? Possible ! me suis-je dit. Ou bien peut-être étais-je seul visé et la nuit, l'abus de masato et une coupable maladresse avaient fait le tireur toucher la mauvaise cible. Mais dans ce cas pourquoi avais-je survécu jusque-là, qu'attendaient-ils donc pour me tuer ? Bruno peut-être-bien-Rovelli avait-il eu pour besogne de me faire tuer afin que jamais je ne retrouve le chemin du nord ? Et cet énigmatique Sucre, n'était-il bel et bien qu'une victime innocente ? Je m'étais interrogé sur les raisons pour lesquelles il m'avait donné à boire du masato durant la traversée, qui sait s'il n'avait pas eu pour charge de m'assommer dans l'idée que je meure ensuite plus docilement ? Le corps de Sucre basculant dans le fleuve ramassé sur lui-même prenait alors un autre sens : Charon a failli, me suis-je dit, tombé au Styx au lieu de me déposer sur la berge des Enfers, et c'est lui maintenant sans sépulture qui erre, l'âme en peine, le long du fleuve et errera pendant un siècle.

J'avais donc à peine sombré dans le sommeil la tête pleine de questions et de doutes quand ils m'ont réveillé et poussé hors de la cahute. J'ai pensé que j'allais peut-être obtenir quelques réponses. En traversant le campement j'ai compté en réalité huit cabanes et au moins une dizaine d'hommes en armes ainsi que quelques femmes, armées elles aussi, vêtues de vestes de camouflage, et toutes et tous m'ont regardé en silence, avec une sorte de curiosité chez certains, et chez d'autres – ce qui m'a davantage inquiété – quelque chose comme un désintérêt ou un ennui, comme on voit passer une brume vaporeuse qui n'a ni corps ni existence véritable et qui va s'estomper d'elle-même.

Le type derrière sa table semblait ne pas avoir bougé et quand je suis entré il a levé les yeux vers moi tout en jouant avec mon passeport qu'il tapotait du bout des doigts, ou lançait en l'air en lui imprimant un mouvement de pirouette, et quand j'ai été face à lui, les deux gardes derrière moi près de la porte, il a dit buenos días Señor Floresse, et sans me laisser répondre il a poursuivi en disant des choses que je n'ai pas comprises, il ne s'arrêtait pas et je l'ai interrompu, j'ai dit en haussant la voix NO HABLO ESPAÑOL ! NO ENTIENDO ! mais il ne s'est pas arrêté, il a lui aussi haussé le ton, je ne comprenais rien, ne saisissant au passage que quelques mots qui formaient une constellation mystérieuse, et il agitait le passeport à hauteur de son visage puis l'a jeté sur la table en le faisant claquer, et il a dit quelque chose à l'un des gardes qui est sorti tandis que l'autre s'est approché de moi en pointant son arme.

Le type derrière la table feuilletait mon passeport en silence sans plus m'adresser un regard et je me suis revu face à la cliente Rovelli, attendant qu'elle signe le bordereau de réception, un sac de toile microperforée à la main qui contenait mes affaires de bain. Je me suis dit que la situation se répétait, comme si tout mouvement de mon corps dépendait d'une volonté extérieure, plus grande que la mienne, plus solidement ancrée. Rovelli avait dû déceler en moi cette inclination pour l'inertie, elle avait dû y voir une opportunité : il suffirait de me pousser dans le dos pour que j'amorce autour du globe une course à vitesse constante, puis suffirait une autre poussée de temps en temps pour contrer le frottement de l'air et relancer ce corps sans énergie, en le chargeant de documents à livrer en mains propres ou d'un attaché-case ou d'un bracelet en argent plaqué. Aucune action, aucune décision d'aller et venir n'avaient été miennes, me suis-je dit, elles en avaient eu l'apparence tout au plus, et encore, à peine – il n'y avait qu'à repenser au chantage que m'avait fait Ernesto afin que j'embarque pour le Pérou. En réalité tout n'avait été que faux-semblants et illusions. Et j'en étais revenu à patienter pour que s'exerce sur moi une poussée nouvelle, fût-elle cette fois définitive et funeste.

Tout ça pour ça, ai-je pensé.

La porte s'est ouverte et un homme est entré, plutôt grand et les cheveux roux avec une barbe drue, un garde le suivait et le tenait en joue de manière relâchée, le canon de son fusil presque baissé vers le sol. Le type derrière la table a échangé quelques mots avec lui en me montrant avec la main qui tenait mon passeport et j'ai compris le verbe *traducir*. Le roux m'a demandé si je parlais anglais, j'ai dit yes, just a little. Mais pas espagnol ? a-t-il dit, j'ai dit no, only a little. Le type derrière la table a commencé à poser des questions et le roux me les a traduites en anglais, puis mes réponses en espagnol. Le type voulait savoir pourquoi j'avais un passeport diplomatique péruvien, et j'ai répondu que c'était une longue histoire, que j'avais été chargé de faire la livraison d'un attaché-case à la demande d'un employé du Consulat à Madrid, et qu'on m'avait donné un passeport péruvien à cette occasion. Le type s'est étonné qu'il y ait d'autres tampons sur le passeport, il a dit que ça ne collait pas avec mon récit, et j'ai répondu que c'était pourtant vrai, c'était le passeport qu'on m'avait donné. Le type derrière la table voulait absolument me faire admettre que le passeport était faux et le roux traduisait, sans jamais ajouter un commentaire personnel, et chaque fois j'ai répondu que c'était un vrai passeport péruvien, la preuve : j'étais arrivé jusque-là sans parler espagnol, et si je n'étais pas moi-même authentiquement péruvien, le passeport, lui, l'était. Le type m'a demandé ce que je livrais, si je faisais ça souvent, et j'ai dit non, j'ai livré quelques fois des documents en mains propres, et un attaché-case donc, mais j'ai précisé qu'on me l'avait volé non loin de Pisco, et que j'avais décidé de ne plus accepter de livraisons désormais car cela ne faisait que m'attirer des ennuis.

Le roux traduisait tout d’une voix monocorde, sans affects, sans aucune expression trahissant ce qu’il pensait de la situation.

Le type derrière la table a posé d’autres questions encore, à propos de ma présence sur une pirogue au milieu de la nuit, j’avais parlé de Pisco alors je faisais quoi en plein cœur de la forêt ? et il a demandé ce que contenaient les sacs que nous transportions sur la pirogue. J’ai raconté à peu près la vérité : j’avais séjourné dans un village car je voulais voir la vie tropicale au plus proche de l’os, au plus près du squelette, mais ça avait été décevant et je m’en retournais vers Iquitos, et de là en Europe, simple touriste aux poches pleines de poussière de la route ; un coup de feu était survenu sans que rien ne m’y prépare et j’étais là désormais. Quant aux sacs, je n’en savais rien, ils n’étaient pas à moi. Peut-être bien qu’ils contenaient des vareuses de rugby, j’ai dit, des shorts et des cônes en plastique. J’ai demandé avec nervosité pourquoi ils avaient tué Sucre et j’ai dit qu’ils devaient me laisser partir, que je leur demandais de me laisser repartir, que je ne dirais rien à personne de ce qui s’était passé. Tout cela m’angoissait et je n’y comprenais rien, je n’avais rien à voir avec leurs histoires et voulais seulement rentrer chez moi, et le roux a traduit ce que j’avais dit mais la seule réponse du type derrière la table a été un grand rire et il a glissé mon passeport dans le tiroir devant lui. Puis, avec un mouvement de tête, il a donné l’ordre de nous faire sortir, le roux et moi, et un garde m’a poussé du bout de son canon sur le chemin qui menait à ma cahute tandis que le roux prenait à pas lents un autre chemin, suivi du deuxième garde qui tenait son fusil de manière équivoque, à peine pointé vers lui.

J'ai passé la journée enfermé, la plupart du temps couché sur mon semblant de lit ; il ne se passait rien mais une fois on est venu m'apporter une assiette de pâte de manioc et de haricots noirs, de l'eau et un bol de masato, et deux fois encore on m'a emmené aux toilettes – en réalité un simple trou caché par quelques branchages, un peu en retrait du camp. Je pensais sans cesse à ma situation, me demandant ce qui m'attendait, démontant chaque hypothèse dans le moindre détail comme on le ferait d'un moteur puis la remontant pièce par pièce pour voir si elle tenait la route, si elle produisait d'autres pistes plausibles, mais plus le temps passait plus j'avais le sentiment de perdre des pièces essentielles ; je songeais de moins en moins à Sucre, même si parfois l'image de son corps basculant dans le fleuve s'imposait et empêchait toute autre pensée de se maintenir avec un peu de cohérence. À chaque fois le corps de Sucre tombait à l'eau, comme une pierre vient troubler le reflet parfait d'un visage et lui interdit de se reformer avant longtemps.

Quand la lumière s'est estompée, trahissant l'arrivée soudaine du soir, la porte s'est ouverte et deux gardes – d'autres cette fois, un homme et une femme qui me poussait dans le dos de toute la longueur de son fusil – m'ont emmené une fois de plus dans la cabane où m'attendaient le type derrière la table et le roux debout devant lui, à côté d'une chaise vide. Le type m'a fait signe de m'asseoir ; le voyant à hauteur d'yeux je me suis rendu compte qu'il était très jeune, au-dessus de sa lèvre supérieure il avait laissé pousser une fine moustache qui n'était qu'un léger duvet noir et ne suffisait pas à durcir ses traits juvéniles.

L'interrogatoire a repris, sur un ton aimable et presque cordial, le type a voulu que je lui redise comment et pourquoi j'étais en possession d'un passeport diplomatique péruvien, et j'ai tout réexpliqué, du moins ce qui me semblait suffisant pour comprendre l'épisode de l'attaché-case et l'expérience de la vie tropicale. Le roux traduisait, n'ajoutant jamais aucun mot personnel. Le type a voulu savoir si j'avais dû montrer mon passeport à la douane ou en d'autres occasions, à la police par exemple, et si cela avait ou non posé problème, et j'ai dit que oui, je l'avais montré, et que non, il n'y avait pas eu de problème puisque c'était un vrai passeport, délivré par le Consulat du Pérou à Madrid. Ensuite il m'a redemandé pourquoi je ne parlais pas espagnol et j'ai dit que je n'étais pas espagnol ni péruvien, que j'avais seulement un passeport péruvien tout ce qu'il y a d'authentique. Je me suis détendu, phénomène étrange et incompréhensible, comme si j'avais donné les réponses évidentes et faciles à un examen dont je m'étais fait un monde, oubliant le corps de Sucre basculant dans le fleuve, une balle nichée au cœur de son existence. J'ai pensé que ces types devaient être de la police. Certes leurs méthodes étaient quelque peu désagréables et brutales mais après tout, si tout ce qui les chiffonnait était l'origine de ce passeport, les choses seraient peut-être vite réglées.

Le type au fin duvet noir a fait un signe de tête au garde qui s'est approché de moi et, en me souriant, a levé son fusil ou sa mitraillette et a donné un violent coup de crosse sur mon épaule droite ; la douleur aussitôt s'est diffusée tout autour en étoile, des omoplates à la nuque, de la tête à l'échine, une onde brisant tout sur son passage s'est propagée dans mon corps et je suis tombé de la chaise sans aucune résistance ; le coup reçu avait été si puissant qu'il m'enfonçait dans le sol de terre humide couverte de feuilles et de palmes. Un autre coup est parti, cette fois la crosse a frappé ma cuisse, puis on m'a asséné des coups de pied dans les jambes et les bras, d'autres coups de crosse peut-être, c'est possible, les coups n'étaient plus isolés les uns des autres, chaque coup s'additionnait à celui qui l'avait précédé et multipliait la douleur, comme s'il s'agissait d'une simple opération mathématique, chaque coup doublant le précédent et la douleur croissant de manière exponentielle, coup fois coup fois coup fois coup, douleur au carré du carré du carré du carré jusqu'à ce qu'il ne soit plus possible de percevoir une limite entre le corps et la souffrance, comme si ce corps qu'autrefois j'espérais dissous dans les mouvements ascendants et descendants des vagues artificielles, affranchi de toute pression, s'était finalement fondu dans un acier incandescent où il ne serait plus que brûlure à jamais.

Quand ce fut terminé le garde et le roux m'ont redressé et assis sur la chaise. Je n'avais reçu aucun coup au visage, rien au ventre ni au côté, seulement dans les membres.

Le type au fin duvet noir a parlé et le roux a traduit, me demandant de dire la vérité sur ce passeport, comment je l'avais obtenu, et pourquoi. J'ai répété la même histoire, mot pour mot, je n'en connaissais pas d'autre, la vérité rien que la vérité, Ernesto, l'attaché-case, la vie tropicale et le retour en pirogue vers l'arrêt de la navette publique. Puis, la voix cassée par la peur, j'ai hurlé mais vous me faites chier à la fin, je ne vais quand même pas inventer des trucs pareils !

Le type est resté un instant silencieux, ses yeux allaient du passeport à mon visage puis retournaient au passeport qu'il feuilletait dans un sens puis dans l'autre, quand d'un coup, en prenant une inspiration profonde, il a dit Ernest Floresse, et je ne sais pas bien pourquoi, j'ai voulu dire que ce n'était pas mon vrai nom, que c'était le nom figurant sur le passeport, mais que mon vrai nom c'était... et il s'est levé d'un bond, il a jeté le passeport sur la table, et il a hurlé ERNEST FLORESSE ES TU NOMBRE ! ERNEST FLORESSE ! puis il a gueulé encore et encore et le roux a traduit, il a dit qu'on n'en avait rien à foutre de mon vrai nom, que dorénavant et tant qu'il le voudrait mon nom serait Ernest Floresse, diplomate péruvien comme en témoignait ce document, que le seul connard qu'il voyait devant lui s'appelait Ernest Floresse, et puis de deux choses l'une :

soit le passeport était le mien et il était vrai et je m'appelais Ernest Floresse – et alors j'allais peut-être bien pouvoir rentrer chez moi –, soit le passeport était un faux et ce nom était faux, et alors dans ce cas…

Dans ce cas vous faites quoi ? ai-je dit, et le roux s'est penché vers moi et il m'a dit en anglais ferme-la, crétin, tu ne veux pas poser cette question.

* *
*

J'allais prendre le chemin de la cahute mais les gardes m'ont fait signe de suivre le roux et je suis entré à sa suite dans une cabane plus vaste avec un plancher, une table et quelques chaises éclairées par une lampe au gaz. Deux larges ouvertures donnaient sur la forêt, l'air circulait mieux, et avec lui les moustiques attirés par la lumière. Les muscles de mes jambes étaient tétanisés par les coups reçus et marcher m'avait coûté tant d'effort que je me suis laissé tomber comme un poids mort sur une des chaises. La porte s'est refermée sur nous et le roux a posé un bol sur la table devant moi, puis il l'a rempli de masato jusqu'au bord. Drink that, a-t-il dit. Alors, en voyant le liquide couler, en sentant son parfum lourd et fermenté, quelque chose s'est fendu dans ma gorge, un sanglot sec a éclaté comme une pierre chauffée à la braise, un sanglot sans larmes, une rafale de hoquets, le souffle saccadé, court au point de me sentir étouffer, parce que mon cœur battait soudain si fort qu'il empêchait ma cage thoracique de se gonfler. Bois, ça ira mieux après, a répété le roux. J'ai porté le bol à ma bouche en tremblant de faiblesse et de douleur tant je sentais encore les coups pleuvoir sur mon épaule droite, et un peu de masato s'est répandu sur la table sans que j'aie le désir d'en faire offrande à la Pachamama. J'ai bu à petites gorgées entre les hoquets et les soubresauts nerveux de mes bras. Le masato était épais et me tapissait la langue et le palais comme la pâte moelleuse des crêpes qu'enfant j'aimais goûter avant que ma mère ne la cuise. Quand j'ai posé le bol vide sur la table, les larmes sont arrivées, par bouffées d'abord puis sans interruption, coulant à flots rapides, et j'ai été emporté, mis sens dessus dessous par la rivière sauvage des pleurs. Je perdais pied, noyé sous un torrent lacrymal incontrôlable, je buvais la tasse, et lorsque je tentais de reprendre de l'air à la surface, le courant me submergeait à chaque fois.

J'ai senti une main se poser sur ma tête et la caresser doucement et une voix de femme m'a parlé en espagnol, está bien, está bien ; j'ai levé les yeux : elle devait être dans la pièce quand je suis entré mais je ne l'avais pas vue, et comme je la regardais avec étonnement le roux a rempli mon bol à nouveau. Il a dit que je pouvais m'estimer heureux, et que si j'étais là avec eux dans cette cabane, c'est que les types dehors avaient l'intention de me garder en vie parce que je pouvais leur servir à quelque chose.

Le regard de la femme m'est apparu calme et apaisant, elle a lentement répété, en détachant bien les syllabes comme on rassure un enfant avant la nuit, está bien, tranquilo.

Le roux me faisait face et il a repris : le passeport diplomatique, c'est une aubaine pour eux, tu as de la chance.

Je me suis tourné vers lui et j'ai dit mais bon sang, c'est quoi cette histoire à la fin ? pourquoi la police voudrait-elle me tuer, et qu'est-ce que je fous ici ? et qui êtes-vous, quel est cet endroit, que me voulez-vous tous ? et j'ai dit vous avez tiré sur Sucre, vous l'avez tué, je l'ai vu tomber à l'eau ! pourquoi la police fait-elle ça ?

Le roux m'a regardé longuement avec effarement et il a dit la police ? tu crois que ces types sont de la police ? Non, ai-je dit, enfin peut-être, je ne sais pas, je ne sais plus rien, je ne comprends rien, j'étais dans un village et on m'a parlé de types bizarres repérés dans la région et d'un fugitif et de la police à ses trousses, et j'ai cru que peut-être la police me recherchait à cause de mon passeport péruvien, parce que je ne parle pas espagnol et parce qu'on m'a déjà suspecté près de Pisco à cause de cette histoire d'attaché-case volé, alors ces types avec leurs armes et leur tenue de camouflage peuvent bien être de la police. La femme à côté de moi a répété doucement tranquilo, tranquilo, et sa voix était chaude et réconfortante. Le roux s'est mis à rire, la police, a-t-il dit, la police ! et il riait de plus belle, et la femme et lui ont échangé quelques mots en espagnol, il riait et elle avait l'air de lui parler durement, avec un peu de mépris, mais je ne comprenais pas ce qu'ils disaient. Puis le roux s'est assis à la table en face de moi et il a dit qu'il s'appelait

David Dagenham et elle, Marta Lores, et aucun d'eux n'était de la police, pas plus que tous ces types dehors, non, elle et lui et moi aussi désormais nous étions là pour la même chose. Pour quoi ? j'ai dit, si ces types ne sont pas de la police, qui sont-ils et pourquoi sommes-nous là ? Tu n'as toujours pas compris ? incroyable ! a-t-il répondu avec un ricanement, ces types sont des rabatteurs, ils capturent des mules, et toi, elle et moi, a-t-il ajouté, nous sommes ces mules et nous allons devoir faire une livraison pour eux. Une livraison ? ai-je répété, quel genre de livraison ?

De la coke, mec, a-t-il dit, de la coke évidemment ! On va transporter de la cocaïne !

* *
*

Je me suis balancé dans un hamac en cherchant le sommeil, j'entendais la respiration lente de Marta et de Dagenham juste à côté de moi, et les bruits et les cris nocturnes de la forêt entraient par les ouvertures de la cabane et résonnaient. Comment peuvent-ils dormir ? me suis-je dit, avec les moustiques qui ne cessaient de vibrionner autour de nous et le vacarme de la nuit, et la voix du garde qui de temps à autre nous éclairait de sa lampe torche par l'une des ouvertures, puis, ayant constaté que nous étions toujours là, retournait se poster devant l'entrée de la cabane et fumait du tabac dont la fumée finissait par envahir mes narines.

David Dagenham avait dit qu'il ne fallait pas imaginer s'enfuir d'ici, la forêt était pleine de pièges, et si je n'y laissais pas ma peau, mordu par un serpent, piqué par un scorpion ou seulement empoisonné par des plantes cueillies et mangées par méconnaissance, les types me rattraperaient sans doute et alors c'en serait terminé, une simple rafale et couic, fini. D'après lui le transport de la drogue n'avait rien de difficile, peut-être inconfortable mais, après tout, se faire faucher par une balle le serait bien davantage. Je l'avais écouté en gardant le silence et ses mots étaient tombés en moi comme dans un puits, dans leur chute ils s'étaient désagrégés et j'en avais perdu le sens. Jamais à aucun moment de ma vie je ne m'étais imaginé devoir un jour transporter de la cocaïne pour le compte des cartels. Enfant j'avais caché une fois dans mon cartable un paquet de cigarettes à la demande d'un voisin plus âgé parce qu'il craignait de se faire prendre par ses parents, et des années plus tard j'y repensais encore et ça me rendait mal à l'aise, et s'il est vrai que je n'imaginais pas davantage livrer en mains propres des attachés-cases d'un bord à l'autre du globe, je l'avais pourtant fait, et si je n'imaginais pas non plus mentir à la femme chez qui je vivais pour dissimuler un voyage à Madrid, je m'étais en réalité roulé dans le mensonge. Mais convoyer de la cocaïne c'était encore autre chose, et je n'avais pas vraiment conscience de ce que cela recouvrait. Les mots de David Dagenham étaient tombés en morceaux au fond du puits, les syllabes flottaient à la surface d'une eau troublée de masato et mon pauvre seau en bois de neurones ne remontait que des sons désarticulés. J'avais écouté Dagenham et je n'avais pas rompu mon silence, j'avais laissé ses mots se briser comme pour en nier le sens, et ce n'est qu'au cœur de la nuit, quand j'avais été seul éveillé que j'avais peu à peu rassemblé les syllabes en mots et les mots en phrases pour admettre enfin l'évidence : j'étais devenu le trafiquant que désignait mon passeport péruvien à ceux qui l'avaient eu entre les mains et qui, pareils à des voyants extralucides, avaient entrevu chez moi ce destin.

Et que se passera-t-il, me suis-je dit, si la police me serre à quelque moment du transport avec dans mes valises cinq kilos de poudre blanche dissimulée entre des vêtements ? Que se passera-t-il alors, comment Ernest Floresse, porteur illégitime d'un passeport diplomatique péruvien, probablement porté disparu et ayant abusé de ses congés de récupération, se défendra-t-il d'être un criminel ? Suis-je d'ailleurs en train de virer scélérat et serai-je condamné et damné pour avoir voulu sentir de plus près la chaleur tropicale et le bien-être du jacuzzi ? Me vouera-t-on aux terreurs infernales comme un Fitzcarraldo de la pire espèce, venu chercher l'impossible et l'inexistant et ne trouvant que de la coco à convoyer afin que d'autres Fitzcarraldo des jungles urbaines se la fourrent dans le nez ? Sera-ce un assez long détour pour la femme chez qui je vivais que de m'attarder en prison ou peut-être à la morgue ? Tu m'avais demandé de ne pas me presser de rentrer, lui dirai-je, et de prendre la mesure des choses, et la mesure est un poids, j'en ai lourd, j'aurais pourtant aimé savoir voyager léger, errer entre les tropiques, rebondir sur les 23e parallèles sans rien dans ma besace, ni documents ni attachés-cases, et moins encore de poudre blanche, mais il semble que je doive être éternellement lesté, jamais affranchi de la pression, et pour toujours traîner à mes guêtres la mesure des choses.

Et l'image du corps de Sucre basculant dans le fleuve, sa chute, était-ce le prix à payer pour avoir ressenti le désir de flotter entre deux eaux ? Je me suis dit que jamais ce corps ne se serait replié sur lui-même s'il n'avait fallu m'évacuer de la Comunidad 5 de Enero. Il y serait sans doute encore à boire du masato ou à s'entraîner sur le terrain de rugby, il avait une famille et mon élan de tropicalité avait provoqué sa perte. Bon sang, la tenancière de la posada avait raison : j'étais comme ces fous détruisant tout pour une chimère, l'histoire se répétait encore et encore, le spectre grimaçant de Klaus Kinski criait en moi, on ne s'affranchit pas si facilement de la saleté de ses fantasmes, de leur laideur cachée sous les plantes à larges feuilles et les eaux chaudes et le mouvement des vagues d'un décor tropical.

Comment parviennent-ils donc à dormir dans tout ce vacarme ? me suis-je dit.

Au point du jour je n'avais pas fermé l'œil un seul instant, et en regardant par l'une des ouvertures de la cabane il m'a semblé que la forêt était encore plus dense et sombre, qu'aucune lumière n'y pénétrait et qu'elle n'offrait aucune issue. Marta Lores s'est levée la première sans me prêter attention ; je l'ai regardée se mouvoir vers la table et les chaises, elle s'y est assise, le dos droit, les mains posées à plat et la tête haute, sans un mot, et elle est restée là, immobile. Je l'ai observée secrètement ; je me suis dit qu'elle devait avoir plus de cinquante ans, son corps avait cette sorte d'épaisseur que les années glissent sous la peau, cette matière accumulée comme un dépôt noble du temps qui passe. Son visage était encore peu visible dans le reste d'obscurité, mais j'ai vu deux lourdes poches sous ses yeux, comme une fatigue persistante, et ses cheveux tirés en arrière, tenus par une pince, étaient tramés de blanc. La porte de la cabane s'est ouverte et le garde est entré, le bruit a réveillé Dagenham qui s'est levé et j'ai fait de même, et tous les trois nous avons suivi le garde qui nous a conduits jusqu'à un point d'eau où nous avons fait un semblant de toilette – d'abord Marta pendant que Dagenham et moi allions nous soulager à l'écart –, puis de retour à la cabane on nous a donné un plat de riz et de bananes.

J'ai demandé à Dagenham ce qu'il allait se passer maintenant, et il a dit rien, il faut attendre, c'est tout. Il était d'une placidité déconcertante, indifférent à la situation, à l'exiguïté de la cabane et aux gardes armés ; aucune émotion ne venait troubler son visage. C'est le flegme britannique, me suis-je dit, mais Dagenham m'a appris plus tard qu'il était australien. C'est parce que j'ai déjà fait ça, a-t-il dit, j'ai déjà fait la mule, je sais comment ça se passe et je sais qui sont ces types et de quoi ils sont capables. Que faut-il attendre ? ai-je demandé. Que tout soit prêt, ça peut prendre du temps, quelques jours ou quelques semaines, a-t-il dit. J'ai demandé s'il attendait depuis longtemps, et il a dit qu'il était là depuis une semaine. Et Marta ? ai-je demandé. Elle, c'est plus compliqué, il a dit.

Marta était restée silencieuse, mais son silence n'avait rien de l'impassibilité de Dagenham. Chacun de ses gestes semblait devoir être exécuté pour s'en débarrasser : elle avait fait sa toilette en vitesse, avait mangé en vitesse et aussitôt après s'était rassise sur la chaise, droite, le regard vers la porte d'entrée. Elle se tenait prête.

Mes muscles étaient encore douloureux et en portant la cuillère à ma bouche j'ai grimacé, Marta l'a vu et s'est levée et elle a délicatement écarté ma chemise, puis elle a dit hay que desinfectar, et elle m'a souri. J'avais une plaie à l'épaule, un peu en arrière, là où la crosse avait frappé. Marta s'est dirigée vers une des ouvertures de la cabane pour appeler le garde, ils se sont parlé un instant et quelques minutes plus tard on lui a apporté une petite bouteille d'alcool et un morceau de tissu. Comme le garde s'en allait elle l'a retenu et d'un ton anxieux, presque suppliant, elle a dit cuándo nos vamos a ir, cuándo, por favor ? et tout en lui parlant elle se tordait les mains, mais le garde est sorti sans lui répondre. Quand elle est revenue vers nous les cernes sous ses yeux semblaient plus profonds et son regard perdu dans le vague, puis elle a pris la bouteille d'alcool et le morceau de tissu et, après m'avoir souri, elle a dit está bien, tranquilo, et elle a désinfecté ma plaie avec prudence.

J'ai regardé par l'ouverture qui donnait sur le campement : une impression d'oisiveté dominait, les hommes et les quelques femmes semblaient tuer le temps en fumant et en buvant du masato. À bien y regarder, leur tenue n'était pas vraiment militaire. Certains portaient des éléments de camouflage mais la plupart ressemblaient aux habitants de la Comunidad 5 de Enero, en shorts et tee-shirts échancrés et tongs aux pieds. J'ai vu passer le type qui m'avait interrogé se diriger vers cette cabane de violence, il portait un pantalon de survêtement noir et brillant et aux pieds des baskets blanches, immaculées pour ainsi dire, et je me suis demandé comment il pouvait avoir des chaussures aussi rutilantes en pleine forêt tropicale. Il avait une veste de camouflage et autour du cou de longs colliers superposés à la manière des rappeurs de la côte ouest des États-Unis. Quel sens avait cette attente en treillis, cette inaction armée jusqu'aux dents ?

J'ai repensé à Sucre, à la pirogue descendant l'Amazone à l'heure bleue de la nuit, dans cette sorte de pédiluve entre nuit et jour. Dagenham avait dit que ces types étaient des rabatteurs capturant des mules, soit, mais pourquoi se trouvaient-ils au bord du fleuve cette nuit-là, si loin de leur campement ? Que savaient-ils de notre passage ? Étions-nous attendus ? Je ne savais plus à qui faire confiance. Pouvais-je me fier à Dagenham, à ce qu'il racontait ? Il affirmait lui-même être déjà passé par là, aussi rien ne me prouvait qu'il n'était pas de mèche avec ces types oisivement armés. Je me suis dit que j'avais occupé ma vie, ces derniers temps, à accumuler des doutes et des questions en surnombre que je poussais devant moi comme Sisyphe son rocher. Ou plutôt comme un bousier, et la masse roulante de mes interrogations grossissait, grossissait, grossissait, sans que jamais rien ne résolve une part de l'énigme.

J'ai regardé Dagenham. Il fumait une cigarette, rejeté en arrière sur une chaise, les jambes croisées – un modèle de décontraction. Tu connais Bruno Rovelli ? ai-je dit sèchement. Dagenham m'a regardé sans changer de position ni répondre. Rovelli, ai-je repris, ce nom ne te dit rien ? Pourquoi devrais-je le connaître ? a-t-il dit. Ou un Bruno, simplement, un Français d'Iquitos, non ? Non, a-t-il dit, je ne connais pas de Bruno, ni même quiconque à Iquitos. Et après avoir dit cela d'une voix monocorde et blasée, il a tiré une longue bouffée sur sa cigarette, a soufflé la fumée au-dessus de lui en la projetant loin, comme le nuage d'une explosion nucléaire, et il a seulement dit, comme pour lui-même, dans une sorte de soupir las, get me outta here. J'ai regardé Marta assise à la table, le dos droit et le visage tendu, et je lui ai dit Marta, no conoces Bruno Rovelli ? Elle a souri, d'un sourire désolé, presque triste, et elle a répondu no, no lo conozco, puis elle a échangé quelques mots avec Dagenham et quand ils ont eu terminé, Dagenham s'est redressé sur sa chaise et m'a dit que je ne devais pas chercher à comprendre pourquoi j'étais là, que toutes les mules cherchaient toujours à comprendre ce qui avait bien pu les mener là, pourquoi eux ? comment ? et toutes ces choses, mais il n'y avait rien à comprendre. Tu as seulement joué de malchance, a-t-il dit. Ou de chance, a-t-il immédiatement corrigé. Sans ton passeport péruvien tu serais peut-être mort à l'heure qu'il est. Je me suis demandé comment il était possible de proférer de telles paroles avec autant de calme et de détachement. Il faut vivre depuis longtemps sur cette étroite bande de terre surélevée en bordure de la coulée de lave qui menace de tout emporter, me suis-je dit, pour qu'évoquer la mort d'un être face à soi, et pour soi-même évitée de justesse, ne provoque pas même un battement de cils, aucune cassure dans la voix. Il faut être insensible au magma incendiant les villages et les champs, s'être soi-même déjà consumé pour ne plus rien éprouver de l'insupportable chaleur qui régnait dans cette cabane plantée au beau milieu de la chair gangrenée de la forêt.

La porte s'est ouverte brusquement et une femme armée de sa mitraillette m'a fait signe de sortir, et Dagenham avec moi, et elle nous a poussés en direction de la cabane de violence où j'avais été rossé la veille. Aussitôt une peur terrible m'a saisi, j'ai dit non, non ! je sentais déjà les coups pleuvoir sur moi et peut-être pire, peut-être avait-on tenté d'endormir ma méfiance, por favor, non, non, ai-je dit, mais Dagenham m'a dit de me calmer, qu'il me l'avait déjà expliqué : ils m'auraient déjà tué s'ils l'avaient voulu. Dans la cabane, le type au fin duvet noir et aux chaînes autour du cou était assis derrière la table, à la même place. Une enceinte diffusait de la musique en sourdine, du rap américain, avec des basses lourdes, bam-bam-tchac, bam-bam-tchac, et il tapait sur la table en rythme et en me voyant entrer il a fait un grand geste de la main comme si nous étions de vieux amis, comme s'il était heureux de me voir, et il m'a fait signe de m'asseoir face à lui et Dagenham s'est assis sur la chaise voisine pour faire la traduction. Le type a souri, Amigo Ernest Floresse ! a-t-il dit. Amigo ! Dagenham a traduit d'une voix sans expression tout ce que le type disait en roulant de grands yeux. Il se félicitait que je marche avec eux – il supposait que David Dagenham m'avait expliqué de quoi il s'agissait –, je n'aurais pas à le regretter, nous étions unis désormais (il avait joint ses index), frères d'armes, on pouvait le dire. D'ici quelques jours, a-t-il dit, je rentrerais en Europe, et une fois ma tâche accomplie je serais libre d'aller où bon me semblerait. Cette tâche ne serait d'ailleurs pas difficile pour moi grâce à ce passeport diplomatique. Ce serait, pour ainsi dire, un jeu d'enfant, un simple voyage en avion. Il faudrait que je reste calme, évidemment, que je maîtrise mes nerfs. Savez-vous maîtriser vos nerfs, Amigo Ernest ? a-t-il demandé, mais il ne m'a pas laissé le temps de répondre. Bien sûr, il y avait un risque, mais limité. Très limité. Cela dépendrait surtout de moi, de la maîtrise de mes nerfs. De ma rigueur, même, et il avait pointé un doigt en l'air pour appuyer ce mot. Amigo Ernest, vous aimez Snoop Dogg ? a-t-il dit en montant le son de l'enceinte. Eh bien Snoop Dogg n'est pas devenu Snoop Dogg en perdant son sang-froid. Le talent, oui, mais la rigueur avant tout. La rigueur, Ernest.

La maîtrise ! C'est comme ça qu'on devient Snoop Dogg. C'est comme ça qu'on devient riche.

Pendant qu'il parlait et que Dagenham traduisait j'opinais machinalement de la tête. Me venaient à l'esprit des images de fouille au corps par une brigade de policiers hargneux, puis je me suis remémoré à nouveau cet épisode des cigarettes dans mon cartable : j'avais dû feindre des crampes d'estomac pour me soustraire à la vue de mes parents et dissimuler mon fardeau de tabac sous mon lit, puis je m'étais endormi, certain d'avoir trompé leur vigilance, mais au matin, à ma place à la table du petit déjeuner, le paquet de cigarettes était posé en guise de repas et ma mère, le regard aussi furieux qu'effrayé, m'avait sommé de m'expliquer, et j'avais tout lâché, donné tous les noms sans qu'elle doive insister, tous les noms et même davantage, j'avais balancé d'autres trafics et d'autres secrets inavouables, j'avais tout lâché comme un ballon gonflé d'eau explose tout net, clac ! et ma mère avait démantelé le réseau, appelé les parents d'élèves et l'école, et jusqu'à la fin de l'année scolaire j'étais resté caché dans la salle d'étude à toutes les récréations.

Vous imaginez bien, Amigo Floresse, que si nous misons sur vous, si nous vous faisons confiance, si nous investissons dans votre maîtrise et votre rigueur, nous savons aussi faire respecter nos accords.

Le type derrière la table s'est lissé le duvet comme s'il s'agissait d'une véritable moustache et je me suis dit qu'il surjouait peut-être un peu son rôle. Il y avait quelque chose de grotesque dans son attitude, de cabotin, et je ne parvenais pas à prendre la mesure de ses menaces. Sans m'en rendre compte j'ai souri, ce ne fut rien qu'une contraction nerveuse, mais en réaction le type a monté le son de l'enceinte et il s'est mis à chanter très fort en doublant la voix du rappeur, ça sonnait faux mais il donnait du coffre, *Run an illegal business, racketeerin', smugglin'*, il a monté le son de plus belle et il a fait un signe de tête à la gardienne qui s'est approchée de moi et m'a frappé avec la crosse de son arme sur le bras, juste en dessous de ma plaie à l'épaule, j'ai hurlé de douleur, elle a frappé une fois encore et je suis tombé de la chaise, le type continuait à doubler la voix, *If you show them my money, your ass is gettin' f-laid*, et il m'a semblé que d'autres coups sont tombés au rythme de la musique, sur les temps forts un coup de crosse, bam-bam-TCHAC, bam-bam-TCHAC, j'ai hurlé stop ! stop ! et soudain ça s'est arrêté, le type s'est penché sur moi et en baissant un peu la voix il a encore dit, en prenant la pose comme s'il était sur une scène, *Murder's an everyday thing in the city.*

Pendant que je sortais de la cabane soutenu par Dagenham, le type a encore dit ah ! Amigo Ernest ! si vous faites exactement ce que nous attendons de vous, vous récupérerez votre argent, bien entendu, et nous vous donnerons peut-être une belle prime !

* *
*

Le temps tropical est lent, me suis-je répété souvent pendant les journées qui ont suivi. Il est englué dans la terre boueuse des berges du fleuve, freiné dans sa progression par la densité de la végétation et la lourdeur de l'air. Le temps étouffe sous les tropiques, il a le souffle court. Le temps se dilate en zone humide et se gorge d'eau comme une éponge. Il n'a plus ni légèreté ni transparence ; ailleurs un souffle de vent le fait disparaître et emporte les heures mais là, dans la cabane ouverte sur la forêt chaude et humide, lesté par l'immobilité de notre condition, le temps gît au sol comme une serpillière.

Deux fois par jour on nous apportait un repas, toujours le même, manioc et bananes, et deux fois par jour on nous emmenait aux toilettes, davantage si l'on appelait. Nous avions un bidon de masato à disposition, s'il était vide on nous le remplissait. Entre les repas et les siestes et les nuits à chercher le sommeil malgré les cris et les bruits de la forêt et le harcèlement des moustiques, nous restions assis à table ou à demi couchés dans les hamacs. David Dagenham fumait le plus souvent, Marta Lores soignait mes plaies le matin et le soir. Il pleuvait plusieurs fois par jour, de ces averses soudaines et drues, et je demandais qu'on me laisse sortir à ce moment-là, j'aimais la sensation de la pluie sur moi ; c'était peut-être une nostalgie du nord ou l'envie d'une douche, ou bien l'espoir que mon corps soit dissous par la pluie et qu'elle m'entraîne avec elle sur le sol où je ruissellerais jusqu'à la rivière la plus proche puis me jetterais au fleuve et du fleuve à l'océan.

Je n'ai plus été interrogé ni battu. Le type au fin duvet noir me faisait de temps en temps de grands signes quand il passait devant la cabane en criant Amigo Ernest ! qué tal ? Je ne répondais jamais. Je pensais souvent à la femme chez qui je vivais et à l'enfant, me demandant s'ils me croyaient disparu, en danger ou seulement lâche, respectant à la lettre la requête de ne pas me presser de rentrer et prenant du bon temps quelque part en Italie. Je ne savais pas combien de jours ou de semaines s'écouleraient avant notre départ. Des mois, qui sait ? L'enfant me manquait, mais d'un manque supportant l'absence, comme celui qu'éprouve un père dont le fils a quitté la maison pour aller vivre sa vie – j'avais seulement pris un peu d'avance. Si tout allait bien je finirais par être de retour, me suis-je dit plusieurs fois, et me venait alors à l'esprit l'idée que tout aurait changé. L'enfant aurait grandi, j'aurais des choses à lui dire et d'autres à entendre. J'aurais perdu mon travail au bureau. La femme chez qui je vivais m'aurait oublié, peut-être même aurait-elle refait sa vie. Il ne me resterait plus qu'à reprendre le chemin de la piscine du parc tropical pour m'immerger dans la chaleur du jacuzzi et dans l'entre-deux-eaux tiède des vagues artificielles. Une vie tropicale à ma portée, un élan de mon envergure dont j'aurais dû me contenter, et qui désormais me satisferait.

Parfois Dagenham, Marta et moi, pour tuer le temps, nous parlions, assis autour de la table en buvant du masato. Un jour j'ai demandé à Dagenham comment se passerait le transport. Il y a plusieurs possibilités, a-t-il répondu, soit la drogue sera cachée dans une valise, sous une forme ou une autre, mais c'est peu probable – de nos jours les chiens à la douane sont redoutables et certaines lignes sont très surveillées. Les chiens ? ai-je dit. Oui, ils reniflent les bagages, a-t-il répondu. Et les autres possibilités ? ai-je demandé avec inquiétude, essayant de dissimuler le malaise qui s'était emparé de moi en m'imaginant à la merci d'un chien policier. Eh bien, soit la drogue sera dans l'estomac, a-t-il dit, dans des capsules qu'il faudra avaler, et qu'on évacuera en chiant dans une bassine. Et il a ajouté : avec ton passeport diplomatique, c'est probablement ce qu'ils feront avec toi. J'ai voulu dire que je ne savais même pas gober une simple gélule sans nausée, mais je me suis abstenu – je ne lui faisais pas confiance.

Je lui ai dit que c'était étonnant qu'il sache tout ça. C'est parce que je l'ai déjà fait, je te l'ai dit, a-t-il répondu, deux ou trois fois. À vrai dire, je ne comprenais pas ce qu'il faisait là. Pourquoi était-il encore dans cette cabane, prisonnier de la forêt ? Je croyais que nous allions être libérés une fois le transport effectué. Pourquoi n'as-tu pas été libéré ? ai-je demandé. Dagenham a longuement tiré sur sa cigarette. Je leur dois beaucoup d'argent, a-t-il dit. Il m'a regardé dans les yeux sans un mot puis, soudain, il a dit le poker, tu vois ? et il a ajouté j'ai perdu face aux mauvaises personnes. J'ai cru voir les rides sur son visage se creuser davantage et une fine poussière de peau se détacher, des rides qui ne marquaient pas le temps ni l'âge – il ne devait pas avoir cinquante ans – mais une manière d'user le corps par une friction rapide et intense sur la partie abrasive de l'existence. J'ai repensé à la tenancière de la posada. Peut-être avait-elle raison : tous les gringos ne sont qu'une éternelle variation de Fitzcarraldo, un motif répété sur un nuancier de médiocrité allant du pathétique au salaud mais, d'une sorte ou l'autre, toujours nuisible.

La plupart du temps, Marta restait silencieuse. Dagenham m'a raconté qu'elle était déjà là quand il est arrivé et qu'elle ne lui avait pas dit grand-chose, sinon qu'elle venait d'un village proche de la frontière colombienne et qu'elle était pressée et impatiente, et chaque jour elle se tenait prête à partir sans délai. Son visage était un peu ridé, lui aussi, et ses traits semblaient malmenés par des tourments sans répit. Quand ses mains n'étaient pas posées à plat sur la table et qu'elles ne se tordaient pas en espérant l'appel du départ, elle se rongeait les ongles avec compulsion, au sang presque et parfois geignait d'avoir trop rongé, d'avoir entaillé les chairs trop profondément, alors seulement elle semblait se raisonner et reposer les mains à plat sur la table, et alors la nervosité s'inscrivait sur ses traits, ses yeux s'écarquillaient et devenaient exagérément mobiles, elle se mordait les lèvres, arrachait de petits bouts de peau avec les dents, jusqu'à ce que cela saigne, et le cycle recommençait.

Un jour, le troisième peut-être, alors que Marta soignait tant bien que mal mes plaies, m'est revenu à l'esprit cet air de cumbia que j'avais aimé quand j'avais commencé à m'intéresser à la musique tropicale, *Cumbia sobre el mar*, parce qu'il parlait d'une reine nommée Marta, *era Marta la reina que mi mente soñaba*, et j'ai chantonné la mélodie de clarinette, *a sus pies vi la luna, las estrellas, las aguas*, et Marta a paru surprise et m'a souri et a dit conoces esta canción ? et j'ai souri à mon tour et continué à chantonner la mélodie en répétant plusieurs fois *era Marta la reina que mi mente soñaba*, et Marta a suspendu son geste dans l'air, avec le morceau de tissu imbibé d'alcool, et doucement s'est mise à pleurer, puis de plus en plus fort, et j'ai dit Marta perdón ! qué pasa ? perdón ! et je l'ai aidée à s'asseoir pendant que Dagenham lui servait un bol de masato. J'ai répété qué pasa, Marta ? et elle m'a seulement dit no te preocupes, et nous sommes restés là un moment, sans rien dire, à boire lentement du masato. Marta s'est lentement calmée et quand le jour a commencé à décroître, elle s'est soudain mise à parler.

Marta venait de Caballococha, une petite ville en aval de l'Amazone, tout au bord du pays, près de la frontière colombienne. Elle y avait été enseignante pendant quelques années puis elle avait été détachée dans une école communautaire au cœur de la forêt ; elle y était heureuse, les enfants venaient de plusieurs villages alentour, désireux d'apprendre et espiègles. C'était une vie paisible. Là-bas, elle avait rencontré un homme, cultivateur de bananes et de manioc, avec qui elle avait eu un fils – un fils unique, car quelque chose s'était mal passé à l'accouchement, et par la suite ça n'avait plus été possible. Oui, c'était une vie paisible, pleine d'amour, entre la forêt, les champs, le fleuve et l'école. Les enfants venaient étudier cinq ou six ans, parfois un peu plus, puis ils rejoignaient la ville s'ils avaient la chance de poursuivre leur scolarité.

Quelques années plus tôt, un gamin était arrivé qui ne parlait pas, ne prononçait pas un mot alors qu'il devait avoir déjà dans les six ou sept ans. Tout le monde le prenait pour un idiot, et elle ne l'aurait jamais connu s'il n'avait accompagné son père pour une réunion administrative. Elle avait dû batailler pendant des semaines, des mois même, pour que la famille accepte d'envoyer l'enfant à l'école. Mais Marta savait se montrer persuasive et elle avait promis aux parents que s'il ne faisait pas de progrès visibles en quelques mois, elle n'insisterait pas. Le garçon s'était assez vite intégré ; il n'avait jamais appris à parler, mais à lire, oui, un peu, et à calculer – des choses élémentaires. Il n'était pas idiot, il avait des difficultés, certes, mais c'était peut-être un peu trop tard pour lui, il aurait fallu commencer plus tôt, avec davantage de moyens. Pourtant sa famille, voyant qu'il était capable d'apprendre, l'avait laissé venir à l'école durant plusieurs années. C'était un garçon gentil, un peu en retrait mais sociable. Et puis un jour, comme ça, sans prévenir, il n'était plus venu, ce qui arrivait souvent avec certains élèves, mais en général c'était annoncé. L'école n'est obligatoire que jusqu'à l'âge de douze ans, c'est ainsi – et ce n'est qu'en théorie. Elle avait bien essayé de contacter les parents mais elle avait appris que le père était mort et que la mère et ses enfants avaient quitté le village où ils vivaient. Elle n'avait jamais su où ils étaient partis ni ce qu'ils étaient devenus.

De temps en temps elle retournait à Caballococha pour voir sa famille et vendre la production sur le marché, puis ses parents sont morts, ses frères sont partis vivre à Iquitos et à Lima, l'un d'eux y est décédé, renversé par un autobus. Le village était enfoncé loin dans la forêt ; aller là-bas prenait de longues heures, et parfois c'était impossible, quand il avait beaucoup plu. Avec le temps elle a de moins en moins quitté le village. Son mari partait seul ou avec d'autres cultivateurs vendre sa production, et les mauvaises années il s'en allait quelques semaines ou quelques mois pour travailler sur des chantiers à Leticia, en Colombie, ou à Tabatinga, au Brésil, deux villes voisines, pour ainsi dire la même, situées de part et d'autre de la frontière qui sépare les trois pays. Tout allait bien mais, il y a un peu moins de deux ans, son mari a fait une chute sur un chantier à Tabatinga, une méchante chute depuis un échafaudage. Il était blessé et un peu sonné mais il tenait debout. Parce qu'il était là plus ou moins illégalement, et comme il ne parlait pas brésilien, son employeur a voulu le faire rentrer au Pérou en douce, pour s'éviter tout problème, sans l'emmener à l'hôpital ou voir un médecin ni même un infirmier, et on s'est contenté de soigner grossièrement ses blessures. On l'a mis sur la navette publique qui remontait le fleuve en direction d'Iquitos, mais le soir même on l'a retrouvé mort dans son hamac avant d'arriver à Caballococha. Les autres voyageurs croyaient qu'il dormait. On ne sait pas exactement ce qui s'est passé, mais on suppose qu'en tombant sa tête a heurté le sol et que cela a provoqué une hémorragie, ou quelque chose comme ça. Pendant un moment Marta a voulu retrouver l'employeur et tenter d'obtenir réparation, mais on lui a fait comprendre que c'était peine perdue, qu'il ne fallait pas menacer ces gens-là, jamais, ce serait trop dangereux. De toute manière, elle ne pouvait rien prouver.

Marta a suspendu son récit pour boire du masato.

Dagenham allumait de temps en temps une cigarette et me faisait la traduction d'une voix monocorde qui semblait incompatible avec les mains de Marta se tordant sans cesse pendant qu'elle parlait. Il a rempli les bols et a vidé le sien d'un trait.

Mon fils avait treize ans à la mort de son père, a-t-elle repris, et elle s'est retrouvée dans le village seule avec lui et la plantation de bananes et de manioc. Pour les cultures, les autres membres de la communauté l'ont aidée aux récoltes et à l'entretien des champs. Le matin elle assurait la classe jusqu'à 14 h 30 puis elle faisait ce qu'elle pouvait du labeur agricole. Son fils l'épaulait. Mais ce n'était pas suffisant, et elle a bien vu qu'elle ne pourrait pas continuer ainsi bien longtemps. Elle avait été attristée de la mort de son mari, bien sûr. Ils s'aimaient, ça oui, mais ni lui ni elle n'avaient jamais été très affectueux l'un envers l'autre. Et quand on a des problèmes, quand on doit tout réorganiser, tout supporter seule, le deuil se fait aussi vite qu'on digère un morceau de poulet, a-t-elle dit. Elle a pensé un temps remettre sa part agraire dans le commun du village et retourner à Caballococha avec son fils, mais elle n'y avait plus de famille, en tout cas pas de celle à laquelle elle tienne et qui tienne à elle, alors à quoi bon ? Et puis il y avait l'école, elle ne pouvait pas tout abandonner comme ça, et les enfants avec elle.

Le père d'une élève qui venait à l'école depuis la communauté la plus éloignée lui a dit un jour qu'il pouvait peut-être l'aider. Il connaissait des gens susceptibles de lui apporter un soutien, si elle avait besoin d'argent, vu les circonstances. L'homme ne l'a pas menacée, ni n'a été agressif en aucune façon, et sans doute son offre était-elle sincère, mais elle savait – du moins elle avait entendu dire – qu'il avait des liens avec des groupes de trafiquants comme il en existe aux abords de la frontière, et elle ne voulait pas être mêlée à ça. Au village et avant ça, à Caballococha, elle n'avait jamais eu affaire à ces bandes mais elle en savait assez pour ne pas vouloir s'en approcher. On disait que s'y regroupaient pas mal de sales types prêts à toutes les violences, des anciens du Sentier lumineux jamais revenus de leurs délires de guérilleros, des criminels déjà condamnés et récidivistes, des petits délinquants qui se transformaient en assassins au contact des plus virulents. Il y avait même d'anciens policiers et des vétérans de l'armée – les pires, a-t-elle précisé. Mais il s'y trouvait aussi des cultivateurs ruinés ou qui ne parvenaient pas à survivre avec leur seule production, des villageois expropriés par les industriels qui défrichaient la forêt, de jeunes hommes et de jeunes femmes enlevés dans des villages et pour lesquels personne n'avait pu payer de rançon… Ceux-là n'étaient pas des criminels par vocation mais ils ne pouvaient que suivre un chemin diabolique dès lors qu'on leur mettait une arme entre les mains et de la drogue dans les veines. Enfin c'était ce qui se disait, les gens parlaient et racontaient que ces groupes se mettaient au service de cartels et qu'ils opéraient d'un côté ou de l'autre de la frontière ; ils ne faisaient pas que du trafic de drogue : ils rackettaient, séquestraient contre rançon, pillaient. Et si leur nombre avait beaucoup diminué depuis quelques années, ceux qui subsistaient étaient encore plus violents et dangereux. Donc elle savait que l'homme avait des liens avec eux, mais elle n'en savait pas plus. Il n'était pas le seul dans les villages alentour, au contraire, souvent il s'agissait du cousin d'un membre d'un groupe ou d'une coopérative chargé de réceptionner de la marchandise dissimulée avec d'autres produits. Ou bien ils fournissaient à manger, du manioc, des bananes, des porcs ou de la volaille, quelquefois. Mais elle avait refusé, voilà tout.

Or il se trouve qu'une opération de police a eu lieu à la frontière, et qu'une partie d'un groupe auquel l'homme en question était lié a été attaquée et démantelée. Très vite on a su que quelqu'un avait trahi, donné des noms et des informations, et pour diverses raisons l'homme a été soupçonné. Marta ne savait pas si c'était vrai, si le délateur, c'était lui, mais l'homme a détourné les soupçons sur elle. Il a dit qu'elle avait besoin d'argent, qu'il lui avait proposé de la mettre en relation avec le groupe pour qu'elle travaille pour eux, mais qu'elle avait refusé. Un jour, plusieurs hommes et quelques femmes avaient débarqué dans le village, armés jusqu'aux dents de fusils d'assaut. Il n'y avait pas école ce jour-là, il n'y avait au village que ses habitants, mais elle, Marta, était dans sa classe, occupée à la nettoyer et à préparer des activités pour les jours à venir. Il y a d'abord eu des tirs, des rafales plus exactement, elle a eu peur, évidemment, elle ne s'y attendait pas, ne savait pas ce qu'il se passait, et elle a aussitôt pensé à son fils qui était resté seul à la maison. Elle est sortie en courant mais, à peine sur le pas de la porte, elle a vu un groupe de cinq hommes arriver sur elle en la pointant de leurs armes. Elle a eu le temps de voir que les maisons du village commençaient à brûler, on avait jeté des torches enflammées sur les toits de palme et les habitants étaient rassemblés et tenus en joue par des types en tenue de camouflage, et elle a vu deux hommes monter les marches de sa maison, elle a crié le prénom de son fils, elle l'a hurlé, mais les cinq hommes étaient déjà sur elle et la repoussaient à l'intérieur de l'école. La suite, elle n'avait pas envie de la raconter – on se doutait bien de ce qu'ils lui avaient fait. Ils lui étaient passés dessus, au moins deux d'entre eux pendant que deux autres la tenaient. Elle a hurlé et s'est débattue, a tenté de donner des coups, mais que pouvait-elle seule face à cinq hommes ?

Marta a bu une gorgée de masato. Des larmes sont montées à ses yeux et les muscles de sa mâchoire se sont raidis, mais elle n'a pas cédé, seules quelques gouttes, comme un trop-plein, ont roulé sur ses joues. Dagenham et moi n'avons rien dit.

Pendant que les hommes étaient sur elle, elle a vu un type armé, le cinquième, qui se tenait un peu en arrière. Lui n'a rien fait mais il regardait, avec une sorte de sourire crispé sur le visage et les yeux qui ne se fixaient pas, qui semblaient voir au-delà de la scène, et dans ce visage elle a reconnu l'enfant d'autrefois, celui qu'elle avait fait scolariser de toute sa persuasion et qui avait disparu du jour au lendemain. C'était lui, il n'avait pas vraiment changé, seulement grandi. Elle a dit qu'il ne l'avait sans doute pas reconnue, elle en était presque certaine, il la regardait sans la voir, il regardait ces hommes la violer dans la classe même où il avait appris à lire et à compter, et il semblait n'en ressentir aucune émotion. Quand ce fut terminé, elle s'est ruée vers la porte en hurlant le nom de son fils, malgré la douleur, malgré le sperme et la sueur qui s'écoulaient entre ses jambes, mais l'ancien élève l'a retenue en lui attrapant le bras, alors elle s'est tournée vers lui et, de toutes ses forces, elle l'a frappé au visage, et frappé encore, et craché. Elle l'a ainsi frappé trois ou quatre fois avant que les autres hommes ne parviennent à la maîtriser, et elle l'aurait tué si elle en avait eu le temps, cet enfant qu'elle avait aimé et encouragé et qui ne l'avait pas touchée, elle lui aurait arraché les yeux, lacéré le corps de toute sa fureur. Les hommes l'ont entraînée à l'extérieur tandis qu'elle hurlait, elle criait au garçon qu'il était un idiot, un animal stupide, un chien, et lui n'a fait qu'essuyer le sang sur son visage, impassible et figé dans une expression d'absence.

Un type est arrivé, il semblait jeune, qui avait au-dessus de la lèvre supérieure un léger duvet brun qui ne suffisait pas à vieillir ses traits. Il a pris un fusil d'assaut et lui a enfoncé dans la bouche le canon encore chaud, ça lui a brûlé la langue et les lèvres et le jeune type au fin duvet a poussé un cri, elle a pensé qu'elle allait mourir, mais non, rien ne s'est passé, il n'a pas pressé la gâchette, il a ôté le canon de sa bouche et a tiré une rafale de balles en l'air. Il lui a dit qu'elle avait donné des informations, qu'elle les avait vendus, mais elle ne comprenait rien, elle ne savait pas de quoi il parlait. Il a poussé un autre cri et un homme et une femme en armes ont amené sous ses yeux son fils. Il boitait comme s'il avait reçu des coups aux membres et quand il a été devant elle ils l'ont mis à genoux et ont posé le bout d'un canon sur sa nuque. Elle a hurlé, elle a crié son nom, elle a cru qu'ils allaient le tuer, elle a senti son corps se désagréger, ses jambes ne la tenaient plus, elle hurlait, mais rien ne s'est passé, ils n'ont pas pressé la détente et le type au léger duvet brun s'est penché sur elle et lui a dit, presque à l'oreille : il va falloir que tu rachètes ton fils.

Dagenham a allumé une nouvelle cigarette puis il a rempli trois bols de masato.

Je dois racheter mon fils, a dit Marta, et en posant les mains à plat sur la table, elle a répété : je dois racheter mon fils.

* *
*

Le jour suivant je suis resté un long moment allongé dans le hamac, à attendre. Je regardais Marta assise à la table, droite, sans oser lui parler, sans plus oser m'approcher. Si nos regards se croisaient je détournais les yeux ; il m'a semblé que la noirceur de ses pupilles m'avalerait, et je n'avais plus de résistance, plus de force, plus rien à quoi me tenir.

Je me suis mis à faire des calculs mentaux. J'ai cherché la clé du code, celui qui dissimulait la vérité derrière la Plaza del Dos de Mayo, l'Urb 17 de Abril et la Comunidad 5 de Enero. J'ai calculé le nombre d'heures écoulées depuis mon départ et celui depuis ma première rencontre avec Rovelli, estimé les kilomètres parcourus, compté les minutes à attendre à l'heure dite d'un rendez-vous, à regarder le temps tropical passer au ralenti, à la merci d'une volonté extrinsèque, à espérer que me vienne la poussée dans le dos qui ferait guise d'élan. J'ai regardé mon corps allongé dans le hamac, cette masse alourdie par la vie et profondément inerte, ce corps de quatre-vingt-neuf kilos à la dernière pesée qui n'avait en réalité rien vécu, rien supporté. Qui ne s'était usé que dans le confort, et jusque très récemment n'avait reçu de coups qu'en roulant sur lui-même, sens dessus dessous, dans les remous de la rivière sauvage du parc tropical. Je me suis demandé si le poids de mon corps était suffisant pour déformer la surface de la planète, même à peine, imperceptiblement. Si l'on grossissait assez l'image de la surface sous mes pieds, pourrait-on voir la courbure du globe s'aplatir ? Est-ce que la souffrance pèse plus lourd ? Un corps frappé, violé, s'enfonce-t-il davantage dans le sol ? J'ai calculé que sept milliards huit cents millions d'êtres humains dont le corps pèse soixante-cinq kilos en moyenne font un poids total de quatre cent quatre-vingt-trois milliards et six cents millions de kilos de chair et d'os, quatre cent quatre-vingt-trois millions et six cent mille tonnes de matière humaine faisant pression sur la surface de la Terre, autant de corps qui se frottent les uns aux autres et s'entrechoquent, se frôlent, se cognent, se poussent dans le dos, se crachent au visage, se violentent et s'emplissent de capsules de cocaïne, et qui se déplacent, et certains dans leurs déplacements creusent des sillons profonds dans la croûte terrestre tandis que les mouvements d'autres ne sont qu'insignifiance. Je me suis demandé si quatre cent quatre-vingt-trois milliards et six cents millions de kilos de corps se transportaient tous ensemble, si tous se regroupaient entre les 23e parallèles et s'y déplaçaient, rebondissant sur les tropiques comme des billes folles, le poids mouvant ferait-il dévier la planète de sa course et changerait-il son axe ?

J'ai regardé le corps de Marta, assis à table, le dos droit, les mains bien à plat, la tête haute : un corps chétif mais sous la peau duquel la vie avait glissé du plomb, avec une substance anthracite aux cernes des yeux. J'ai regardé le sol sous la chaise sur laquelle il était assis et il m'a semblé qu'il était déformé, légèrement creusé sous son poids. Il agissait de façon sensible sur la courbure du monde, et j'ai compris que les déplacements du corps meurtri de Marta à la surface de la planète suffiraient à en dévier la course, à en modifier l'axe. Le corps tropical de Marta suffirait à lui seul à tout faire basculer dans le vide.

Le soir, alors qu'il faisait déjà sombre, nous étions attablés tous les trois, sans parler, et Marta m'a soudain demandé pourquoi j'étais là, quelle était mon histoire. J'ai ressenti de la gêne à l'idée d'évoquer la piscine à vagues du parc tropical, alors j'ai seulement dit que j'avais voulu voir la vie tropicale de plus près et que je m'étais trouvé au mauvais moment au mauvais endroit. J'ai dit que je venais du nord et que je voulais en connaître un peu plus sur les corps tropicaux, leur fluidité si éloignée de la mécanique usée de ceux des zones tempérées. C'était de la curiosité, rien d'autre. Et puis je voulais prendre la mesure des choses – enfin, c'était ce qu'on m'avait demandé de faire. J'avais accepté, plus ou moins, de petites missions de convoyage et c'était cocasse, ai-je dit, d'imaginer que j'en revenais une fois de plus à cette même fonction, contre ma volonté. J'ai senti que je me perdais quelque peu dans mes explications, il me semblait que tout ce que j'avais à dire était sans valeur ni objet après le récit de Marta.

J'ai pensé : l'aventure n'existe qu'à travers le récit qu'on en fait, mais que faut-il de vanité pour juger que celui-ci est légitime...

Marta a demandé si j'avais vu ce que je voulais voir de la vie tropicale. J'ai cru percevoir dans sa voix une pointe d'agacement, mais peut-être n'ai-je fait qu'y placer mon propre dégoût.

Les bruits de la nuit montaient de la forêt. Des cris aigus et lancinants, des sonorités veloutées et d'autres presque joyeuses. Le campement était silencieux. Il venait de pleuvoir et l'air s'était chargé des parfums humides de la végétation, ça sentait le bois rouge, la résine, le lignite, l'humus et des arômes sucrés de fruits en décomposition. Des odeurs grasses et cuirées, capiteuses comme un vin doux.

Non, ai-je dit, mais je ne cherchais rien de particulier, seulement un peu de fluidité et une sensation de flottement. Et j'ai ajouté que je croyais que la forêt tropicale était pleine de vie, une vie différente, sans pression, mais on s'y griffe pareillement.

Le regard de Marta s'est vidé. Elle a dit la forêt, ce n'est pas la vie. Les gringos pensent que c'est la vie. Vous dites que c'est l'oxygène, le poumon de la planète, et alors vous croyez que c'est votre poumon, votre air, votre oxygène. Vous entendez les oiseaux et vous regardez la jungle et vous croyez que c'est la vie. Vous croyez que c'est votre vie, puisque c'est votre air, votre poumon, votre planète. Mais tout meurt ici. Tout brûle et tout meurt, a-t-elle dit. Tout se mord et se dévore. Tout pourrit et se désagrège, repousse et retombe. Tout n'est que gaz de décomposition, et c'est nous qui le respirons. On étouffe, ici. La forêt tropicale, ça n'existe pas, a-t-elle dit. Les aras, les oiseaux de paradis : il n'y a rien de tel. L'odeur qui nous monte au nez empeste. C'est un relent de moisissure et d'ennui. Vicié et toxique. Tu ne pouvais rien trouver : il n'y a rien pour toi ici.

J'ai pensé à Sucre, à son corps replié sur lui-même, réduit à ce froissement de matière, à ce corps basculant dans le fleuve.

Marta a posé sa main à plat sur mon bras et elle m'a souri, puis elle a dit : il n'y a rien pour personne ici.

* *
*

Pendant trois jours, ils nous ont gavés comme des oies. Dès le matin, un garde nous apportait de grandes quantités de nourriture : des œufs sur le plat (deux douzaines, soit huit par personne) posés sur une généreuse louche d'un gruau de manioc visqueux, des bananes frites (plusieurs chacun), des haricots noirs trop cuits et pâteux, du poulet grillé enrobé de sucs carbonisés et d'huile, des fruits juteux et sucrés, ainsi qu'une sorte de café très dilué. Nous avions aussi deux fois plus de masato. Le premier de ces trois jours, Dagenham m'a dit que nous devions manger énormément et boire tout autant pour distendre les parois de nos estomacs. Il fallait en augmenter la contenance, révéler leur dessein d'outre ou de baudruche. C'est comme mettre un pied trop grand dans une chaussure trop petite, a-t-il dit, au début ça fait mal, mais ensuite le cuir se donne et s'étire, et même si cela reste étroit le pied finit par entrer. Le cuir s'adapte ; l'estomac, c'est pareil.

Les plats n'étaient guère appétissants mais l'abondance m'a donné faim. Je me suis rappelé un hôtel un peu chic où j'avais séjourné avec les collègues du bureau pour une mise au vert. Je ne savais pas vraiment ce que je faisais là, mon rôle se bornant à des corvées administratives, mais le responsable avait dit que notre équipe était comme un moteur, et qu'un moteur, ce n'était pas seulement l'arbre à cames ou les pistons ou le carburateur, c'était aussi les petites pièces sans particularité, les vis, les écrous, le bouchon du réservoir d'huile. Il avait ajouté toi aussi, à ta manière, tu fais tourner le moteur. L'hôtel jouait la carte du luxe ostentatoire. On y servait un petit déjeuner continental sous forme de buffet à volonté : œufs brouillés, lard, pommes de terre rissolées, saucisses de Francfort, entre autres mets, assez peu goûteux en réalité, mais en grande quantité. Je m'étais resservi trois fois une pleine assiette, sous le regard méprisant de collègues plus mesurés et hiérarchiquement plus avancés – vieux réflexe hérité de mon père : mange, c'est inclus dans le prix, disait-il. Je gardais de ce petit déjeuner un souvenir joyeux, et sans doute, après des jours angoissants coincé dans cette jungle et des repas sans saveur, ai-je eu le sentiment trompeur, devant tant de nourriture, que la geôle se changeait en auberge. J'ai ainsi avalé avec gourmandise plusieurs assiettes. La fourchette au charbon ! aurait dit mon père. C'était comme un simulacre de fête. Par moments je regardais

Marta : elle aussi mangeait avec avidité, mais son visage ne montrait aucune joie. Elle enfournait la nourriture et mâchait, méthodiquement, le regard perdu dans le vide, la fourchette au charbon, encore et encore, chargeant la gueule du foyer qui la consumait. Dagenham, lui, semblait s'ennuyer. Il a englouti deux assiettes puis a roté, plusieurs fois, sans quitter la table, en tapant du poing fermé sur son estomac. Marta n'a pas réagi. Elle plongeait sa fourchette avec application, concentrée sur sa tâche, mastiquait sommairement, avalait, buvait quelques gorgées de café dilué puis recommençait, mais soudain une nausée l'a secouée et sa tête s'est avancée, comme projetée par une force venue des profondeurs, ses joues se sont gonflées et elle a mis une main devant sa bouche, quand de l'autre on aurait dit qu'elle se cramponnait à la table, son buste s'est plié légèrement vers l'avant, elle luttait, mais elle n'a rien laissé sortir, elle a ravalé ce qui lui gonflait les joues et, après quelques instants, elle a bu une gorgée de café, puis deux ou trois autres de masato. Du coin de l'œil lui coulait une larme qu'elle a essuyée en passant sur sa pommette la pulpe de son majeur et elle s'est levée sans un mot, et s'est approchée de la fenêtre en respirant lentement. Je suis allé m'allonger dans mon hamac. Dagenham a dit si j'étais toi, je ferais un peu d'exercice pour faire descendre tout ça, on n'en a pas fini, et il s'est mis à faire des mouvements de gymnastique, à sautiller sur place. Je l'ai regardé en me demandant ce qui lui prenait. Ce type était resté couché ou assis presque tout le temps depuis mon arrivée. Si tu dors entre chaque prise de nourriture tu ne tiendras pas le coup, a-t-il dit.

Il ne s'est pas écoulé deux heures avant qu'un garde n'entre à nouveau dans la cabane en portant une marmite de gruau de manioc, et puis des œufs, du poulet, des haricots, des bananes. J'ai dit no puedo, je n'ai plus faim, impossible, mais le garde a pointé vers moi sa mitraillette et m'a fait signe de m'asseoir à table. Il a fallu continuer à manger, la fourchette au charbon, encore, mais sans aucun plaisir. Je remplissais mon corps comme un sac de terreau. Quand je n'en pouvais plus je buvais un peu pour réprimer un haut-le-cœur. Mon souffle se faisait court, comme si l'amas de nourriture dans mon ventre m'empêchait de respirer. Marta mangeait de même, avec constance, le regard absent. En même temps que nous chargions nos viscères de pâte lourde, nous buvions du masato qui nous maintenait dans un état d'ivresse très légèrement sensible : une ivresse en faux plat. J'ai mis du temps à arriver au bout de mon assiette, et à la fin je pouvais sentir les aliments remonter le long de l'œsophage, jusque dans ma gorge. J'ai observé que Dagenham ingurgitait la nourriture en suivant un rythme régulier : ses bouchées étaient comme les foulées d'un coureur de fond, amples, déliées. Une fourchette, dix mastications, avaler ; une fourchette, dix mastications, avaler, deux gorgées de café ; une fourchette, dix mastications, avaler ; une fourchette, dix mastications, avaler, deux gorgées de masato, et ainsi de suite. Il a dévoré deux assiettes pleines puis s'est levé pour faire quelques étirements, a allumé une cigarette et marché en rond dans la cabane. J'ai regardé mon ventre : il était bombé et tendu comme un ballon gorgé d'hélium. Il n'était pas encore midi.

Voici ce que les tropiques ont fait de moi, ai-je pensé. Je cherchais le corps tropical mais mon corps n'est plus que parois distendues, cuir à déformer, panse à gonfler. Plus humain, plus même animal, à peine vivant ; tout juste de la matière première pour cordonnier.

Il y eut d'autres repas. À chaque fois moins de goût, à chaque fois plus d'aisance à manger. J'ai suivi le rythme de Dagenham (je me suis mis dans sa roue, en quelque sorte). Marta, quant à elle, peinait de plus en plus. La fourchette au charbon plus lente, plus hésitante. J'ai vomi, une fois seulement. Chié à deux reprises. Puis la nuit est venue, j'étais épuisé d'avoir été engraissé comme un porc mais je me sentais si lourd, si encombré par toute cette masse que je n'ai pas pu trouver le sommeil. J'ai marché en rond comme l'avait fait Dagenham, qui ronflait, lui, repu. Fait des petits sauts. Bu du masato pour que ne disparaisse pas l'ivresse légère qui rendait la situation moins insupportable. Marta n'a pas dormi non plus ; je l'ai entendue, plusieurs fois, gémir et se plaindre à voix basse, et respirer fort, et quand je me suis approché pour voir si elle avait besoin d'aide elle a seulement dit está bien, no te preocupes. Puis le matin est arrivé, et avec lui un garde et des marmites à nouveau, et ainsi de suite pendant deux longues journées encore. Le soir du troisième jour, on nous a servi un repas plus léger – pas de manioc, pas de viande, pas de haricots, mais des légumes bouillis et des fruits. Dagenham m'a dit c'est le signe, c'est pour demain, demain on s'en va. J'en ai d'abord été soulagé, puis aussitôt j'ai pensé à ce qui allait se passer dans les jours à venir, et mon estomac s'est tordu dans une crampe si douloureuse que j'ai été pris d'une nausée de bile acide. Pour m'apaiser, j'ai bu tout le masato que j'ai pu, jusqu'à ce qu'il reflue et me revienne en bouche. Dagenham a dit, and now, man, il va falloir vider tout ça, et il l'a dit sur un ton presque amusé et méprisant, comme si, en réalité, il disait : tu n'as pas encore compris que tout ça n'a aucun sens ?

Je me suis allongé dans mon hamac. En me balançant doucement, j'ai écouté les cris et les bruits et les froissements de la forêt nocturne. J'ai fermé les yeux, et je me suis rappelé l'histoire de l'Ogre de la forêt dense que l'on me racontait autrefois. Un ogre vivait dans une forêt dense et giboyeuse à deux pas d'une petite ville. Le gibier ne l'intéressait pas, ni les oiseaux ni les lapins, ni les cerfs ni les lièvres, car il était ogre et les ogres aiment la chair des enfants. La nuit, il s'extirpait avec difficulté de la forêt dense en se faufilant entre les troncs serrés et les branches basses, et il gagnait la petite ville, arrachait d'un coup d'ongle les volets des fenêtres ou les tuiles des toits, et enlevait les enfants qu'il emportait au fond de la sylve épaisse pour les y dévorer. Vinrent un jour à manquer les enfants et la ville ne fut bientôt plus qu'une assemblée de parents éplorés. L'un d'eux eut une idée : il fallait que chaque famille accepte de sacrifier encore un enfant, mais ensuite ils seraient débarrassés de l'ogre à jamais. Les parents pleurèrent, discutèrent longuement, et tous finirent par accepter le chagrin du présent s'il était la promesse d'un bonheur futur. On alla trouver l'ogre. Ogre, lui dit-on, il n'est point convenable qu'un être aussi puissant et craint que toi doive la nuit s'extirper avec tant de difficulté de la forêt, reste donc en son cœur, confortablement couché sur un tapis d'herbe et de feuilles, et nous t'apporterons des enfants pour festin. L'ogre, flatté et satisfait de ne plus devoir se griffer aux branches basses de la forêt dense, accepta et le soir même, les gens de la ville vinrent en nombre avec les enfants qu'ils étaient convenus de sacrifier. On les avait choisis déjà grands et charnus, et l'ogre couché sur son lit d'herbe et de feuilles avala le premier avec gourmandise. L'appétit vint en mangeant et il croqua le deuxième, et le troisième, et le quatrième. Ma faim est grande, dit-il, plus d'enfants ! Donnez-moi plus d'enfants ! Et les gens de la ville lui donnèrent les enfants qui, terrifiés, attendaient leur tour en pleurant tandis que d'autres, stoïques, les consolaient en leur rappelant qu'ils allaient être sacrifiés pour le bonheur de leurs frères et sœurs à naître, et qu'il y avait donc de la joie à éprouver. Plus l'ogre mangeait, couché sur son lit d'herbe et de feuilles, plus son ventre grossissait, plus sa tête penchait en arrière, et moins il pouvait bouger entre les troncs serrés de la forêt dense. Quand tous les enfants furent dévorés l'ogre réclama encore de la chair et les gens de la ville lui dirent qu'ils allaient le nourrir aussi longtemps que son appétit le demanderait. Le ventre gonflé et la tête rejetée en arrière, l'ogre ouvrit grand la bouche qui fit comme un gouffre et, avec la carne si pleine, si grasse jusqu'aux paupières, tant et si bien que ses yeux se fermaient, il ne put plus rien voir de ce qu'on y jetait. Alors les gens de la ville chassèrent le gibier abondant de la forêt dense et donnèrent à l'ogre des oiseaux et des lapins, des cerfs et des lièvres. Et l'ogre avala toutes ces proies en les croyant chair enfantine, et les os craquaient sous ses dents, il en réclama davantage, et plus il mangeait, plus son ventre gonflait et moins il pouvait bouger entre les troncs serrés de la forêt dense. Pendant une lune entière, les gens de la ville nourrirent l'ogre, se relayant nuit et jour, et toujours l'ogre réclamait à manger, et toujours les gens de la ville jetaient dans sa gueule ouverte des oiseaux, des lapins, des cerfs et des lièvres. Quand vint la nouvelle lune, et comme il venait d'avaler difficilement un jeune daguet, l'ogre dit dans un râle arrêtez, je n'en puis plus. Son corps était si gras, son ventre si plein et gonflé, son cou si large et replet, qu'il ne pouvait plus faire le moindre mouvement, emprisonné par les troncs serrés de la forêt dense. Il lui fallut tant de temps pour digérer toutes ces vies qu'il avait dévorées, toutes ces chairs et ces os et ces peaux, qu'il resta couché là, immobile pendant des années. Les arbres grandirent, les troncs s'épaissirent, et la forêt devint si dense que le corps de l'ogre ne fut bientôt plus qu'une masse autour de laquelle s'enroulaient troncs et branches comme cordes et chaînes. Quelques lustres encore et les racines s'enfoncèrent en lui par tous les orifices, et de jeunes arbres se mirent à pousser sur son visage, sur son ventre si plein de ressources, sur chaque partie de son corps. La forêt le prit tout entier, le broya et en fit son humus nourricier. Et personne, dans la ville voisine, ne sut jamais quand, exactement, l'ogre rendit son dernier soupir.

* *
*

La fenêtre de l'appartement était à moitié condamnée ; on ne pouvait rien faire que l'entrouvrir pour aérer la pièce mais en se contorsionnant on apercevait la Carretera Panamericana Norte qui traversait la zone résidentielle en devenir, dans une étendue de sable, au milieu des habitations pas tout à fait construites. L'air était chaud, encore et toujours, mais sec, il soufflait du désert, depuis l'est vers le Pacifique qu'on ne pouvait voir car il était trop loin, et de toute façon l'heure n'était plus au paysage. La forêt semblait encore plus loin – elle l'était, d'ailleurs. Nous étions tous les trois, Marta, Dagenham et moi, dans cet appartement, condamnés de nouveau à attendre, cette fois que le vide se fasse en nous. Il fallait avoir l'estomac vide, de même que les intestins, jusqu'au gros côlon. Ne plus être qu'un réceptacle. On nous avait donné des boissons purgatives à base de plantes – il fallait bien doser pour en contrôler l'effet, afin qu'il ne se prolonge pas. Cela prendrait une journée environ. Et après, il s'agirait de remplir.

Arriver jusqu'ici avait été toute une épopée. Réveil avant l'aube, et pour seul repas un bol de masato (le dernier). Ensuite, plusieurs heures de marche à la queue leu leu, conduits par un petit détachement armé de fusils et de machettes qui taillait un passage dans la végétation. Le type au fin duvet noir ne nous a pas accompagnés. Quand nous sommes partis, il s'est posté au bord du chemin et il a fait arrêter notre petite colonne. Il s'est approché de Marta et lui a dit quelque chose tout bas, à l'oreille, que je n'ai pas entendu. Marta n'a pas répondu, elle s'est tenue droite, les yeux plantés dans les siens. On voyait sa haine et sa terreur, tout à la fois ; l'une et l'autre raidissaient ses muscles et ses traits. Puis il est passé devant Dagenham et sans s'arrêter il a dit que te veré pronto, Mister David. Enfin ce fut mon tour : Ah ! Amigo Ernest ! Señor Floresse ! et il a tendu la main vers moi et machinalement, par crainte aussi, sans doute, je l'ai serrée. El diplomático ! a-t-il dit en écarquillant les yeux. Et il a ajouté, cette fois en français : Bon voyage ! Bon voyage !

Quelques heures de marche, donc, pour rejoindre une piste. D'autres encore à rouler dans une sorte de minibus décati. On croisait sur la route des semi-remorques chargés de grumes cyclopéennes. On ne nous a donné que de l'eau. Je regardais Marta, Marta regardait par la fenêtre, les yeux dans le vide, tournés vers la forêt. Dagenham, lui, fumait. La radio ne diffusait la plupart du temps qu'un crachotement indéfini, inaudible, alors le plus gros du voyage s'est déroulé en silence – personne n'avait le cœur à parler. En milieu d'après-midi le minibus s'est arrêté au bord de la piste et on nous a fait descendre. Il a fallu marcher encore, c'était interminable, mais deux heures plus tard nous sommes arrivés près de ce qui ressemblait à une aire de décollage en terre, plantée au milieu de nulle part. Un petit avion attendait, à peine plus gros que celui que j'avais pris entre Pisco et Iquitos, et tout autour des hommes en armes, vêtus du même genre de tenue à demi camouflée. Deux types sont montés avec nous munis de pistolets, ainsi que le pilote. Pendant que l'avion s'élevait j'ai contemplé l'étendue de la forêt, la végétation à perte de vue, mille teintes de vert semblables aux reflets d'une malachite, et des eaux sombres qui serpentaient çà et là. Je ne savais pas où nous étions, au Pérou ou en Colombie, j'avais perdu la mesure du monde. Pendant le vol je me suis endormi, la tête contre le hublot, lassé par la jungle survolée, épuisé par la marche et la tropicalité. Dans la soirée l'avion s'est posé sur un petit aérodrome balayé par le sable. Un autre minibus, puis la Carretera Norte, et enfin cet appartement, avec douche froide, deux toilettes pour se vider, de simples matelas jetés par terre, à quelques mètres de la route, dans une banlieue en construction au nord de Lima – à moins que ce ne soit déjà une ruine. Avant de nous laisser, le chauffeur du minibus nous a demandé notre pointure et la taille de nos vêtements, et j'ai dit que pour la taille, je ne savais pas exactement. Le sable était volatil, très fin, il s'infiltrait par la fenêtre quand on l'entrouvrait et se déposait au sol, sur la table de la cuisine, sur les matelas, partout. Dagenham a dit qu'avaler des capsules était déjà assez pénible comme ça, sans devoir en plus bouffer du sable.

Dès le matin suivant notre arrivée Marta a repris la même position que lorsque nous étions dans la forêt : assise à table, le dos droit, les mains à plat. Dans la pièce voisine Dagenham et un garde regardaient la télévision, installés dans un canapé. Ça gueulait, des clips de reggaeton surtout, tchacac tchactcho, tchacac tchactcho, tchacac tchactcho, sans discontinuer. Je suis allé de pièce en pièce, d'attente en attente : m'asseoir à table à côté de Marta, en silence ; m'allonger sur un matelas, somnoler ; me caler devant la télé, puis retourner à table, et cætera. Je ne cessais de me dire que ce ne serait plus très long. À tour de rôle on allait aux toilettes, d'abord assez souvent, puis de moins en moins au fur et à mesure de la journée ; il ne venait plus que du liquide. Je n'avais pas faim, malgré le jeûne qui succédait au gavage, parce que le trac me nouait l'estomac.

Deux types et une jeune fille qui ne devait pas avoir plus de seize ans sont entrés dans l'appartement en milieu d'après-midi, avec des valises et des sacs. Les sacs contenaient des vêtements propres et des chaussures. Ils ont donné une robe à Marta et un tailleur, et lui ont dit de les passer, de choisir ce qui convenait le mieux. Dagenham a reçu une paire de jeans et de tennis, et moi, des souliers en cuir très habillés, un costume deux pièces bleu marine avec une chemise blanche et une cravate. La veste était un peu étroite, j'ai eu beaucoup de mal à l'enfiler, c'était inconfortable et j'avais l'air d'un imbécile qui choisit toujours des habits trop petits d'une ou deux tailles parce qu'il n'assume pas son poids ; le type m'a dit qu'il faudrait faire avec. Puis ils nous ont fait nous déshabiller et nous ont demandé de faire notre toilette. Toi, tu te rases, m'a dit un des types en anglais. You shave good ! Puis, l'un après l'autre, la jeune fille nous a arrangé un peu les cheveux. Elle m'a fait une coupe très courte, comme je n'en avais plus eu depuis l'enfance, et quand je me suis vu dans le miroir, rasé de près, il m'a semblé voir mon père, ou le môme que j'étais avec un peu d'embonpoint et la peau abîmée. Je me suis dit que jamais je n'avais eu l'air aussi peu tropical, si ce n'était mon teint un peu hâlé, et que l'illusion n'allait pas opérer.

Alors voilà comment ça va se passer, a dit Dagenham, qui traduisait ce qu'un des types disait. Marta et moi, nous allions prendre un avion à destination de Madrid, décollage à 23 h 50 ; Dagenham, lui, embarquerait pour Londres. Nous avions six heures environ devant nous avant de partir pour l'aéroport. Le type a posé mon passeport sur la table, devant moi, ainsi qu'une somme d'argent en sols péruviens et en euros. Vous devez toujours avoir de l'argent avec vous, a-t-il dit, personne ne voyage sans argent. Vous aurez des valises aussi, vous les enregistrerez, vous les mettrez en soute et vous les récupérerez à l'arrivée. Tout ce qu'il y a de plus normal. Quand nous arriverions à Madrid, quelqu'un nous attendrait, avec un panneau portant notre nom, comme les personnes importantes qu'on accueille à l'aéroport.

On nous emmènerait ensuite dans un hôtel et on nous donnerait des laxatifs, et là, il faudrait tout faire sortir, tout évacuer dans une baignoire – ça prendrait plusieurs jours, sans doute. Quand ce serait fait, si tout était en ordre, si rien ne manquait, on nous paierait notre dû. Marta a dit mon dû, c'est mon fils, et le type a dit que son fils serait libéré dès que la marchandise serait livrée. On te paiera même un billet de retour, a-t-il ajouté, avec un sourire qui ressemblait à un crachat.

L'autre type a posé un sac sur la table de la cuisine et il a dit à vous de jouer maintenant. Il a aligné sous nos yeux des capsules en plastique noir – ça ressemblait un peu à celles qu'on trouve dans des œufs surprises, à peine plus oblongues. Il y en avait des dizaines, un tas énorme. J'ai soudain eu peur et j'ai senti une nausée me tordre l'estomac. J'ai pensé que je ne pourrais jamais avaler ça, impossible, et Dagenham m'a dit que j'étais blanc comme la poudre que les capsules contenaient, et il s'est mis à rire tout seul. Marta est quant à elle restée imperturbable, puis elle m'a dit tranquilo, tranquilo. Le type a sorti un flacon d'huile et en a versé dans un petit bol qu'il a placé au centre de la table, ainsi qu'une carafe d'eau et trois verres. Vous trempez la capsule dans l'huile si nécessaire, a-t-il dit, mais vous avalez. Attention à vos dents : vous ne voulez pas éclater une capsule. Dagenham a dit qu'il fallait y aller sans hésiter, que c'était plus facile. Vas-y franco, tu la pousses dans ta gorge et tu déglutis. Ne pas réfléchir, ne pas se dire que c'est gros. Enfoncer et avaler. Il a dit ce sont les quatre ou cinq premières les plus difficiles – après, ça glisse. J'ai demandé combien il fallait en avaler, et il m'a dit le plus possible. Au moins cinquante, pour un gabarit comme le mien ; soixante, ce serait mieux. Je me suis assis en me disant que c'était au-dessus de mes forces. J'ai voulu dire que je renonçais, tant pis. Que je proposais de convoyer la marchandise directement dans la valise. Ou que je pouvais passer autre chose, s'ils préféraient. Des liasses de billets, des oiseaux rares ou l'or des Incas. Je pouvais livrer ce qu'ils voulaient en mains propres, j'avais l'habitude, je prendrais tous les risques. Même à Rovelli, s'il le fallait, je livrerais des documents ou de l'argent sale ! N'importe quoi plutôt que d'avaler ça ; ils ne se rendaient pas compte de ce qu'ils me demandaient, je ne savais même pas gober une pilule. Il suffisait que j'enfonce deux doigts dans ma gorge pour me faire vomir, alors ces ovules !

Je me suis mis à trembler.

J'allais parler quand Marta a contourné la table et s'est postée debout face à moi, elle a pris du bout des doigts une capsule qui avait roulé jusqu'au bord de la table. Elle n'a regardé personne, ni les types, ni Dagenham, ni moi. Elle a plongé le bout de l'œuf en plastique dans l'huile, elle a levé le menton, et en ouvrant grand la bouche elle l'a poussé au fond, dans sa gorge. Elle a grimacé, ses paupières se sont plissées dans une expression de douleur et elle a dégluti avec un mouvement de tête vers l'avant. Des larmes se sont mises à couler de ses yeux mais, après quelques secondes, elle a souri, avec une sorte de petit rire, comme un hoquet, et elle m'a regardé en hochant la tête. J'ai pris une capsule à mon tour, l'ai trempée dans l'huile et je l'ai enfoncée au fond de ma gorge. L'huile était dégueulasse, très amère, mais c'est passé assez facilement et ça m'a étonné. Je me suis dit que c'était la même sensation que d'avaler une boule de honte ou de lâcheté, tout pareil. Ce n'était pas agréable, ça non, mais c'était faisable. Je me suis dit que peut-être, contre toute attente, j'avais quelques dispositions.

Vous avez six heures devant vous, a redit le type, et il a ajouté qu'il y avait quelques autres règles à suivre. Dans l'avion, nous ne devions pas manger. Manger déclencherait le système digestif, provoquerait un afflux de sucs gastriques qui attaqueraient l'enveloppe des capsules, et si l'enveloppe lâchait dans l'estomac, nous n'aurions aucune chance d'en sortir vivants, et la marchandise serait perdue, nous leur serions redevables, c'est-à-dire nos familles. Donc pas de nourriture. Boire de l'eau, rien d'autre. Et si nous ressentions le besoin d'uriner ou de déféquer, il fallait nous retenir. Pisser vous fera chier, a-t-il dit. Pisser est dangereux. Ne pissez qu'avec beaucoup de précautions, et debout. Or dans l'avion on nous servirait un repas, et puisqu'il ne fallait pas attirer l'attention, nous devrions faire semblant de manger, triturer notre assiette. Peut-être même mettre de la nourriture en bouche mais ne surtout pas l'avaler, et aller aux toilettes la recracher. Enfin, a-t-il dit, ça dépendait des risques que nous voulions prendre. Il fallait surtout rester calme, maîtriser sa peur. Se comporter normalement, et tout se passerait bien.

Pendant que le type parlait j'avalais les capsules, de plus en plus vite. C'était vrai : les premières étaient les plus difficiles à faire passer, mais ensuite cela devenait presque naturel. Au bout d'un moment j'ai même cessé de les plonger dans l'huile, qui me donnait la nausée. Je les gobais, tout simplement, c'était un coup à prendre ; le corps apprend vite de nouveaux gestes, ai-je pensé, de nouvelles positions. Je me suis dit le trou est élargi, et l'image d'un trou creusé dans le sol m'est venue à l'esprit, un trou dont je ne distinguais pas le fond, dans une terre noire, mais aussitôt j'ai secoué la tête comme pour en dissiper l'image.

Le type a sorti d'un petit sac trois téléphones pas très neufs – on voyait qu'ils avaient déjà pas mal servi. Il a dit que plus personne ne voyageait sans, de nos jours. Il nous a donné un numéro griffonné sur un papier, à Marta et à moi, et un autre à Dagenham, et il nous a dit de nous le mettre en tête, et de ne surtout pas garder le papier sur nous. Si quelque chose tournait mal, si on manquait les gens qui devaient nous attendre à l'arrivée, nous devrions acheter des laxatifs dans une pharmacie, prendre une chambre dans un hôtel où nous vider de la marchandise et appeler le numéro. J'ai demandé si Marta et moi devions rester ensemble. Surtout pas ! a-t-il dit. Vous ne vous connaissez pas. Vous ne voyagez pas ensemble. Vous vous ignorez.

Marta continuait d'avaler les ovules de cocaïne et son visage se tordait de douleur un peu plus à chaque fois, mais elle persistait, elle reprenait à peine son souffle.

Les capsules succédaient aux capsules, ses traits se déformaient et des larmes coulaient de ses yeux, mais elle persistait, le regard baissé vers la montagne de marchandise dont il fallait nous lester.

Encore une chose, a dit le type, n'essayez pas de nous enculer ou de nous dénoncer, OK ? Si vous parlez à la police, nous vous tuerons. Si vous chiez dans l'avion, nous vous tuerons. Si vous ne nous remettez pas toutes les capsules, nous vous tuerons. Si vous tentez de vous enfuir, nous vous retrouverons et nous vous tuerons. On vous saignera comme des porcs, c'est compris ? Et votre famille aussi. Vous savez ce qu'on fait à ceux qui essayent de nous enculer ? a dit le type. On leur ouvre le ventre, de bas en haut, c'est clair ? Dagenham souriait en traduisant, et je me suis dit qu'il était fou. Un Fitzcarraldo de la pire espèce, ai-je pensé. Et puis d'un coup le type a quitté la pièce en répétant que nous avions six heures devant nous, pas une de plus, pour avaler le plus de capsules possible. Dans la pièce voisine le poste de télévision continuait de gueuler, mais ce n'était plus de la musique : on entendait des voix criardes et des rires, et des publicités qui ressemblaient à celles que la radio diffusait dans la voiture entre Lima et Pisco. Il m'a fallu du temps pour comprendre que les rires étaient ceux des gardes.

J'ai regardé Marta et Dagenham et je nous ai vus, tous les trois, comme en surplomb, assis à la table de la cuisine autour d'un tas de billes de cocaïne, comme s'il s'était agi de haricots à écosser. La scène avait quelque chose de familial, ai-je pensé, quelque chose de rassurant, rien de tropical. Il n'y a que de la normalité, ici.

J'ai demandé à Dagenham si les capsules étaient bien hermétiques, s'il n'y avait pas de risque qu'elles éclatent d'elles-mêmes dans l'estomac et y déversent de la cocaïne pure. Est-ce que c'est déjà arrivé ? Il m'a regardé comme si j'étais le dernier des imbéciles, puis il a regardé mon ventre et le tas de marchandise sur la table et il a dit ça mon gars, c'est un peu tard pour y penser. De toute manière, tu n'aurais pas le temps de t'en rendre compte.

* *
*

J'ai perdu Marta de vue au moment de l'embarquement, tandis que je sortais mon passeport diplomatique de la poche-revolver droite de ma veste trop cintrée, au même endroit que le téléphone et le billet d'avion (classe économique, rangée 25, place C, côté couloir). L'argent était dans un petit portefeuille qu'on m'avait remis avec les vêtements, dans la poche-revolver gauche. Il y avait cent cinquante euros et quelques billets péruviens. Une avance, m'avait-on dit, sauf l'argent péruvien qui ne valait rien à leurs yeux. Au guichet d'enregistrement, au poste de contrôle d'identité, au portique de sécurité, à chaque fois que j'ai eu à présenter mon passeport, j'ai eu très peur que mon ignorance de la langue espagnole n'éveille des soupçons, mais c'était inutile, en voyant le document diplomatique on m'a seulement dit buen viaje, Señor Floresse, et j'ai pris un air concentré, absorbé par ma propre importance, et j'ai répondu gracias, gracias, en faisant mine d'être pressé et de ne pas avoir de temps à consacrer à des échanges de politesses, et je suis passé sans aucune difficulté. Je me suis dit que j'étais étonnamment détendu pour un narcotrafiquant niveau grand débutant, mais en réalité la terreur, quand elle atteint un certain degré, ressemble au calme. C'est une sorte de calme catatonique, de même que des tremblements extrêmes peuvent donner l'illusion d'une paralysie et d'une immobilité totale. Voilà, j'étais catatoniquement calme, comme dans l'œil d'un cyclone tropical, ai-je pensé.

J'avais avalé soixante-huit capsules contenant chacune douze grammes de cocaïne pure, soit huit cent seize grammes au total – pas mal du tout pour une première fois, avait dit Dagenham quand j'avais renoncé à ingérer une capsule supplémentaire. C'était pesant et inconfortable, comme après un repas trop lourd et long, un repas de fête en six services qui reste sur l'estomac, et plutôt dégueulasse avec ça. Je me suis dit que ça devait se voir que j'avais le ventre plein – impossible par exemple de boutonner ma veste trop étroite. J'ai pris garde à ne me cogner à rien, à ne pas prendre le risque qu'un coude ou un sac ne heurte mon ventre, de peur que ne se rompe une enveloppe plastique. J'ai pris l'air le plus détaché possible pour me présenter au dernier contrôle des billets et passeports à la porte 21, en laissant passer la foule devant moi pour éviter d'être bousculé. J'ai aperçu Marta loin devant qui embarquait parmi les premiers passagers, puis elle a disparu. J'ai regardé les voyageurs qui patientaient dans la salle d'embarquement devant la porte 23, vol pour Londres de 23 h 50 ; Dagenham était assis, il semblait détendu en jeans et tennis. Il portait aussi une chemise à fleurs de type hawaïen et un pull jeté sur les épaules : un pur look de gringo tropical. Ses cheveux roux étaient coupés moins court que les miens, déjetés à la sauvage, et sa barbe avait été taillée de près, ça le rajeunissait ; il avait l'air d'un touriste au retour des vacances. Une tête à aimer les mojitos et les barbecues. Je me suis dit que ce type était tout de même étrange et difficile à cerner. Lui faire confiance était impossible ; certaines personnes, on peut sans doute leur confier de la drogue pour passer les frontières, mais pas des documents à remettre en mains propres. Un Fitzcarraldo de la pire espèce, ai-je de nouveau pensé. Nos regards se sont croisés mais nous n'avons fait l'un à l'autre aucun signe, pas même un hochement de tête, aucun clignement d'yeux. Après quelques secondes il s'est détourné et a ouvert un livre qu'il s'est mis à lire, en se rejetant un peu en arrière sur le fauteuil gris-bleu. Il avait dans le ventre huit cent quatre-vingt-huit grammes de cocaïne pure.

Quand je me suis assis à ma place dans l'avion, j'ai eu l'impression de sentir les capsules se déplacer dans mon ventre en glissant les unes sur les autres, comme si un serpent habitait mes entrailles et s'y mouvait, montant et descendant à sa guise. J'ai eu peur que cette position ne déclenche l'envie d'aller aux toilettes pour vider mon estomac de son messéant contenu, mais non, la nature est bien faite, ai-je pensé, puisque s'il n'y avait pas digestion il n'y avait pas non plus contraction des muscles ou des tripes, et je me suis dit allons, tranquilo, je suis un sac, rien d'autre, rien qu'un sac de chair posé sur un siège.

Je me suis demandé combien de corps dans cet avion étaient sacs comme moi. Combien de ventres remplis de tels œufs ? Un passager sur cinq ? Deux ? Ma voisine de siège a refusé la collation pourtant légère servie peu après le décollage et je me suis demandé si elle était une mule de mon espèce, elle aussi, ou si elle convoyait seulement son lot de tracas au point d'en perdre l'appétit. Les corps ne sont rien que des outres, me suis-je dit, on les fourre d'une marchandise à convoyer d'un point à un autre, et ce qu'ils gobent à Lima ils le chient à Madrid, pissent dans le train qui les mène en banlieue ou vomissent dans les toilettes d'un bar. Et leurs boules au ventre, leurs chagrins tout aussi lourds que la came dans mon bide, les larmes fabriquées par litres d'un côté du monde et engrangées dans les moindres replis de leur chair, où les déchargeront-ils ? Sur un autre corps ? Sur un dos qu'ils croient plus solide et résistant ? En quelles mains propres se délivre-t-on de ce fardeau ? Et de quels laxatifs useront-ils pour se vider d'un quintal de malheur ?

Peut-être bien la médecine que je transporte au fond de l'estomac, me suis-je dit.

J'ai repensé à Ernesto. Je me suis dit que ce serait amusant si c'était lui qui m'attendait à l'aéroport, que ce serait peut-être lui, oui, avec son petit panneau portant le nom d'Ernest Floresse. Pour qu'aucun soupçon ne s'éveille dans les yeux de la maréchaussée il ferait semblant d'accueillir un confrère diplomate, ce serait bien normal et assez bien pensé. Un peu à l'écart il me demanderait si j'avais fait bon voyage et ce que j'avais pensé des tropiques, si cela m'avait plu. Y avais-je trouvé ce que je cherchais ? La fluidité, l'absence de pression sur les cuisses et les plantes des pieds et les paumes des mains ? Il me dirait qu'on allait mener à son terme cette livraison en mains propres et qu'ensuite un bar nous attendait, du rhum partagé en l'honneur de la Pachamama sur un fond de chicha, une ivresse réconfortante après tout ce périple et tant de péripéties. Et je lui dirais d'abord d'aller bien se faire foutre, que j'en avais bavé. Que sa petite mascarade était pleine de mort et de violence. Je lui parlerais de Sucre, comment son corps avait basculé dans le fleuve et je lui raconterais l'histoire de Marta, mais il dirait qu'il n'y est pour rien, qu'il est comme moi, rien qu'un corps à la merci d'une volonté plus forte, poussé dans le dos vers la tropicalité de l'existence, celle des faux-semblants et des illusions, et des parcs tropicaux où des vagues artificielles suffisent à faire croire à des lieux qui n'existent pas. Nous irions boire alors, remplir ces corps de rhum jusqu'à ce qu'ils débordent, se liquéfient, jusqu'à ce qu'il n'y ait plus de différences, plus de limites entre nos corps et l'alcool de canne, et que nos larmes soient versées au sol en hommage à la Pachamama.

J'ai concentré mon attention sur l'écran devant moi. Une carte indiquait le trajet de l'avion en temps réel, les villes et les pays survolés. Une ligne traversait le planisphère en pointillé. Juste au-dessus on pouvait lire : *el trópico de Cáncer.* J'ai regardé l'avion suivre sa trajectoire et s'approcher de la ligne. Je me suis demandé s'il allait s'y fracasser, ou bien rebondir et repartir vers le sud jusqu'à rebondir à nouveau sur le tropique du Capricorne, et ainsi de suite, pour voler éternellement en zone tropicale.

Mais il ne s'est rien passé : l'avion a croisé la ligne et continué sa route sans dévier, comme une flèche crève un paravent de papier de riz n'abritant que du vide.

* *
*

L'avion est entré dans le jour.

On a déposé devant nous un plateau de petit déjeuner, j'ai déchiqueté un peu de pain, disséminé de la mie un peu partout, ouvert une barquette de miel et fait semblant de porter des aliments à ma bouche. Ce n'était pas très difficile : je n'avais pas faim. J'étais anxieux d'arriver et de passer la douane et les contrôles ; entrer en Europe, c'est autre chose que sortir du Pérou, me suis-je dit. Il y a eu un peu de mouvements du côté des hôtesses et des stewards, un signal sonore a retenti à bord de l'appareil et le capitaine s'est mis à parler, d'abord en espagnol mais je n'ai pas bien compris, j'ai seulement entendu Madrid et juste après il y a eu un murmure parmi les passagers, et même un peu plus, des gens ont parlé fort, ça s'est agité. Le capitaine a répété le message en anglais, mais il y avait tant de vacarme que je n'ai rien entendu. Ma voisine de siège s'énervait à voix haute. Quand une hôtesse est passée à ma hauteur je lui ai demandé de bien vouloir me dire ce que le capitaine avait annoncé. Qué pasa ? ai-je dit, a problem ? Oui, un problème à Madrid, a-t-elle dit, il y a eu un gros ennui sur la piste et nous n'allons pas pouvoir y atterrir. Elle expliquait cela avec calme, en souriant, de ces sourires qui disent le contraire de ce qu'ils prétendent. Elle a ajouté que nous allions être déviés vers un autre aéroport, sans doute Almería. Je lui ai demandé si Almería était loin de Madrid, et elle a dit oui, c'est en Andalousie, au sud de l'Espagne, mais la compagnie va organiser un transfert, en avion si possible, sinon en train – on nous tiendrait informés. Very sorry for the inconvenience, a-t-elle dit. J'ai senti que quelque chose me montait à la gorge et j'ai eu peur que ce soit une des capsules de poudre mais ce n'était qu'une boule d'angoisse de même taille, aussi fragile et prête à exploser. Le bruit ne diminuait pas dans l'appareil, ça râlait ferme. Des gens se sont levés, ils protestaient, haussaient la voix et s'invectivaient les uns les autres. Quelques rangées devant moi, sur l'autre bord de l'appareil, j'ai vu Marta se lever ; elle avait l'air paniquée et a regardé à la ronde comme si elle cherchait une issue. Son regard m'a trouvé, un regard inquiet et désespéré. Elle était si calme d'ordinaire, même lorsqu'elle se tordait les mains en attendant le départ du campement dans la forêt, elle semblait si forte et déterminée, si courageuse que l'inquiétude dans ses yeux m'a fait perdre mes moyens et la maîtrise de mes émotions. Je me suis levé à mon tour, je m'apprêtais à lui faire un signe, un geste de la main dont j'espérais qu'il ne révèle pas mon désarroi et la rassure, mais en me voyant debout elle a fait non de la tête, les yeux grands ouverts, et elle a repris sa place, sans un regard de plus.

Deux heures plus tard, le capitaine a annoncé la descente de l'appareil sur Almería, dix-neuf degrés plein soleil et un vent faible du sud-est, et pendant ces deux heures je n'ai fait que me répéter mentalement tout ce qu'il fallait faire : garder mon calme en passant les contrôles et quitter l'aéroport où personne ne nous attendrait, trouver un hôtel discret et une pharmacie, acheter des laxatifs, les plus puissants, m'enfermer dans la chambre et appeler le numéro que j'avais mémorisé, 901 716 204, 901 716 204, 901 716 204, et puis je me suis dit au diable les consignes, je vais rester avec Marta – car nous étions là, au sud de l'Espagne, loin du lieu de rendez-vous, le corps chargé de marchandise, et jamais nous n'avions appris à vider ce corps de capsules de plastique contenant chacune assez de poudre pour nous atomiser, réduire notre chair à un amas de cellules mortes, aussi loin de chez nous, loin de nos fils, loin de ce que nous avions elle et moi à racheter. Alors j'ai résolu de retrouver Marta à la sortie de l'aéroport, nous pourrions faire semblant de partager un taxi, elle parlerait espagnol au chauffeur et tout se passerait bien, et tout serait bientôt fini, elle rentrerait chez elle pour retrouver son fils, et je rentrerais chez la femme chez qui je vivais constater les dégâts laissés dans ma vie par le passage d'un cyclone tropical de force 12 sur l'échelle de Beaufort que je baptiserais Rovelli, ça sonne bien Rovelli, c'est chantant et ensoleillé, c'est presque plein de tropicalité, et c'est aux cataclysmes les plus dévastateurs que vont toujours les plus jolis noms.

La compagnie allait assurer notre transfert vers Madrid par le chemin de fer et les passagers devaient récupérer leurs bagages et se diriger vers le hall d'entrée de l'aéroport, all apologies for the inconvenience, alors j'ai suivi le flot de voyageurs en repérant Marta, je suis resté à bonne distance, et une fois dehors j'irais la retrouver. J'ai vu qu'elle n'allait pas très bien : elle marchait lentement, le dos un peu voûté malgré tous ses efforts pour n'en rien laisser paraître. Quand son bagage est arrivé sur le tapis roulant elle n'a pas réussi à le soulever et c'est un homme deux fois plus grand qu'elle qui s'en est chargé. De là où j'étais j'ai vu qu'il discutait avec elle, il devait lui proposer de porter sa valise parce qu'on devinait à ses mouvements de tête et de mains qu'elle refusait poliment, et elle s'est dirigée vers la douane en tirant la valise à roulettes derrière elle. Je l'ai suivie, de loin. Au poste de contrôle d'identité elle est passée sans problème. Quand ce fut mon tour le douanier a regardé mon passeport diplomatique et il l'a feuilleté en me disant quelque chose en espagnol que je n'ai pas compris, il avait parlé vite, et comme je ne répondais pas il a répété ce qu'il venait de dire, cette fois en montant la voix à la fin, j'en ai déduit que c'était une question et dans le doute j'ai hoché la tête et émis un son qui pouvait signifier oui, si c'était ce qu'il voulait entendre, et il a seulement pris un cachet pour tamponner une page vierge du passeport. Je me suis dit que Marta devait déjà être dans le hall d'entrée de l'aéroport, mais en avançant j'ai vu que des hommes en uniforme tenant des chiens en laisse l'avaient attirée près d'une table et avaient ouvert sa valise. Un chien en reniflait le contenu pendant qu'un des hommes soulevait les vêtements qui s'y trouvaient. J'ai un peu ralenti le pas, faisant mine de vérifier quelque chose dans mon passeport, juste le temps suffisant pour voir que le douanier refermait la valise et la rendait à Marta. Elle l'a salué en tremblant légèrement et s'est remise en route vers la sortie, et j'ai fait de même, quelques mètres derrière elle en me tenant le plus droit possible. Je me suis dit si je transpire, si j'hésite, si je les regarde trop fixement ce sera évident, ils vont comprendre, ils vont me contrôler alors j'ai pris un air sombre et pressé, j'ai froncé les sourcils et j'ai fait de grands pas pour passer devant eux.

Marta allait passer les portes automatiques qui donnaient sur le hall d'entrée de l'aéroport, son corps se pliait vers l'avant et sa démarche était raide. Soudain un des chiens s'est mis à aboyer dans sa direction en tirant sur sa laisse et Marta a pris peur, elle a eu un sursaut et l'homme en uniforme qui tenait le chien en laisse lui a crié quelque chose, elle a regardé autour d'elle et a accéléré le pas pour passer les portes mais l'homme a crié de nouveau, deux ou trois fois, Señora ! Alto ! alto ! et le chien a aboyé encore vers Marta mais Marta a continué d'avancer et à ce moment-là je n'étais pas loin derrière elle, quatre ou cinq mètres à peine nous séparaient, un homme en uniforme a couru et lui a retenu le bras, Marta s'est débattue et l'homme a essayé de la ceinturer, un autre est arrivé et Marta a crié déjame ! déjame ! mais les deux hommes l'ont tirée vers l'arrière, le chien s'est approché en tirant sur sa laisse, il a aboyé à quelques centimètres du ventre de Marta, elle s'est débattue encore en criant déjame ! et dans la cohue les gestes sont devenus flous, j'ai avancé en la regardant, tout le monde l'a regardée, quelques personnes ont ralenti. J'étais à sa hauteur quand l'homme qui tenait le chien en laisse ne l'a plus retenu, et le chien en aboyant a bondi sur Marta les deux pattes en avant frappant son ventre et elle a perdu l'équilibre, retenue par l'homme en uniforme qui la ceinturait elle est tombée en criant, sa tête a dû heurter le sol parce qu'il y a eu un bruit sourd, le bruit d'un corps qui tombe, pas à l'eau, pas replié sur lui-même, un corps qui tombe au sol, les os et les muscles lourds qui s'écrasent, os contre pierre assourdis par la peau, et l'homme en uniforme qui la ceinturait est tombé avec elle, il n'a pu se retenir, il n'a pu s'écarter, il lui est tombé dessus et son genou s'est enfoncé dans le ventre gonflé de Marta qui s'est pliée sous le choc, sous la pression perforante, elle a hurlé, on aurait dit un chat qu'on écorche, et son cri s'est étranglé, quelque chose lui est monté à la gorge, et je l'avais déjà dépassée quand j'ai vu, en me retournant vers elle, son corps pris de secousses, des convulsions plutôt, est-ce le terme exact ? et puis son corps au sol s'est raidi et ce fut comme une haute tension électrique ou comme la lanière d'un fouet qui se tend et claque sec, schlac ! et puis d'un coup plus rien, son corps a semblé se relâcher tout à fait dans un râle, amolli soudain, terrassé, décomposé, réduit aux liquides des chairs sans influx, Marta avait les yeux ouverts mais je n'ai pas pu croiser son regard, elle ne m'a pas vu, elle ne voyait plus rien je crois, un des hommes a hurlé, puis un autre et quelqu'un s'est jeté sur un bouton rouge à côté des portes automatiques qui se sont fermées dans un bruit d'alerte, des gens ont crié de stupeur, certains avaient la bouche ouverte avec une main devant pour cacher la noirceur de leur épouvante, une jeune femme a enfoui sa tête dans le cou d'une autre qui semblait horrifiée et toutes les deux se sont éloignées en courant pour fuir la scène, moi j'ai avancé en baissant la tête, j'avais le souffle coupé et le sang battait dans mes tempes, j'ai pressé le pas, les portes automatiques fermées derrière moi, et j'ai traversé le hall de l'aéroport comme on s'extirpe d'une mêlée.

* *
*

Je suis monté dans le taxi sans avoir décidé où aller. Il fallait trouver un hôtel, me suis-je rappelé. Et une pharmacie. Un hôtel d'abord, et téléphoner, 901 716 204, 901 716 204, 901 716 204. Devant l'aéroport des affiches touristiques vantaient les beautés de la ville, des monuments anciens, une citadelle aux remparts crénelés et des maisons blanches sous un ciel sans nuages. Sur une affiche on voyait la mer et une plage déserte et des rochers qui s'y jetaient ; c'était minéral, vide de l'idée de chair et d'os, anhumain pour ainsi dire, avec un *a* privatif. Il était écrit : *Cabo de Gata*. Donde vámonos ? a demandé le chauffeur, et j'ai répondu Cabo de Gata, un hotel por favor, et le taxi a démarré.

Ici on parle français, English spoken here, Hier wird Deutsch gesprochen, disait un panneau. J'ai demandé s'il y avait une chambre libre et l'homme derrière le comptoir, tout en reproduisant dans son registre le nom et le numéro figurant sur mon passeport, m'a dit oh vous savez, Monsieur Floresse, hors saison vous allez même pouvoir choisir. J'ai aussi demandé s'il y avait une pharmacie et il m'a dit oui, mais il faut retourner sur vos pas, dans la petite ville de l'autre côté des salines. Vous avez vu les salines ? a-t-il dit. Non, enfin si, mais je n'avais pas compris que c'était des salines. C'est à voir, a-t-il dit, il y a des oiseaux. Vous aimez les oiseaux ? J'ai dit oui, sauf s'ils hurlent la nuit au bord d'un fleuve tropical. Il m'a regardé avec une sorte d'étonnement. Aucun risque, a-t-il dit, c'est très calme par ici. C'est loin, la pharmacie ? ai-je demandé. Il a dit non, vingt-cinq minutes à bonne allure, un peu plus si vous vous arrêtez pour observer les oiseaux. Passez par le sentier qui longe la grande saline, a-t-il dit, c'est plus long mais plus pittoresque. Je peux vous prêter des jumelles, si vous voulez. Je l'ai remercié et j'ai dit non, je suis déjà assez chargé comme ça.

Je me suis demandé si je parviendrais à marcher vingt-cinq minutes, et retour. Marcher fait travailler les muscles abdominaux, ai-je pensé, c'est bien connu. On marche et ça déclenche l'envie. Ça m'est déjà arrivé. Mais je me suis dit après tout, il faut bien que ça sorte. J'ai demandé à l'homme derrière le comptoir s'il avait un sac à me prêter, je voulais faire quelques courses, mais il n'avait rien sous la main, alors je suis monté dans la chambre (n° 38, vue sur la mer) et j'ai vidé le contenu de la valise à roulettes sur le lit. Aucun des vêtements qui s'y trouvaient ne paraissait à ma taille, sauf peut-être les chaussettes, et je me suis rappelé que ces effets n'étaient en quelque sorte qu'un costume de théâtre, que ce n'était pas vraiment ma valise et que je n'étais pas vraiment Ernest Floresse – mais il semblait que l'illusion devait persister encore un peu. Je me suis passé un peu d'eau fraîche sur le visage et j'en ai bu deux ou trois gorgées, elle avait le goût du chlore, puis j'ai quitté l'hôtel et pris la direction de la grande saline en tirant derrière moi la valise à roulettes.

Les flamants roses s'étaient regroupés dans les eaux peu profondes du marais salant, par dizaines. J'ai remonté le sentier d'herbe et de sable qui longeait la grande saline avec le vent chargé de sel qui me poussait dans le dos, ça sentait l'iode, j'en avais plein le nez, et la saveur se déposait sur la langue. Le soleil montait et j'ai pensé c'est finalement le jour, tout est insolé, la mer et le marais et la route entre les deux. Tout apparaît dans la lumière, la grande lumière. De loin on voyait d'autres espèces survoler le plan d'eau ou y nager, mais je n'ai entendu aucun cri, aucun chant. Seulement le vent dans les oreilles, puissant, revendiquant tout l'espace. Je me suis dit la lumière, voilà bien quelque chose. La grande lumière. Le grand incendie de l'insolation. Aucun bruit, aucune nuit, aucune forêt : seulement la lumière et le vent et le sable et la roche. Le vent me poussait et je me suis senti moins pesant, j'avançais vite, par moments il soufflait si fort qu'il agitait légèrement la valise à roulettes ou me faisait presser le pas. Je me suis demandé si le vent serait capable de m'emporter malgré mon lest. Pourrait-il me soulever aussi facilement que l'eau du marais ? Et alors je volerais comme un oiseau. Comme un flamant rose survolant son aire de nidification. Il me déposerait dans la grande saline de faible profondeur, les pieds dans l'eau. Comme au pédiluve. Et moi aussi je trouverais un endroit protégé, je m'y ferais un coussin d'herbe et de branches. C'est que j'avais moi-même des œufs à pondre. Bien couvés, peut-on savoir ce qui en sortirait ?

La petite ville était à peu près déserte. Tout semblait récent, sinon neuf. Je me suis dit qu'aucune barre à béton n'émergeait de murs à la verticale en attente d'un étage futur : tout était fini. Fini et désert, me suis-je dit. Tout le contraire des tropiques, si denses et inachevés. À la pharmacie j'ai acheté trois boîtes de laxatifs, j'ai demandé les plus forts, plusieurs fois, sí, sí, muy muy muy potente, a dit la pharmacienne, agacée par mon insistance. Elle a regardé mon ventre en fronçant les sourcils, comme si elle avait pu en faire une échographie rien qu'en le fixant des yeux. J'ai dit en anglais que j'avais du mal à voyager léger mais elle m'a fait signe qu'elle n'avait pas compris, et j'ai ouvert la valise sur le sol, elle était vide, et j'y ai déposé les trois boîtes de médicaments. La pharmacienne a encore dit quelque chose, penchée par-dessus son comptoir ; je crois qu'elle m'a demandé si j'allais bien et j'ai souri, j'ai dit que oui, j'allais bien, no se preocupa, et je suis sorti.

Il y avait à quelques mètres de là une supérette avec un rayon traiteur. J'y ai acheté un ravier de lentilles au chorizo picante, des canettes de bière et une bouteille de rhum brun bon marché, parce que je me suis dit que j'aurais sans doute faim et soif une fois mon estomac purgé et que j'aurais bien le droit de me taper un bon casse-croûte. J'ai aussi pris une carte prépayée pour téléphone portable. Le caissier m'a regardé en soupirant ranger les provisions dans la valise, il n'a pas répondu quand j'ai dit adios.

Je me suis dit je vais à l'hôtel et je me débarrasse de tout ça. Je fais le vide. Je mange un bout et basta. Ensuite on n'en parle plus. Ensuite tout reprend sa place. Enfin, ce qui le peut encore. Ensuite tout redevient normal.

Voilà, ai-je pensé : retour à la normale.

J'ai suivi la route qui longeait la plage, une ligne droite, avec le vent de face qui me freinait. La valise que je tirais derrière moi faisait une prise au vent. Avancer demandait un effort, je me suis courbé vers l'avant comme un lutteur à l'assaut de l'adversaire et le souffle a commencé à me manquer. J'ai senti mon ventre se crisper – une sorte de courte décharge électrique de faible intensité. Quelques voitures m'ont dépassé à vive allure et aucune, me voyant haler ma charge comme un cheval de trait, ne s'est arrêtée pour me proposer de l'aide. Elles passaient vite, charriant la poussière et le sable de la route, et filaient droit. J'ai vu, encore loin devant, le clocher d'une église que j'avais aperçue, toute proche, en quittant l'hôtel. On aurait dit qu'elle était au bout du monde, et sans doute était-ce vrai : c'était le bout de la terre, tout au bord. J'ai eu l'impression qu'il me faudrait m'opposer au vent longtemps encore avant d'atteindre la chambre. Mes souliers me faisaient mal et je me sentais dans ce costume comme dans une camisole. Après quelques centaines de mètres j'ai bifurqué sur un sentier qui menait à la plage et je me suis avancé vers la mer. J'ai besoin de faire une pause, ai-je pensé. Le sable était jaune pâle et fin et le vent qui soufflait le soulevait à peine, ce qui m'a étonné.

La plage était une longue bande étroite sur plusieurs centaines de mètres. Un très long bord au bout du monde. En regardant à droite et à gauche, j'ai vu qu'elle était entièrement vide. J'étais seul. Une solitude absolue, bien plus qu'un isolement. Le soleil était monté encore, je ne savais pas vraiment quelle heure il pouvait être. Jaune pâle avec une impression de blancheur, ai-je pensé en regardant le sable. J'ai eu un peu chaud, et la veste trop cintrée m'est soudain devenue insupportable. Je l'ai enlevée et je l'ai laissée tomber au sol sans prendre la peine de la plier. Le pantalon me serrait à la taille, j'ai défait la boucle de la ceinture et déboutonné le pantalon, mon ventre s'est relâché d'un coup, et il m'a semblé que je respirais mieux.

Je me suis assis face à la mer.

Elle roulait en petites vagues, régulières et paisibles.

Tout de même, la grande lumière du sud andalou, ai-je pensé.

J'ai pris le téléphone dans la poche-revolver de ma veste et j'y ai inséré la puce de la carte prépayée que j'avais achetée à la supérette. J'ai composé le numéro 901 716 204, lentement, en répétant pour moi-même chaque chiffre à voix haute : neuf zéro un sept un six deux zéro quatre. Il n'y a pas eu de sonnerie, seulement un message en espagnol qui tournait en boucle avec une sorte de virgule musicale entre chaque répétition. Avec le vent qui me soufflait dans les oreilles, je n'ai pas compris ce que cela disait mais ça ressemblait fort à un message de dérangement, ou de non-attribution. J'ai dû me tromper en tapant les chiffres, me suis-je dit. J'ai raccroché puis composé à nouveau le numéro, neuf zéro un sept un six deux zéro quatre, mais le même message s'est fait entendre. Cette fois j'ai compris les mots *número* et *teléfono*, et je me suis dit que ce n'était pas possible, ce numéro devait fonctionner. Je me suis inquiété et j'ai composé une troisième fois la série de chiffres, neuf zéro un sept un six deux zéro quatre, en prononçant chacun d'eux à haute voix comme s'il s'agissait d'une formule magique. En vain. Machinalement j'ai cherché dans les poches de la veste le papier sur lequel on avait griffonné le numéro mais je me suis rappelé l'avoir jeté dans une poubelle avant d'embarquer à Lima, quand j'avais été certain de l'avoir mémorisé. Mais l'avais-je bien mémorisé, après tout ? Comment en être sûr, désormais ? Je me suis répété une fois encore les chiffres, 901 716 204, et il m'a sauté à l'esprit que les dates de mon parcours y étaient toutes présentes – les dates de chaque nom de lieu que j'avais traversé et dont j'avais pensé qu'elles dissimulaient un code. Deux mai, dix-sept avril, cinq janvier, 02 05, 17 04, 05 01, tous les chiffres s'y trouvaient, sauf le 5. Peut-être, me suis-je dit, ai-je retenu 716 au lieu de 715. Ou peut-être avais-je mal lu, ou alors c'était mal écrit. Voilà qui expliquerait bien des choses, me suis-je dit. J'ai donc composé le 901 715 204, lentement, avec fébrilité. Il y a eu quelques sonneries puis une voix a dit sí ? quién es este ? Une petite voix aigrelette, vacillante ; une voix de vieille dame, me suis-je dit, et la surprise m'a tenu silencieux. Quién habla ? sí ? J'ai dit perdón Señora, mais elle n'a pas semblé me comprendre, elle a répété Ruben ? Ruben, eres tú ? Ruben ? et j'ai coupé la communication, sans un mot de plus.

Cul-de-sac, me suis-je dit. Décidément, quelque chose m'échappe.

J'ai regardé les bateaux qui avançaient vers l'horizon. Y avait-il un port, à Almería ? Ces bateaux en venaient-ils, et vers où se dirigeaient-ils ? Oran Casablanca Melilla ou Ghazaouet, Alger Tripoli ou Le Caire, ou bien allaient-ils obliquer vers l'ouest, passer Gibraltar et croiser Tenerife puis Praia Abidjan et Dakar, rencontrer les courants chauds des tropiques et traverser l'Atlantique vers les îles Caraïbes ? J'aurais peut-être dû embarquer sur l'un d'eux, ai-je pensé.

J'ai tiré de la poche-revolver de ma veste mon passeport diplomatique péruvien et je l'ai feuilleté. J'ai regardé les tampons d'entrée et de sortie de pays que je n'avais jamais vus et de voyages que je n'avais pas faits : Bolivie, Brésil, Canada, deux fois la Chine. C'était bien ma photo, pourtant.

Je me suis dit qu'ils allaient avoir quelque difficulté pour retrouver Ernest Floresse et sa narcocargaison, ces baltringues. Le jeune type au fin duvet noir, et Ernesto, et Rovelli, ils pourraient bien chercher, lâcher leurs chiens et armer leurs fusils, je les avais bien eus. Je n'étais pas à Madrid, pas même à Almería, je pouvais prendre un bateau vers une destination inconnue et ils ne verraient rien. Je les ferais, alors, ces voyages ! Je lui donnerais de la chair tropicale, à Floresse ! Je me suis dit si je ponds ici comme une tortue et que j'enterre mes œufs dans le sable, profond, assez profond pour que personne jamais ne les trouve, rien ne pourrait plus m'arriver !

Devenir Floresse, alors ! Pour de bon !

Achever la mue tropicale. M'allonger nu sur le sable et brunir, brunir intégralement, tanner l'épiderme, le brûler jusqu'à ce qu'un autre corps s'en extirpe, un corps nouveau, un corps tropical, enfin, authentique et désapé, la peau blanche tachetée de rouge consumée sur la plage avec une veste trop étroite. Un corps de la grande lumière ! Un corps de la grande insolation. Tropical !

Les aventures d'Ernest Floresse, alors !

Mais je pourrais aussi, pourquoi pas ? reprendre mon identité boréenne, redevenir un vent froid ne balayant que les plaines des zones tempérées et oublier Ernest Floresse, laisser débrunir mon corps, retrouver l'albâtre originel, le dépouiller de toute tropicalité, fût-elle naissante ou fantasmée, et reprendre une vie assise, le corps soutenu par la pression d'une chaise sous les cuisses.

Retour au pédiluve, ai-je pensé.

J'avais chaud. J'ai déboutonné entièrement ma chemise et le vent s'est fait plus fort, il a projeté sur la peau de mon torse un peu de sable fin, et je me suis dit que le sable andalou allait me décaper et me remettre à cru. Qu'il détacherait les chairs par infimes lambeaux jusqu'à atteindre le squelette et qu'il pourrait très bien ne rester sur cette plage qu'un tas d'os blanchis et un kern de capsules en plastique noir.

J'ai pensé que je pourrais appeler la femme chez qui je vivais et lui dire que j'allais bien, que selon son souhait je ne m'étais pas pressé de rentrer, mais que je serais bientôt de retour car j'avais enfin pris la mesure des choses, à un point qu'elle ne pouvait pas imaginer, et dire à l'enfant que son père pensait à lui. J'ai pris le téléphone et j'ai composé son numéro, puis je suis resté à regarder l'écran pendant quelques minutes sans lancer l'appel, et finalement j'ai tout éteint et je l'ai remisé dans la poche de la veste.

J'ai déboutonné les poignets de la chemise, l'ai enlevée et posée sur le sable à côté de moi. Aussitôt le vent l'a emportée à quelques mètres ; j'ai voulu la rattraper mais elle s'est encore éloignée en roulant et je l'ai vue filer vers l'ouest jusqu'à disparaître tout à fait. J'ai regardé mon torse nu, piqueté par le sable comme sous une pluie de frelons, mon ventre gonflé, sa peau tendue. Un corps de quatre-vingt-neuf kilos à la dernière pesée. Quatre-vingt-neuf kilos et huit cent seize grammes précisément. Bien trop lourd pour être soulevé par une bourrasque. J'ai défait les lacets de mes souliers et je les ai retirés, ôté les chaussettes et j'ai senti le sable sous les plantes de mes pieds. Il était chaud mais pas brûlant, c'était agréable. La plage était toujours déserte, et comme personne n'approchait d'aucun côté j'ai enlevé mon pantalon et j'ai tout fourré dans la valise, chaussures, pantalon et veste trop cintrée. Je suis resté assis comme ça, en caleçon, et j'ai senti le soleil sur ma peau, la chaleur, la lumière et le picotement du sable charrié par le vent. J'ai pris une canette de bière, qui s'est mise à mousser et à déborder quand je l'ai ouverte, coulant sur ma main et sur mes jambes, et de là sur le sable. J'ai dit, à voix haute, A la Pachamama ! et j'ai bu à grandes gorgées.

La bière n'était pas fraîche et son goût fermenté et doux m'a rappelé celui du masato. J'ai repensé à Sucre, pas à son corps basculant dans le fleuve, replié sur lui-même, pas à son cadavre, non, mais à son corps sec et tendu par l'effort, quand je l'avais aidé à réparer le toit de l'école, et j'ai pensé au masato que nous avions bu alors. Je me suis dit que j'aimerais, là, boire un grand bol de masato, puis un autre et un autre encore, à grandes gorgées qui couleraient sur mes joues et le long de mon cou, ruisselleraient sur mon torse et jusqu'au sol, et j'en boirais jusqu'à me soûler au point de m'endormir, ivre de masato, de soleil et de lumière, ivre de la grande lumière et de la grande insolation, enivré par la mère de toutes les ivresses et de toutes les insolations, et j'ai ouvert une autre bière, de la mousse a giclé et coulé sur le sol, A la Pachamama ! A la Pachamama ! ai-je crié, et j'ai bu une longue gorgée.

Ahi dormido en la playa, y allí yo soñe, carrusel de colores, la *Cumbia sobre el mar* m'est revenue à l'esprit, tchacatchac tchacatchac tchacatchacatchacatchac, tchacatchac tchacatchac tchacatchacatchacatchac, et j'ai pensé que je pourrais m'assoupir sur la plage, et dans la nuit pondre comme une tortue, enterrer ma charge, profond, bien profond dans le sable, et retourner à la mer, enfin me fondre dans le mouvement des vagues. J'ai pris dans la valise une boîte de laxatifs et je l'ai ouverte, elle contenait douze pilules et je me suis dit que j'avais été capable d'en avaler de plus grosses et en bien plus grand nombre et j'ai détaché chaque pilule de son alvéole de plastique, j'en ai mis deux en bouche et les ai avalées avec un peu de bière, *y de pronto surgió, una reina esperada*, le rythme de la cumbia m'a battu les tempes, tchacatchac tchacatchac tchacatchacatchacatchac, tchacatchac tchacatchac tchacatchacatchacatchac, il m'a semblé que mon sang circulait en rythme dans mes veines, et j'ai pris deux autres pilules puis deux autres encore, et ainsi de suite en buvant un peu de bière jusqu'à ce qu'il n'en reste plus. J'ai ouvert le ravier de lentilles au chorizo picante et avec les doigts j'ai pris la nourriture, j'avais faim, le vent et l'air marin m'avaient ouvert l'appétit, j'ai pris les lentilles par bouchées avalées goulûment, froides, prises à pleines mains, et la graisse rouge me recouvrait les doigts comme le sangregrado de la forêt, j'en ai étalé sur mon torse, là où le sable soulevé par le vent avait irrité ma peau, et je m'en suis couvert les paumes et j'ai frotté la plaie presque cicatrisée à mon épaule avec la graisse rouge gorgée des piments du chorizo picante, j'ai senti une brûlure mais ce n'était pas désagréable. La cumbia semblait couvrir le bruit du vent dans mes oreilles, *y de pronto surgió, una reina esperada*, et je me suis dit merde ! je vais me baigner ! je suis au bord de la mer, je vais me baigner, et je me suis mis nu, tout à fait nu, j'ai glissé le caleçon dans la valise ainsi que le reste de lentilles, j'ai pris la bouteille de rhum brun bon marché et j'en ai bu une rasade, longue, qui a dégouliné sur mes joues et mon torse jusqu'au sol, A la Pachamama ! ai-je dit, A la Pachamama ! puis j'ai fermé la valise et je l'ai traînée derrière moi en approchant de l'eau, *y de pronto surgió, una reina esperada*, j'avais un peu mal au ventre, ça tirait, et quand les vagues paisibles ont recouvert mes pieds je me suis dit que c'était froid, mais moins que je ne l'imaginais, et ce n'était pas désagréable, rien n'était désagréable ici, me suis-je dit, alors j'ai continué à avancer en soulevant la valise à roulettes ; elle n'était pas très chargée et elle s'est mise à flotter, sa coque en plastique la maintenait à la surface, et je l'ai poussée devant moi en avançant dans la mer. Quand l'eau a atteint mon ventre j'ai eu l'impression que ça l'allégeait et la douleur s'est estompée.

Je me suis mis à nager en poussant la valise qui flottait devant moi.

J'essayais de faire des mouvements de brasse avec les jambes au rythme de la cumbia, un mouvement de brasse pour chaque mesure, tchacatchac tchacatchac tchacatchacatchacatchac, puis un autre mouvement, tchacatchac tchacatchac tchacatchacatchacatchac, et au bout d'un moment j'ai réalisé que je n'avais plus pied. J'ai entrouvert la fermeture-éclair de la valise et l'eau s'y est engouffrée, lentement la valise s'est remplie, elle s'est enfoncée un peu puis complètement sous la surface, et finalement elle s'est mise à couler. Je l'ai lâchée et j'ai continué à nager jusqu'à être à une centaine de mètres du rivage.

Les vagues étaient bien moins fortes que celles de la piscine du parc tropical, mais elles imprimaient tout de même un mouvement ascendant et descendant à mon corps nu. L'eau n'était plus froide : je m'étais habitué. Je montais et descendais en faisant quelques gesticulations de grenouille pour me maintenir à flot, et il m'a semblé qu'aucune pression ne s'exerçait sur mes jambes ou sur les plantes de mes pieds, ni sur mon ventre, et j'ai pensé que j'avais trouvé un peu de la fluidité que je cherchais. C'était bien la peine de courir au bout du monde, ai-je pensé. Je me suis dit que je pourrais me fondre à ce mouvement, me laisser porter entre deux eaux comme ça, pendant des heures. Dans la grande lumière du sud. Je finirais bien par me défaire de ma charge. Il devait bien y avoir quelque fosse marine ou océanique où déverser mon maigre lot de cailloux, puisqu'il n'y avait plus de mains propres auxquelles le remettre. M'est revenu à l'esprit le nom de la fosse d'Atacama, autrement appelée fosse du Pérou-Chili. Je l'avais lu dans le petit livre touristique que j'avais emporté dans l'avion entre Pisco et Iquitos. La fosse d'Atacama, dans le Pacifique, est profonde de huit mille mètres, disait le livre. Huit mille mètres, ce n'est pas mal du tout, me suis-je dit, ça pourrait faire l'affaire.

J'ai regardé le ciel bleu, sans nuages. Je me suis dit le temps est idéal : pas d'ombre à l'horizon, rien que le mouvement fluide des vagues. Gibraltar droit devant. Il faudra passer le cap Horn. Plus fort que Bombard ! Je filtrerai du plancton, pourquoi pas ? et je me suis remis à nager en direction de l'ouest, à la brasse, un mouvement pour chaque mesure. C'était facile : le vent me poussait dans le dos.

éditions inculte, 2021
62, rue du Faubourg-Saint-Antoine
75012 Paris

ISBN : 978-23-60841-22-6

Cet ouvrage
a été achevé d'imprimer en France
sur Roto-Page
par l'Imprimerie Floch
à Mayenne en novembre 2021 (99393)

Correction et composition : Aurélie Carpentier

Couverture : Rémi Pépin

Distribution : UD
Diffusion : Actes Sud